Graham A. Reid

LONDON, 11TH JUNE, 2007.

Михаил

БУЛГАКОВ

Мастер и Маргарита

роман

ИЗДАТЕЛЬСТВО
ТРАНЗИТКНИГА
МОСКВА
2006

УДК 821.161.1
ББК 84(2Рос=Рус)6
Б90

Серия «Классическая и современная проза»
основана в 2000 году

Серийное оформление А.А. Кудрявцева

Компьютерный дизайн Ю.Ю. Герцевой

Подписано в печать 09.11.2005. Формат 70х90[1]/[32]
Усл. печ. л. 16,24. Доп. тираж 10 000 экз. Заказ № 6197

Булгаков, М.А.
Б90 Мастер и Маргарита : роман / Михаил Булгаков. — М.: АСТ: АСТ МОСКВА: Транзиткнига, 2006. — 446, [2] с. — (Классическая и современная проза).

ISBN 5-17-015927-7 (ООО «Издательство АСТ»)
ISBN 5-9713-1242-1 (ООО Издательство «АСТ МОСКВА»)
ISBN 5-9578-3362-2 (ООО «Транзиткнига»)

Это — самый загадочный из романов за всю историю отечественной литературы XX в.

Это — роман, который почти официально называют «Евангелием от Сатаны».

Это — «Мастер и Маргарита». Книга, которую можно читать и перечитывать десятки, сотни раз, но главное в которой все равно понять невозможно.

Итак, какие страницы «Мастера и Маргариты» надиктованы Силами Света? И какие — наоборот — писаны «со слов» Сил Тьмы? Пока что ЭТОГО не знает никто. Прочитайте. Может, вы узнаете ЭТО первыми?..

УДК 821.161.1
ББК 84(2Рос=Рус)6

Часть I

...так кто ж ты, наконец?
— Я — часть той силы, что вечно хочет зла и вечно совершает благо.

Гете. «Фауст»

Глава 1

НИКОГДА НЕ РАЗГОВАРИВАЙТЕ С НЕИЗВЕСТНЫМИ

В час жаркого весеннего заката на Патриарших прудах появилось двое граждан. Первый из них — приблизительно сорокалетний, одетый в сереньку летнюю пару, — был маленького роста, темноволос, упитан, лыс, свою приличную шляпу пирожком нес в руке, а аккуратно выбритое лицо его украшали сверхъестественных размеров очки в черной роговой оправе. Второй — плечистый, рыжеватый, вихрастый молодой человек в заломленной на затылок клетчатой кепке — был в ковбойке, жеваных белых брюках и в черных тапочках.

Первый был не кто иной, как Михаил Александрович Берлиоз, редактор толстого художественного журнала и председатель правления одной из крупнейших московских литературных ассоциаций, сокращенно именуемой МАССОЛИТ, а молодой спутник его — поэт Иван Николаевич Понырев, пишущий под псевдонимом Бездомный.

Попав в тень чуть зеленеющих лип, писатели первым долгом бросились к пестро раскрашенной будочке с надписью «Пиво и воды».

Да, следует отметить первую странность этого страшного майского вечера. Не только у будочки, но и во всей аллее, параллельной Малой Бронной улице, не оказалось ни одного человека. В тот час, когда уж, кажется, и сил не было дышать, когда солнце, раскалив Москву, в сухом тумане валилось куда-то за Садовое кольцо, — никто не пришел под липы, никто не сел на скамейку, пуста была аллея.

— Дайте нарзану, — попросил Берлиоз.

— Нарзану нету, — ответила женщина в будочке и почему-то обиделась.

— Пиво есть? — сиплым голосом осведомился Бездомный.

— Пиво привезут к вечеру, — ответила женщина.

— А что есть? — спросил Берлиоз.

— Абрикосовая, только теплая, — сказала женщина.

— Ну давайте, давайте, давайте!..

Абрикосовая дала обильную желтую пену, и в воздухе запахло парикмахерской. Напившись, литераторы немедленно начали икать, расплатились и уселись на скамейке лицом к пруду и спиной к Бронной.

Тут приключилась вторая странность, касающаяся одного Берлиоза. Он внезапно перестал икать, сердце его стукнуло и на мгновенье куда-то провалилось, потом вернулось, но с тупой иглой, засевшей в нем. Кроме того, Берлиоза охватил необоснованный, но столь сильный страх, что ему захотелось тотчас же бежать с Патриарших без оглядки. Берлиоз тоскливо оглянулся, не понимая, что его напугало. Он побледнел, вытер лоб платком, подумал: «Что это со мной? Этого никогда не было... сердце шалит... я переутомился... Пожалуй, пора бросить все к черту и в Кисловодск...»

И тут знойный воздух сгустился над ним, и соткался из этого воздуха прозрачный гражданин престранного вида. На маленькой головке жокейский картузик, клетчатый кургузый воздушный же пиджачок... Гражданин ростом в сажень, но в плечах узок, худ неимоверно, и физиономия, прошу заметить, глумливая.

Жизнь Берлиоза складывалась так, что к необыкновенным явлениям он не привык. Еще более побледнев, он вытаращил глаза и в смятении подумал: «Этого не может быть!..»

Но это, увы, было, и длинный, сквозь которого видно, гражданин, не касаясь земли, качался перед ним и влево и вправо.

Тут ужас до того овладел Берлиозом, что он закрыл глаза. А когда он их открыл, увидел, что все кончилось, марево растворилось, клетчатый исчез, а заодно и тупая игла выскочила из сердца.

— Фу ты черт! — воскликнул редактор. — Ты знаешь, Иван, у меня сейчас едва удар от жары не сделался! Даже что-то вроде галлюцинации было... — он попытался усмехнуться, но в глазах его еще прыгала тревога, и руки дрожали. Однако постепенно он успокоился, обмахнулся платком и, произнеся довольно бодро: «Ну-с, итак...» — повел речь, прерванную питьем абрикосовой.

Речь эта, как впоследствии узнали, шла об Иисусе Христе. Дело в том, что редактор заказал поэту для очередной книжки журнала большую антирелигиозную поэму. Эту поэму Иван Николаевич сочинил, и в очень короткий срок, но, к сожалению, ею редактора нисколько не удовлетворил. Очертил Бездомный главное действующее лицо своей поэмы, то есть Иисуса, очень черными красками, и тем не менее всю поэму приходилось, по мнению редактора, писать заново. И вот теперь редактор читал поэту нечто вроде лекции об Иисусе, с тем чтобы подчеркнуть основную ошибку поэта.

Трудно сказать, что именно подвело Ивана Николаевича — изобразительная ли сила его таланта или полное незнакомство с вопросом, по которому он писал, — но Иисус у него получился, ну, совершенно живой, некогда существовавший Иисус, только, правда, снабженный всеми отрицательными чертами Иисуса.

Берлиоз же хотел доказать поэту, что главное не в том, каков был Иисус, плох ли, хорош ли, а в том, что Иисуса-то этого, как личности, вовсе не существовало на свете и что все рассказы о нем — простые выдумки, самый обыкновенный миф.

Надо заметить, что редактор был человеком начитанным и очень умело указывал в своей речи на древних историков, например, на знаменитого Филона Александрийского, на блестяще образованного Иосифа Флавия, никогда ни словом не упоминавших о существовании Иисуса. Обнаруживая солидную эрудицию, Михаил Александрович сообщил поэту, между прочим, и о том, что то место в пятнадцатой книге, в главе 44-й знаменитых Тацитовых «Анналов», где говорится о казни Иисуса, — есть не что иное, как позднейшая поддельная вставка.

Поэт, для которого все, сообщаемое редактором, являлось новостью, внимательно слушал Михаила Александровича, уставив на него свои бойкие зеленые глаза, и лишь изредка икал, шепотом ругая абрикосовую воду.

— Нет ни одной восточной религии, — говорил Берлиоз, — в которой, как правило, непорочная дева не произвела бы на свет бога. И христиане, не выдумав ничего нового, точно так же создали своего Иисуса, которого на самом деле никогда не было в живых. Вот на это-то и нужно сделать главный упор...

Высокий тенор Берлиоза разносился в пустынной аллее, и, по мере того как Михаил Александрович забирался в дебри, в которые может забираться, не рискуя свернуть себе шею, лишь очень образованный человек, — поэт узнавал все больше и больше интересного и полезного и про египетского Озириса, благостного бога и сына Неба и Земли, и про финикийского бога Фаммуза, и про Мардука, и даже про менее известного грозного бога Вицлипуцли, которого весьма почитали некогда ацтеки в Мексике.

И вот как раз в то время, когда Михаил Александрович рассказывал поэту о том, как ацтеки лепили из теста фигурку Вицлипуцли, в аллее показался первый человек.

Впоследствии, когда, откровенно говоря, было уже поздно, разные учреждения представили свои сводки с описанием этого человека. Сличение их не может не вызвать изумления. Так, в первой из них сказано, что человек этот был маленького роста, зубы имел золотые и хромал на правую ногу. Во второй — что человек был росту громадного, коронки имел платиновые, хромал на левую ногу. Третья лаконически сообщает, что особых примет у человека не было.

Приходится признать, что ни одна из этих сводок никуда не годится.

Раньше всего: ни на какую ногу описываемый не хромал, и росту был не маленького и не громадного, а просто высокого. Что касается зубов, то с левой стороны у него были платиновые коронки, а с правой — золотые. Он был в дорогом сером костюме, в заграничных, в цвет костюма, туфлях. Серый берет он лихо заломил на ухо, под мышкой нес трость с черным набалдашником в виде головы пуделя. По виду — лет сорока с лишним. Рот какой-то кривой. Выбрит гладко. Брюнет. Правый глаз черный, левый почему-то зеленый. Брови черные, но одна выше другой. Словом — иностранец.

Пройдя мимо скамьи, на которой помещались редактор и поэт, иностранец покосился на них, остановился и вдруг уселся на соседней скамейке, в двух шагах от приятелей.

«Немец», — подумал Берлиоз.

«Англичанин, — подумал Бездомный, — ишь, и не жарко ему в перчатках».

А иностранец окинул взглядом высокие дома, квадратом окаймлявшие пруд, причем заметно стало, что видит это место он впервые и что оно его заинтересовало.

Он остановил взор на верхних этажах, ослепительно отражающих в стеклах изломанное и навсегда уходящее от Михаила Александровича солнце, затем перевел его вниз, где стекла начали предвечерне темнеть, чему-то снисходительно усмехнулся, прищурился, руки положил на набалдашник, а подбородок на руки.

— Ты, Иван, — говорил Берлиоз, — очень хорошо и сатирически изобразил, например, рождение Иисуса, сына Божия, но соль-то в том, что еще до Иисуса родился целый ряд сынов Божиих, как, скажем, финикийский Адонис, фригийский Аттис, персидский Митра. Коротко же говоря, ни один из них не рождался и никого не было, в том числе и Иисуса, и необходимо, чтобы ты, вместо рождения или, предположим, прихода волхвов, изобразил нелепые слухи об этом приходе. А то выходит по твоему рассказу, что он действительно родился!..

Тут Бездомный сделал попытку прекратить замучившую его икоту, задержав дыхание, отчего икнул мучительнее и громче, и в этот же момент Берлиоз прервал свою речь, потому что иностранец вдруг поднялся и направился к писателям.

Те поглядели на него удивленно.

— Извините меня, пожалуйста, — заговорил подошедший с иностранным акцентом, но не коверкая слов, — что я, не будучи знаком, позволяю себе... но предмет вашей ученой беседы настолько интересен, что...

Тут он вежливо снял берет, и друзьям ничего не оставалось, как приподняться и раскланяться.

«Нет, скорее, француз...» — подумал Берлиоз.

«Поляк?..» — подумал Бездомный.

Необходимо добавить, что на поэта иностранец с первых же слов произвел отвратительное впечатление, а Берлиозу скорее понравился, то есть не то чтобы понравился, а... как бы выразиться... заинтересовал, что ли.

— Разрешите мне присесть? — вежливо попросил иностранец, и приятели как-то невольно раздвинулись; иностранец ловко уселся между ними и тотчас вступил в разговор.

— Если я не ослышался, вы изволили говорить, что Иисуса не было на свете? — спросил иностранец, обращая к Берлиозу свой левый зеленый глаз.

— Нет, вы не ослышались, — учтиво ответил Берлиоз, — именно это я и говорил.

— Ах, как интересно! — воскликнул иностранец.

«А какого черта ему надо?» — подумал Бездомный и нахмурился.

— А вы соглашались с вашим собеседником? — осведомился неизвестный, повернувшись вправо к Бездомному.

— На все сто! — подтвердил тот, любя выражаться вычурно и фигурально.

— Изумительно! — воскликнул непрошеный собеседник и, почему-то воровски оглянувшись и приглушив свой низкий голос, сказал: — Простите мою навязчивость, но я так понял, что вы, помимо всего прочего, еще и не верите в Бога? — Он сделал испуганные глаза и прибавил: — Клянусь, я никому не скажу.

— Да, мы не верим в Бога, — чуть улыбнувшись испугу интуриста, ответил Берлиоз, — но об этом можно говорить совершенно свободно.

Иностранец откинулся на спинку скамейки и спросил, даже привизгнув от любопытства:

— Вы — атеисты?!

— Да, мы — атеисты, — улыбаясь, ответил Берлиоз, а Бездомный подумал, рассердившись: «Вот прицепился, заграничный гусь!»

— Ох, какая прелесть! — вскричал удивительный иностранец и завертел головой, глядя то на одного, то на другого литератора.

— В нашей стране атеизм никого не удивляет, — дипломатически вежливо сказал Берлиоз, — большинство нашего населения сознательно и давно перестало верить сказкам о Боге.

Тут иностранец отколол такую штуку: встал и пожал изумленному редактору руку, произнеся при этом слова:

— Позвольте вас поблагодарить от всей души!

— За что это вы его благодарите? — заморгав, осведомился Бездомный.

— За очень важное сведение, которое мне, как путешественнику, чрезвычайно интересно, — многозначительно подняв палец, пояснил заграничный чудак.

Важное сведение, по-видимому, действительно произвело на путешественника сильное впечатление, потому что он испуганно обвел глазами дома, как бы опасаясь в каждом окне увидеть по атеисту.

«Нет, он не англичанин...» — подумал Берлиоз, а Бездомный подумал: «Где это он так наловчился говорить по-русски, вот что интересно!» — и опять нахмурился.

— Но, позвольте вас спросить, — после тревожного раздумья заговорил заграничный гость, — как же быть с доказательствами бытия Божия, коих, как известно, существует ровно пять?

— Увы! — с сожалением ответил Берлиоз. — Ни одно из этих доказательств ничего не стоит, и человечество давно сдало их в архив. Ведь согласитесь, что в области разума никакого доказательства существования Бога быть не может.

— Браво! — вскричал иностранец. — Браво! Вы полностью повторили мысль беспокойного старика Иммануила по этому поводу. Но вот курьез: он начисто разрушил все пять доказательств, а затем, как бы в насмешку над самим собою, соорудил собственное шестое доказательство!

— Доказательство Канта, — тонко улыбнувшись, возразил образованный редактор, — также неубедительно. И недаром Шиллер говорил, что кантовские рассуждения по этому вопросу могут удовлетворить только рабов, а Штраус просто смеялся над этим доказательством.

Берлиоз говорил, а сам в это время думал: «Но, все-таки, кто же он такой? И почему он так хорошо говорит по-русски?»

— Взять бы этого Канта, да за такие доказательства года на три в Соловки! — совершенно неожиданно бухнул Иван Николаевич.

— Иван! — сконфузившись, шепнул Берлиоз.

Но предложение отправить Канта в Соловки не только не поразило иностранца, но даже привело в восторг.

— Именно, именно, — закричал он, и левый зеленый глаз его, обращенный к Берлиозу, засверкал, — ему там самое место! Ведь говорил я ему тогда за завтраком: «Вы, профессор, воля ваша, что-то нескладное придумали! Оно, может, и умно, но больно непонятно. Над вами потешаться будут».

Берлиоз выпучил глаза. «За завтраком... Канту?.. Что это он плетет?» — подумал он.

— Но, — продолжал иноземец, не смущаясь изумлением Берлиоза и обращаясь к поэту, — отправить его в Соловки невозможно по той причине, что он уже с лишком сто лет пребывает в местах значительно более отдаленных, чем Соловки, и извлечь его оттуда никоим образом нельзя, уверяю вас!

— А жаль! — отозвался задира-поэт.

— И мне жаль! — подтвердил неизвестный, сверкая глазом, и продолжал: — Но вот какой вопрос меня беспокоит: ежели Бога нет, то, спрашивается, кто же управляет жизнью человеческой и всем вообще распорядком на земле?

— Сам человек и управляет, — поспешил сердито ответить Бездомный на этот, признаться, не очень ясный вопрос.

— Виноват, — мягко отозвался неизвестный, — для того, чтобы управлять, нужно, как-никак, иметь точный план на некоторый, хоть сколько-нибудь приличный срок. Позвольте же вас спросить, как же может управлять человек, если он не только лишен возможности составить какой-нибудь план хотя бы на смехотворно короткий срок, ну, лет, скажем, в тысячу, но не может ручаться даже за свой собственный завтрашний день? И в самом деле, — тут неизвестный повернулся к Берлиозу, — вообразите, что вы, например, начнете управлять, распоряжаться и другими и собою, вообще, так сказать, входить во вкус, и вдруг у вас... кхе... кхе... саркома легкого... — тут иностранец сладко усмехнулся, как будто мысль о саркоме легкого доставила ему удовольствие, — да, саркома, — жмурясь, как кот, повторил он звучное слово, — и вот ваше управление закончилось! Ничья судьба, кроме своей собственной, вас более не интересует. Родные вам начинают лгать, вы, чуя неладное, бросаетесь к ученым врачам, затем к шарлатанам, а бывает, и к гадалкам. Как первое и второе, так и третье — совершенно бессмысленно, вы сами понимаете. И все это кончается трагически: тот, кто еще недавно полагал, что он чем-то управляет, оказывается вдруг лежащим неподвижно в деревянном ящике, и окружающие, понимая, что толку от лежащего нет более никакого, сжигают его в печи. А бывает и еще хуже: только что человек соберется съездить в Кисловодск, — тут иностранец прищурился на Берлиоза, — пустяковое, казалось бы, дело, но и этого совершить не может, так как неизвестно почему вдруг возьмет — поскользнется и попадет под трамвай! Неужели вы скажете, что это он сам собою управлял так? Не правильнее ли думать, что управился с ним кто-то совсем другой? — и здесь незнакомец рассмеялся странным смешком.

Берлиоз с великим вниманием слушал неприятный рассказ про саркому и трамвай, и какие-то тревожные мысли начали мучить его. «Он не иностранец... он не иностранец... — думал он, — он престранный субъект... но позвольте, кто же он такой?..»

— Вы хотите курить, как я вижу? — неожиданно обратился к Бездомному неизвестный. — Вы какие предпочитаете?

— А у вас разные, что ли, есть? — мрачно спросил поэт, у которого папиросы кончились.

— Какие предпочитаете? — повторил неизвестный.

— Ну, «Нашу марку», — злобно ответил Бездомный.

Незнакомец немедленно вытащил из кармана портсигар и предложил его Бездомному:

— «Наша марка».

И редактора и поэта не столько поразило то, что нашлась в портсигаре именно «Наша марка», сколько сам портсигар. Он был громадных размеров, червонного золота и на крышке его при открывании сверкнул синим и белым огнем бриллиантовый треугольник.

Тут литераторы подумали разное. Берлиоз: «Нет, иностранец!», а Бездомный: «Вот черт его возьми, а!..»

Поэт и владелец портсигара закурили, а некурящий Берлиоз отказался.

«Надо будет ему возразить так, — решил Берлиоз, — да, человек смертен, никто против этого и не спорит. Но дело в том, что...»

Однако он не успел выговорить этих слов, как заговорил иностранец:

— Да, человек смертен, но это было бы еще полбеды. Плохо то, что он иногда внезапно смертен, вот в чем фокус! И вообще не может сказать, что он будет делать в сегодняшний вечер.

«Какая-то нелепая постановка вопроса...» — помыслил Берлиоз и возразил:

— Ну, здесь уж есть преувеличение. Сегодняшний вечер мне известен более или менее точно. Само собою разумеется, что, если на Бронной мне свалится на голову кирпич...

— Кирпич ни с того ни с сего, — внушительно перебил неизвестный, — никому и никогда на голову не свалится. В частности же, уверяю вас, вам он ни в каком случае не угрожает. Вы умрете другою смертью.

— Может быть, вы знаете, какой именно, — с совершенно естественной иронией осведомился Берлиоз, вовлекаясь в какой-то действительно нелепый разговор, — и скажете мне?

— Охотно, — отозвался незнакомец. Он смерил Берлиоза взглядом, как будто собирался сшить ему костюм, сквозь зубы пробормотал что-то вроде: «Раз, два... Меркурий во втором доме... луна ушла... шесть —

несчастье... вечер — семь...» — и громко и радостно объявил: — Вам отрежут голову!

Бездомный дико и злобно вытаращил глаза на развязного неизвестного, а Берлиоз спросил, криво усмехнувшись:

— А кто именно? Враги? Интервенты?

— Нет, — ответил собеседник, — русская женщина, комсомолка.

— Гм... — промычал раздраженный шуточкой неизвестного Берлиоз, — ну, это, извините, маловероятно.

— Прошу и меня извинить, — ответил иностранец, — но это так. Да, мне хотелось бы спросить вас, что вы будете делать сегодня вечером, если это не секрет?

— Секрета нет. Сейчас я зайду к себе на Садовую, а потом в десять часов вечера в МАССОЛИТе состоится заседание, и я буду на нем председательствовать.

— Нет, этого быть никак не может, — твердо возразил иностранец.

— Это почему?

— Потому, — ответил иностранец и прищуренными глазами поглядел в небо, где, предчувствуя вечернюю прохладу, бесшумно чертили черные птицы, — что Аннушка уже купила подсолнечное масло, и не только купила, но даже и разлила. Так что заседание не состоится.

Тут, как вполне понятно, под липами наступило молчание.

— Простите, — после паузы заговорил Берлиоз, поглядывая на мелющего чепуху иностранца, — при чем здесь подсолнечное масло... и какая Аннушка?

— Подсолнечное масло здесь вот при чем, — вдруг заговорил Бездомный, очевидно, решив объявить незваному собеседнику войну, — вам не приходилось, гражданин, бывать когда-нибудь в лечебнице для душевнобольных?

— Иван!.. — тихо воскликнул Михаил Александрович.

Но иностранец ничуть не обиделся и превесело рассмеялся.

— Бывал, бывал, и не раз! — вскричал он, смеясь, но не сводя несмеющегося глаза с поэта. —

Где я только не бывал! Жаль только, что я не удосужился спросить у профессора, что такое шизофрения. Так что вы уж сами узнайте это у него, Иван Николаевич!

— Откуда вы знаете, как меня зовут?

— Помилуйте, Иван Николаевич, кто же вас не знает? — Здесь иностранец вытащил из кармана вчерашний номер «Литературной газеты», и Иван Николаевич увидел на первой же странице свое изображение, а под ним свои собственные стихи. Но вчера еще радовавшее доказательство славы и популярности на этот раз ничуть не обрадовало поэта.

— Я извиняюсь, — сказал он, и лицо его потемнело, — вы не можете подождать минутку? Я хочу товарищу пару слов сказать.

— О, с удовольствием! — воскликнул неизвестный. — Здесь так хорошо под липами, а я, кстати, никуда и не спешу.

— Вот что, Миша, — зашептал поэт, оттащив Берлиоза в сторону, — он никакой не интурист, а шпион. Это русский эмигрант, перебравшийся к нам. Спрашивай у него документы, а то уйдет...

— Ты думаешь? — встревоженно шепнул Берлиоз, а сам подумал: «А ведь он прав...»

— Уж ты мне верь, — засипел ему в ухо поэт, — он дурачком прикидывается, чтобы выспросить кое-что. Ты слышишь, как он по-русски говорит, — поэт говорил и косился, следя, чтобы неизвестный не удрал, — идем, задержим его, а то уйдет...

И поэт за руку потянул Берлиоза к скамейке.

Незнакомец не сидел, а стоял возле нее, держа в руках какую-то книжечку в темно-сером переплете, плотный конверт хорошей бумаги и визитную карточку.

— Извините меня, что я в пылу нашего спора забыл представить себя вам. Вот моя карточка, паспорт и приглашение приехать в Москву для консультации, — веско проговорил неизвестный, проницательно глядя на обоих литераторов.

Те сконфузились. «Черт, слышал все...» — подумал Берлиоз и вежливым жестом показал, что в предъявлении документов нет надобности. Пока иностранец совал их редактору, поэт успел разглядеть на карточке напечатанное иностранными буквами слово «профессор» и начальную букву фамилии — двойное «В» — «W».

— Очень приятно, — тем временем смущенно бормотал редактор, и иностранец спрятал документы в карман.

Отношения таким образом были восстановлены, и все трое вновь сели на скамью.

— Вы в качестве консультанта приглашены к нам, профессор? — спросил Берлиоз.

— Да, консультантом.

— Вы — немец? — осведомился Бездомный.

— Я-то?.. — переспросил профессор и вдруг задумался. — Да, пожалуй, немец... — сказал он.

— Вы по-русски здорово говорите, — заметил Бездомный.

— О, я вообще полиглот и знаю очень большое количество языков, — ответил профессор.

— А у вас какая специальность? — осведомился Берлиоз.

— Я — специалист по черной магии.

«На тебе!..» — стукнуло в голове у Михаила Александровича.

— И... и вас по этой специальности пригласили к нам? — заикнувшись, спросил он.

— Да, по этой пригласили, — подтвердил профессор и пояснил: — Тут в государственной библиотеке обнаружены подлинные рукописи чернокнижника Герберта Аврилакского, десятого века. Так вот требуется, чтобы я их разобрал. Я — единственный в мире специалист.

— А-а! Вы историк? — с большим облегчением и уважением спросил Берлиоз.

— Я — историк, — подтвердил ученый и добавил ни к селу ни к городу: — Сегодня вечером на Патриарших будет интересная история!

И опять крайне удивились и редактор и поэт, а профессор поманил обоих к себе и, когда они наклонились к нему, прошептал:

— Имейте в виду, что Иисус существовал.

— Видите ли, профессор, — принужденно улыбнувшись, отозвался Берлиоз, — мы уважаем ваши большие знания, но сами по этому вопросу придерживаемся другой точки зрения.

— А не надо никаких точек зрения, — ответил странный профессор. — Просто он существовал, и больше ничего.

— Но требуется же какое-нибудь доказательство... — начал Берлиоз.

— И доказательств никаких не требуется, — ответил профессор и заговорил негромко, причем его акцент почему-то пропал: — Все просто: в белом плаще...

Глава 2

ПОНТИЙ ПИЛАТ

В белом плаще с кровавым подбоем, шаркающей кавалерийской походкой, ранним утром четырнадцатого числа весеннего месяца нисана в крытую колоннаду между двумя крыльями дворца Ирода Великого вышел прокуратор Иудеи Понтий Пилат.

Более всего на свете прокуратор ненавидел запах розового масла, и все теперь предвещало нехороший день, так как запах этот начал преследовать прокуратора с рассвета. Прокуратору казалось, что розовый запах источают кипарисы и пальмы в саду, что к запаху кожаного снаряжения и пота от конвоя примешивается проклятая розовая струя. От флигелей в тылу дворца, где расположилась пришедшая с прокуратором в Ершалаим первая когорта Двенадцатого Молниеносного легиона, заносило дымком в колоннаду через верхнюю площадку сада, и к горьковатому дыму, свидетельствовавшему о том, что кашевары в кентуриях начали готовить обед, примешивался все тот же жирный розовый дух.

«О боги, боги, за что вы наказываете меня?.. Да, нет сомнений, это она, опять она, непобедимая, ужасная болезнь... гемикрания, при которой болит полголовы... от нее нет средств, нет никакого спасения... попробую не двигать головой...»

На мозаичном полу у фонтана уже было приготовлено кресло, и прокуратор, не глядя ни на кого, сел в него и протянул руку в сторону. Секретарь почтительно вложил в эту руку кусок пергамента. Не удержавшись от болезненной гримасы, прокуратор искоса, бегло проглядел написанное, вернул пергамент секретарю и с трудом проговорил:

— Подследственный из Галилеи? К тетрарху дело посылали?

— Да, прокуратор, — ответил секретарь.

— Что же он?

— Он отказался дать заключение по делу и смертный приговор Синедриона направил на ваше утверждение, — объяснил секретарь.

Прокуратор дернул щекой и сказал тихо:

— Приведите обвиняемого.

И сейчас же с площадки сада под колонны на балкон двое легионеров ввели и поставили перед креслом прокуратора человека лет двадцати семи. Этот человек был одет в старенький и разорванный голубой хитон. Голова его была прикрыта белой повязкой с ремешком вокруг лба, а руки связаны за спиной. Под левым глазом у человека был большой синяк, в углу рта — ссадина с запекшейся кровью. Приведенный с тревожным любопытством глядел на прокуратора.

Тот помолчал, потом тихо спросил по-арамейски:

— Так это ты подговаривал народ разрушить ершалаимский храм?

Прокуратор при этом сидел как каменный, и только губы его шевелились чуть-чуть при произнесении слов. Прокуратор был как каменный, потому что боялся качнуть пылающей адской болью головой.

Человек со связанными руками несколько подался вперед и начал говорить:

— Добрый человек! Поверь мне...

Но прокуратор, по-прежнему не шевелясь и ничуть не повышая голоса, тут же перебил его:

— Это меня ты называешь добрым человеком? Ты ошибаешься. В Ершалаиме все шепчут про меня, что я свирепое чудовище, и это совершенно верно, — и так же монотонно прибавил: — Кентуриона Крысобоя ко мне.

Всем показалось, что на балконе потемнело, когда кентурион первой кентурии Марк, прозванный Крысобоем, предстал перед прокуратором. Крысобой был на голову выше самого высокого из солдат легиона и настолько широк в плечах, что совершенно заслонил еще невысокое солнце.

Прокуратор обратился к кентуриону по-латыни:

— Преступник называет меня «добрый человек». Выведите его отсюда на минуту, объясните ему, как надо разговаривать со мной. Но не калечить.

И все, кроме неподвижного прокуратора, проводили взглядом Марка Крысобоя, который махнул рукой арестованному, показывая, что тот должен следовать за ним.

Крысобоя вообще все провожали взглядами, где бы он ни появлялся, из-за его роста, а те, кто видел его впервые, из-за того еще, что лицо кентуриона было изуродовано: нос его некогда был разбит ударом германской палицы.

Простучали тяжелые сапоги Марка по мозаике, связанный пошел за ним бесшумно, полное молчание настало в колоннаде, и слышно было, как ворковали голуби на площадке сада у балкона, да еще вода пела замысловатую приятную песню в фонтане.

Прокуратору захотелось подняться, подставить висок под струю и так замереть. Но он знал, что и это ему не поможет.

Выведя арестованного из-под колонн в сад, Крысобой вынул из рук у легионера, стоявшего у подножия бронзовой статуи, бич и, несильно размахнувшись, ударил арестованного по плечам. Движение кентуриона было небрежно и легко, но связанный мгновенно рухнул наземь, как будто ему подрубили ноги, захлебнулся воздухом, краска сбежала с его лица, и глаза обессмыслились.

Марк одною левой рукой, легко, как пустой мешок, вздернул на воздух упавшего, поставил его на ноги и заговорил гнусаво, плохо выговаривая арамейские слова:

— Римского прокуратора называть — игемон. Других слов не говорить. Смирно стоять. Ты понял меня или ударить тебя?

Арестованный пошатнулся, но совладал с собою, краска вернулась, он перевел дыхание и ответил хрипло:

— Я понял тебя. Не бей меня.

Через минуту он вновь стоял перед прокуратором.

Прозвучал тусклый, больной голос:

— Имя?

— Мое? — торопливо отозвался арестованный, всем существом выражая готовность отвечать толково, не вызывать более гнева.

Прокуратор сказал негромко:

— Мое — мне известно. Не притворяйся более глупым, чем ты есть. Твое.

— Иешуа, — поспешно ответил арестованный.

— Прозвище есть?

— Га-Ноцри.

— Откуда ты родом?

— Из города Гамалы, — ответил арестант, головой показывая, что там, где-то далеко, направо от него, на севере, есть город Гамала.

— Кто ты по крови?

— Я точно не знаю, — живо ответил арестованный, — я не помню моих родителей. Мне говорили, что мой отец был сириец...

— Где ты живешь постоянно?

— У меня нет постоянного жилища, — застенчиво ответил арестант, — я путешествую из города в город.

— Это можно выразить короче, одним словом — бродяга, — сказал прокуратор и спросил: — Родные есть?

— Нет никого. Я один в мире.

— Знаешь ли грамоту?

— Да.

— Знаешь ли какой-либо язык, кроме арамейского?

— Знаю. Греческий.

Вспухшее веко приподнялось, подернутый дымкой страдания глаз уставился на арестованного. Другой глаз остался закрытым.

Пилат заговорил по-гречески:

— Так ты собирался разрушить здание храма и призывал к этому народ?

Тут арестант опять оживился, глаза его перестали выражать испуг, и он заговорил по-гречески:

— Я, доб... — тут ужас мелькнул в глазах арестанта оттого, что он едва не оговорился, — я, игемон, никогда в жизни не собирался разрушать здание храма и никого не подговаривал на это бессмысленное действие.

Удивление выразилось на лице секретаря, сгорбившегося над низеньким столом и записывавшего показания. Он поднял голову, но тотчас же опять склонил ее к пергаменту.

— Множество разных людей стекается в этот город к празднику. Бывают среди них маги, астрологи, предсказатели и убийцы, — говорил монотонно прокуратор, — а попадаются и лгуны. Ты, например, лгун. Записано ясно: подговаривал разрушить храм. Так свидетельствуют люди.

— Эти добрые люди, — заговорил арестант и, торопливо прибавив: — игемон, — продолжал: — ничему не учились и все перепутали, что я говорил.

Я вообще начинаю опасаться, что путаница эта будет продолжаться очень долгое время. И все из-за того, что он неверно записывает за мной.

Наступило молчание. Теперь уже оба больных глаза тяжело глядели на арестанта.

— Повторяю тебе, но в последний раз: перестань притворяться сумасшедшим, разбойник, — произнес Пилат мягко и монотонно, — за тобою записано немного, но записанного достаточно, чтобы тебя повесить.

— Нет, нет, игемон, — весь напрягаясь в желании убедить, говорил арестованный, — ходит, ходит один с козлиным пергаментом и непрерывно пишет. Но я однажды заглянул в этот пергамент и ужаснулся. Решительно ничего из того, что там записано, я не говорил. Я его умолял: сожги ты, бога ради, свой пергамент! Но он вырвал его у меня из рук и убежал.

— Кто такой? — брезгливо спросил Пилат и тронул висок рукой.

— Левий Матвей, — охотно объяснил арестант, — он был сборщиком податей, и я с ним встретился впервые на дороге в Виффагии, там, где углом выходит фиговый сад, и разговорился с ним. Первоначально он отнесся ко мне неприязненно и даже оскорблял меня, то есть думал, что оскорбляет, называя меня собакой, — тут арестант усмехнулся, — я лично не вижу ничего дурного в этом звере, чтобы обижаться на это слово...

Секретарь перестал записывать и исподтишка бросил удивленный взгляд, но не на арестованного, а на прокуратора.

— ...однако, послушав меня, он стал смягчаться, — продолжал Иешуа, — наконец бросил деньги на дорогу и сказал, что пойдет со мною путешествовать...

Пилат усмехнулся одною щекой, оскалив желтые зубы, и промолвил, повернувшись всем туловищем к секретарю:

— О, город Ершалаим! Чего только не услышишь в нем! Сборщик податей, вы слышите, бросил деньги на дорогу!

Не зная, как ответить на это, секретарь счел нужным повторить улыбку Пилата.

— А он сказал, что деньги ему отныне стали ненавистны, — объяснил Иешуа странные действия Левия Матвея и добавил: — И с тех пор он стал моим спутником.

Все еще скалясь, прокуратор поглядел на арестованного, затем на солнце, неуклонно подымающееся вверх над конными статуями гипподрома, лежащего далеко внизу направо, и вдруг в какой-то тошной муке подумал о том, что проще всего было бы изгнать с балкона этого странного разбойника, произнеся только два слова: «Повесить его». Изгнать и конвой, уйти из колоннады внутрь дворца, велеть затемнить комнату, повалиться на ложе, потребовать холодной воды, жалобным голосом позвать собаку Банга, пожаловаться ей на гемикранию. И мысль об яде вдруг соблазнительно мелькнула в больной голове прокуратора.

Он смотрел мутными глазами на арестованного и некоторое время молчал, мучительно вспоминая, зачем на утреннем безжалостном ершалаимском солнцепеке стоит перед ним арестант с обезображенным побоями лицом и какие еще никому не нужные вопросы ему придется задавать.

— Левий Матвей? — хриплым голосом спросил больной и закрыл глаза.

— Да, Левий Матвей, — донесся до него высокий, мучающий его голос.

— А вот что ты все-таки говорил про храм толпе на базаре?

Голос отвечавшего, казалось, колол Пилату в висок, был невыразимо мучителен, и этот голос говорил:

— Я, игемон, говорил о том, что рухнет храм старой веры и создастся новый храм истины. Сказал так, чтобы было понятнее.

— Зачем же ты, бродяга, на базаре смущал народ, рассказывая про истину, о которой ты не имеешь представления? Что такое истина?

И тут прокуратор подумал: «О боги мои! Я спрашиваю его о чем-то ненужном на суде... Мой ум не служит мне больше...» И опять померещилась ему чаша с темною жидкостью. «Яду мне, яду!»

И вновь он услышал голос:

— Истина прежде всего в том, что у тебя болит голова, и болит так сильно, что ты малодушно помышляешь о смерти. Ты не только не в силах говорить со мной, но тебе трудно даже глядеть на меня. И сейчас я невольно являюсь твоим палачом, что меня огорчает. Ты не можешь даже и думать о чем-нибудь и мечтаешь только о том, чтобы пришла твоя собака, единственное, по-видимому, существо, к которому ты привязан. Но мучения твои сейчас кончатся, голова пройдет.

Секретарь вытаращил глаза на арестанта и не дописал слова.

Пилат поднял мученические глаза на арестанта и увидел, что солнце уже довольно высоко стоит над гипподромом, что луч пробрался в колоннаду и подползает к стоптанным сандалиям Иешуа, что тот сторонится от солнца.

Тут прокуратор поднялся с кресла, сжал голову руками, и на желтоватом его бритом лице выразился ужас. Но он тотчас же подавил его своею волею и вновь опустился в кресло.

Арестант же тем временем продолжал свою речь, но секретарь ничего более не записывал, а только, вытянув шею, как гусь, старался не проронить ни одного слова.

— Ну вот, все и кончилось, — говорил арестованный, благожелательно поглядывая на Пилата, — и я чрезвычайно этому рад. Я советовал бы тебе, игемон, оставить на время дворец и погулять пешком где-нибудь в окрестностях, ну хотя бы в садах на Елеонской горе. Гроза начнется... — арестант повернулся, прищурился на солнце, — ...позже, к вечеру. Прогулка принесла бы тебе большую пользу, а я с удовольствием сопровождал бы тебя. Мне пришли в голову кое-какие новые мысли, которые могли бы, полагаю, показаться тебе интересными, и я охотно поделился бы ими с тобой, тем более что ты производишь впечатление очень умного человека.

Секретарь смертельно побледнел и уронил свиток на пол.

— Беда в том, — продолжал никем не останавливаемый связанный, — что ты слишком замкнут и окончательно потерял веру в людей. Ведь нельзя же, согласись, поместить всю свою привязанность в собаку. Твоя жизнь скудна, игемон, — и тут говорящий позволил себе улыбнуться.

Секретарь думал теперь только об одном, верить ли ему ушам своим или не верить. Приходилось верить. Тогда он постарался представить себе, в какую именно причудливую форму выльется гнев вспыльчивого прокуратора при этой неслыханной дерзости арестованного. И этого секретарь представить себе не мог, хотя и хорошо знал прокуратора.

Тогда раздался сорванный, хрипловатый голос прокуратора, по-латыни сказавшего:

— Развяжите ему руки.

Один из конвойных легионеров стукнул копьем, передал его другому, подошел и снял веревки с арестанта. Секретарь поднял свиток, решил пока что ничего не записывать и ничему не удивляться.

— Сознайся, — тихо по-гречески спросил Пилат, — ты великий врач?

— Нет, прокуратор, я не врач, — ответил арестант, с наслаждением потирая измятую и опухшую багровую кисть руки.

Круто, исподлобья Пилат буравил глазами арестанта, и в этих глазах уже не было мути, в них появились всем знакомые искры.

— Я не спросил тебя, — сказал Пилат, — ты, может быть, знаешь и латинский язык?

— Да, знаю, — ответил арестант.

Краска выступила на желтоватых щеках Пилата, и он спросил по-латыни:

— Как ты узнал, что я хотел позвать собаку?

— Это очень просто, — ответил арестант по-латыни, — ты водил рукой по воздуху, — и арестант повторил жест Пилата, — как будто хотел погладить, и губы...

— Да, — сказал Пилат.

Помолчали, потом Пилат задал вопрос по-гречески:

— Итак, ты врач?

— Нет, нет, — живо отозвался арестант, — поверь мне, я не врач.

— Ну, хорошо. Если хочешь это держать в тайне, держи. К делу это прямого отношения не имеет. Так ты утверждаешь, что не призывал разрушить... или поджечь, или каким-либо иным способом уничтожить храм?

— Я, игемон, никого не призывал к подобным действиям, повторяю. Разве я похож на слабоумного?

— О да, ты не похож на слабоумного, — тихо ответил прокуратор и улыбнулся какой-то страшной улыбкой, — так поклянись, что этого не было.

— Чем хочешь ты, чтобы я поклялся? — спросил, очень оживившись, развязанный.

— Ну, хотя бы жизнью твоею, — ответил прокуратор, — ею клясться самое время, так как она висит на волоске, знай это!

— Не думаешь ли ты, что ты ее подвесил, игемон? — спросил арестант. — Если это так, ты очень ошибаешься.

Пилат вздрогнул и ответил сквозь зубы:

— Я могу перерезать этот волосок.

— И в этом ты ошибаешься, — светло улыбаясь и заслоняясь рукой от солнца, возразил арестант, — согласись, что перерезать волосок уж наверно может лишь тот, кто подвесил?

— Так, так, — улыбнувшись, сказал Пилат, — теперь я не сомневаюсь в том, что праздные зеваки в Ершалаиме ходили за тобою по пятам. Не знаю, кто подвесил твой язык, но подвешен он хорошо. Кстати, скажи: верно ли, что ты явился в Ершалаим через Сузские ворота верхом на осле, сопровождаемый толпою черни, кричавшей тебе приветствия как бы некоему пророку? — тут прокуратор указал на свиток пергамента.

Арестант недоуменно поглядел на прокуратора.

— У меня и осла-то никакого нет, игемон, — сказал он. — Пришел я в Ершалаим точно через Сузские ворота, но пешком, в сопровождении одного Левия Матвея, и никто мне ничего не кричал, так как никто меня тогда в Ершалаиме не знал.

— Не знаешь ли ты таких, — продолжал Пилат, не сводя глаз с арестанта, — некоего Дисмаса, другого — Гестаса и третьего — Вар-раввана?

— Этих добрых людей я не знаю, — ответил арестант.

— Правда?

— Правда.

— А теперь скажи мне, что это ты все время употребляешь слова «добрые люди»? Ты всех, что ли, так называешь?

— Всех, — ответил арестант, — злых людей нет на свете.

— Впервые слышу об этом, — сказал Пилат, усмехнувшись, — но, может быть, я мало знаю жизнь! Можете дальнейшее не записывать, — обратился он к секретарю, хотя тот и так ничего не записывал, и продолжал говорить арестанту: — В какой-нибудь из греческих книг ты прочел об этом?

— Нет, я своим умом дошел до этого.

— И ты проповедуешь это?

— Да.

— А вот, например, кентурион Марк, его прозвали Крысобоем, — он — добрый?

— Да, — ответил арестант, — он, правда, несчастливый человек. С тех пор как добрые люди изуродовали его, он стал жесток и черств. Интересно бы знать, кто его искалечил?

— Охотно могу сообщить это, — отозвался Пилат, — ибо я был свидетелем этого. Добрые люди бросались на него, как собаки на медведя. Германцы вцепились ему в шею, в руки, в ноги. Пехотный манипул попал в мешок, и если бы не врубилась с фланга кавалерийская турма, а командовал ею я, — тебе, философ, не пришлось бы разговаривать с Крысобоем. Это было в бою при Идиставизо, в Долине Дев.

— Если бы с ним поговорить, — вдруг мечтательно сказал арестант, — я уверен, что он резко изменился бы.

— Я полагаю, — отозвался Пилат, — что мало радости ты доставил бы легату легиона, если бы вздумал разговаривать с кем-нибудь из его офицеров или солдат. Впрочем, этого и не случится, к общему счастью, и первый, кто об этом позаботится, буду я.

В это время в колоннаду стремительно влетела ласточка, сделала под золотым потолком круг, снизилась, чуть не задела острым крылом лица медной статуи в нише и скрылась за капителью колонны. Быть может, ей пришла мысль вить там гнездо.

В течение ее полета в светлой теперь и легкой голове прокуратора сложилась формула. Она была такова: игемон разобрал дело бродячего философа Иешуа, по кличке Га-Ноцри, и состава преступления в нем не нашел. В частности, не нашел ни малейшей связи между действиями Иешуа и беспорядками, происшедшими в Ершалаиме недавно. Бродячий философ оказался душевнобольным. Вследствие этого смертный приговор Га-Ноцри, вынесенный Малым Синедрионом, прокуратор не утверждает. Но ввиду того, что безумные, утопические речи Га-Ноцри могут быть причиною волнений в Ершалаиме, прокуратор удаляет Иешуа из Ершалаима и подвергает его заключению в Кесарии Стратоновой на Средиземном море, то есть именно там, где резиденция прокуратора.

Оставалось это продиктовать секретарю.

Крылья ласточки фыркнули над самой головой игемона, птица метнулась к чаше фонтана и вылетела на волю. Прокуратор поднял глаза на арестанта и увидел, что возле того столбом загорелась пыль.

— Все о нем? — спросил Пилат у секретаря.

— Нет, к сожалению, — неожиданно ответил секретарь и подал Пилату другой кусок пергамента.

— Что еще там? — спросил Пилат и нахмурился.

Прочитав поданное, он еще более изменился в лице. Темная ли кровь прилила к шее и лицу или случилось что-либо другое, но только кожа его утратила желтизну, побурела, а глаза как будто провалились.

Опять-таки виновата была, вероятно, кровь, прилившая к вискам и застучавшая в них, только у прокуратора что-то случилось со зрением. Так, померещилось ему, что голова арестанта уплыла куда-то, а вместо нее появилась другая. На этой плешивой голове сидел редкозубый золотой венец; на лбу была круглая язва, разъедающая кожу и смазанная мазью; запавший беззубый рот с отвисшей нижней капризною губой. Пилату показалось, что исчезли розовые колонны балкона и кровли Ершалаима вдали, внизу за садом, и все утонуло вокруг в густейшей зелени капрейских садов. И со слухом совершилось что-то странное — как будто вдали проиграли негромко и грозно трубы и очень явственно послышался носовой голос, надменно тянущий слова: «Закон об оскорблении величества...»

Мысли понеслись короткие, бессвязные и необыкновенные: «Погиб!..», потом: «Погибли!..» И какая-то совсем нелепая среди них о каком-то бессмертии, причем бессмертие почему-то вызвало нестерпимую тоску.

Пилат напрягся, изгнал видение, вернулся взором на балкон, и опять перед ним оказались глаза арестанта.

— Слушай, Га-Ноцри, — заговорил прокуратор, глядя на Иешуа как-то странно: лицо прокуратора было грозно, но глаза тревожны, — ты когда-либо говорил что-нибудь о великом кесаре? Отвечай! Говорил?.. Или... не... говорил? — Пилат протянул слово «не» несколько больше, чем это полагается на суде, и послал Иешуа в своем взгляде какую-то мысль, которую как бы хотел внушить арестанту.

— Правду говорить легко и приятно, — заметил арестант.

— Мне не нужно знать, — придушенным, злым голосом отозвался Пилат, — приятно или неприятно тебе говорить правду. Но тебе придется ее говорить. Но, говоря, взвешивай каждое слово, если не хочешь не только неизбежной, но и мучительной смерти.

Никто не знает, что случилось с прокуратором Иудеи, но он позволил себе поднять руку, как бы заслоняясь от солнечного луча, и за этой рукой, как за щитом, послать арестанту какой-то намекающий взор.

— Итак, — говорил он, — отвечай, знаешь ли ты некоего Иуду из Кириафа и что именно ты говорил ему, если говорил, о кесаре?

— Дело было так, — охотно начал рассказывать арестант, — позавчера вечером я познакомился возле храма с одним молодым человеком, который назвал себя Иудой из города Кириафа. Он пригласил меня к себе в дом в Нижнем Городе и угостил...

— Добрый человек? — спросил Пилат, и дьявольский огонь сверкнул в его глазах.

— Очень добрый и любознательный человек, — подтвердил арестант, — он выказал величайший интерес к моим мыслям, принял меня весьма радушно...

— Светильники зажег... — сквозь зубы в тон арестанту проговорил Пилат, и глаза его при этом мерцали.

— Да, — немного удивившись осведомленности прокуратора, продолжал Иешуа, — попросил меня высказать свой взгляд на государственную власть. Его этот вопрос чрезвычайно интересовал.

— И что же ты сказал? — спросил Пилат. — Или ты ответишь, что ты забыл, что говорил? — но в тоне Пилата была уже безнадежность.

— В числе прочего я говорил, — рассказывал арестант, — что всякая власть является насилием над людьми и что настанет время, когда не будет власти ни кесарей, ни какой-либо иной власти. Человек перейдет в царство истины и справедливости, где вообще не будет надобна никакая власть.

— Далее!

— Далее ничего не было, — сказал арестант, — тут вбежали люди, стали вязать меня и повели в тюрьму.

Секретарь, стараясь не проронить ни слова, быстро чертил на пергаменте слова.

— На свете не было, нет и не будет никогда более великой и прекрасной для людей власти, чем власть императора Тиверия! — сорванный и больной голос Пилата разросся.

Прокуратор с ненавистью почему-то глядел на секретаря и конвой.

— И не тебе, безумный преступник, рассуждать о ней! — Тут Пилат вскричал: — Вывести конвой с балкона! — И, повернувшись к секретарю, добавил: — Оставьте меня с преступником наедине, здесь государственное дело.

Конвой поднял копья и, мерно стуча подкованными калигами, вышел с балкона в сад, а за конвоем вышел и секретарь.

Молчание на балконе некоторое время нарушала только песня воды в фонтане. Пилат видел, как вздувалась над трубочкой водяная тарелка, как отламывались ее края, как падали струйками.

Первым заговорил арестант:

— Я вижу, что совершилась какая-то беда из-за того, что я говорил с этим юношей из Кириафа. У меня, игемон, есть предчувствие, что с ним случится несчастье, и мне его очень жаль.

— Я думаю, — странно усмехнувшись, ответил прокуратор, — что есть еще кое-кто на свете, кого тебе следовало бы пожалеть более, чем Иуду из Кириафа, и кому придется гораздо хуже, чем Иуде! Итак, Марк Крысобой, холодный и убежденный палач, люди, которые, как я вижу, — прокуратор указал на изуродованное лицо Иешуа, — тебя били за твои проповеди, разбойники Дисмас и Гестас, убившие со своими присными четырех солдат, и, наконец, грязный предатель Иуда — все они добрые люди?

— Да, — ответил арестант.

— И настанет царство истины?

— Настанет, игемон, — убежденно ответил Иешуа.

— Оно никогда не настанет! — вдруг закричал Пилат таким страшным голосом, что Иешуа отшатнулся. Так много лет тому назад в Долине Дев кричал Пилат своим всадникам слова: «Руби их! Руби их! Великан Крысобой попался!» Он еще повысил сорванный командами голос, выкликая слова так, чтобы их слышали в саду: — Преступник! Преступник! Преступник! — А затем, понизив голос, он спросил: — Иешуа Га-Ноцри, веришь ли ты в каких-нибудь богов?

— Бог один, — ответил Иешуа, — в него я верю.

— Так помолись ему! Покрепче помолись! Впрочем... — тут голос Пилата сел, — это не поможет. Жены нет? — почему-то тоскливо спросил Пилат, не понимая, что с ним происходит.

— Нет, я один.

— Ненавистный город... — вдруг почему-то пробормотал прокуратор и передернул плечами, как будто озяб, а руки потер, как бы обмывая их, — если бы тебя зарезали перед твоим свиданием с Иудою из Кириафа, право, это было бы лучше.

— А ты бы меня отпустил, игемон, — неожиданно попросил арестант, и голос его стал тревожен, — я вижу, что меня хотят убить.

Лицо Пилата исказилось судорогой, он обратил к Иешуа воспаленные, в красных жилках белки глаз и сказал:

— Ты полагаешь, несчастный, что римский прокуратор отпустит человека, говорившего то, что говорил ты? О, боги, боги! Или ты думаешь, что я готов занять твое место? Я твоих мыслей не разделяю! И слушай меня: если с этой минуты ты произнесешь хотя бы одно слово, заговоришь с кем-нибудь, берегись меня! Повторяю тебе: берегись!

— Игемон...

— Молчать! — вскричал Пилат и бешеным взором проводил ласточку, опять впорхнувшую на балкон. — Ко мне! — крикнул Пилат.

И когда секретарь и конвой вернулись на свои места, Пилат объявил, что утверждает смертный приговор, вынесенный в собрании Малого Синедриона преступнику Иешуа Га-Ноцри, и секретарь записал сказанное Пилатом.

Через минуту перед прокуратором стоял Марк Крысобой. Ему прокуратор приказал сдать преступника начальнику тайной службы и при этом передать ему распоряжение прокуратора о том, чтобы Иешуа Га-Ноцри был отделен от других осужденных, а также о том, чтобы команде тайной службы было под страхом тяжкой кары запрещено о чем бы то ни было разговаривать с Иешуа или отвечать на какие-либо его вопросы.

По знаку Марка вокруг Иешуа сомкнулся конвой и вывел его с балкона.

Затем перед прокуратором предстал светлобородый красавец со сверкающими на груди золотыми львиными мордами, с орлиными перьями на гребне шлема, с золотыми же бляшками на портупее меча, в зашнурованной до колен обуви на тройной подошве и в наброшенном на левое плечо багряном плаще. Это был командующий легионом легат.

Его прокуратор спросил о том, где сейчас находится себастийская когорта. Легат сообщил, что себастийцы держат оцепление на площади перед гипподромом, где будет объявлен народу приговор над преступниками.

Тогда прокуратор распорядился, чтобы легат выделил из римской когорты две кентурии. Одна из них, под командою Крысобоя, должна будет конвоировать преступников, повозки с приспособлениями для казни и палачей при отправлении на Лысую Гору, а при прибытии на нее войти в верхнее оцепление. Другая же должна быть сейчас же отправлена на Лысую Гору и начинать оцепление немедленно. Для этой же цели, то есть для охраны Горы, прокуратор попросил легата отправить вспомогательный кавалерийский полк — сирийскую алу.

Когда легат покинул балкон, прокуратор приказал секретарю пригласить во дворец президента

Синедриона, двух членов его и начальника храмовой стражи Ершалаима, но при этом добавил, что просит устроить так, чтобы до совещания со всеми этими людьми он мог говорить с президентом раньше и наедине.

Приказания прокуратора были исполнены быстро и точно, и солнце, с какою-то необыкновенною яростью сжигавшее в эти дни Ершалаим, не успело еще приблизиться к своей наивысшей точке, когда на верхней террасе сада у двух мраморных белых львов, стороживших лестницу, встретились прокуратор и исполняющий обязанности президента Синедриона первосвященник иудейский Иосиф Каифа.

В саду было тихо. Но, выйдя из-под колоннады на заливаемую солнцем верхнюю площадь сада с пальмами на чудовищных слоновых ногах, площадь, с которой перед прокуратором развернулся весь ненавистный ему Ершалаим с висячими мостами, крепостями и — самое главное — с не поддающейся никакому описанию глыбой мрамора с золотою драконовой чешуею вместо крыши — храмом Ершалаимским, — острым слухом уловил прокуратор далеко и внизу, там, где каменная стена отделяла нижние террасы дворцового сада от городской площади, низкое ворчание, над которым взмывали по временам слабенькие, тонкие не то стоны, не то крики.

Прокуратор понял, что там, на площади, уже собралась несметная толпа взволнованных последними беспорядками жителей Ершалаима, что эта толпа в нетерпении ожидает вынесения приговора и что в ней кричат беспокойные продавцы воды.

Прокуратор начал с того, что пригласил первосвященника на балкон, с тем чтобы укрыться от безжалостного зноя, но Каифа вежливо извинился и объяснил, что сделать этого не может в канун праздника. Пилат накинул капюшон на свою чуть лысеющую голову и начал разговор. Разговор этот шел по-гречески.

Пилат сказал, что он разобрал дело Иешуа Га-Ноцри и утвердил смертный приговор.

Таким образом, к смертной казни, которая должна совершиться сегодня, приговорены трое разбойников: Дисмас, Гестас, Вар-равван и, кроме того, этот Иешуа Га-Ноцри. Первые двое, вздумавшие подбивать народ на бунт против кесаря, взяты с боем римскою властью, числятся за прокуратором, и, следовательно, о них здесь речь идти не будет. Последние же, Вар-равван и Га-Ноцри, схвачены местной властью и осуждены Синедрионом. Согласно закону, согласно обычаю, одного из этих двух преступников нужно будет отпустить на свободу в честь наступающего сегодня великого праздника Пасхи.

Итак, прокуратор желает знать, кого из двух преступников намерен освободить Синедрион: Вар-раввана или Га-Ноцри?

Каифа склонил голову в знак того, что вопрос ему ясен, и ответил:

— Синедрион просит отпустить Вар-раввана.

Прокуратор хорошо знал, что именно так ему ответит первосвященник, но задача его заключалась в том, чтобы показать, что такой ответ вызывает его изумление.

Пилат это и сделал с большим искусством. Брови на надменном лице поднялись, прокуратор прямо в глаза поглядел первосвященнику с изумлением.

— Признаюсь, этот ответ меня поразил, — мягко заговорил прокуратор, — боюсь, нет ли здесь недоразумения.

Пилат объяснился. Римская власть ничуть не покушается на право духовной местной власти, первосвященнику это хорошо известно, но в данном случае налицо явная ошибка. И в исправлении этой ошибки римская власть, конечно, заинтересована.

В самом деле: преступления Вар-раввана и Га-Ноцри совершенно не сравнимы по тяжести. Если второй, явно сумасшедший человек, повинен в произнесении нелепых речей, смущавших народ в Ершалаиме и других некоторых местах, то первый отягощен гораздо значительнее. Мало того, что он позволил себе прямые призывы к мятежу, но он еще убил стража при попытке брать его. Вар-равван несравненно опаснее, нежели Га-Ноцри.

В силу всего изложенного прокуратор просит первосвященника пересмотреть решение и оставить на свободе того из двух осужденных, кто менее вреден, а таким, без сомнения, является Га-Ноцри. Итак?..

Каифа сказал тихим, но твердым голосом, что Синедрион внимательно ознакомился с делом и вторично сообщает, что намерен освободить Вар-раввана.

— Как? Даже после моего ходатайства? Ходатайства того, в лице которого говорит римская власть? Первосвященник, повтори в третий раз.

— И в третий раз сообщаю, что мы освобождаем Вар-раввана, — тихо сказал Каифа.

Все было кончено, и говорить более было не о чем. Га-Ноцри уходил навсегда, и страшные, злые боли прокуратора некому излечить; от них нет средства, кроме смерти. Но не эта мысль поразила сейчас Пилата. Все та же непонятная тоска, что уже приходила на балконе, пронизала все его существо. Он тотчас постарался ее объяснить, и объяснение было странное: показалось смутно прокуратору, что он чего-то не договорил с осужденным, а может быть, чего-то не дослушал.

Пилат прогнал эту мысль, и она улетела в одно мгновение, как и прилетела. Она улетела, а тоска осталась необъясненной, ибо не могла же ее объяснить мелькнувшая как молния и тут же погасшая какая-то короткая другая мысль: «Бессмертие... пришло бессмертие...» Чье бессмертие пришло? Этого не понял прокуратор, но мысль об этом загадочном бессмертии заставила его похолодеть на солнцепеке.

— Хорошо, — сказал Пилат, — да будет так.

Тут он оглянулся, окинул взором видимый ему мир и удивился происшедшей перемене. Пропал отягощенный розами куст, пропали кипарисы, окаймляющие верхнюю террасу, и гранатовое дерево, и белая статуя в зелени, да и сама зелень. Поплыла вместо этого всего какая-то багровая гуща, в ней закачались водоросли и двинулись куда-то, а вместе с ними двинулся и сам Пилат. Теперь его уносил, удушая и обжигая, самый страшный гнев, гнев бессилия.

— Тесно мне, — вымолвил Пилат, — тесно мне!

Он холодною влажной рукой рванул пряжку с ворота плаща, и та упала на песок.

— Сегодня душно, где-то идет гроза, — отозвался Каифа, не сводя глаз с покрасневшего лица прокуратора и предвидя все муки, которые еще предстоят. «О, какой страшный месяц нисан в этом году!»

— Нет, — сказал Пилат, — это не оттого, что душно, а тесно мне стало с тобой, Каифа. — И, сузив глаза, Пилат улыбнулся и добавил: — Побереги себя, первосвященник.

Темные глаза первосвященника блеснули, и, не хуже, чем ранее прокуратор, он выразил на своем лице удивление.

— Что слышу я, прокуратор? — гордо и спокойно ответил Каифа. — Ты угрожаешь мне после вынесенного приговора, утвержденного тобою самим? Может ли это быть? Мы привыкли к тому, что римский прокуратор выбирает слова, прежде чем что-нибудь сказать. Не услышал бы нас кто-нибудь, игемон?

Пилат мертвыми глазами поглядел на первосвященника и, оскалившись, изобразил улыбку.

— Что ты, первосвященник! Кто же может услышать нас сейчас здесь? Разве я похож на юного бродячего юродивого, которого сегодня казнят? Мальчик ли я, Каифа? Знаю, что говорю и где говорю. Оцеплен сад, оцеплен дворец, так что мышь не проникнет ни в какую щель! Да не только мышь, не проникнет даже этот, как его... из города Кириафа. Кстати, ты знаешь такого, первосвященник? Да... если бы такой проник сюда, он горько пожалел бы себя, в этом ты мне, конечно, поверишь? Так знай же, что не будет тебе, первосвященник, отныне покоя! Ни тебе, ни народу твоему, — и Пилат указал вдаль направо, туда, где в высоте пылал храм, — это я тебе говорю — Пилат Понтийский, всадник Золотое Копье!

— Знаю, знаю! — бесстрашно ответил чернобородый Каифа, и глаза его сверкнули. Он вознес руку к небу и продолжал: — Знает народ иудейский, что ты ненавидишь его лютою ненавистью и много мучений ты ему причинишь, но вовсе ты его не погубишь! Защитит его Бог! Услышит нас, услышит всемогущий кесарь, укроет нас от губителя Пилата!

— О нет! — воскликнул Пилат, и с каждым словом ему становилось легче и легче: не нужно было больше притворяться, не нужно было подбирать слова. — Слишком много ты жаловался кесарю на меня, и настал теперь мой час, Каифа! Теперь полетит весть от меня, да не наместнику в Антиохию и не в Рим, а прямо на Капрею, самому императору, весть о том, как вы заведомых мятежников в Ершалаиме прячете от смерти. И не водою из Соломонова пруда, как хотел я для вашей пользы, напою я тогда Ершалаим! Нет, не водою! Вспомни, как мне пришлось из-за вас снимать со стен щиты с вензелями императора, перемещать войска, пришлось, видишь, самому приехать, глядеть, что у вас тут творится! Вспомни мое слово: увидишь ты здесь, первосвященник, не одну когорту в Ершалаиме, нет! Придет под стены города полностью легион Фульмината, подойдет арабская конница, тогда услышишь ты горький плач и стенания! Вспомнишь ты тогда спасенного Вар-раввана и пожалеешь, что послал на смерть философа с его мирною проповедью!

Лицо первосвященника покрылось пятнами, глаза горели. Он, подобно прокуратору, улыбнулся, скалясь, и ответил:

— Веришь ли ты, прокуратор, сам тому, что сейчас говоришь? Нет, не веришь! Не мир, не мир принес нам обольститель народа в Ершалаим, и ты, всадник, это прекрасно понимаешь. Ты хотел его выпустить затем, чтобы он смутил народ, над верою надругался и подвел народ под римские мечи! Но я, первосвященник иудейский, покуда жив, не дам на поругание веру и защищу народ! Ты слышишь, Пилат? — И тут Каифа грозно поднял руку: — Прислушайся, прокуратор!

Каифа смолк, и прокуратор услыхал опять как бы шум моря, подкатывающего к самым стенам сада Ирода Великого. Этот шум поднимался снизу к ногам и в лицо прокуратору. А за спиною у него, там, за крыльями дворца, слышались тревожные трубные сигналы, тяжкий хруст сотен ног, железное бряцание, — тут прокуратор понял, что римская пехота уже выходит, согласно его приказу, стремясь на страшный для бунтовщиков и разбойников предсмертный парад.

— Ты слышишь, прокуратор? — тихо повторил первосвященник. — Неужели ты скажешь мне, что все это, — тут первосвященник поднял обе руки, и темный капюшон свалился с головы его, — вызвал жалкий разбойник Вар-равван?

Прокуратор тыльной стороной кисти руки вытер мокрый, холодный лоб, поглядел в землю, потом, прищурившись, в небо, увидел, что раскаленный шар почти над самой его головою, а тень Каифы совсем съежилась у львиного хвоста, и сказал тихо и равнодушно:

— Дело идет к полудню. Мы увлеклись беседою, а между тем надо продолжать.

В изысканных выражениях извинившись перед первосвященником, он попросил его присесть на скамью в тени магнолии и обождать, пока он вызовет остальных лиц, нужных для последнего краткого совещания, и отдаст еще одно распоряжение, связанное с казнью.

Каифа вежливо поклонился, приложив руку к сердцу, и остался в саду, а Пилат вернулся на балкон. Там ожидавшему его секретарю он велел пригласить в сад легата легиона, трибуна когорты, а также двух членов Синедриона и начальника храмовой стражи, ожидавших вызова на нижней террасе сада в круглой беседке с фонтаном. К этому Пилат добавил, что он тотчас выйдет в сад и сам, и удалился внутрь дворца.

Пока секретарь собирал совещание, прокуратор в затененной от солнца темными шторами комнате имел свидание с каким-то человеком, лицо которого было наполовину прикрыто капюшоном, хотя в комнате лучи солнца и не могли его беспокоить. Свидание это было чрезвычайно кратко. Прокуратор тихо сказал человеку несколько слов, после чего тот удалился, а Пилат через колоннаду прошел в сад.

Там в присутствии всех, кого он желал видеть, прокуратор торжественно и сухо подтвердил, что он утверждает смертный приговор Иешуа Га-Ноцри, и официально осведомился у членов Синедриона о том, кого из преступников угодно оставить в живых. Получив ответ, что это — Вар-равван, прокуратор сказал:

— Очень хорошо, — и велел секретарю тут же занести это в протокол, сжал в руке поднятую секретарем с песка пряжку и торжественно сказал: — Пора!

Тут все присутствующие тронулись вниз по широкой мраморной лестнице меж стен роз, источавших одуряющий аромат, спускаясь все ниже и ниже к дворцовой стене, к воротам, выводящим на большую, гладко вымощенную площадь, в конце которой виднелись колонны и статуи ершалаимского ристалища.

Лишь только группа, выйдя из сада на площадь, поднялась на обширный царящий над площадью каменный помост, Пилат, оглядываясь сквозь прищуренные веки, разобрался в обстановке. То пространство, которое он только что прошел, то есть пространство от дворцовой стены до помоста, было пусто, но зато впереди себя Пилат площади уже не увидел — ее съела толпа. Она залила бы и самый помост, и то очищенное пространство, если бы тройной ряд себастийских солдат по левую руку Пилата и солдат итурейской вспомогательной когорты по правую — не держал ее.

Итак, Пилат поднялся на помост, сжимая машинально в кулаке ненужную пряжку и щурясь. Щурился прокуратор не оттого, что солнце жгло ему глаза, нет! Он не хотел почему-то видеть группу осужденных, которых, как он это прекрасно знал, сейчас вслед за ним возводят на помост.

Лишь только белый плащ с багряной подбивкой возник в высоте на каменном утесе над краем человеческого моря, незрячему Пилату в уши ударила звуковая волна: «Га-а-а...» Она началась негромко, зародившись где-то вдали у гипподрома, потом стала громоподобной и, продержавшись несколько секунд, начала спадать. «Увидели меня», — подумал прокуратор. Волна не дошла до низшей точки и неожиданно стала опять вырастать и, качаясь, поднялась выше первой, и на второй волне, как на морском валу вскипает пена, вскипел свист и отдельные, сквозь гром различимые, женские стоны. «Это их ввели на помост... — подумал Пилат, — а стоны оттого, что задавили нескольких женщин, когда толпа подалась вперед».

Он выждал некоторое время, зная, что никакою силой нельзя заставить умолкнуть толпу, пока она не выдохнет все, что накопилось у нее внутри, и не смолкнет сама.

И когда этот момент наступил, прокуратор выбросил вверх правую руку, и последний шум сдуло с толпы.

Тогда Пилат набрал, сколько мог, горячего воздуха в грудь и закричал, и сорванный его голос понесло над тысячами голов:

— Именем кесаря императора!

Тут в уши ему ударил несколько раз железный рубленый крик — в когортах, взбросив вверх копья и значки, страшно прокричали солдаты:

— Да здравствует кесарь!

Пилат задрал голову и уткнул ее прямо в солнце. Под веками у него вспыхнул зеленый огонь, от него загорелся мозг, и над толпою полетели хриплые арамейские слова:

— Четверо преступников, арестованных в Ершалаиме за убийства, подстрекательства к мятежу и оскорбление законов и веры, приговорены к позорной казни — повешению на столбах! И эта казнь сейчас совершится на Лысой Горе! Имена преступников — Дисмас, Гестас, Вар-равван и Га-Ноцри. Вот они перед вами!

Пилат указал вправо рукой, не видя никаких преступников, но зная, что они там, на месте, где им нужно быть.

Толпа ответила длинным гулом как бы удивления или облегчения. Когда же он потух, Пилат продолжал:

— Но казнены из них будут только трое, ибо, согласно закону и обычаю, в честь праздника Пасхи одному из осужденных, по выбору Малого Синедриона и по утверждению римской власти, великодушный кесарь император возвращает его презренную жизнь!

Пилат выкрикивал слова и в то же время слушал, как на смену гулу идет великая тишина. Теперь ни вздоха, ни шороха не доносилось до его ушей, и даже настало мгновение, когда Пилату показалось, что все кругом вообще исчезло. Ненавидимый им город умер, и только он один стоит, сжигаемый отвесными лучами, упершись лицом в небо. Пилат еще придержал тишину, а потом начал выкрикивать:

— Имя того, кого сейчас при вас отпустят на свободу...

Он сделал еще одну паузу, задерживая имя, проверяя, все ли сказал, потому что знал, что мертвый город воскреснет после произнесения имени счастливца и никакие дальнейшие слова слышны быть не могут.

«Все? — беззвучно шепнут себе Пилат. — Все. Имя!»

И, раскатив букву «р» над молчащим городом, он прокричал:

— Вар-равван!

Тут ему показалось, что солнце, зазвенев, лопнуло над ним и залило ему огнем уши. В этом огне бушевали рев, визги, стоны, хохот и свист.

Пилат повернулся и пошел по помосту назад к ступеням, не глядя ни на что, кроме разноцветных шашек настила под ногами, чтобы не оступиться. Он знал, что теперь у него за спиною на помост градом летят бронзовые монеты, финики, что в воющей толпе люди, давя друг друга, лезут на плечи, чтобы увидеть своими глазами чудо — как человек, который уже был в руках смерти, вырвался из этих рук! Как легионеры снимают с него веревки, невольно причиняя ему жгучую боль в вывихнутых на допросе руках, как он, морщась и охая, все же улыбается бессмысленной сумасшедшей улыбкой.

Он знал, что в это же время конвой уже ведет к боковым ступеням троих со связанными руками, чтобы выводить их на дорогу, ведущую на запад, за город, к Лысой Горе. Лишь оказавшись за помостом, в тылу его, Пилат открыл глаза, зная, что он теперь в безопасности — осужденных он видеть уже не мог.

К стону начинавшей утихать толпы примешивались и были различимы пронзительные выкрики глашатаев, повторявших одни на арамейском, другие на греческом языках все то, что прокричал с помоста прокуратор. Кроме того, до слуха его долетел дробный, стрекочущий и приближающийся конский топот и труба, что-то коротко и весело прокричавшая. Этим звукам ответил сверлящий свист мальчишек с кровель домов улицы, выводящей с базара на гипподромскую площадь, и крики «берегись!».

Солдат, одиноко стоявший в очищенном пространстве площади со значком в руке, тревожно взмахнул им, и тогда прокуратор, легат легиона, секретарь и конвой остановились.

Кавалерийская ала, забирая все шире рыси, вылетела на площадь, чтобы пересечь ее в сторонке, минуя скопище народа, и по переулку под каменной стеной, по которой стлался виноград, кратчайшей дорогой проскакать к Лысой Горе.

Летящий рысью маленький, как мальчик, темный, как мулат, командир алы — сириец, равняясь с Пилатом, что-то тонко крикнул и выхватил из ножен меч. Злая вороная взмокшая лошадь шарахнулась, поднялась на дыбы. Вбросив меч в ножны, командир ударил плетью лошадь по шее, выровнял ее и поскакал в переулок, переходя в галоп. За ним по три в ряд полетели всадники в туче пыли, запрыгали кончики легких бамбуковых пик, мимо прокуратора понеслись казавшиеся особенно смуглыми под белыми тюрбанами лица с весело оскаленными, сверкающими зубами.

Поднимая до неба пыль, ала ворвалась в переулок, и мимо Пилата последним проскакал солдат с пылающей на солнце трубою за спиной.

Закрываясь от пыли рукой и недовольно морща лицо, Пилат двинулся дальше, устремляясь к воротам дворцового сада, а за ним двинулся легат, секретарь и конвой.

Было около десяти часов утра.

Глава 3

СЕДЬМОЕ ДОКАЗАТЕЛЬСТВО

— Да, было около десяти часов утра, досточтимый Иван Николаевич, — сказал профессор.

Поэт провел рукою по лицу, как человек, только что очнувшийся, и увидел, что на Патриарших вечер.

Вода в пруде почернела, и легкая лодочка уже скользила по ней, и слышался плеск весла и смешки какой-то гражданки в лодочке. В аллеях на скамейках появилась публика, но опять-таки на всех трех сторонах квадрата, кроме той, где были наши собеседники.

Небо над Москвой как бы выцвело, и совершенно отчетливо была видна в высоте полная луна, но еще не золотая, а белая. Дышать стало гораздо легче, и голоса под липами теперь звучали мягче, по-вечернему.

«Как же это я не заметил, что он успел сплести целый рассказ?.. — подумал Бездомный в изумлении. — Ведь вот уже и вечер! А может, это и не он рассказывал, а просто я заснул и все это мне приснилось?»

Но надо полагать, что все-таки рассказывал профессор, иначе придется допустить, что то же самое приснилось и Берлиозу, потому что тот сказал, внимательно всматриваясь в лицо иностранца:

— Ваш рассказ чрезвычайно интересен, профессор, хотя он и совершенно не совпадает с евангельскими рассказами.

— Помилуйте, — снисходительно усмехнувшись, отозвался профессор, — уж кто-кто, а вы-то должны знать, что ровно ничего из того, что написано в Евангелиях, не происходило на самом деле никогда, и если мы начнем ссылаться на Евангелия как на исторический источник... — Он еще раз усмехнулся, и Берлиоз осекся, потому что буквально то же самое он говорил Бездомному, идя с тем по Бронной к Патриаршим прудам.

— Это так, — заметил Берлиоз, — но боюсь, что никто не может подтвердить, что и то, что вы нам рассказывали, происходило на самом деле.

— О нет! Это может кто подтвердить! — начиная говорить ломаным языком, чрезвычайно уверенно ответил профессор и неожиданно таинственно поманил обоих приятелей к себе поближе.

Те наклонились к нему с обеих сторон, и он сказал, но уже без всякого акцента, который у него, черт знает почему, то пропадал, то появлялся:

— Дело в том... — тут профессор пугливо оглянулся и заговорил шепотом, — что я лично присутствовал при всем этом. И на балконе был у Понтия Пилата, и в саду, когда он с Каифой разговаривал, и на помосте, но только тайно, инкогнито, так сказать, так что прошу вас — никому ни слова и полнейший секрет!.. Тсс!

Наступило молчание, и Берлиоз побледнел.

— Вы... вы сколько времени в Москве? — дрогнувшим голосом спросил он.

— А я только что сию минуту приехал в Москву, — растерянно ответил профессор, и тут только приятели догадались заглянуть ему как следует в глаза и убедились в том, что левый, зеленый, у него совершенно безумен, а правый — пуст, черен и мертв.

«Вот тебе все и объяснилось, — подумал Берлиоз в смятении, — приехал сумасшедший немец или только что спятил на Патриарших. Вот так история!»

Да, действительно, объяснилось все: и страннейший завтрак у покойного философа Канта, и дурацкие речи про подсолнечное масло и Аннушку, и предсказания о том, что голова будет отрублена, и все прочее — профессор был сумасшедший.

Берлиоз тотчас сообразил, что следует делать. Откинувшись на спинку скамьи, он за спиною профессора замигал Бездомному — не противоречь, мол, ему, — но растерявшийся поэт этих сигналов не понял.

— Да, да, да, — возбужденно говорил Берлиоз, — впрочем, все это возможно! Даже очень возможно, и Понтий Пилат, и балкон, и тому подобное. А вы одни приехали или с супругой?

— Один, один, я всегда один, — горько ответил профессор.

— А где же ваши вещи, профессор? — вкрадчиво спрашивал Берлиоз. — В «Метрополе»? Вы где остановились?

— Я? Нигде, — ответил полоумный немец, тоскливо и дико блуждая зеленым глазом по Патриаршим прудам.

— Как? А... где же вы будете жить?

— В вашей квартире, — вдруг развязно ответил сумасшедший и подмигнул.

— Я... я очень рад, — забормотал Берлиоз, — но, право, у меня вам будет неудобно... А в «Метрополе» чудесные номера, это первоклассная гостиница...

— А дьявола тоже нет? — вдруг весело осведомился больной у Ивана Николаевича.

— И дьявола...

— Не противоречь! — одними губами шепнул Берлиоз, обрушиваясь за спину профессора и гримасничая.

— Нету никакого дьявола! — растерявшись от всей этой муры, вскричал Иван Николаевич не то, что нужно, — вот наказание! Перестаньте вы психовать!

Тут безумный расхохотался так, что из липы над головами сидящих выпорхнул воробей.

— Ну, уж это положительно интересно, — трясясь от хохота, проговорил профессор, — что же это у вас, чего ни хватишься, ничего нет! — Он перестал хохотать внезапно и, что вполне понятно при душевной болезни, после хохота впал в другую крайность — раздражился и крикнул сурово: — Так, стало быть, так-таки и нету?

— Успокойтесь, успокойтесь, успокойтесь, профессор, — бормотал Берлиоз, опасаясь волновать больного, — вы посидите минуточку здесь с товарищем Бездомным, а я только сбегаю на угол, звякну по телефону, а потом мы вас и проводим, куда вы хотите. Ведь вы не знаете города...

План Берлиоза следует признать правильным: нужно было добежать до ближайшего телефона-автомата и сообщить в бюро иностранцев о том, что вот, мол, приезжий из-за границы консультант сидит на Патриарших прудах в состоянии явно ненормальном. Так вот, необходимо принять меры, а то получается какая-то неприятная чепуха.

— Позвонить? Ну что же, позвоните, — печально согласился больной и вдруг страстно попросил: — Но умоляю вас на прощанье, поверьте хоть в то, что дьявол существует! О большем я уж вас и не прошу. Имейте в виду, что на это существует седьмое доказательство, и уж самое надежное! И вам оно сейчас будет предъявлено.

— Хорошо, хорошо, — фальшиво-ласково говорил Берлиоз и, подмигнув расстроенному поэту, которому вовсе не улыбалась мысль караулить сумасшедшего немца, устремился к тому выходу с Патриарших, что находится на углу Бронной и Ермолаевского переулка.

А профессор тотчас же как будто выздоровел и посветлел.

— Михаил Александрович! — крикнул он вдогонку Берлиозу.

Тот вздрогнул, обернулся, но успокоил себя мыслью, что его имя и отчество известны профессору также из каких-нибудь газет. А профессор прокричал, сложив руки рупором:

— Не прикажете ли, я велю сейчас дать телеграмму вашему дяде в Киев?

И опять передернуло Берлиоза. Откуда же сумасшедший знает о существовании киевского дяди? Ведь об этом ни в каких газетах, уж наверно, ничего не сказано. Эге-ге, уж не прав ли Бездомный? А ну как документы эти липовые? Ах, до чего странный субъект. Звонить, звонить! Сейчас же звонить! Его быстро разъяснят!

И, ничего не слушая более, Берлиоз побежал дальше.

Тут у самого выхода на Бронную со скамейки навстречу редактору поднялся в точности тот самый гражданин, что тогда при свете солнца вылепился из жирного зноя. Только сейчас он был уже не воздушный, а обыкновенный, плотский, и в начинающихся сумерках Берлиоз отчетливо разглядел, что усишки у него, как куриные перья, глазки маленькие, иронические и полупьяные, а брючки клетчатые, подтянутые настолько, что видны грязные белые носки.

Михаил Александрович так и попятился, но утешил себя тем соображением, что это глупое совпадение и что вообще сейчас об этом некогда размышлять.

— Турникет ищете, гражданин? — треснувшим тенором осведомился клетчатый тип. — Сюда пожалуйте! Прямо, и выйдете куда надо. С вас бы за указание на четверть литра... поправиться... бывшему регенту! — кривляясь, субъект наотмашь снял жокейский свой картузик.

Берлиоз не стал слушать попрошайку и ломаку регента, подбежал к турникету и взялся за него рукой. Повернув его, он уже собирался шагнуть на рельсы, как в лицо ему брызнул красный и белый свет: загорелась в стеклянном ящике надпись «Берегись трамвая!».

Тотчас и подлетел этот трамвай, поворачивающий по новопроложенной линии с Ермолаевского на Бронную. Повернув и выйдя на прямую, он внезапно осветился изнутри электричеством, взвыл и наддал.

Осторожный Берлиоз, хоть и стоял безопасно, решил вернуться за рогатку, переложил руку на вертушке, сделал шаг назад. И тотчас рука его скользнула и сорвалась, нога неудержимо, как по льду, поехала по булыжнику, откосом сходящему к рельсам, другую ногу подбросило, и Берлиоза выбросило на рельсы.

Стараясь за что-нибудь ухватиться, Берлиоз упал навзничь, несильно ударившись затылком о булыжник, и успел увидеть в высоте, но справа или слева — он уже не сообразил, — позлащенную луну. Он успел повернуться на бок, бешеным движением в тот же миг подтянув ноги к животу, и повернувшись, разглядел несущееся на него с неудержимой силой совершенно белое от ужаса лицо женщины-вагоновожатой и ее алую повязку. Берлиоз не вскрикнул, но вокруг него отчаянными женскими голосами завизжала вся улица. Вожатая рванула электрический тормоз, вагон сел носом в землю, после этого мгновенно подпрыгнул, и с грохотом и звоном из окон полетели стекла. Тут в мозгу у Берлиоза кто-то отчаянно крикнул: «Неужели?..» Еще раз, и в последний раз, мелькнула луна, но уже разваливаясь на куски, и затем стало темно.

Трамвай накрыл Берлиоза, и под решетку Патриаршей аллеи выбросило на булыжный откос круглый темный предмет. Скатившись с этого откоса, он запрыгал по булыжникам Бронной.

Это была отрезанная голова Берлиоза.

Глава 4

ПОГОНЯ

Утихли истерические женские крики, отсверлили свистки милиции, две санитарные машины увезли: одна — обезглавленное тело и отрезанную голову в морг, другая — раненную осколками стекла красавицу вожатую, дворники в белых фартуках убрали осколки стекол и засыпали песком кровавые лужи, а Иван Николаевич как упал на скамейку, не добежав до турникета, так и остался на ней.

Несколько раз он пытался подняться, но ноги его не слушались — с Бездомным приключилось что-то вроде паралича.

Поэт бросился бежать к турникету, как только услыхал первый вопль, и видел, как голова подскакивала на мостовой. От этого он до того обезумел, что, упавши на скамью, укусил себя за руку до крови. Про сумасшедшего немца он, конечно, забыл и старался понять только одно, как это может быть, что вот только что он говорил с Берлиозом, а через минуту — голова...

Взволнованные люди пробегали мимо поэта по аллее, что-то восклицая, но Иван Николаевич их слов не воспринимал.

Однако неожиданно возле него столкнулись две женщины, и одна из них, востроносая и простоволосая, закричала над самым ухом поэта другой женщине так:

— Аннушка, наша Аннушка! С Садовой! Это ее работа! Взяла она в бакалее подсолнечного масла, да литровку-то о вертушку и разбей! Всю юбку изгадила... Уж она ругалась, ругалась! А он-то, бедный, стало быть, поскользнулся да и поехал на рельсы...

Из всего выкрикнутого женщиной в расстроенный мозг Ивана Николаевича вцепилось одно слово: «Аннушка»...

— Аннушка... Аннушка?.. — забормотал поэт, тревожно озираясь. — Позвольте, позвольте...

К слову «Аннушка» привязались слова «подсолнечное масло», а затем почему-то «Понтий Пилат». Пилата поэт отринул и стал вязать цепочку, начиная со слова «Аннушка». И цепочка эта связалась очень быстро и тотчас привела к сумасшедшему профессору.

Виноват! Да ведь он же сказал, что заседание не состоится, потому что Аннушка разлила масло. И, будьте любезны, оно не состоится! Этого мало: он прямо сказал, что Берлиозу отрежет голову женщина?! Да, да, да! Ведь вожатая-то была женщина?! Что же это такое? А?

Не оставалось даже зерна сомнения в том, что таинственный консультант точно знал заранее всю картину ужасной смерти Берлиоза. Тут две мысли пронизали мозг поэта. Первая: «Он отнюдь не сумасшедший! Все это глупости!», и вторая: «Уж не подстроил ли он все это сам?!»

Но, позвольте спросить, каким образом?!

— Э, нет! Это мы узнаем!

Сделав над собой великое усилие, Иван Николаевич поднялся со скамьи и бросился назад, туда, где разговаривал с профессором. И оказалось, что тот, к счастью, еще не ушел.

На Бронной уже зажглись фонари, а над Патриаршими светила золотая луна, и в лунном, всегда обманчивом, свете Ивану Николаевичу показалось, что тот стоит, держа под мышкою не трость, а шпагу.

Отставной втируша-регент сидел на том самом месте, где сидел еще недавно сам Иван Николаевич. Теперь регент нацепил себе на нос явно не нужное пенсне, в котором одного стекла вовсе не было, а другое треснуло. От этого клетчатый гражданин стал еще гаже, чем был тогда, когда указывал Берлиозу путь на рельсы.

С холодеющим сердцем Иван приблизился к профессору и, взглянув ему в лицо, убедился в том, что никаких признаков сумасшествия в этом лице нет и не было.

— Сознавайтесь, кто вы такой? — глухо спросил Иван.

Иностранец насупился, глянул так, как будто впервые видит поэта, и ответил неприязненно:

— Не понимай... русский говорить...

— Они не понимают! — ввязался со скамейки регент, хоть его никто и не просил объяснять слова иностранца.

— Не притворяйтесь! — грозно сказал Иван и почувствовал холод под ложечкой. — Вы только что прекрасно говорили по-русски. Вы не немец и не профессор! Вы — убийца и шпион! Документы! — яростно крикнул Иван.

Загадочный профессор брезгливо скривил и без того кривой рот и пожал плечами.

— Гражданин, — опять встрял мерзкий регент, — вы что же это волнуете интуриста? За это с вас строжайше взыщется! — А подозрительный профессор сделал надменное лицо, повернулся и пошел от Ивана прочь.

Иван почувствовал, что теряется. Задыхаясь, он обратился к регенту:

— Эй, гражданин, помогите задержать преступника! Вы обязаны это сделать!

Регент чрезвычайно оживился, вскочил и заорал:

— Который преступник? Где он? Иностранный преступник? — Глазки регента радостно заиграли: — Этот? Ежели он преступник, то первым долгом следует кричать: «Караул!» А то он уйдет. А ну, давайте вместе! Разом! — и тут регент разинул пасть.

Растерявшийся Иван послушался шуткаря-регента и крикнул: «Караул!», а регент его надул, ничего не крикнул.

Одинокий, хриплый крик Ивана хороших результатов не принес. Две каких-то девицы шарахнулись от него в сторону, и он услышал слово «пьяный».

— А, так ты с ним заодно? — впадая в гнев, прокричал Иван. — Ты что же это, глумишься надо мной? Пусти!

Иван кинулся вправо, и регент — тоже вправо! Иван — влево, и тот мерзавец туда же.

— Ты нарочно под ногами путаешься? — зверея, закричал Иван. — Я тебя самого передам в руки милиции!

Иван сделал попытку ухватить негодяя за рукав, но промахнулся и ровно ничего не поймал. Регент как сквозь землю провалился.

Иван ахнул, глянул вдаль и увидел ненавистного неизвестного. Тот был уже у выхода в Патриарший переулок, и притом не один. Более чем сомнительный регент успел присоединиться к нему. Но это еще не все: третьим в этой компании оказался неизвестно откуда взявшийся кот, громадный, как боров, черный, как сажа или грач, и с отчаянными кавалерийскими усами. Тройка двинулась в Патриарший, причем кот тронулся на задних лапах.

Иван устремился за злодеями вслед и тотчас убедился, что догнать их будет очень трудно.

Тройка мигом проскочила по переулку и оказалась на Спиридоновке. Сколько Иван ни прибавлял шагу, расстояние между преследуемыми и им ничуть не сокращалось. И не успел поэт опомниться, как после тихой Спиридоновки очутился у Никитских ворот, где положение его ухудшилось. Тут уж была толчея, Иван налетел на кой-кого из прохожих, был обруган. Злодейская же шайка к тому же здесь решила применить излюбленный бандитский прием — уходить врассыпную.

Регент с великою ловкостью на ходу ввинтился в автобус, летящий к Арбатской площади, и ускользнул. Потеряв одного из преследуемых, Иван сосредоточил свое внимание на коте и видел, как этот странный кот подошел к подножке моторного вагона «А», стоявшего на остановке, нагло отсадил взвизгнувшую женщину, уцепился за поручень и даже сделал попытку всучить кондукторше гривенник через открытое по случаю духоты окно.

Поведение кота настолько поразило Ивана, что он в неподвижности застыл у бакалейного магазина на углу и тут вторично, но гораздо сильнее, был поражен поведением кондукторши. Та, лишь только увидела кота, лезущего в трамвай, со злобой, от которой даже тряслась, закричала:

— Котам нельзя! С котами нельзя! Брысь! Слезай, а то милицию позову!

Ни кондукторшу, ни пассажиров не поразила самая суть дела: не то, что кот лезет в трамвай, в чем было бы еще полбеды, а то, что он собирается платить!

Кот оказался не только платежеспособным, но и дисциплинированным зверем. При первом же окрике кондукторши он прекратил наступление, снялся с подножки и сел на остановке, потирая гривенником усы. Но лишь кондукторша рванула веревку и трамвай тронулся, кот поступил как всякий, кого изгоняют из трамвая, но которому все-таки ехать-то надо. Пропустив мимо себя все три вагона, кот вскочил на заднюю дугу последнего, лапой вцепился в какую-то кишку, выходящую из стенки, и укатил, сэкономив таким образом гривенник.

Занявшись паскудным котом, Иван едва не потерял самого главного из трех — профессора. Но, по счастью, тот не успел улизнуть. Иван увидел серый берет в гуще в начале Большой Никитской, или улицы Герцена. В мгновение ока Иван и сам оказался там. Однако удачи не было. Поэт и шагу прибавлял, и рысцой начинал бежать, толкая прохожих, и ни на сантиметр не приблизился к профессору.

Как ни был расстроен Иван, все же его поражала та сверхъестественная скорость, с которой происходила погоня. И двадцати секунд не прошло, как после Никитских ворот Иван Николаевич был уже ослеплен огнями на Арбатской площади. Еще несколько секунд, и вот какой-то темный переулок с покосившимися тротуарами, где Иван Николаевич грохнулся и разбил колено. Опять освещенная магистраль — улица Кропоткина, потом переулок, потом Остоженка и еще переулок, унылый, гадкий и скупо освещенный. И вот здесь-то Иван Николаевич окончательно потерял того, кто был ему так нужен. Профессор исчез.

Иван Николаевич смутился, но ненадолго, потому что вдруг сообразил, что профессор непременно должен оказаться в доме № 13 и обязательно в квартире 47.

Ворвавшись в подъезд, Иван Николаевич взлетел на второй этаж, немедленно нашел эту квартиру и позвонил нетерпеливо. Ждать пришлось недолго: открыла Ивану дверь какая-то девочка лет пяти и, ни о чем не справляясь у пришедшего, немедленно ушла куда-то.

В громадной, до крайности запущенной передней, слабо освещенной малюсенькой угольной лампочкой под высоким, черным от грязи потолком, на стене висел велосипед без шин, стоял громадный ларь, обитый железом, а на полке над вешалкой лежала зимняя шапка, и длинные ее уши свешивались вниз. За одной из дверей гулкий мужской голос в радиоаппарате сердито кричал что-то стихами.

Иван Николаевич ничуть не растерялся в незнакомой обстановке и прямо устремился в коридор, рассуждая так: «Он, конечно, спрятался в ванной». В коридоре было темно. Потыкавшись в стены, Иван увидел слабенькую полоску света внизу под дверью, нашарил ручку и несильно рванул ее. Крючок отскочил, и Иван оказался именно в ванной и подумал о том, что ему повезло.

Однако повезло не так уж, как бы нужно было! На Ивана пахнуло влажным теплом, и, при свете углей, тлеющих в колонке, он разглядел большие корыта, висящие на стене, и ванну, всю в черных страшных пятнах от сбитой эмали. Так вот, в этой ванне стояла голая гражданка, вся в мыле и с мочалкой в руках. Она близоруко прищурилась на ворвавшегося Ивана и, очевидно, обознавшись в адском освещении, сказала тихо и весело:

— Кирюшка! Бросьте трепаться! Что вы, с ума сошли?.. Федор Иваныч сейчас вернется. Вон отсюда сейчас же! — и махнула на Ивана мочалкой.

Недоразумение было налицо, и повинен в нем был, конечно, Иван Николаевич. Но признаться в этом он не пожелал и, воскликнув укоризненно: «Ах, развратница!..» — тут же зачем-то очутился в кухне. В ней никого не оказалось, и на плите в полумраке стояло безмолвно около десятка потухших примусов. Один лунный луч, просочившись сквозь пыльное, годами не вытираемое окно, скупо освещал тот угол, где в пыли и паутине висела забытая икона, из-за киота которой высовывались концы двух венчальных свечей. Под большой иконой висела пришпиленная маленькая — бумажная.

Никому не известно, какая тут мысль овладела Иваном, но только, прежде чем выбежать на черный ход, он присвоил одну из этих свечей, а также и бумажную иконку. Вместе с этими предметами он покинул неизвестную квартиру, что-то бормоча, конфузясь при мысли о том, что он только что пережил в ванной, невольно стараясь угадать, кто бы был этот наглый Кирюшка и не ему ли принадлежит противная шапка с ушами.

В пустынном безотрадном переулке поэт оглянулся, ища беглеца, но того нигде не было. Тогда Иван твердо сказал самому себе:

— Ну конечно, он на Москве-реке! Вперед!

Следовало бы, пожалуй, спросить Ивана Николаевича, почему он полагает, что профессор именно на Москве-реке, а не где-нибудь в другом месте. Да горе в том, что спросить-то было некому. Омерзительный переулок был совершенно пуст.

Через самое короткое время можно было увидеть Ивана Николаевича на гранитных ступенях амфитеатра Москвы-реки.

Сняв с себя одежду, Иван поручил ее какому-то приятному бородачу, курящему самокрутку возле рваной белой толстовки и расшнурованных стоптанных ботинок. Помахав руками, чтобы остыть, Иван ласточкой кинулся в воду. Дух перехватило у него, до того была холодна вода, и мелькнула даже мысль, что не удастся, пожалуй, выскочить на поверхность. Однако выскочить удалось, и, отдуваясь и фыркая, с круглыми от ужаса глазами, Иван Николаевич начал плавать в пахнущей нефтью черной воде меж изломанных зигзагов береговых фонарей.

Когда мокрый Иван приплясал по ступеням к тому месту, где осталось под охраной бородача его платье, выяснилось, что похищено не только второе, но и первое, то есть сам бородач. Точно на том месте, где была груда платья, остались полосатые кальсоны, рваная толстовка, свеча, иконка и коробка спичек. Погрозив в бессильной злобе кому-то вдаль кулаком, Иван облачился в то, что было оставлено.

Тут его стали беспокоить два соображения: первое, это то, что исчезло удостоверение МАССОЛИТа, с которым он никогда не расставался, и, второе, удастся ли ему в таком виде беспрепятственно пройти по Москве? Все-таки в кальсонах... Правда, кому какое дело, а все же не случилось бы какой-нибудь придирки или задержки.

Иван оборвал пуговицы с кальсон там, где те застегивались у щиколотки, в расчете на то, что, может быть, в таком виде они сойдут за летние брюки, забрал иконку, свечу и спички и тронулся, сказав самому себе:

— К Грибоедову! Вне всяких сомнений, он там.

Город уже жил вечерней жизнью. В пыли пролетали, бряцая цепями, грузовики, на платформах коих, на мешках, раскинувшись животами кверху, лежали какие-то мужчины. Все окна были открыты. В каждом из этих окон горел огонь под оранжевым абажуром, и из всех окон, из всех дверей, из всех подворотен, с крыш и чердаков, из подвалов и дворов вырывался хриплый рев полонеза из оперы «Евгений Онегин».

Опасения Ивана Николаевича полностью оправдались: прохожие обращали на него внимание и оборачивались. Вследствие этого он принял решение покинуть большие улицы и пробираться переулочками, где не так назойливы люди, где меньше шансов, что пристанут к босому человеку, изводя его расспросами о кальсонах, которые упорно не пожелали стать похожими на брюки.

Иван так и сделал и углубился в таинственную сеть арбатских переулков и начал пробираться под стенками, пугливо косясь, ежеминутно оглядываясь, по временам прячась в подъездах и избегая перекрестков со светофорами, шикарных дверей посольских особняков.

И на всем его трудном пути невыразимо почему-то мучил вездесущий оркестр, под аккомпанемент которого тяжелый бас пел о своей любви к Татьяне.

Глава 5

БЫЛО ДЕЛО В ГРИБОЕДОВЕ

Старинный двухэтажный дом кремового цвета помещался на бульварном кольце в глубине чахлого сада, отделенного от тротуара кольца резною чугунною решеткой. Небольшая площадка перед домом была заасфальтирована, и в зимнее время на ней возвышался сугроб с лопатой, а в летнее время она превращалась в великолепнейшее отделение летнего ресторана под парусиновым тентом.

Дом назывался «Дом Грибоедова» на том основании, что будто бы некогда им владела тетка писателя — Александра Сергеевича Грибоедова. Ну владела или не владела — мы точно не знаем. Помнится даже, что, кажется, никакой тетки-домовладелицы у Грибоедова не было... Однако дом так называли. Более того, один московский врун рассказывал, что якобы вот во втором этаже, в круглом зале с колоннами, знаменитый писатель читал отрывки из «Горя от ума» этой самой тетке, раскинувшейся на софе. А впрочем, черт его знает, может быть, и читал, не важно это!

А важно то, что в настоящее время владел этим домом тот самый МАССОЛИТ, во главе которого стоял несчастный Михаил Александрович Берлиоз до своего появления на Патриарших прудах.

С легкой руки членов МАССОЛИТа никто не называл дом «Домом Грибоедова», а все говорили просто — «Грибоедов»: «Я вчера два часа протолкался у Грибоедова». — «Ну и как?» — «В Ялту на месяц добился». — «Молодец!» Или: «Пойти к Берлиозу, он сегодня от четырех до пяти принимает в Грибоедове...» и так далее.

МАССОЛИТ разместился в Грибоедове так, что лучше и уютнее не придумать. Всякий, входящий в Грибоедова, прежде всего знакомился невольно с извещениями разных спортивных кружков и с групповыми, а также индивидуальными фотографиями членов МАССОЛИТа, коими (фотографиями) были увешаны стены лестницы, ведущей во второй этаж.

На дверях первой же комнаты в этом верхнем этаже виднелась крупная надпись «Рыбно-дачная секция», и тут же был изображен карась, попавшийся на уду.

На дверях комнаты № 2 было написано что-то не совсем понятное: «Однодневная творческая путевка. Обращаться к М. В. Подложной».

Следующая дверь несла на себе краткую, но уже вовсе непонятную надпись: «Перелыгино». Потом у случайного посетителя Грибоедова начинали разбегаться глаза от надписей, пестревших на ореховых теткиных дверях: «Запись в очередь на бумагу у Поклевкиной», «Касса», «Личные расчеты скетчистов»...

Прорезав длиннейшую очередь, начинавшуюся уже внизу в швейцарской, можно было видеть надпись на двери, в которую ежесекундно ломился народ: «Квартирный вопрос».

За квартирным вопросом открывался роскошный плакат, на котором изображена была скала, а по гребню ее ехал всадник в бурке и с винтовкой за плечами. Пониже — пальмы и балкон, на балконе — сидящий молодой человек с хохолком, глядящий куда-то ввысь очень-очень бойкими глазами и держащий в руке самопишущее перо. Подпись: «Полнообъемные творческие отпуска от двух недель (рассказ-новелла) до одного года (роман, трилогия), Ялта, Суук-Су, Боровое, Цихидзири, Махинджаури, Ленинград (Зимний дворец)». У этой двери также была очередь, но не чрезмерная, человек в полтораста.

Далее следовали, повинуясь прихотливым изгибам, подъемам и спускам грибоедовского дома, — «Правление МАССОЛИТа», «Кассы № 2, 3, 4, 5», «Редакционная коллегия», «Председатель МАССОЛИТа», «Бильярдная», различные подсобные учреждения и, наконец, тот самый зал с колоннадой, где тетка наслаждалась комедией гениального племянника.

Всякий посетитель, если он, конечно, был не вовсе тупицей, попав в Грибоедова, сразу же соображал, насколько хорошо живется счастливцам — членам МАССОЛИТа, и черная зависть начинала немедленно терзать его. И немедленно же он обращал к небу горькие укоризны за то, что оно не наградило его при рождении литературным талантом, без чего, естественно, нечего было и мечтать овладеть членским МАССОЛИТским билетом, коричневым, пахнущим дорогой кожей, с золотой широкой каймой, — известным всей Москве билетом.

Кто скажет что-нибудь в защиту зависти? Это чувство дрянной категории, но все же надо войти в положение посетителя. Ведь то, что он видел в верхнем этаже, было не все и далеко еще не все. Весь нижний этаж теткиного дома был занят рестораном, и каким рестораном! По справедливости он считался самым лучшим в Москве. И не только потому, что размещался он в двух больших залах со сводчатыми потолками, расписанными лиловыми лошадьми с ассирийскими гривами, не только потому, что на каждом столике помещалась лампа, накрытая шалью, не только потому, что туда не мог проникнуть первый попавшийся человек с улицы, а еще и потому, что качеством своей провизии Грибоедов бил любой ресторан в Москве, как хотел, и что эту провизию отпускали по самой сходной, отнюдь не обременительной цене.

Поэтому нет ничего удивительного в таком хотя бы разговоре, который однажды слышал автор этих правдивейших строк у чугунной решетки Грибоедова:

— Ты где сегодня ужинаешь, Амвросий?

— Что за вопрос, конечно, здесь, дорогой Фока! Арчибальд Арчибальдович шепнул мне сегодня, что будут порционные судачки а натюрель. Виртуозная штучка!

— Умеешь ты жить, Амвросий! — со вздохом отвечал тощий, запущенный, с карбункулом на шее Фока румяногубому гиганту, золотистоволосому, пышнощекому Амвросию-поэту.

— Никакого уменья особенного у меня нету, — возражал Амвросий, — а обыкновенное желание жить по-человечески. Ты хочешь сказать, Фока, что судачки можно встретить и в «Колизее». Но в «Колизее» порция судачков стоит тринадцать рублей пятнадцать копеек, а у нас — пять пятьдесят! Кроме того, в «Колизее» судачки третьедневочные, и, кроме того, еще у тебя нет гарантии, что ты не получишь в «Колизее» виноградной кистью по морде от первого попавшего молодого человека, ворвавшегося с Театрального проезда. Нет, я категорически против «Колизея», — гремел на весь бульвар гастроном Амвросий. — Не уговаривай меня, Фока!

— Я не уговариваю тебя, Амвросий, — пищал Фока. — Дома можно поужинать.

— Слуга покорный, — трубил Амвросий, — представляю себе твою жену, пытающуюся соорудить в кастрюльке в общей кухне дома порционные судачки а натюрель! Ги-ги-ги!.. Оревуар, Фока! — И, напевая, Амвросий устремлялся к веранде под тентом.

Эх-хо-хо... Да, было, было!.. Помнят московские старожилы знаменитого Грибоедова! Что отварные порционные судачки! Дешевка это, милый Амвросий! А стерлядь, стерлядь в серебристой кастрюльке, стерлядь кусками, переложенными раковыми шейками и свежей икрой? А яйца-кокотт с шампиньоновым пюре в чашечках? А филейчики из дроздов вам не нравились? С трюфелями? Перепела по-генуэзски? Десять с полтиной! Да джаз, да вежливая услуга! А в июле, когда вся семья на даче, а вас неотложные литературные дела держат в городе, — на веранде, в тени вьющегося винограда, в золотом пятне на чистейшей скатерти тарелочка супа-прентаньер? Помните, Амвросий? Ну что же спрашивать! По губам вашим вижу, что помните. Что ваши сижки, судачки! А дупеля, гаршнепы, бекасы, вальдшнепы по сезону, перепела, кулики? Шипящий в горле нарзан?! Но довольно, ты отвлекаешься, читатель! За мной!..

В половине одиннадцатого часа того вечера, когда Берлиоз погиб на Патриарших, в Грибоедове наверху была освещена только одна комната, и в ней томились двенадцать литераторов, собравшихся на заседание и ожидавших Михаила Александровича.

Сидящие на стульях, и на столах, и даже на двух подоконниках в комнате Правления МАССОЛИТа серьезно страдали от духоты. Ни одна свежая струя не проникала в открытые окна. Москва отдавала накопленный за день в асфальте жар, и ясно было, что ночь не принесет облегчения. Пахло луком из подвала теткиного дома, где работала ресторанная кухня, и всем хотелось пить, все нервничали и сердились.

Беллетрист Бескудников — тихий, прилично одетый человек с внимательными и в то же время неуловимыми глазами — вынул часы. Стрелка ползла к одиннадцати. Бескудников стукнул пальцем по циферблату, показал его соседу, поэту Двубратскому, сидящему на столе и от тоски болтающему ногами, обутыми в желтые туфли на резиновом ходу.

— Однако, — проворчал Двубратский.

— Хлопец, наверно, на Клязьме застрял, — густым голосом отозвалась Настасья Лукинишна Непременова, московская купеческая сирота, ставшая писательницей и сочиняющая батальные морские рассказы под псевдонимом «Штурман Жорж».

— Позвольте! — смело заговорил автор популярных скетчей Загривов. — Я и сам бы сейчас с удовольствием на балкончике чайку попил, вместо того чтобы здесь вариться. Ведь заседание-то назначено в десять?

— А сейчас хорошо на Клязьме, — подзудила присутствующих Штурман Жорж, зная, что дачный литераторский поселок Перелыгино на Клязьме — общее больное место. — Теперь уж соловьи, наверно, поют. Мне всегда как-то лучше работается за городом, в особенности весной.

— Третий год вношу денежки, чтобы больную базедовой болезнью жену отправить в этот рай, да что-то ничего в волнах не видно, — ядовито и горько сказал новеллист Иероним Поприхин.

— Это уж как кому повезет, — прогудел с подоконника критик Абабков.

Радость загорелась в маленьких глазках Штурмана Жоржа, и она сказала, смягчая свое контральто:

— Не надо, товарищи, завидовать. Дач всего двадцать две, и строится еще только семь, а нас в МАССОЛИТе три тысячи.

— Три тысячи сто одиннадцать человек, — вставил кто-то из угла.

— Ну вот видите, — продолжала Штурман, — что же делать? Естественно, что дачи получили наиболее талантливые из нас...

— Генералы! — напрямик врезался в склоку Глухарев-сценарист.

Бескудников, искусственно зевнув, вышел из комнаты.

— Один в пяти комнатах в Перелыгине, — вслед ему сказал Глухарев.

— Лаврович один в шести, — вскричал Денискин, — и столовая дубом обшита!

— Э, сейчас не в этом дело, — прогудел Абабков, — а в том, что половина двенадцатого.

Начался шум, назревало что-то вроде бунта. Стали звонить в ненавистное Перелыгино, попали не в ту дачу, к Лавровичу, узнали, что Лаврович ушел на реку, и совершенно от этого расстроились. Наобум позвонили в комиссию изящной словесности по добавочному № 930 и, конечно, никого там не нашли.

— Он мог бы и позвонить! — кричали Денискин, Глухарев и Квант.

Ах, кричали они напрасно: не мог Михаил Александрович позвонить никуда. Далеко, далеко от Грибоедова, в громадном зале, освещенном тысячесвечовыми лампами, на трех цинковых столах лежало то, что еще недавно было Михаилом Александровичем.

На первом — обнаженное, в засохшей крови, тело с перебитой рукой и раздавленной грудной клеткой, на другом — голова с выбитыми передними зубами, с помутневшими открытыми глазами, которые не пугал резчайший свет, а на третьем груда заскорузлых тряпок.

Возле обезглавленного стояли: профессор судебной медицины, патологоанатом и его прозектор, представители следствия и вызванный по телефону от больной жены заместитель Михаила Александровича Берлиоза по МАССОЛИТу — литератор Желдыбин.

Машина заехала за Желдыбиным и, первым долгом, вместе со следствием, отвезла его (около полуночи это было) на квартиру убитого, где было произведено опечатание его бумаг, а затем уж все поехали в морг.

Вот теперь стоящие у останков покойного совещались, как лучше сделать: пришить ли отрезанную голову к шее или выставить тело в грибоедовском зале, просто закрыв погибшего наглухо до подбородка черным платком?

Да, Михаил Александрович никуда не мог позвонить, и совершенно напрасно возмущались и кричали Денискин, Глухарев и Квант с Бескудниковым. Ровно в полночь все двенадцать литераторов покинули верхний этаж и спустились в ресторан. Тут опять про себя недобрым словом помянули Михаила Александровича: все столики на веранде, натурально, оказались уже занятыми, и пришлось оставаться ужинать в этих красивых, но душных залах.

И ровно в полночь в первом из них что-то грохнуло, зазвенело, посыпалось, запрыгало. И тотчас тоненький мужской голос отчаянно закричал под музыку: «Аллилуйя!!» Это ударил знаменитый грибоедовский джаз. Покрытые испариной лица как будто засветились, показалось, что ожили на потолке нарисованные лошади, в лампах как будто прибавили свету, и вдруг, как бы сорвавшись с цепи, заплясали оба зала, а за ними заплясала и веранда.

Заплясал Глухарев с поэтессой Тамарой Полумесяц, заплясал Квант, заплясал Жукопов-романист с какой-то киноактрисой в желтом платье. Плясали: Драгунский, Чердакчи, маленький Денискин с гигантской Штурман Жоржем, плясала красавица архитектор Семейкина-Галл, крепко схваченная неизвестным в белых рогожных брюках. Плясали свои и приглашенные гости, московские и приезжие, писатель Иоганн из Кронштадта, какой-то Витя Куфтик из Ростова, кажется, режиссер, с лиловым лишаем во всю щеку, плясали виднейшие представители поэтического подраздела МАССОЛИТа, то есть Павианов, Богохульский, Сладкий, Шпичкин и Адельфина Буздяк, плясали неизвестной профессии молодые люди в стрижке боксом, с подбитыми ватой плечами, плясал какой-то очень пожилой с бородой, в которой застряло перышко зеленого лука, плясала с ним пожилая, доедаемая малокровием девушка в оранжевом шелковом измятом платьице.

Оплывая потом, официанты несли над головами запотевшие кружки с пивом, хрипло и с ненавистью кричали: «Виноват, гражданин!» Где-то в рупоре голос командовал: «Карский раз! Зубрик два! Фляки господарские!!» Тонкий голос уже не пел, а завывал: «Аллилуйя!» Грохот золотых тарелок в джазе иногда покрывал грохот посуды, которую судомойки по наклонной плоскости спускали в кухню. Словом, ад.

И было в полночь видение в аду. Вышел на веранду черноглазый красавец с кинжальной бородой, во фраке и царственным взором окинул свои владения. Говорили, говорили мистики, что было время, когда красавец не носил фрака, а был опоясан широким кожаным поясом, из-за которого торчали рукояти пистолетов, а его волосы воронова крыла были повязаны алым шелком, и плыл в Карибском море под его командой бриг под черным гробовым флагом с адамовой головой.

Но нет, нет! Лгут обольстители-мистики, никаких Карибских морей нет на свете, и не плывут в них отчаянные флибустьеры, и не гонится за ними корвет, не стелется над волною пушечный дым. Нет ничего, и ничего и не было! Вон чахлая липа есть, есть чугунная решетка и за ней бульвар... И плавится лед в вазочке, и видны за соседним столиком налитые кровью чьи-то бычьи глаза, и страшно, страшно... О боги, боги мои, яду мне, яду!..

И вдруг за столиком вспорхнуло слово: «Берлиоз!» Вдруг джаз развалился и затих, как будто кто-то хлопнул по нему кулаком. «Что, что, что, что?!!» — «Берлиоз!!!» И пошли вскакивать, пошли вскрикивать...

Да, взметнулась волна горя при страшном известии о Михаиле Александровиче. Кто-то суетился, кричал, что необходимо сейчас же, тут же, не сходя с места, составить какую-то коллективную телеграмму и немедленно послать ее.

Но какую телеграмму, спросим мы, и куда? И зачем ее посылать? В самом деле, куда? И на что нужна какая бы то ни было телеграмма тому, чей расплющенный затылок сдавлен сейчас в резиновых руках прозектора, чью шею сейчас колет кривыми иглами профессор? Погиб он, и не нужна ему никакая телеграмма. Все кончено, не будем больше загружать телеграф.

Да, погиб, погиб... Но мы-то ведь живы!

Да, взметнулась волна горя, но подержалась, подержалась и стала спадать, и кой-кто уже вернулся к своему столику и — сперва украдкой, а потом и в открытую — выпил водочки и закусил. В самом деле, не пропадать же куриным котлетам де-воляй? Чем мы поможем Михаилу Александровичу? Тем, что голодные останемся? Да ведь мы-то живы!

Натурально, рояль закрыли на ключ, джаз разошелся, несколько журналистов уехали в свои редакции писать некрологи. Стало известно, что приехал из морга Желдыбин. Он поместился в кабинете покойного наверху, и тут же прокатился слух, что он и будет замещать Берлиоза. Желдыбин вызвал к себе из ресторана всех двенадцать членов правления, и в срочно начавшемся в кабинете Берлиоза заседании приступили к обсуждению неотложных вопросов об убранстве колонного грибоедовского зала, о перевозе тела из морга в этот зал, об открытии доступа в него и о прочем, связанном с прискорбным событием.

А ресторан зажил своей обычной ночной жизнью и жил бы ею до закрытия, то есть до четырех часов утра, если бы не произошло нечто, уже совершенно из ряду вон выходящее и поразившее ресторанных гостей гораздо больше, чем известие о гибели Берлиоза.

Первыми заволновались лихачи, дежурившие у ворот грибоедовского дома. Слышно было, как один из них, приподнявшись на козлах, прокричал:

— Тю! Вы только поглядите!

Вслед за тем, откуда ни возьмись, у чугунной решетки вспыхнул огонечек и стал приближаться к веранде. Сидящие за столиками стали приподниматься и всматриваться и увидели, что вместе с огонечком шествует к ресторану белое привидение. Когда оно приблизилось к самому трельяжу, все как закостенели за столиками с кусками стерлядки на вилках и вытаращив глаза. Швейцар, вышедший в этот момент из дверей ресторанной вешалки во двор, чтобы покурить, затоптал папиросу и двинулся было к привидению с явной целью преградить ему доступ в ресторан, но почему-то не сделал этого и остановился, глуповато улыбаясь.

И привидение, пройдя в отверстие трельяжа, беспрепятственно вступило на веранду. Тут все увидели, что это — никакое не привидение, а Иван Николаевич Бездомный — известнейший поэт.

Он был бос, в разодранной беловатой толстовке, к коей на груди английской булавкой была приколота бумажная иконка со стершимся изображением неизвестного святого, и в полосатых белых кальсонах. В руке Иван Николаевич нес зажженную венчальную свечу. Правая щека Ивана Николаевича была свеже изодрана. Трудно даже измерить глубину молчания, воцарившегося на веранде. Видно было, как у одного из официантов пиво течет из покосившейся набок кружки на пол.

Поэт поднял свечу над головой и громко сказал:

— Здорово, други! — после чего заглянул под ближайший столик и воскликнул тоскливо: — Нет, его здесь нету!

Послышались два голоса. Бас сказал безжалостно:

— Готово дело. Белая горячка.

А второй, женский, испуганный, произнес слова:

— Как же милиция-то пропустила его по улицам в таком виде?

Это Иван Николаевич услыхал и отозвался:

— Дважды хотели задержать, в Скатертном и здесь, на Бронной, да я махнул через забор и, видите, щеку изорвал! — Тут Иван Николаевич поднял свечу и вскричал: — Братья во литературе! (Осипший голос его окреп и стал горячей.) Слушайте меня все! Он появился! Ловите же его немедленно, иначе он натворит неописуемых бед!

— Что? Что? Что он сказал? Кто появился? — понеслись голоса со всех сторон.

— Консультант! — ответил Иван. — И этот консультант сейчас убил на Патриарших Мишу Берлиоза.

Здесь из внутреннего зала повалил на веранду народ, вокруг Иванова огня сдвинулась толпа.

— Виноват, виноват, скажите точнее, — послышался над ухом Ивана Николаевича тихий и вежливый голос, — скажите, как это убил? Кто убил?

— Иностранный консультант, профессор и шпион! — озираясь, отозвался Иван.

— А как его фамилия? — тихо спросили на ухо.

— То-то фамилия! — в тоске крикнул Иван. — Кабы я знал фамилию! Не разглядел я фамилию на визитной карточке... Помню только первую букву «Ве», на «Ве» фамилия! Какая же это фамилия на «Ве»? — схватившись рукою за лоб, сам у себя спросил Иван и вдруг забормотал: — Ве, ве, ве! Ва... Во... Вашнер? Вагнер? Вайнер? Вегнер? Винтер? — Волосы на голове Ивана стали ездить от напряжения.

— Вульф? — жалостно выкрикнула какая-то женщина.

Иван рассердился.

— Дура! — прокричал он, ища глазами крикнувшую. — При чем тут Вульф? Вульф ни в чем не виноват! Во, во... Нет! Так не вспомню! Ну вот что, граждане: звоните сейчас в милицию, чтобы выслали пять мотоциклетов с пулеметами, профессора ловить. Да не забудьте сказать, что с ним еще двое: какой-то длинный, клетчатый... пенсне треснуло... и кот черный, жирный. А я пока что обыщу Грибоедова... Я чую, что он здесь!

Иван впал в беспокойство, растолкал окружающих, начал размахивать свечой, заливая себя воском, и заглядывать под столы. Тут послышалось слово: «Доктора!» — и чье-то ласковое мясистое лицо, бритое и упитанное, в роговых очках, появилось перед Иваном.

— Товарищ Бездомный, — заговорило это лицо юбилейным голосом, — успокойтесь! Вы расстроены смертью всеми нами любимого Михаила Александровича... нет, просто Миши Берлиоза. Мы все это прекрасно понимаем. Вам нужен покой. Сейчас товарищи проводят вас в постель, и вы забудетесь...

— Ты, — оскалившись, перебил Иван, — понимаешь ли, что надо поймать профессора? А ты лезешь ко мне со своими глупостями! Кретин!

— Товарищ Бездомный, помилуйте, — ответило лицо, краснея, пятясь и уже раскаиваясь, что ввязалось в это дело.

— Нет, уж кого-кого, а тебя-то я не помилую, — с тихой ненавистью сказал Иван Николаевич.

Судорога исказила его лицо, он быстро переложил свечу из правой руки в левую, широко размахнулся и ударил участливое лицо по уху.

Тут догадались броситься на Ивана — и бросились. Свеча погасла, и очки, соскочившие с лица, были мгновенно растоптаны. Иван испустил страшный боевой вопль, слышный, к общему соблазну, даже на бульваре, и начал защищаться. Зазвенела падающая со столов посуда, закричали женщины.

Пока официанты вязали поэта полотенцами, в раздевалке шел разговор между командиром брига и швейцаром.

— Ты видел, что он в подштанниках? — холодно спрашивал пират.

— Да ведь, Арчибальд Арчибальдович, — труся, отвечал швейцар, — как же я могу их не допустить, если они — член МАССОЛИТа?

— Ты видел, что он в подштанниках? — повторял пират.

— Помилуйте, Арчибальд Арчибальдович, — багровея, говорил швейцар, — что же я могу поделать? Я сам понимаю, на веранде дамы сидят...

— Дамы здесь ни при чем, дамам это все равно, — отвечал пират, буквально сжигая швейцара глазами, — а это милиции не все равно! Человек в белье может следовать по улицам Москвы только в том случае, если он идет в сопровождении милиции, и только в одно место — в отделение милиции! А ты, если швейцар, должен знать, что, увидев такого человека, ты должен, не медля ни секунды, начинать свистеть. Ты слышишь? Слышишь, что происходит на веранде?

Тут ополоумевший швейцар услыхал несущееся с веранды какое-то уханье, бой посуды и женские крики.

— Ну что с тобой сделать за это? — спросил флибустьер.

Кожа на лице швейцара приняла тифозный оттенок, а глаза помертвели. Ему померещилось, что черные волосы, теперь причесанные на пробор, покрылись огненным шелком. Исчезли пластрон и фрак, и за ременным поясом возникла ручка пистолета. Швейцар представил себя повешенным на фор-марса-рее. Своими глазами увидел он свой собственный высунутый язык и безжизненную голову, упавшую на плечо, и даже услыхал плеск волны за бортом. Колени швейцара подогнулись. Но тут флибустьер сжалился над ним и погасил свой острый взор.

— Смотри, Николай! Это в последний раз. Нам таких швейцаров в ресторане даром не надо. Ты в церковь сторожем поступи. — Проговорив это, командир скомандовал точно, ясно, быстро: — Пантелея из буфетной. Милиционера. Протокол. Машину. В психиатрическую. — И добавил: — Свисти!

Через четверть часа чрезвычайно пораженная публика не только в ресторане, но и на самом бульваре и в окнах домов, выходящих в сад ресторана, видела, как из ворот Грибоедова Пантелей, швейцар, милиционер, официант и поэт Рюхин выносили спеленатого, как куклу, молодого человека, который, заливаясь слезами, плевался, норовя попасть именно в Рюхина, давился слезами и кричал:

— Сволочь!.. Сволочь!..

Шофер грузовой машины со злым лицом заводил мотор. Рядом лихач горячил лошадь, бил ее по крупу сиреневыми вожжами, кричал:

— А вот на беговой! Я возил в психическую!

Кругом гудела толпа, обсуждая невиданное происшествие. Словом, был гадкий, гнусный, соблазнительный, свинский скандал, который кончился лишь тогда, когда грузовик унес на себе от ворот Грибоедова несчастного Ивана Николаевича, милиционера, Пантелея и Рюхина.

Глава 6

ШИЗОФРЕНИЯ, КАК И БЫЛО СКАЗАНО

Когда в приемную знаменитой психиатрической клиники, недавно отстроенной под Москвой на берегу реки, вышел человек с острой бородкой и облаченный в белый халат, была половина второго ночи. Трое санитаров не спускали глаз с Ивана Николаевича, сидящего на диване. Тут же находился и крайне взволнованный поэт Рюхин. Полотенца, которыми был связан Иван Николаевич, лежали грудой на том же диване. Руки и ноги Ивана Николаевича были свободны.

Увидев вошедшего, Рюхин побледнел, кашлянул и робко сказал:

— Здравствуйте, доктор.

Доктор поклонился Рюхину, но, кланяясь, смотрел не на него, а на Ивана Николаевича. Тот сидел совершенно неподвижно, со злым лицом, сдвинув брови, и даже не шевельнулся при входе врача.

— Вот, доктор, — почему-то таинственным шепотом заговорил Рюхин, пугливо оглядываясь на Ивана Николаевича, — известный поэт Иван Бездомный... вот, видите ли... мы опасаемся, не белая ли горячка...

— Сильно пил? — сквозь зубы спросил доктор.

— Нет, выпивал, но не так, чтобы уж...

— Тараканов, крыс, чертиков или шмыгающих собак не ловил?

— Нет, — вздрогнув, ответил Рюхин, — я его вчера видел и сегодня утром. Он был совершенно здоров...

— А почему в кальсонах? С постели взяли?

— Он, доктор, в ресторан пришел в таком виде...

— Ага, ага, — очень удовлетворенно сказал доктор, — а почему ссадина? Дрался с кем-нибудь?

— Он с забора упал, а потом в ресторане ударил одного... и еще кое-кого...

— Так, так, так, — сказал доктор и, повернувшись к Ивану, добавил: — Здравствуйте!

— Здорово, вредитель! — злобно и громко ответил Иван.

Рюхин сконфузился до того, что не посмел поднять глаза на вежливого доктора. Но тот ничуть не обиделся, а привычным, ловким жестом снял очки, приподняв полу халата, спрятал их в задний карман брюк, а затем спросил у Ивана:

— Сколько вам лет?

— Подите вы все от меня к чертям, в самом деле! — грубо закричал Иван и отвернулся.

— Почему же вы сердитесь? Разве я сказал вам что-нибудь неприятное?

— Мне двадцать три года, — возбужденно заговорил Иван, — и я подам жалобу на вас всех. А на тебя в особенности, гнида! — отнесся он отдельно к Рюхину.

— А на что же вы хотите пожаловаться?

— На то, что меня, здорового человека, схватили и силой приволокли в сумасшедший дом! — в гневе ответил Иван.

Здесь Рюхин всмотрелся в Ивана и похолодел: решительно никакого безумия не было у того в глазах. Из мутных, как они были в Грибоедове, они превратились в прежние, ясные.

«Батюшки! — испуганно подумал Рюхин. — Да он и впрямь нормален? Вот чепуха какая! Зачем же мы, в самом деле, сюда-то его притащили? Нормален, нормален, только рожа расцарапана...»

— Вы находитесь, — спокойно заговорил врач, присаживаясь на белый табурет на блестящей ноге, — не в сумасшедшем доме, а в клинике, где вас никто не станет задерживать, если в этом нет надобности.

Иван Николаевич покосился недоверчиво, но все же пробурчал:

— Слава те господи! Нашелся наконец один нормальный среди идиотов, из которых первый — балбес и бездарность Сашка!

— Кто этот Сашка-бездарность? — осведомился врач.

— А вот он, Рюхин! — ответил Иван и ткнул грязным пальцем в направлении Рюхина.

Тот вспыхнул от негодования.

«Это он мне вместо спасибо! — горько подумал он. — За то, что я принял в нем участие! Вот уж, действительно, дрянь!»

— Типичный кулачок по своей психологии, — заговорил Иван Николаевич, которому, очевидно, приспичило обличать Рюхина, — и притом кулачок, тщательно маскирующийся под пролетария. Посмотрите на его постную физиономию и сличите с теми звучными стихами, которые он сочинил к первому числу! Хе-хе-хе... «Взвейтесь!» да «развейтесь!»... а вы загляните к нему внутрь — что он там думает... вы ахнете! — И Иван Николаевич зловеще рассмеялся.

Рюхин тяжело дышал, был красен и думал только об одном, что он отогрел у себя на груди змею, что он принял участие в том, кто оказался на поверку злобным врагом. И главное, и поделать ничего нельзя было: не ругаться же с душевнобольным?!

— А почему вас, собственно, доставили к нам? — спросил врач, внимательно выслушав обличения Бездомного.

— Да черт их возьми, олухов! Схватили, связали какими-то тряпками и поволокли в грузовике!

— Позвольте вас спросить, вы почему в ресторан пришли в одном белье?

— Ничего тут нету удивительного, — ответил Иван, — пошел я купаться на Москву-реку, ну и попятили мою одёжу, а эту дрянь оставили! Не голым же мне по Москве идти? Надел что было, потому что спешил в ресторан к Грибоедову.

Врач вопросительно поглядел на Рюхина, и тот хмуро пробормотал:

— Ресторан так называется.

— Ага, — сказал врач, — а почему так спешили? Какое-нибудь деловое свидание?

— Консультанта я ловлю, — ответил Иван Николаевич и тревожно оглянулся.

— Какого консультанта?

— Вы Берлиоза знаете? — спросил Иван многозначительно.

— Это... композитор?

Иван расстроился.

— Какой там композитор? Ах да, да нет! Композитор — это однофамилец Миши Берлиоза!

Рюхину не хотелось ничего говорить, но пришлось объяснить.

— Секретаря МАССОЛИТа Берлиоза сегодня вечером задавило трамваем на Патриарших.

— Не ври ты, чего не знаешь, — рассердился на Рюхина Иван, — я, а не ты был при этом! Он его нарочно под трамвай пристроил!

— Толкнул?

— Да при чем здесь «толкнул»? — сердясь на общую бестолковость, воскликнул Иван. — Такому и толкать не надо! Он такие штуки может выделывать, что только держись! Он заранее знал, что Берлиоз попадет под трамвай!

— А кто-нибудь, кроме вас, видел этого консультанта?

— То-то и беда, что только я и Берлиоз.

— Так. Какие же меры вы приняли, чтобы поймать этого убийцу? — тут врач повернулся и бросил взгляд женщине в белом халате, сидящей за столом в сторонке. Та вынула лист и стала заполнять пустые места в его графах.

— Меры вот какие. Взял я на кухне свечечку...

— Вот эту? — спросил врач, указывая на изломанную свечку, лежащую на столе рядом с иконкой перед женщиной.

— Эту самую, и...

— А иконка зачем?

— Ну да, иконка... — Иван покраснел, — иконка-то больше всего и испугала, — он опять ткнул пальцем в сторону Рюхина, — но дело в том, что он, консультант, он, будем говорить прямо... с нечистой силой знается... и так его не поймаешь.

Санитары почему-то вытянули руки по швам и глаз не сводили с Ивана.

— Да-с, — продолжал Иван, — знается! Тут факт бесповоротный. Он лично с Понтием Пилатом разговаривал. Да нечего так на меня смотреть! Верно говорю! Все видел — и балкон, и пальмы. Был, словом, у Понтия Пилата, за это я ручаюсь.

— Ну-те, ну-те...

— Ну вот, стало быть, я иконку на грудь пришпилил и побежал...

Тут вдруг часы ударили два раза.

— Эге-ге, — воскликнул Иван и поднялся с дивана, — два часа, а я с вами время теряю! Я извиняюсь, где телефон?

— Пропустите к телефону, — приказал врач санитарам.

Иван ухватился за трубку, а женщина в это время тихо спросила у Рюхина:

— Женат он?

— Холост, — испуганно ответил Рюхин.

— Член профсоюза?

— Да.

— Милиция? — закричал Иван в трубку. — Милиция? Товарищ дежурный, распорядитесь сейчас же, чтобы выслали пять мотоциклетов с пулеметами для поимки иностранного консультанта. Что? Заезжайте за мною, я сам с вами поеду... Говорит поэт Бездомный из сумасшедшего дома... Как ваш адрес? — шепотом спросил Бездомный у доктора, прикрывая трубку ладонью, а потом опять закричал в трубку: — Вы слушаете? Алло!.. Безобразие! — вдруг завопил Иван и швырнул трубку в стену. Затем он повернулся к врачу, протянул ему руку, сухо сказал «до свидания» и собрался уходить.

— Помилуйте, куда же вы хотите идти? — заговорил врач, вглядываясь в глаза Ивана. — Глубокой ночью, в белье... Вы плохо чувствуете себя, останьтесь у нас!

— Пропустите-ка, — сказал Иван санитарам, сомкнувшимся у дверей. — Пустите вы или нет? — страшным голосом крикнул поэт.

Рюхин задрожал, а женщина нажала кнопку в столике, и на его стеклянную поверхность выскочила блестящая коробочка и запаянная ампула.

— Ах так?! — дико и затравленно озираясь, произнес Иван. — Ну ладно же! Прощайте... — и головою вперед он бросился в штору окна.

Грохнуло довольно сильно, но стекло за шторой не дало ни трещины, и через мгновение Иван забился в руках санитаров. Он хрипел, пытался кусаться, кричал:

— Так вот вы какие стеклышки у себя завели!.. Пусти! Пусти!

Шприц блеснул в руках у врача, женщина одним взмахом распорола ветхий рукав толстовки и вцепилась в руку с неженской силой. Запахло эфиром, Иван ослабел в руках четырех человек, и ловкий врач воспользовался этим моментом и вколол иглу в руку Ивану. Ивана подержали еще несколько секунд и потом опустили на диван.

— Бандиты! — прокричал Иван и вскочил с дивана, но был водворен на него опять. Лишь только его отпустили, он опять было вскочил, но обратно уже сел сам. Он помолчал, диковато озираясь, потом неожиданно зевнул, потом улыбнулся со злобой.

— Заточили все-таки, — сказал он, зевнул еще раз, неожиданно прилег, голову положил на подушку, кулак по-детски под щеку, забормотал уже сонным голосом, без злобы: — Ну и очень хорошо... сами же за все и поплатитесь. Я предупредил, а там как хотите! Меня же сейчас более всего интересует Понтий Пилат... Пилат... — тут он закрыл глаза.

— Ванна, сто семнадцатую отдельную и пост к нему, — распорядился врач, надевая очки. Тут Рюхин опять вздрогнул: бесшумно открылись белые двери, за ними стал виден коридор, освещенный синими ночными лампами. Из коридора выехала на резиновых колесиках кушетка, на нее переложили затихшего Ивана, и он уехал в коридор, и двери за ним замкнулись.

— Доктор, — шепотом спросил потрясенный Рюхин, — он, значит, действительно болен?

— О да, — ответил врач.

— А что же это такое с ним? — робко спросил Рюхин.

Усталый доктор поглядел на Рюхина и вяло ответил:

— Двигательное и речевое возбуждение... бредовые интерпретации... случай, по-видимому, сложный... Шизофрения, надо полагать. А тут еще алкоголизм...

Рюхин ничего не понял из слов доктора, кроме того, что дела Ивана Николаевича, видно, плоховаты, вздохнул и спросил:

— А что это он все про какого-то консультанта говорит?

— Видел, наверное, кого-то, кто поразил его расстроенное воображение. А может быть, галлюцинировал...

Через несколько минут грузовик уносил Рюхина в Москву. Светало, и свет еще не погашенных на шоссе фонарей был уже не нужен и неприятен. Шофер злился на то, что пропала ночь, гнал машину что есть сил, и ее заносило на поворотах.

Вот и лес отвалился, остался где-то сзади, и река ушла куда-то в сторону, навстречу грузовику сыпалась разная разность: какие-то заборы с караульными будками и штабеля дров, высоченные столбы и какие-то мачты, а на мачтах нанизанные катушки, груды щебня, земля, исполосованная каналами, — словом, чувствовалось, что вот-вот она, Москва, тут же, вон за поворотом, и сейчас навалится и охватит.

Рюхина трясло и швыряло, какой-то обрубок, на котором он поместился, то и дело пытался выскользнуть из-под него. Ресторанные полотенца, подброшенные уехавшими ранее в троллейбусе милиционером и Пантелеем, ездили по всей платформе. Рюхин пытался было их собрать, но, прошипев почему-то со злобой: «Да ну их к черту! Что я, в самом деле, как дурак верчусь?..» — отшвырнул их ногой и перестал на них глядеть.

Настроение духа у едущего было ужасно. Становилось ясным, что посещение дома скорби оставило в нем тяжелейший след. Рюхин старался понять, что его терзает. Коридор с синими лампами, прилипший к памяти? Мысль о том, что худшего несчастья, чем лишение разума, нет на свете? Да, да, конечно, и это. Но это — так ведь, общая мысль. А вот есть что-то еще. Что же это? Обида, вот что. Да, да, обидные слова, брошенные Бездомным прямо в лицо. И горе не в том, что они обидные, а в том, что в них заключается правда.

Поэт не глядел уже по сторонам, а, уставившись в грязный трясущийся пол, стал что-то бормотать, ныть, глодая самого себя.

Да, стихи... Ему — тридцать два года! В самом деле, что же дальше? — И дальше он будет сочинять по нескольку стихотворений в год. — До старости? —

Да, до старости. — Что же принесут ему эти стихотворения? Славу? «Какой вздор! Не обманывай-то хоть сам себя. Никогда слава не придет к тому, кто сочиняет дурные стихи. Отчего они дурные? Правду, правду сказал! — безжалостно обращался к самому себе Рюхин. — Не верю я ни во что из того, что пишу!..»

Отравленный взрывом неврастении, поэт покачнулся, пол под ним перестал трястись. Рюхин поднял голову и увидел, что он давно уже в Москве и, более того, что над Москвой рассвет, что облако подсвечено золотом, что грузовик его стоит, застрявши в колонне других машин у поворота на бульвар, и что близехонько от него стоит на постаменте металлический человек, чуть наклонив голову, и безразлично смотрит на бульвар.

Какие-то странные мысли хлынули в голову заболевшему поэту. «Вот пример настоящей удачливости... — тут Рюхин встал во весь рост на платформе грузовика и руку поднял, нападая зачем-то на никого не трогающего чугунного человека, — какой бы шаг он ни сделал в жизни, что бы ни случилось с ним, все шло ему на пользу, все обращалось к его славе! Но что он сделал? Я не постигаю... Что-нибудь особенное есть в этих словах: «Буря мглою...»? Не понимаю!.. Повезло, повезло! — вдруг ядовито заключил Рюхин и почувствовал, что грузовик под ним шевельнулся. — Стрелял, стрелял в него этот белогвардеец и раздробил бедро и обеспечил бессмертие...»

Колонна тронулась. Совершенно больной и даже постаревший поэт не более чем через две минуты входил на веранду Грибоедова. Она уже опустела. В углу допивала какая-то компания, и в центре ее суетился знакомый конферансье в тюбетейке и с бокалом «Абрау» в руке.

Рюхин, обремененный полотенцами, был встречен Арчибальдом Арчибальдовичем очень приветливо и тотчас избавлен от проклятых тряпок. Не будь Рюхин так истерзан в клинике и на грузовике, он, наверно, получил бы удовольствие, рассказывая о том, как все было в лечебнице, и украшая этот рассказ выдуманными подробностями. Но сейчас ему было не до того, а кроме того, как ни мало был наблюдателен Рюхин, — теперь, после пытки в грузовике, он впервые остро вгляделся в лицо пирата и понял, что тот хоть и задает вопросы о Бездомном и даже восклицает «ай-яй-яй!», но, по сути дела, совершенно равнодушен к судьбе Бездомного и ничуть его не жалеет. «И молодец! И правильно!» — с цинической, самоуничтожающей злобой подумал Рюхин и, оборвав рассказ о шизофрении, попросил:

— Арчибальд Арчибальдович, водочки бы мне...

Пират сделал сочувствующее лицо, шепнул:

— Понимаю... сию минуту... — и махнул официанту.

Через четверть часа Рюхин, в полном одиночестве, сидел, скорчившись над рыбцом, пил рюмку за рюмкой, понимая и признавая, что исправить в его жизни уже ничего нельзя, а можно только забыть.

Поэт истратил свою ночь, пока другие пировали, и теперь понимал, что вернуть ее нельзя. Стоило только поднять голову от лампы вверх к небу, чтобы понять, что ночь пропала безвозвратно. Официанты, торопясь, срывали скатерти со столов. У котов, шнырявших возле веранды, был утренний вид. На поэта неудержимо наваливался день.

Глава 7

НЕХОРОШАЯ КВАРТИРА

Если бы в следующее утро Степе Лиходееву сказали бы так: «Степа! Тебя расстреляют, если ты сию минуту не встанешь!» — Степа ответил бы томным, чуть слышным голосом: «Расстреливайте, делайте со мною, что хотите, но я не встану».

Не то что встать, — ему казалось, что он не может открыть глаз, потому что, если он только это сделает, сверкнет молния и голову его тут же разнесет на куски. В этой голове гудел тяжелый колокол, между глазными яблоками и закрытыми веками проплывали коричневые пятна с огненно-зеленым ободком, и в довершение всего тошнило, причем казалось, что тошнота эта связана со звуками какого-то назойливого патефона.

Степа старался что-то припомнить, но припоминалось только одно — что, кажется, вчера и неизвестно где он стоял с салфеткой в руке и пытался поцеловать какую-то даму, причем обещал ей, что на другой день, и ровно в полдень, придет к ней в гости. Дама от этого отказывалась, говоря: «Нет, нет, меня не будет дома!» — а Степа упорно настаивал на своем: «А я вот возьму да и приду!»

Ни какая это была дама, ни который сейчас час, ни какое число и какого месяца — Степа решительно не знал и, что хуже всего, не мог понять, где он находится. Он постарался выяснить хотя бы последнее и для этого разлепил слипшиеся веки левого глаза. В полутьме что-то тускло отсвечивало. Степан наконец узнал трюмо и понял, что он лежит навзничь у себя на кровати, то есть на бывшей ювелиршиной кровати, в спальне. Тут ему так ударило в голову, что он закрыл глаза и застонал.

Объяснимся: Степа Лиходеев, директор театра Варьете, очнулся утром у себя в той самой квартире, которую он занимал пополам с покойным Берлиозом, в большом шестиэтажном доме, покоем расположенном на Садовой улице.

Надо сказать, что квартира эта — № 50 — давно уже пользовалась если не плохой, то, во всяком случае, странной репутацией. Еще два года назад владелицей ее была вдова ювелира де Фужере. Анна Францевна де Фужере, пятидесятилетняя почтенная и очень деловая дама, три комнаты из пяти сдавала жильцам: одному, фамилия которого была, кажется, Беломут, и другому — с утраченной фамилией.

И вот два года тому назад начались в квартире необъяснимые происшествия: из этой квартиры люди начали бесследно исчезать.

Однажды в выходной день явился в квартиру милиционер, вызвал в переднюю второго жильца (фамилия которого утратилась) и сказал, что того просят на минутку зайти в отделение милиции в чем-то расписаться. Жилец приказал Анфисе, преданной и давней домашней работнице Анны Францевны, сказать, в случае если ему будут звонить, что он вернется через десять минут, и ушел вместе с корректным милиционером в белых перчатках. Но не вернулся он не только через десять минут, а вообще никогда не вернулся. Удивительнее всего то, что, очевидно, с ним вместе исчез и милиционер.

Набожная, а откровеннее сказать — суеверная, Анфиса так напрямик и заявила очень расстроенной Анне Францевне, что это колдовство и что она прекрасно знает, кто утащил и жильца и милиционера, только к ночи не хочет говорить.

Ну, а колдовству, как известно, стоит только начаться, а там уж его ничем не остановишь. Второй жилец исчез, помнится, в понедельник, а в среду как сквозь землю провалился Беломут, но, правда, при других обстоятельствах. Утром за ним заехала, как обычно, машина, чтобы отвезти его на службу, и отвезла, но назад никого не привезла и сама больше не вернулась.

Горе и ужас мадам Беломут не поддаются описанию. Но, увы, и то и другое было непродолжительно. В ту же ночь, вернувшись с Анфисой с дачи, на которую Анна Францевна почему-то спешно поехала, она не застала уже гражданки Беломут в квартире. Но этого мало: двери обеих комнат, которые занимали супруги Беломут, оказались запечатанными!

Два дня прошли кое-как. На третий же день страдавшая все это время бессонницей Анна Францевна опять-таки спешно уехала на дачу... Нужно ли говорить, что она не вернулась!

Оставшаяся одна Анфиса, наплакавшись вволю, легла спать во втором часу ночи. Что с ней было дальше, неизвестно, но рассказывали жильцы других квартир, что будто бы в № 50-м всю ночь слышались какие-то стуки и будто бы до утра в окнах горел электрический свет. Утром выяснилось, что и Анфисы нет!

Об исчезнувших и о проклятой квартире долго в доме рассказывали всякие легенды, вроде того, например, что эта сухонькая и набожная Анфиса будто бы носила на своей иссохшей груди в замшевом мешочке двадцать пять крупных бриллиантов, принадлежащих Анне Францевне. Что будто бы в дровяном сарае на той самой даче, куда спешно ездила Анна Францевна, обнаружились сами собой какие-то несметные сокровища в виде тех же бриллиантов, а также золотых денег царской чеканки... И прочее в этом же роде. Ну, чего не знаем, за то не ручаемся.

Как бы то ни было, квартира простояла пустой и запечатанной только неделю, а затем в нее вселились — покойный Берлиоз с супругой и этот самый Степа тоже с супругой. Совершенно естественно, что, как только они попали в окаянную квартиру, и у них началось черт знает что. Именно, в течение одного месяца пропали обе супруги. Но эти не бесследно. Про супругу Берлиоза рассказывали, что будто бы ее видели в Харькове с каким-то балетмейстером, а супруга Степы якобы обнаружилась на Божедомке, где, как болтали, директор Варьете, используя свои бесчисленные знакомства, ухитрился добыть ей комнату, но с одним условием, чтобы духу ее не было на Садовой улице...

Итак, Степа застонал. Он хотел позвать домработницу Груню и потребовать у нее пирамидону, но все-таки сумел сообразить, что это глупости, что никакого пирамидону у Груни, конечно, нету. Пытался позвать на помощь Берлиоза, дважды простонал: «Миша... Миша...», как сами понимаете, ответа не получил. В квартире стояла полнейшая тишина.

Пошевелив пальцами ног, Степа догадался, что лежит в носках, трясущейся рукою провел по бедру, чтобы определить, в брюках он или нет, и не определил. Наконец, видя, что он брошен и одинок, что некому ему помочь, решил подняться, каких бы человеческих усилий это ни стоило.

Степа разлепил склеенные веки и увидел, что отражается в трюмо в виде человека с торчащими в разные стороны волосами, с опухшей, покрытою черной щетиною физиономией, с заплывшими глазами, в грязной сорочке с воротником и галстуком, в кальсонах и в носках.

Таким он увидел себя в трюмо, а рядом с зеркалом увидел неизвестного человека, одетого в черное и в черном берете.

Степа сел на кровать и сколько мог вытаращил налитые кровью глаза на неизвестного.

Молчание нарушил этот неизвестный, произнеся низким, тяжелым голосом и с иностранным акцентом следующие слова:

— Добрый день, симпатичнейший Степан Богданович!

Произошла пауза, после которой, сделав над собой страшнейшее усилие, Степа выговорил:

— Что вам угодно? — и сам поразился, не узнав своего голоса. Слово «что» он произнес дискантом, «вам» — басом, а «угодно» у него совсем не вышло.

Незнакомец дружелюбно усмехнулся, вынул большие золотые часы с алмазным треугольником на крышке, прозвонил одиннадцать раз и сказал:

— Одиннадцать! И ровно час, как я дожидаюсь вашего пробуждения, ибо вы назначили мне быть у вас в десять. Вот и я!

Степа пощупал на стуле рядом с кроватью брюки, шепнул:

— Извините... — надел их и хрипло спросил: — Скажите, пожалуйста, вашу фамилию?

Говорить ему было трудно. При каждом слове кто-то втыкал ему иголку в мозг, причиняя адскую боль.

— Как? Вы и фамилию мою забыли? — тут неизвестный улыбнулся.

— Простите... — прохрипел Степа, чувствуя, что похмелье дарит его новым симптомом: ему показалось, что пол возле кровати ушел куда-то и что сию минуту он головой вниз полетит к чертовой матери в преисподнюю.

— Дорогой Степан Богданович, — заговорил посетитель, проницательно улыбаясь, — никакой пирамидон вам не поможет. Следуйте старому мудрому правилу — лечить подобное подобным. Единственно, что вернет вас к жизни, это две стопки водки с острой и горячей закуской.

Степа был хитрым человеком и, как ни был болен, сообразил, что раз уж его застали в таком виде, нужно признаваться во всем.

— Откровенно сказать, — начал он, еле ворочая языком, — вчера я немножко...

— Ни слова больше! — ответил визитер и отъехал с креслом в сторону.

Степа, тараща глаза, увидел, что на маленьком столике сервирован поднос, на коем имеется нарезанный белый хлеб, паюсная икра в вазочке, белые маринованные грибы на тарелочке, что-то в кастрюльке и, наконец, водка в объемистом ювелиршином графинчике. Особенно поразило Степу то, что графин запотел от холода. Впрочем, это было понятно — он помещался в полоскательнице, набитой льдом. Накрыто, словом, было чисто, умело.

Незнакомец не дал Степиному изумлению развиться до степени болезненной и ловко налил ему полстопки водки.

— А вы? — пискнул Степа.

— С удовольствием!

Прыгающей рукой поднес Степа стопку к устам, а незнакомец одним духом проглотил содержимое своей стопки. Прожевывая кусок икры, Степа выдавил из себя слова:

— А вы что же... закусить?

— Благодарствуйте, я не закусываю никогда, — ответил незнакомец и налил по второй. Открыли кастрюлю — в ней оказались сосиски в томате.

И вот проклятая зелень перед глазами растаяла, стали выговариваться слова, и, главное,

Степа кое-что припомнил. Именно, что дело вчера было на Сходне, на даче у автора скетчей Хустова, куда этот Хустов и возил Степу в таксомоторе. Припомнилось даже, как нанимали этот таксомотор у «Метрополя», был еще при этом какой-то актер не актер... с патефоном в чемоданчике. Да, да, да, это было на даче! Еще, помнится, выли собаки от этого патефона. Вот только дама, которую Степа хотел поцеловать, осталась неразъясненной... черт ее знает, кто она... кажется, в радио служит, а может быть, и нет.

Вчерашний день, таким образом, помаленьку высветлялся, но Степу сейчас гораздо более интересовал день сегодняшний и, в частности, появление в спальне неизвестного, да еще с закуской и водкой. Вот что недурно было бы разъяснить!

— Ну, что же, теперь, я надеюсь, вы вспомнили мою фамилию?

Но Степа только стыдливо улыбнулся и развел руками.

— Однако! Я чувствую, что после водки вы пили портвейн! Помилуйте, да разве это можно делать!

— Я хочу вас попросить, чтоб это осталось между нами, — заискивающе сказал Степа.

— О, конечно, конечно! Но за Хустова я, само собой разумеется, не ручаюсь.

— А вы разве знаете Хустова?

— Вчера в кабинете у вас видел этого индивидуума мельком, но достаточно одного беглого взгляда на его лицо, чтобы понять, что он — сволочь, склочник, приспособленец и подхалим.

«Совершенно верно!» — подумал Степа, пораженный таким верным, точным и кратким определением Хустова.

Да, вчерашний день лепился из кусочков, но все-таки тревога не покидала директора Варьете. Дело в том, что в этом вчерашнем дне зияла преогромная черная дыра. Вот этого самого незнакомца в берете, воля ваша, Степа в своем кабинете вчера никак не видал.

— Профессор черной магии Воланд, — веско сказал визитер, видя Степины затруднения, и рассказал все по порядку.

Вчера днем он приехал из-за границы в Москву, немедленно явился к Степе и предложил свои гастроли в Варьете. Степа позвонил в Московскую областную зрелищную комиссию и вопрос этот согласовал (Степа побледнел и заморгал глазами), подписал с профессором Воландом контракт на семь выступлений (Степа открыл рот), условился, что Воланд придет к нему для уточнения деталей в десять часов утра сегодня... Вот Воланд и пришел.

Придя, был встречен домработницей Груней, которая объяснила, что сама она только что пришла, что она приходящая, что Берлиоза дома нет, а что если визитер желает видеть Степана Богдановича, то пусть идет к нему в спальню сам. Степан Богданович так крепко спит, что разбудить его она не берется. Увидев, в каком состоянии Степан Богданович, артист послал Груню в ближайший гастроном за водкой и закуской, в аптеку за льдом и...

— Позвольте с вами рассчитаться, — проскулил убитый Степа и стал искать бумажник.

— О, какой вздор! — воскликнул гастролер и слушать ничего больше не захотел.

Итак, водка и закуска стали понятны, и все же на Степу было жалко взглянуть: он решительно не помнил ничего о контракте и, хоть убейте, не видел вчера этого Воланда. Да, Хустов был, а Воланда не было.

— Разрешите взглянуть на контракт, — тихо попросил Степа.

— Пожалуйста, пожалуйста...

Степа глянул в бумагу и закоченел. Все было на месте. Во-первых, собственноручная Степина залихватская подпись! Косая надпись сбоку рукою финдиректора Римского с разрешением выдать артисту Воланду в счет следуемых ему за семь выступлений тридцати пяти тысяч рублей десять тысяч рублей. Более того: тут же расписка Воланда о том, что он эти десять тысяч уже получил!

«Что же это такое?!» — подумал несчастный Степа, и голова у него закружилась. Начинаются зловещие провалы в памяти?! Но, само собою, после того, как контракт был предъявлен, дальнейшие выражения удивления были бы просто неприличны. Степа попросил у гостя разрешения на минуту отлучиться и, как был в носках, побежал в переднюю к телефону. По дороге он крикнул в направлении кухни:

— Груня!

Но никто не отозвался. Тут он взглянул на дверь в кабинет Берлиоза, бывшую рядом с передней, и тут, как говорится, остолбенел. На ручке двери он разглядел огромнейшую сургучную печать на веревке. «Здравствуйте! — рявкнул кто-то в голове у Степы. — Этого еще недоставало!» — И тут Степины мысли побежали уже по двойному рельсовому пути, но, как всегда бывает во время катастрофы, в одну сторону и вообще черт знает куда. Головную Степину кашу трудно даже передать. Тут и чертовщина с черным беретом, холодной водкой и невероятным контрактом, — а тут еще ко всему этому, не угодно ли, и печать на двери! То есть кому хотите сказать, что Берлиоз что-то натворил, — не поверит, ей-ей, не поверит! Однако печать, вот она! Да-с...

И тут закопошились в мозгу у Степы какие-то неприятнейшие мыслишки о статье, которую, как назло, недавно он всучил Михаилу Александровичу для напечатания в журнале. И статья, между нами говоря, дурацкая! И никчемная, и деньги-то маленькие...

Немедленно вслед за воспоминанием о статье прилетело воспоминание о каком-то сомнительном разговоре, происходившем, как помнится, двадцать четвертого апреля вечером тут же, в столовой, когда Степа ужинал с Михаилом Александровичем. То есть, конечно, в полном смысле слова разговор этот сомнительным назвать нельзя (не пошел бы Степа на такой разговор), но это был разговор на какую-то ненужную тему. Совершенно свободно можно было бы, граждане, его и не затевать.

До печати, нет сомнений, разговор этот мог бы считаться совершеннейшим пустяком, но вот после печати...

«Ах, Берлиоз, Берлиоз! — вскипало в голове у Степы. — Ведь это в голову не лезет!»

Но горевать долго не приходилось, и Степа набрал номер в кабинете финдиректора Варьете Римского. Положение Степы было щекотливое: во-первых, иностранец мог обидеться на то, что Степа проверяет его после того, как был показан контракт, да и с финдиректором говорить было чрезвычайно трудно. В самом деле, ведь не спросишь же его так: «Скажите, заключал ли я вчера с профессором черной магии контракт на тридцать пять тысяч рублей?» Так спрашивать не годится!

— Да! — послышался в трубке резкий, неприятный голос Римского.

— Здравствуйте, Григорий Данилович, — тихо заговорил Степа, — это Лиходеев. Вот какое дело... гм... гм... у меня сидит этот... э... артист Воланд... Так вот... я хотел спросить, как насчет сегодняшнего вечера?..

— Ах, черный маг? — отозвался в трубке Римский. — Афиши сейчас будут.

— Ага, — слабым голосом сказал Степа, — ну, пока...

— А вы скоро придете? — спросил Римский.

— Через полчаса, — ответил Степа и, повесив трубку, сжал горячую голову руками. Ах, какая выходила скверная штука! Что же это с памятью, граждане? А?

Однако дольше задерживаться в передней было неудобно, и Степа тут же составил план: всеми мерами скрыть свою невероятную забывчивость, а сейчас первым долгом хитро выспросить у иностранца, что он, собственно, намерен сегодня показывать во вверенном Степе Варьете?

Тут Степа повернулся от аппарата и в зеркале, помещавшемся в передней, давно не вытираемом ленивой Груней, отчетливо увидел какого-то странного субъекта — длинного, как жердь, и в пенсне (ах, если б здесь был Иван Николаевич! Он узнал бы этого субъекта сразу!). А тот отразился и тотчас пропал. Степа в тревоге поглубже заглянул в переднюю, и вторично его качнуло, ибо в зеркале прошел здоровеннейший черный кот и также пропал.

У Степы оборвалось сердце, он пошатнулся.

«Что же это такое, — подумал он, — уж не схожу ли я с ума? Откуда ж эти отражения?!» — Он заглянул в переднюю и испуганно закричал:

— Груня! Какой тут кот у нас шляется? Откуда он? И кто-то еще с ним?!

— Не беспокойтесь, Степан Богданович, — отозвался голос, но не Груни, а гостя из спальни, — кот этот мой. Не нервничайте. А Груни нет, я услал ее в Воронеж. Она жаловалась, что вы у нее отпуск зажилили.

Слова эти были настолько неожиданны и нелепы, что Степа решил, что ослышался. В полном смятении он рысцой побежал в спальню и застыл на пороге. Волосы его шевельнулись, и на лбу появилась россыпь мелкого пота.

Гость пребывал в спальне уже не один, а в компании. Во втором кресле сидел тот самый тип, что померещился в передней. Теперь он был ясно виден: усы-перышки, стеклышко пенсне поблескивает, а другого стеклышка нет. Но оказались в спальне вещи и похуже: на ювелиршином пуфе в развязной позе развалился некто третий, именно — жутких размеров черный кот со стопкой водки в одной лапе и вилкой, на которую он успел поддеть маринованный гриб, в другой.

Свет, и так слабый в спальне, и вовсе начал меркнуть в глазах Степы. «Вот как, оказывается, сходят с ума!» — подумал он и ухватился за притолоку.

— Я вижу, вы немного удивлены, дражайший Степан Богданович? — осведомился Воланд у лязгающего зубами Степы. — А между тем удивляться нечему. Это моя свита.

Тут кот выпил водки, и Степина рука поползла по притолоке вниз.

— И свита эта требует места, — продолжал Воланд, — так что кое-кто из нас здесь лишний в квартире. И мне кажется, что этот лишний — именно вы!

— Они, они! — козлиным голосом запел длинный клетчатый, во множественном числе говоря о Степе. — Вообще они в последнее время жутко свинячат. Пьянствуют, вступают в связи с женщинами, используя свое положение, ни черта не делают, да и делать ничего не могут, потому что ничего не смыслят в том, что им поручено. Начальству втирают очки!

— Машину зря гоняет казенную! — наябедничал и кот, жуя гриб.

И тут случилось четвертое, и последнее, явление в квартире, когда Степа, совсем уже сползший на пол, ослабевшей рукой царапал притолоку.

Прямо из зеркала трюмо вышел маленький, но необыкновенно широкоплечий, в котелке на голове и с торчащим изо рта клыком, безобразящим и без того невиданно мерзкую физиономию. И при этом еще огненно-рыжий.

— Я, — вступил в разговор этот новый, — вообще не понимаю, как он попал в директора, — рыжий гнусавил все больше и больше, — он такой же директор, как я архиерей!

— Ты не похож на архиерея, Азазелло, — заметил кот, накладывая себе сосисок на тарелку.

— Я это и говорю, — прогнусил рыжий и, повернувшись к Воланду, добавил почтительно: — Разрешите, мессир, его выкинуть ко всем чертям из Москвы!

— Брысь! — вдруг рявкнул кот, вздыбив шерсть.

И тогда спальня завертелась вокруг Степы, и он ударился о притолоку головой и, теряя сознание, подумал: «Я умираю...»

Но он не умер. Приоткрыв слегка глаза, он увидел себя сидящим на чем-то каменном. Вокруг него что-то шумело. Когда он раскрыл глаза как следует, он понял, что шумит море, и что, даже больше того, — волна покачивается у самых его ног, и что, короче говоря, он сидит на самом конце мола, что над ним голубое сверкающее небо, а сзади — белый город на горах.

Не зная, как поступают в таких случаях, Степа поднялся на трясущиеся ноги и пошел по молу к берегу.

На молу стоял какой-то человек, курил, плевал в море. На Степу он поглядел дикими глазами и перестал плевать.

Тогда Степа отколол такую штуку: стал на колени перед неизвестным курильщиком и произнес:

— Умоляю, скажите, какой это город?

— Однако! — сказал бездушный курильщик.

— Я не пьян, — хрипло ответил Степа, — со мной что-то случилось, я болен... Где я? Какой это город?

— Ну, Ялта...

Степа тихо вздохнул, повалился на бок, головою стукнулся о нагретый камень мола. Сознание покинуло его.

Глава 8

ПОЕДИНОК МЕЖДУ ПРОФЕССОРОМ И ПОЭТОМ

Как раз в то время, когда сознание покинуло Степу в Ялте, то есть около половины двенадцатого дня, оно вернулось к Ивану Николаевичу Бездомному, проснувшемуся после глубокого и продолжительного сна. Некоторое время он соображал, каким это образом он попал в неизвестную комнату с белыми стенами, с удивительным ночным столиком из какого-то светлого металла и с белой шторой, за которой чувствовалось солнце.

Иван тряхнул головой, убедился в том, что она не болит, и вспомнил, что он находится в лечебнице. Эта мысль потянула за собою воспоминание о гибели Берлиоза, но сегодня оно не вызвало у Ивана сильного потрясения. Выспавшись, Иван Николаевич стал поспокойнее и соображать начал яснее. Полежав некоторое время неподвижно в чистейшей, мягкой и удобной пружинной кровати, Иван увидел кнопку звонка рядом с собою. По привычке трогать предметы без надобности Иван нажал ее. Он ожидал какого-то звона или явления вслед за нажатием кнопки, но произошло совсем другое.

В ногах Ивановой кровати загорелся матовый цилиндр, на котором было написано: «Пить». Постояв некоторое время, цилиндр начал вращаться до тех пор, пока не выскочила надпись: «Няня». Само собою разумеется, что хитроумный цилиндр поразил Ивана. Надпись «Няня» сменилась надписью «Вызовите доктора».

— Гм... — молвил Иван, не зная, что делать с этим цилиндром дальше. Но тут повезло случайно: Иван нажал кнопку второй раз на слове «Фельдшерица». Цилиндр тихо прозвенел в ответ, остановился, потух, и в комнату вошла полная симпатичная женщина в белом чистом халате и сказала Ивану:

— Доброе утро!

Иван не ответил, так как счел это приветствие в данных условиях неуместным. В самом деле, засадили здорового человека в лечебницу, да еще делают вид, что это так и нужно!

Женщина же тем временем, не теряя благодушного выражения лица, при помощи одного нажима кнопки, увела штору вверх, и в комнату через широкопетлистую и легкую решетку, доходящую до самого пола, хлынуло солнце. За решеткой открылся балкон, за ним берег извивающейся реки и на другом ее берегу — веселый сосновый бор.

— Пожалуйте ванну брать, — пригласила женщина, и под руками ее раздвинулась внутренняя стена, за которой оказалось ванное отделение и прекрасно оборудованная уборная.

Иван, хоть и решил с женщиной не разговаривать, не удержался и, видя, как вода хлещет в ванну широкой струей из сияющего крана, сказал с иронией:

— Ишь ты! Как в «Метрополе»!

— О нет, — с гордостью ответила женщина, — гораздо лучше. Такого оборудования нет нигде и за границей. Ученые и врачи специально приезжают осматривать нашу клинику. У нас каждый день интуристы бывают.

При слове «интурист» Ивану тотчас же вспомнился вчерашний консультант. Иван затуманился, поглядел исподлобья и сказал:

— Интуристы... До чего вы все интуристов обожаете! А среди них, между прочим, разные попадаются. Я, например, вчера с таким познакомился, что любо-дорого!

И чуть было не начал рассказывать про Понтия Пилата, но сдержался, понимая, что женщине эти рассказы ни к чему, что все равно помочь ему она не может.

Вымытому Ивану Николаевичу тут же было выдано решительно все, что необходимо мужчине после ванны: выглаженная рубашка, кальсоны, носки. Но этого мало: отворив дверь шкафика, женщина указала внутрь его и спросила:

— Что желаете надеть — халатик или пижамку?

Прикрепленный к новому жилищу насильственно, Иван едва руками не всплеснул от развязности женщины и молча ткнул пальцем в пижаму из пунцовой байки.

После этого Ивана Николаевича повели по пустому и беззвучному коридору и привели в громаднейших размеров кабинет. Иван, решив относиться ко всему, что есть в этом на диво оборудованном здании, с иронией, тут же мысленно окрестил кабинет «фабрикой-кухней».

И было за что. Здесь стояли шкафы и стеклянные шкафики с блестящими никелированными инструментами. Были кресла необыкновенно сложного устройства, какие-то пузатые лампы с сияющими колпаками, множество склянок, и газовые горелки, и электрические провода, и совершенно никому не известные приборы.

В кабинете за Ивана принялись трое — две женщины и один мужчина, все в белом. Первым долгом Ивана отвели в уголок, за столик, с явною целью кое-что у него повыспросить.

Иван стал обдумывать положение. Перед ним было три пути. Чрезвычайно соблазнял первый: кинуться на эти лампы и замысловатые вещицы и всех их к чертовой бабушке перебить и таким образом выразить свой протест за то, что он задержан зря. Но сегодняшний Иван значительно уже отличался от Ивана вчерашнего, и первый путь показался ему сомнительным: чего доброго, они укоренятся в мысли, что он буйный сумасшедший. Поэтому первый путь Иван отринул. Был второй: немедленно начать повествование о консультанте и Понтии Пилате. Однако вчерашний опыт показал, что этому рассказу не верят или понимают его как-то извращенно. Поэтому Иван и от этого пути отказался, решив избрать третий: замкнуться в гордом молчании.

Полностью этого осуществить не удалось и, волей-неволей, пришлось отвечать, хоть и скупо и хмуро, на целый ряд вопросов. И у Ивана выспросили решительно все насчет его прошлой жизни, вплоть до того, когда и как он болел скарлатиною, лет пятнадцать тому назад. Исписав за Иваном целую страницу, перевернули ее, и женщина в белом перешла к расспросам о родственниках Ивана. Началась какая-то канитель: кто умер, когда да отчего, не пил ли, не болел ли венерическими болезнями, и все в таком же роде. В заключение попросили рассказать о вчерашнем происшествии на Патриарших прудах, но очень не приставали, сообщению о Понтии Пилате не удивлялись.

Тут женщина уступила Ивана мужчине, и тот взялся за него по-иному и ни о чем уже не расспрашивал. Он измерил температуру Иванова тела, посчитал пульс, посмотрел Ивану в глаза, светя в них какою-то лампой. Затем на помощь мужчине пришла другая женщина, и Ивана кололи, но не больно, чем-то в спину, рисовали у него ручкой молоточка какие-то знаки на коже груди, стучали молоточками по коленям, отчего ноги Ивана подпрыгивали, кололи палец и брали из него кровь, кололи в локтевом сгибе, надевали на руки какие-то резиновые браслеты.

Иван только горько усмехался про себя и размышлял о том, как все это глупо и странно получилось. Подумать только! Хотел предупредить всех об опасности, грозящей от неизвестного консультанта, собирался его изловить, а добился только того, что попал в какой-то таинственный кабинет затем, чтобы рассказывать всякую чушь про дядю Федора, пившего в Вологде запоем. Нестерпимо глупо!

Наконец Ивана отпустили. Он был препровожден обратно в свою комнату, где получил чашку кофе, два яйца всмятку и белый хлеб с маслом.

Съев и выпив все предложенное, Иван решил дожидаться кого-то главного в этом учреждении и уж у этого главного добиться и внимания к себе, и справедливости.

И он дождался его, и очень скоро после своего завтрака. Неожиданно открылась дверь в комнату Ивана, и в нее вошло множество народа в белых халатах. Впереди всех шел тщательно, по-актерски бритый человек лет сорока пяти, с приятными, но очень пронзительными глазами и вежливыми манерами. Вся свита оказывала ему знаки внимания и уважения, и вход его получился поэтому очень торжественным. «Как Понтий Пилат!» — подумалось Ивану.

Да, это был, несомненно, главный. Он сел на табурет, а все остались стоять.

— Доктор Стравинский, — представился усевшийся Ивану и поглядел на него дружелюбно.

— Вот, Александр Николаевич, — негромко сказал кто-то в опрятной бородке и подал главному кругом исписанный Иванов лист.

«Целое дело сшили!» — подумал Иван. А главный привычными глазами пробежал лист, пробормотал: «Угу, угу...» — и обменялся с окружающими несколькими фразами на малоизвестном языке.

«И по-латыни, как Пилат, говорит...» — печально подумал Иван. Тут одно слово заставило его вздрогнуть, и это было слово «шизофрения» — увы, уже вчера произнесенное проклятым иностранцем на Патриарших прудах, а сегодня повторенное здесь профессором Стравинским.

«И ведь это знал!» — тревожно подумал Иван.

Главный, по-видимому, поставил себе за правило соглашаться со всем и радоваться всему, что бы ни говорили ему окружающие, и выражать это словами «славно, славно...».

— Славно! — сказал Стравинский, возвращая кому-то лист, и обратился к Ивану: — Вы — поэт?

— Поэт, — мрачно ответил Иван и впервые вдруг почувствовал какое-то необъяснимое отвращение к поэзии, и вспомнившиеся ему тут же собственные его стихи показались почему-то неприятными.

Морща лицо, он, в свою очередь, спросил у Стравинского:

— Вы — профессор?

На это Стравинский предупредительно-вежливо наклонил голову.

— И вы — здесь главный? — продолжал Иван.

Стравинский и на это поклонился.

— Мне с вами нужно говорить, — многозначительно сказал Иван Николаевич.

— Я для этого и пришел, — отозвался Стравинский.

— Дело вот в чем, — начал Иван, чувствуя, что настал его час, — меня в сумасшедшие вырядили, никто не желает меня слушать!..

— О нет, мы выслушаем вас очень внимательно, — серьезно и успокоительно сказал Стравинский, — и в сумасшедшие вас рядить ни в коем случае не позволим.

— Так слушайте же: вчера вечером я на Патриарших прудах встретился с таинственной личностью, иностранцем не иностранцем, который заранее знал о смерти Берлиоза и лично видел Понтия Пилата.

Свита безмолвно и не шевелясь слушала поэта.

— Пилата? Пилат, это — который жил при Иисусе Христе? — щурясь на Ивана, спросил Стравинский.

— Тот самый.

— Ага, — сказал Стравинский, — а этот Берлиоз погиб под трамваем?

— Вот же именно его вчера при мне и зарезало трамваем на Патриарших, причем этот самый загадочный гражданин...

— Знакомый Понтия Пилата? — спросил Стравинский, очевидно, отличавшийся большой понятливостью.

— Именно он, — подтвердил Иван, изучая Стравинского, — так вот он сказал заранее, что Аннушка разлила подсолнечное масло... А он и поскользнулся как раз на этом месте! Как вам это понравится? — многозначительно осведомился Иван, надеясь произвести большой эффект своими словами.

Но этого эффекта не последовало, и Стравинский очень просто задал следующий вопрос:

— А кто же эта Аннушка?

Этот вопрос немного расстроил Ивана, лицо его передернуло.

— Аннушка здесь совершенно не важна, — проговорил он, нервничая, — черт ее знает, кто она такая. Просто дура какая-то с Садовой. А важно то, что он заранее, понимаете ли, заранее знал о подсолнечном масле! Вы меня понимаете?

— Отлично понимаю, — серьезно ответил Стравинский и, коснувшись колена поэта, добавил: — Не волнуйтесь и продолжайте.

— Продолжаю, — сказал Иван, стараясь попасть в тон Стравинскому и зная уже по горькому опыту, что лишь спокойствие поможет ему, — так вот, этот страшный тип, а он врет, что он консультант, обладает какою-то необыкновенной силой... Например, за ним погонишься, а догнать его нет возможности. А с ним еще парочка, и тоже хороша, но в своем роде: какой-то длинный в битых стеклах и, кроме того, невероятных размеров кот, самостоятельно ездящий в трамвае. Кроме того, — никем не перебиваемый Иван говорил все с большим жаром и убедительностью, — он лично был на балконе у Понтия Пилата, в чем нет никакого сомнения. Ведь это что же такое? А? Его надо немедленно арестовать, иначе он натворит неописуемых бед.

— Так вот вы и добиваетесь, чтобы его арестовали? Правильно я вас понял? — спросил Стравинский.

«Он умен, — подумал Иван, — надо признаться, что среди интеллигентов тоже попадаются на редкость умные. Этого отрицать нельзя!» — и ответил:

— Совершенно правильно! И как же не добиваться, вы подумайте сами! А между тем меня силою задержали здесь, тычут в глаза лампой, в ванне купают, про дядю Федю чего-то расспрашивают!.. А его уж давно на свете нет! Я требую, чтобы меня немедленно выпустили.

— Ну что же, славно, славно! — отозвался Стравинский. — Вот все и выяснилось. Действительно, какой же смысл задерживать в лечебнице человека здорового? Хорошо-с. Я вас немедленно же выпишу отсюда, если вы мне скажете, что вы нормальны. Не докажете, а только скажете. Итак, вы нормальны?

Тут наступила полная тишина, и толстая женщина, утром ухаживавшая за Иваном, благоговейно поглядела на профессора, а Иван еще раз подумал: «Положительно умен».

Предложение профессора ему очень понравилось, однако прежде чем ответить, он очень и очень подумал, морща лоб, и, наконец, сказал твердо:

— Я — нормален.

— Ну вот и славно, — облегченно воскликнул Стравинский, — а если так, то давайте рассуждать логически. Возьмем ваш вчерашний день, — тут он повернулся, и ему немедленно подали Иванов лист. — В поисках неизвестного человека, который отрекомендовался вам как знакомый Понтия Пилата, вы вчера произвели следующие действия, — тут Стравинский стал загибать длинные пальцы, поглядывая то в лист, то на Ивана, — повесили на грудь иконку. Было?

— Было, — хмуро согласился Иван.

— Сорвались с забора, повредили лицо. Так? Явились в ресторан с зажженной свечой в руке, в одном белье и в ресторане побили кого-то. Привезли вас сюда связанным. Попав сюда, вы звонили в милицию и просили прислать пулеметы. Затем сделали попытку выброситься из окна. Так? Спрашивается: возможно ли, действуя таким образом, кого-либо поймать или арестовать? И если вы человек нормальный, то вы сами ответите: никоим образом. Вы желаете уйти отсюда? Извольте-с. Но позвольте вас спросить, куда вы направитесь отсюда?

— Конечно, в милицию, — ответил Иван уже не так твердо и немного теряясь под взглядом профессора.

— Непосредственно отсюда?

— Угу.

— А на квартиру к себе не заедете? — быстро спросил Стравинский.

— Да некогда тут заезжать! Пока я по квартирам буду разъезжать, он улизнет!

— Так. А что же вы скажете в милиции в первую очередь?

— Про Понтия Пилата, — ответил Иван Николаевич, и глаза его подернулись сумрачной дымкой.

— Ну, вот и славно! — воскликнул покоренный Стравинский и, обратившись к тому, что был с бородкой, приказал: — Федор Васильевич, выпишите, пожалуйста, гражданина Бездомного в город. Но эту комнату не занимать, постельное белье можно не менять. Через два часа гражданин Бездомный опять будет здесь. Ну что же, — обратился он к поэту, — успеха я вам желать не буду, потому что в успех этот ни на йоту не верю. До скорого свидания! — И он встал, а свита его шевельнулась.

— На каком основании я опять буду здесь? — тревожно спросил Иван.

Стравинский как будто ждал этого вопроса, немедленно уселся опять и заговорил:

— На том основании, что, как только вы явитесь в кальсонах в милицию и скажете, что виделись с человеком, лично знавшим Понтия Пилата, — как моментально вас привезут сюда, и вы снова окажетесь в этой же самой комнате.

— При чем здесь кальсоны? — растерянно оглядываясь, спросил Иван.

— Главным образом Понтий Пилат. Но и кальсоны также. Ведь казенное же белье мы с вас снимем и выдадим вам ваше одеяние. А доставлены вы были к нам в кальсонах. А между тем на квартиру к себе вы заехать отсюда не собирались, хоть я и намекнул вам на это. Далее последует Пилат... и дело готово!

Тут что-то странное случилось с Иваном Николаевичем. Его воля как будто раскололась, и он почувствовал, что слаб, что нуждается в совете.

— Так что же делать? — спросил он на этот раз уже робко.

— Ну вот и славно! — отозвался Стравинский. — Это резоннейший вопрос. Теперь я скажу вам, что, собственно, с вами произошло. Вчера кто-то вас сильно напугал и расстроил рассказом про Понтия Пилата и прочими вещами. И вот вы, изнервничавшийся, издерганный человек, пошли по городу, рассказывая про Понтия Пилата. Совершенно естественно, что вас принимают за сумасшедшего. Ваше спасение сейчас только в одном — в полном покое. И вам непременно нужно остаться здесь.

— Но его необходимо поймать! — уже моляще воскликнул Иван.

— Хорошо-с, но самому-то зачем же бегать? Изложите на бумаге все ваши подозрения и обвинения против этого человека. Ничего нет проще, как переслать ваше заявление куда следует, и если, как вы полагаете, мы имеем дело с преступником, все это выяснится очень скоро. Но только одно условие: не напрягайте головы и старайтесь поменьше думать о Понтии Пилате. Мало ли чего можно рассказать! Не всему же надо верить.

— Понял! — решительно заявил Иван. — Прошу выдать мне бумагу и перо.

— Выдайте бумагу и коротенький карандаш, — приказал Стравинский толстой женщине, а Ивану сказал так: — Но сегодня советую не писать.

— Нет, нет, сегодня же, непременно сегодня, — встревоженно вскричал Иван.

— Ну хорошо. Только не напрягайте мозг. Не выйдет сегодня, выйдет завтра.

— Он уйдет!

— О нет, — уверенно возразил Стравинский, — он никуда не уйдет, ручаюсь вам. И помните, что здесь у нас вам всемерно помогут, а без этого у вас ничего не выйдет. Вы меня слышите? — вдруг многозначительно спросил Стравинский и завладел обеими руками Ивана Николаевича. Взяв их в свои, он долго, в упор глядя в глаза Ивану, повторял: — Вам здесь помогут... вы слышите меня?.. Вам здесь помогут... вам здесь помогут... Вы получите облегчение. Здесь тихо, все спокойно... Вам здесь помогут...

Иван Николаевич неожиданно зевнул, выражение лица его смягчилось.

— Да, да, — тихо сказал он.

— Ну вот и славно! — по своему обыкновению заключил беседу Стравинский и поднялся. — До свидания! — Он пожал руку Ивану и, уже выходя, повернулся к тому, что был с бородкой, и сказал: — Да, а кислород попробуйте... и ванны.

Через несколько мгновений перед Иваном не было ни Стравинского, ни свиты. За сеткой в окне, в полуденном солнце, красовался радостный и весенний бор на другом берегу, а поближе сверкала река.

Глава 9

КОРОВЬЕВСКИЕ ШТУКИ

Никанор Иванович Босой, председатель жилищного товарищества дома № 302-бис по Садовой улице в Москве, где проживал покойный Берлиоз, находился в страшнейших хлопотах, начиная с предыдущей ночи со среды на четверг.

В полночь, как мы уже знаем, приехала в дом комиссия, в которой участвовал Желдыбин, вызвала Никанора Ивановича, сообщила ему о гибели Берлиоза и вместе с ним отправилась в квартиру № 50.

Там было произведено опечатание рукописей и вещей покойного. Ни Груни, приходящей домработницы, ни легкомысленного Степана Богдановича в это время в квартире не было. Комиссия объявила Никанору Ивановичу, что рукописи покойного ею будут взяты для разборки, что жилплощадь покойного, то есть три комнаты (бывшие ювелиршины кабинет, гостиная и столовая), переходит в распоряжение жилтоварищества, а вещи покойного подлежат хранению на указанной жилплощади, впредь до объявления наследников.

Весть о гибели Берлиоза распространилась по всему дому с какою-то сверхъестественной быстротою, и с семи часов утра четверга к Босому начали звонить по телефону, а затем и лично являться с заявлениями, в которых содержались претензии на жилплощадь покойного. И в течение двух часов Никанор Иванович принял таких заявлений тридцать две штуки.

В них заключались мольбы, угрозы, кляузы, доносы, обещания произвести ремонт на свой счет, указания на несносную тесноту и невозможность жить в одной квартире с бандитами. В числе прочего было потрясающее по своей художественной силе описание похищения пельменей, уложенных непосредственно в карман пиджака, в квартире № 31, два обещания покончить жизнь самоубийством и одно признание в тайной беременности.

Никанора Ивановича вызывали в переднюю его квартиры, брали за рукав, что-то шептали, подмигивали и обещали не остаться в долгу.

Мука эта продолжалась до начала первого часа дня, когда Никанор Иванович просто сбежал из своей квартиры в помещение управления у ворот, но когда увидел он, что и там его подкарауливают, убежал и оттуда. Кое-как отбившись от тех, что следовали за ним по пятам через асфальтовый двор, Никанор Иванович скрылся в шестом подъезде и поднялся на пятый этаж, где и находилась эта поганая квартира № 50.

Отдышавшись на площадке, тучный Никанор Иванович позвонил, но ему никто не открыл. Он позвонил еще раз и еще раз и начал ворчать и тихонько ругаться. Но и тогда не открыли. Терпение Никанора Ивановича лопнуло, и он, достав из кармана связку дубликатов ключей, принадлежащих домоуправлению, властной рукою открыл дверь и вошел.

— Эй, домработница! — прокричал Никанор Иванович в полутемной передней. — Как тебя? Груня, что ли? Тебя нету?

Никто не отозвался.

Тогда Никанор Иванович вынул из портфеля складной метр, затем освободил дверь кабинета от печати и шагнул в кабинет.

Шагнуть-то он шагнул, но остановился в изумлении в дверях и даже вздрогнул.

За столом покойного сидел неизвестный, тощий и длинный гражданин в клетчатом пиджачке, в жокейской шапочке и в пенсне... ну, словом, тот самый.

— Вы кто такой будете, гражданин? — испуганно спросил Никанор Иванович.

— Ба! Никанор Иванович! — заорал дребезжащим тенором неожиданный гражданин и, вскочив, приветствовал председателя насильственным и внезапным рукопожатием. Приветствие это ничуть не обрадовало Никанора Ивановича.

— Я извиняюсь, — заговорил он подозрительно, — кто такой будете? Вы — лицо официальное?

— Эх, Никанор Иванович! — задушевно воскликнул неизвестный. — Что такое официальное лицо или неофициальное? Все это зависит от того, с какой точки зрения смотреть на предмет. Все это, Никанор Иванович, зыбко и условно. Сегодня я неофициальное лицо, а завтра, глядишь, официальное! А бывает и наоборот, и еще как бывает!

Рассуждение это ни в какой степени не удовлетворило председателя домоуправления. Будучи по природе вообще подозрительным человеком, он заключил, что разглагольствующий перед ним гражданин — лицо именно неофициальное, а пожалуй, и праздное.

— Да кто вы такой будете? Как ваша фамилия? — все суровее спрашивал председатель и даже стал наступать на неизвестного.

— Фамилия моя, — ничуть не смущаясь суровостью, отозвался гражданин, — ну, скажем, Коровьев. Да не хотите ли закусить, Никанор Иванович? Без церемоний! А?

— Я извиняюсь, — уже негодуя, заговорил Никанор Иванович, — какие тут закуски! (Нужно признаться, хоть это и неприятно, что Никанор Иванович был по натуре несколько грубоват.) На половине покойника сидеть не разрешается! Вы что здесь делаете?

— Да вы присаживайтесь, Никанор Иванович, — нисколько не теряясь, орал гражданин и начал юлить, предлагая председателю кресло.

Совершенно освирепев, Никанор Иванович отверг кресло и завопил:

— Да кто вы такой?

— Я, изволите ли видеть, состою переводчиком при особе иностранца, имеющего резиденцию в этой квартире, — отрекомендовался назвавший себя Коровьевым и щелкнул каблуком рыжего нечищеного ботинка.

Никанор Иванович открыл рот. Наличность какого-то иностранца, да еще с переводчиком, в этой квартире явилась для него совершеннейшим сюрпризом, и он потребовал объяснений.

Переводчик охотно объяснился. Иностранный артист господин Воланд был любезно приглашен директором Варьете Степаном Богдановичем Лиходеевым провести время своих гастролей, примерно недельку, у него в квартире, о чем он еще вчера написал Никанору Ивановичу, с просьбой прописать иностранца временно, покуда сам Лиходеев съездит в Ялту.

— Ничего он мне не писал, — в изумлении сказал председатель.

— А вы поройтесь у себя в портфеле, Никанор Иванович, — сладко предложил Коровьев.

Никанор Иванович, пожимая плечами, открыл портфель и обнаружил в нем письмо Лиходеева.

— Как же это я про него забыл? — тупо глядя на вскрытый конверт, пробормотал Никанор Иванович.

— То ли бывает, то ли бывает, Никанор Иванович! — затрещал Коровьев. — Рассеянность, рассеянность, и переутомление, и повышенное кровяное давление, дорогой наш друг Никанор Иванович! Я сам рассеян до ужаса. Как-нибудь за рюмкой я вам расскажу несколько фактов из моей биографии, вы обхохочетесь!

— Когда же Лиходеев едет в Ялту?!

— Да он уж уехал, уехал! — закричал переводчик. — Он, знаете ли, уж катит! Уж он черт знает где! — и тут переводчик замахал руками, как мельничными крыльями.

Никанор Иванович заявил, что ему необходимо лично повидать иностранца, но в этом получил от переводчика отказ: никак невозможно. Занят. Дрессирует кота.

— Кота, ежели угодно, могу показать, — предложил Коровьев.

От этого, в свою очередь, отказался Никанор Иванович, а переводчик тут же сделал председателю неожиданное, но весьма интересное предложение.

Ввиду того, что господин Воланд нипочем не желает жить в гостинице, а жить он привык просторно, то вот не сдаст ли жилтоварищество на недельку, пока будут продолжаться гастроли Воланда в Москве, ему всю квартиру, то есть и комнаты покойного?

— Ведь ему безразлично, покойнику, — шепотом сипел Коровьев, — ему теперь, сами согласитесь, Никанор Иванович, квартира эта ни к чему?

Никанор Иванович в некотором недоумении возразил, что, мол, иностранцам полагается жить в «Метрополе», а вовсе не на частных квартирах...

— Говорю вам, капризен, как черт знает что, — зашептал Коровьев, — ну не желает! Не любит он гостиниц! Вот они где у меня сидят, эти интуристы! — интимно пожаловался Коровьев, тыча пальцем в свою жилистую шею. — Верите ли, всю душу вымотали! Приедет... и или нашпионит, как последний сукин сын, или же капризами все нервы вымотает: и то ему не так, и это не так!.. А вашему товариществу, Никанор Иванович, полнейшая выгода и очевидный профит. А за деньгами он не постоит. — Коровьев оглянулся, а затем шепнул на ухо председателю: — Миллионер!

В предложении переводчика заключался ясный практический смысл, предложение было очень солидное, но что-то удивительно несолидное было и в манере переводчика говорить, и в его одежде, и в этом омерзительном, никуда не годном пенсне. Вследствие этого что-то неясное томило душу председателя, и все-таки он решил принять предложение. Дело в том, что в жилтовариществе был, увы, преизрядный дефицит. К осени надо было закупать нефть для парового отопления, а на какие шиши — неизвестно. А с интуристовыми деньгами, пожалуй, можно было и вывернуться. Но деловой и осторожный Никанор Иванович заявил, что ему прежде всего придется увязать этот вопрос с интуристским бюро.

— Я понимаю! — вскричал Коровьев. — Как же без увязки! Обязательно! Вот вам телефон, Никанор Иванович, и немедленно увязывайте! А насчет денег не стесняйтесь, — шепотом добавил он, увлекая председателя в переднюю к телефону, — с кого же и взять, как не с него! Если б вы видели, какая у него вилла в Ницце! Да будущим летом, как поедете за границу, нарочно заезжайте посмотреть — ахнете!

Дело с интуристским бюро уладилось по телефону с необыкновенной, поразившей председателя, быстротою. Оказалось, что там уже знают о намерении господина Воланда жить в частной квартире Лиходеева и против этого ничуть не возражают.

— Ну и чудно! — орал Коровьев.

Несколько ошеломленный его трескотней, председатель заявил, что жилтоварищество согласно сдать на неделю квартиру № 50 артисту Воланду с платой по... — Никанор Иванович замялся немножко и сказал:

— По пятьсот рублей в день.

Тут Коровьев окончательно поразил председателя. Воровски подмигнув в сторону спальни, откуда слышались мягкие прыжки тяжелого кота, он просипел:

— За неделю это, стало быть, выходит три с половиной тысячи?

Никанор Иванович подумал, что он прибавит к этому: «Ну и аппетитик же у вас, Никанор Иванович!» — но Коровьев сказал совсем другое:

— Да разве это сумма! Просите пять, он даст.

Растерянно ухмыльнувшись, Никанор Иванович и сам не заметил, как оказался у письменного стола покойника, где Коровьев с величайшей быстротой и ловкостью начертал в двух экземплярах контракт. После этого он слетал с ним в спальню и вернулся, причем оба экземпляра оказались уже размашисто подписанными иностранцем. Подписал контракт и председатель. Тут Коровьев попросил расписочку на пять...

— Прописью, прописью, Никанор Иванович!.. тысяч рублей... — И со словами, как-то не идущими к серьезному делу: — Эйн, цвей, дрей! — выложил председателю пять новеньких банковских пачек.

Произошло подсчитывание, пересыпаемое шуточками и прибаутками Коровьева, вроде «денежка счет любит», «свой глазок — смотрок» и прочего в том же роде.

Пересчитав деньги, председатель получил от Коровьева паспорт иностранца для временной прописки, уложил его, и контракт, и деньги в портфель и, как-то не удержавшись, стыдливо попросил контрамарочку...

— Об чем разговор! — взревел Коровьев. — Сколько вам билетиков, Никанор Иванович, двенадцать, пятнадцать?

Ошеломленный председатель пояснил, что контрамарок ему нужна только парочка, ему и Пелагее Антоновне, его супруге.

Коровьев тут же выхватил блокнот и лихо выписал Никанору Ивановичу контрамарочку на две персоны в первом ряду. И эту контрамарочку переводчик левой рукой ловко всучил Никанору Ивановичу, а правой вложил в другую руку председателя толстую хрустнувшую пачку. Метнув на нее взгляд, Никанор Иванович густо покраснел и стал ее отпихивать от себя.

— Этого не полагается... — бормотал он.

— И слушать не стану, — зашептал в самое ухо его Коровьев, — у нас не полагается, а у иностранцев полагается. Вы его обидите, Никанор Иванович, а это неудобно. Вы трудились...

— Строго преследуется, — тихо-претихо прошептал председатель и оглянулся.

— А где же свидетели? — шепнул в другое ухо Коровьев. — Я вас спрашиваю, где они? Что вы?

И тут случилось, как утверждал впоследствии председатель, чудо: пачка сама вползла к нему в портфель. А затем председатель, какой-то расслабленный и даже разбитый, оказался на лестнице. Вихрь мыслей бушевал у него в голове. Тут вертелась и эта вилла в Ницце, и дрессированный кот, и мысль о том, что свидетелей действительно не было, и что Пелагея Антоновна обрадуется контрамарке. Это были бессвязные мысли, но в общем приятные. И тем не менее где-то какая-то иголочка в самой глубине души покалывала председателя. Это была иголочка беспокойства. Кроме того, тут же на лестнице председателя, как удар, хватила мысль: «А как же попал в кабинет переводчик, если на дверях была печать?! И как он, Никанор Иванович, об этом не спросил?» Некоторое время председатель, как баран, смотрел на ступеньки лестницы, но потом решил плюнуть на это и не мучить себя замысловатым вопросом...

Лишь только председатель покинул квартиру, из спальни донесся низкий голос:

— Мне этот Никанор Иванович не понравился. Он выжига и плут. Нельзя ли сделать так, чтобы он больше не приходил?

— Мессир, вам стоит это приказать!.. — отозвался откуда-то Коровьев, но не дребезжащим, а очень чистым и звучным голосом.

И сейчас же проклятый переводчик оказался в передней, навертел там номер и начал почему-то очень плаксиво говорить в трубку:

— Алло! Считаю долгом сообщить, что наш председатель жилтоварищества дома номер триста два-бис по Садовой, Никанор Иванович Босой, спекулирует валютой. В данный момент в его квартире номер тридцать пять в вентиляции, в уборной, в газетной бумаге четыреста долларов. Говорит жилец означенного дома из квартиры номер одиннадцать Тимофей Квасцов. Но заклинаю держать в тайне мое имя. Опасаюсь мести вышеизложенного председателя.

И повесил трубку, подлец!

Что дальше происходило в квартире № 50, неизвестно, но известно, что происходило у Никанора Ивановича. Запершись у себя в уборной на крючок, он вытащил из портфеля пачку, навязанную переводчиком, и убедился в том, что в ней четыреста рублей. Эту пачку Никанор Иванович завернул в обрывок газеты и засунул в вентиляционный ход.

Через пять минут председатель сидел за столом в своей маленькой столовой. Супруга его принесла из кухни аккуратно нарезанную селедочку, густо посыпанную зеленым луком. Никанор Иванович налил лафитничек водки, выпил, налил второй, выпил, подхватил на вилку три куска селедки... и в это время позвонили. А Пелагея Антоновна внесла дымящуюся кастрюлю, при одном взгляде на которую сразу можно было догадаться, что в ней, в гуще огненного борща, находится то, чего вкуснее нет в мире, — мозговая кость.

Проглотив слюну, Никанор Иванович заворчал, как пес:

— А чтоб вам провалиться! Поесть не дадут. Не пускай никого, меня нету, нету. Насчет квартиры скажи, чтобы перестали трепаться. Через неделю будет заседание...

Супруга побежала в переднюю, а Никанор Иванович разливательной ложкой поволок из огнедышащего озера — ее, кость, треснувшую вдоль. И в эту минуту в столовую вошли двое граждан, а с ними почему-то очень бледная Пелагея Антоновна. При взгляде на граждан побелел и Никанор Иванович и поднялся.

— Где сортир? — озабоченно спросил первый, который был в белой косоворотке.

На обеденном столе что-то стукнуло (это Никанор Иванович уронил ложку на клеенку).

— Здесь, здесь, — скороговоркой ответила Пелагея Антоновна.

И пришедшие немедленно устремились в коридор.

— А в чем дело? — тихо спросил Никанор Иванович, следуя за пришедшими. — У нас ничего такого в квартире не может быть... А у вас документики... я извиняюсь...

Первый на ходу показал Никанору Ивановичу документик, а второй в эту же минуту оказался стоящим на табуретке в уборной, с рукою, засунутой в вентиляционный ход. В глазах у Никанора Ивановича потемнело. Газету сняли, но в пачке оказались не рубли, а неизвестные деньги, не то синие, не то зеленые, и с изображениями какого-то старика. Впрочем, все это Никанор Иванович разглядел неясно, перед глазами у него плавали какие-то пятна.

— Доллары в вентиляции, — задумчиво сказал первый и спросил Никанора Ивановича мягко и вежливо: — Ваш пакетик?

— Нет! — ответил Никанор Иванович страшным голосом. — Подбросили враги!

— Это бывает, — согласился тот, первый, и опять-таки мягко добавил: — Ну что же, надо остальные сдавать.

— Нету у меня! Нету, богом клянусь, никогда в руках не держал! — отчаянно вскричал председатель.

Он кинулся к комоду, с грохотом вытащил ящик, а из него портфель, бессвязно при этом вскрикивая:

— Вот контракт... переводчик-гад подбросил... Коровьев... в пенсне!

Он открыл портфель, глянул в него, сунул в него руку, посинел лицом и уронил портфель в борщ. В портфеле ничего не было: ни Степиного письма, ни контракта, ни иностранцева паспорта, ни денег, ни контрамарки. Словом, ничего, кроме складного метра.

— Товарищи! — неистово закричал председатель. — Держите их! У нас в доме нечистая сила!

И тут же неизвестно что померещилось Пелагее Антоновне, но только она, всплеснув руками, вскричала:

— Покайся, Иваныч! Тебе скидка выйдет!

С глазами, налитыми кровью, Никанор Иванович занес кулаки над головой жены, хрипя:

— У, дура проклятая!

Тут он ослабел и опустился на стул, очевидно, решив покориться неизбежному.

В это время Тимофей Кондратьевич Квасцов на площадке лестницы припадал к замочной скважине в дверях квартиры председателя то ухом, то глазом, изнывая от любопытства.

Через пять минут жильцы дома, находившиеся во дворе, видели, как председатель в сопровождении еще двух лиц проследовал прямо к воротам дома. Рассказывали, что на Никаноре Ивановиче лица не было, что он пошатывался, проходя, как пьяный, и что-то бормотал.

А еще через час неизвестный гражданин явился в квартиру номер одиннадцать, как раз в то время, когда Тимофей Кондратьевич рассказывал другим жильцам, захлебываясь от удовольствия, о том, как замели председателя, пальцем выманил из кухни Тимофея Кондратьевича в переднюю, что-то ему сказал и вместе с ним пропал.

Глава 10

ВЕСТИ ИЗ ЯЛТЫ

В то время как случилось несчастье с Никанором Ивановичем, недалеко от дома № 302-бис, на той же Садовой, в кабинете финансового директора Варьете Римского находились двое: сам Римский и администратор Варьете Варенуха.

Большой кабинет во втором этаже театра двумя окнами выходил на Садовую, а одним, как раз за спиною финдиректора, сидевшего за письменным столом, в летний сад Варьете, где помещались прохладительные буфеты, тир и открытая эстрада. Убранство кабинета, помимо письменного стола, заключалось в пачке старых афиш, висевших на стене, маленьком столике с графином воды, в четырех креслах и в подставке в углу, на которой стоял запыленный давний макет какого-то обозрения. Ну, само собой разумеется, что, кроме того, была в кабинете небольших размеров потасканная, облупленная несгораемая касса, по левую руку Римского, рядом с письменным столом.

Сидящий за столом Римский с самого утра находился в дурном расположении духа, а Варенуха, в противоположность ему, был очень оживлен и как-то особенно беспокойно деятелен. Между тем выхода его энергии не было.

Варенуха прятался сейчас в кабинете у финдиректора от контрамарочников, которые отравляли ему жизнь, в особенности в дни перемены программы. А сегодня как раз и был такой день.

Лишь только начинал звенеть телефон, Варенуха брал трубку и лгал в нее:

— Кого? Варенуху? Его нету. Вышел из театра.

— Позвони ты, пожалуйста, Лиходееву еще раз, — раздраженно сказал Римский.

— Да нету его дома. Я уж Карпова посылал. Никого нету в квартире.

— Черт знает что такое, — шипел Римский, щелкая на счетной машинке.

Дверь открылась, и капельдинер втащил толстую пачку только что напечатанных дополнительных афиш. На зеленых листах крупными красными буквами было напечатано:

СЕГОДНЯ И ЕЖЕДНЕВНО
В ТЕАТРЕ ВАРЬЕТЕ
СВЕРХ ПРОГРАММЫ:
ПРОФЕССОР ВОЛАНД
СЕАНСЫ ЧЕРНОЙ МАГИИ
С ПОЛНЫМ ЕЕ РАЗОБЛАЧЕНИЕМ

Варенуха, отойдя от афиши, наброшенной им на макет, полюбовался на нее и приказал капельдинеру немедленно пустить все экземпляры в расклейку.

— Хорошо, броско, — заметил Варенуха по уходе капельдинера.

— А мне до крайности не нравится эта затея, — злобно поглядывая на афишу сквозь роговые очки, ворчал Римский, — и вообще я удивляюсь, как ему разрешили это поставить!

— Нет, Григорий Данилович, не скажи, это очень тонкий шаг. Тут вся соль в разоблачении.

— Не знаю, не знаю, никакой тут соли нет, и всегда он придумает что-нибудь такое! Хоть бы показал этого мага. Ты-то его видел? Откуда он его выкопал, черт его знает!

Выяснилось, что Варенуха, так же как и Римский, не видел мага. Вчера Степа («как сумасшедший», по выражению Римского) прибежал к финдиректору с написанным уже черновиком договора, тут же велел его переписать и выдать деньги. И маг этот смылся, и никто его не видел, кроме самого Степы.

Римский вынул часы, увидел, что они показывают пять минут третьего, и совершенно остервенился. В самом деле! Лиходеев звонил примерно в одиннадцать часов, сказал, что придет через полчаса, и не только не пришел, но и из квартиры исчез!

— У меня же дело стоит! — уже рычал Римский, тыча пальцем в груду неподписанных бумаг.

— Уж не попал ли он, как Берлиоз, под трамвай? — говорил Варенуха, держа у уха трубку, в которой слышались густые, продолжительные и совершенно безнадежные сигналы.

— А хорошо бы было... — чуть слышно сквозь зубы сказал Римский.

В этот самый момент вошла в кабинет женщина в форменной куртке, в фуражке, в черной юбке и в тапочках. Из маленькой сумки на поясе женщина вынула беленький квадратик и тетрадь и спросила:

— Где тут Варьете? Сверхмолния вам. Распишитесь.

Варенуха черкнул какую-то закорючку в тетради у женщины и, лишь только дверь за той захлопнулась, вскрыл квадратик.

Прочитав телеграмму, он поморгал глазами и передал квадратик Римскому.

В телеграмме было напечатано следующее: «Ялты Москву. Варьете. Сегодня половину двенадцатого угрозыск явился шатен ночной сорочке брюках без сапог психический назвался Лиходеевым директором Варьете Молнируйте ялтинский розыск где директор Лиходеев».

— Здравствуйте, я ваша тетя! — воскликнул Римский и добавил: — Еще сюрприз!

— Лжедимитрий, — сказал Варенуха и заговорил в трубку телефона: — Телеграф? Счет Варьете. Примите сверхмолнию... Вы слушаете?.. «Ялта, угрозыск... Директор Лиходеев Москве Финдиректор Римский...»

Независимо от сообщения об ялтинском самозванце, Варенуха опять принялся по телефону разыскивать Степу где попало и, натурально, нигде его не нашел.

Как раз тогда, когда Варенуха, держа в руках трубку, раздумывал о том, куда бы ему еще позвонить, вошла та самая женщина, что принесла и первую молнию, и вручила Варенухе новый конвертик. Торопливо вскрыв его, Варенуха прочитал напечатанное и свистнул.

— Что еще? — нервно дернувшись, спросил Римский.

Варенуха молча подал ему телеграмму, и финдиректор увидел в ней слова: «Умоляю верить брошен Ялту гипнозом Воланда молнируйте угрозыску подтверждение личности Лиходеев».

Римский и Варенуха, касаясь друг друга головами, перечитывали телеграмму, а перечитав, молча уставились друг на друга.

— Граждане! — вдруг рассердилась женщина. — Расписывайтесь, а потом уж будете молчать сколько угодно! Я ведь молнии разношу.

Варенуха, не спуская глаз с телеграммы, криво расчеркнулся в тетради, и женщина исчезла.

— Ты же с ним в начале двенадцатого разговаривал по телефону? — в полном недоумении заговорил администратор.

— Да смешно говорить! — пронзительно закричал Римский. — Разговаривал или не разговаривал, а не может он быть сейчас в Ялте! Это смешно!

— Он пьян... — сказал Варенуха.

— Кто пьян? — спросил Римский, и опять оба уставились друг на друга.

Что телеграфировал из Ялты какой-то самозванец или сумасшедший, в этом сомнений не было; но вот что было странно: откуда же ялтинский мистификатор знает Воланда, только вчера приехавшего в Москву? Откуда он знает о связи между Лиходеевым и Воландом?

— «Гипнозом...» — повторял Варенуха слово из телеграммы, — откуда ж ему известно о Воланде? — Он поморгал глазами и вдруг вскричал решительно: — Да нет, чепуха, чепуха, чепуха!

— Где он остановился, этот Воланд, черт его возьми? — спросил Римский.

Варенуха немедля соединился с интуристским бюро и, к полному удивлению Римского, сообщил, что Воланд остановился в квартире Лиходеева. Набрав после этого номер лиходеевской квартиры, Варенуха долго слушал, как густо гудит в трубке. Среди этих гудков откуда-то издалека послышался тяжкий, мрачный голос, пропевший: «...скалы, мой приют...» — и Варенуха решил, что в телефонную сеть откуда-то прорвался голос из радиотеатра.

— Не отвечает квартира, — сказал Варенуха, кладя трубку на рычаг, — попробовать разве позвонить еще...

Он не договорил. В дверях появилась все та же женщина, и оба, и Римский и Варенуха, поднялись ей навстречу, а она вынула из сумки уже не белый, а какой-то темный листок.

— Это уже становится интересно, — процедил сквозь зубы Варенуха, провожая взглядом поспешно уходящую женщину. Первый листком овладел Римский.

На темном фоне фотографической бумаги отчетливо выделялись черные писаные строки:

«Доказательство мой почерк моя подпись Молнируйте подтверждение установите секретное наблюдение Воландом Лиходеев».

За двадцать лет своей деятельности в театрах Варенуха видал всякие виды, но тут он почувствовал, что ум его застилается как бы пеленою, и он ничего не сумел произнести, кроме житейской и притом совершенно нелепой фразы:

— Этого не может быть!

Римский же поступил не так. Он поднялся, открыл дверь, рявкнул в нее курьерше, сидящей на табуретке:

— Никого, кроме почтальонов, не впускать! — и запер кабинет на ключ.

Затем он достал из письменного стола кипу бумаг и начал тщательно сличать жирные, с наклоном влево, буквы в фотограмме с буквами в Степиных резолюциях и в его же подписях, снабженных винтовой закорючкой. Варенуха, навалившись на стол, жарко дышал в щеку Римского.

— Это его почерк, — наконец твердо сказал финдиректор, а Варенуха отозвался, как эхо:

— Его.

Вглядевшись в лицо Римского, администратор подивился перемене, происшедшей в этом лице. И без того худой финдиректор как будто еще более похудел и даже постарел, а глаза его в роговой оправе утратили свою обычную колючесть, и появилась в них не только тревога, но даже как будто печаль.

Варенуха проделал все, что полагается человеку в минуты великого изумления. Он и по кабинету пробежался, и дважды вздымал руки, как распятый, и выпил целый стакан желтоватой воды из графина, и восклицал:

— Не понимаю! Не понимаю! Не по-ни-ма-ю!

Римский же смотрел в окно и напряженно о чем-то думал. Положение финдиректора было очень затруднительно. Требовалось тут же, не сходя с места, изобрести обыкновенные объяснения явлений необыкновенных.

Прищурившись, финдиректор представил себе Степу в ночной сорочке и без сапог влезающим сегодня около половины двенадцатого в какой-то невиданный сверхбыстроходный самолет, а затем его же, Степу, и тоже в половине двенадцатого, стоящим в носках на аэродроме в Ялте... Черт знает что такое!

Может быть, не Степа сегодня говорил с ним по телефону из собственной своей квартиры? Нет, это говорил Степа! Ему ли не знать Степиного голоса! Да если бы сегодня и не Степа говорил, то ведь не далее чем вчера, под вечер, Степа из своего кабинета явился в этот самый кабинет с этим дурацким договором и раздражал финдиректора своим легкомыслием. Как это он мог уехать или улететь, ничего не сказав в театре? Да если бы и улетел вчера вечером, к полудню сегодняшнего дня не долетел бы. Или долетел бы?

— Сколько километров до Ялты? — спросил Римский.

Варенуха прекратил свою беготню и заорал:

— Думал! Уже думал! До Севастополя по железной дороге около полутора тысяч километров. Да до Ялты еще накинь восемьдесят километров. Но по воздуху, конечно, меньше.

Гм... Да... Ни о каких поездах не может быть и разговора. Но что же тогда? Истребитель? Кто и в какой истребитель пустит Степу без сапог? Зачем? Может быть, он снял сапоги, прилетев в Ялту? То же самое: зачем? Да и в сапогах в истребитель его не пустят! Да и истребитель тут ни при чем. Ведь писано же, что явился в угрозыск в половине двенадцатого дня, а разговаривал он по телефону в Москве... позвольте-ка... тут перед глазами Римского возник циферблат его часов... Он припоминал, где были стрелки. Ужас! Это было в двадцать минут двенадцатого. Так что же это выходит? Если предположить, что мгновенно после разговора Степа кинулся на аэродром и достиг его через пять, скажем, минут, что, между прочим, тоже немыслимо, то выходит, что самолет, снявшись тут же, в пять минут покрыл более тысячи километров? Следовательно, в час он покрывает более двенадцати тысяч километров!! Этого не может быть, а значит, его нет в Ялте.

Что же остается? Гипноз? Никакого такого гипноза, чтобы швырнуть человека за тысячу километров, на свете нету! Стало быть, ему мерещится, что он в Ялте! Ему-то, может быть, и мерещится, а ялтинскому угрозыску тоже мерещится?! Ну, нет, извините, этого не бывает!.. Но ведь телеграфируют они оттуда?

Лицо финдиректора было буквально страшно. Ручку двери снаружи в это время крутили и дергали, и слышно было, как курьерша за дверями отчаянно кричала:

— Нельзя! Не пущу! Хоть зарежьте! Заседание!

Римский, сколько мог, овладел собой, взял телефонную трубку и сказал в нее:

— Дайте сверхсрочный разговор с Ялтой.

«Умно!» — мысленно воскликнул Варенуха.

Но разговор с Ялтой не состоялся. Римский положил трубку и сказал:

— Как назло, линия испортилась.

Видно было, что порча линии его почему-то особенно сильно расстроила и даже заставила задуматься. Подумав немного, он опять взялся за трубку одною рукой, а другой стал записывать то, что говорил в трубку:

— Примите сверхмолнию. Варьете. Да. Ялта. Угрозыск. Да. «Сегодня около половины двенадцатого Лиходеев говорил мною телефону Москве, точка. После этого на службу не явился и разыскать его телефонам не можем, точка. Почерк подтверждаю, точка. Меры наблюдения указанным артистом принимаю. Финдиректор Римский».

«Очень умно!» — подумал Варенуха, но не успел подумать как следует, как в голове у него пронеслось слово: «Глупо! Не может быть он в Ялте!»

Римский же тем временем сделал следующее: аккуратно сложил все полученные телеграммы и копию со своей в пачку, пачку вложил в конверт, заклеил его, надписал на нем несколько слов и вручил его Варенухе, говоря:

— Сейчас же, Иван Савельевич, лично отвези. Пусть там разбирают.

«А вот это действительно умно!» — подумал Варенуха и спрятал конверт в свой портфель. Затем он еще раз на всякий случай навертел на телефоне номер Степиной квартиры, прислушался и радостно и таинственно замигал и загримасничал. Римский вытянул шею.

— Артиста Воланда можно попросить? — сладко спросил Варенуха.

— Они заняты, — ответила трубка дребезжащим голосом, — а кто спрашивает?

— Администратор Варьете Варенуха.

— Иван Савельевич? — радостно вскричала трубка. — Страшно рад слышать ваш голос! Как ваше здоровье?

— Мерси, — изумленно ответил Варенуха, — а с кем я говорю?

— Помощник, помощник его и переводчик Коровьев, — трещала трубка, — весь к вашим услугам, милейший Иван Савельевич! Распоряжайтесь мною как вам будет угодно. Итак?

— Простите, что, Степана Богдановича Лиходеева сейчас нету дома?

— Увы, нету! Нету! — кричала трубка. — Уехал.

— А куда?

— За город кататься на машине.

— К... как? Ка... кататься?.. А когда же он вернется?

— А сказал, подышу свежим воздухом и вернусь!

— Так... — растерянно сказал Варенуха, — мерси. Будьте добры передать мосье Воланду, что выступление его сегодня в третьем отделении.

— Слушаю. Как же. Непременно. Срочно. Всеобязательно. Передам, — отрывисто стукала трубка.

— Всего доброго, — удивляясь, сказал Варенуха.

— Прошу принять, — говорила трубка, — мои наилучшие, наигорячейшие приветы и пожелания! Успехов! Удач. Полного счастья. Всего!

— Ну, конечно! Я же говорил! — возбужденно кричал администратор. — Никакая не Ялта, а он уехал за город!

— Ну, если это так, — бледнея от злобы, заговорил финдиректор, — то уж это действительно свинство, которому нет названия!

Тут администратор подпрыгнул и закричал так, что Римский вздрогнул:

— Вспомнил! Вспомнил! В Пушкине открылась чебуречная «Ялта»! Все понятно. Поехал туда, напился и теперь оттуда телеграфирует!

— Ну, уж это чересчур, — дергаясь щекой, ответил Римский, и в глазах его горела настоящая тяжелая злоба, — ну что ж, дорого ему эта прогулка обойдется! — Тут он вдруг споткнулся и нерешительно добавил: — Но как же, ведь угрозыск...

— Это вздор! Его собственные шуточки, — перебил экспансивный администратор и спросил: — А пакет-то везти?

— Обязательно, — ответил Римский.

И опять открылась дверь, и вошла та самая... «Она!» — почему-то с тоской подумал Римский. И оба встали навстречу почтальонше.

На этот раз в телеграмме были слова:

«Спасибо подтверждение срочно пятьсот угрозыск мне завтра вылетаю Москву Лиходеев».

— Он с ума сошел... — слабо сказал Варенуха.

Римский же позвенел ключом, вынул из ящика несгораемой кассы деньги, отсчитал пятьсот рублей, позвонил, вручил курьеру деньги и послал его на телеграф.

— Помилуй, Григорий Данилович, — не веря своим глазам, проговорил Варенуха, — по-моему, ты зря деньги посылаешь.

— Они придут обратно, — отозвался Римский тихо, — а вот он сильно ответит за этот пикничок, — и добавил, указывая на портфель Варенухи: — Поезжай, Иван Савельевич, не медли.

И Варенуха с портфелем выбежал из кабинета.

Он спустился в нижний этаж, увидел длиннейшую очередь возле кассы, узнал от кассирши, что та через час ждет аншлага, потому что публика прямо валом пошла, лишь только увидела дополнительную афишу, велел кассирше загнуть и не продавать тридцать лучших мест в ложах и в партере, выскочив из кассы, тут же на ходу отбился от назойливых контрамарочников и нырнул в свой кабинетик, чтобы захватить кепку. В это время затрещал телефон.

— Да! — крикнул Варенуха.

— Иван Савельевич? — осведомилась трубка препротивным гнусавым голосом.

— Его нету в театре! — крикнул было Варенуха, но трубка тотчас его перебила:

— Не валяйте дурака, Иван Савельевич, а слушайте. Телеграммы эти никуда не носите и никому не показывайте.

— Кто это говорит? — взревел Варенуха. — Прекратите, гражданин, эти шутки! Вас сейчас же обнаружат! Ваш номер?

— Варенуха, — отозвался все тот же гадкий голос, — ты русский язык понимаешь? Не носи никуда телеграммы.

— А, так вы не унимаетесь? — закричал администратор в ярости. — Ну смотрите же! Поплатитесь вы за это! — Он еще прокричал какую-то угрозу, но замолчал, потому что почувствовал, что в трубке его никто уже не слушает.

Тут в кабинетике как-то быстро стало темнеть. Варенуха выбежал, захлопнул за собою дверь и через боковой ход устремился в летний сад.

Администратор был возбужден и полон энергии. После наглого звонка он не сомневался в том, что хулиганская шайка проделывает скверные шуточки и что эти шуточки связаны с исчезновением Лиходеева. Желание изобличить злодеев душило администратора, и, как это ни странно, в нем зародилось предвкушение чего-то неприятного. Так бывает, когда человек стремится стать центром внимания, принести куда-нибудь сенсационное сообщение.

В саду ветер дул в лицо администратору и засыпал ему глаза песком, как бы преграждая путь, как бы предостерегая. Хлопнула во втором этаже рама так, что чуть не вылетели стекла, в вершинах кленов и лип тревожно прошумело. Потемнело и посвежело. Администратор протер глаза и увидел, что над Москвой низко ползет желтобрюхая грозовая туча. Вдали густо заворчало.

Как ни торопился Варенуха, неодолимое желание потянуло его забежать на секунду в летнюю уборную, чтобы на ходу проверить, одел ли монтер в сетку лампу.

Пробежав мимо тира, Варенуха попал в густую заросль сирени, в которой стояло голубоватое здание уборной. Монтер оказался аккуратным человеком, лампа под крышей в мужском отделении была уже обтянута металлической сеткой, но огорчило администратора то, что даже в предгрозовом потемнении можно было разобрать, что стены уже исписаны углем и карандашом.

— Ну, что же это за!.. — начал было администратор и вдруг услышал за собою голос, мурлыкнувший:

— Это вы, Иван Савельевич?

Варенуха вздрогнул, обернулся и увидел за собою какого-то небольшого толстяка, как показалось, с кошачьей физиономией.

— Ну я, — неприязненно ответил Варенуха.

— Очень, очень приятно, — пискливым голосом отозвался котообразный толстяк и вдруг, развернувшись, ударил Варенуху по уху так, что кепка слетела с головы администратора и бесследно исчезла в отверстии сиденья.

От удара толстяка вся уборная осветилась на мгновение трепетным светом, и в небе отозвался громовой удар. Потом еще раз сверкнуло, и перед администратором возник второй — маленький, но с атлетическими плечами, рыжий, как огонь, один глаз с бельмом, рот с клыком. Этот второй, будучи, очевидно, левшой, съездил администратора по другому уху. В ответ опять-таки грохнуло в небе, и на деревянную крышу уборной обрушился ливень.

— Что вы, товари... — прошептал ополоумевший администратор, сообразив тут же, что слово "товарищи" никак не подходит к бандитам, напавшим на человека в общественной уборной, прохрипел: — Гражда... — смекнул, что и этого названия они не заслуживают, и получил третий страшный удар неизвестно от кого из двух, так что кровь из носу хлынула на толстовку.

— Что у тебя в портфеле, паразит? — пронзительно прокричал похожий на кота. — Телеграммы? А тебя предупредили по телефону, чтобы ты их никуда не носил? Предупреждали, я тебя спрашиваю?

— Предупрежди... дали... дили... — задыхаясь, ответил администратор.

— А ты все-таки побежал? Дай сюда портфель, гад! — тем самым гнусавым голосом, что был слышен в телефоне, крикнул второй и выдрал портфель из трясущихся рук Варенухи.

И оба подхватили администратора под руки, выволокли его из сада и понеслись с ним по Садовой. Гроза низвергалась в канализационные отверстия, всюду пузырилось, вздувались волны, с крыш хлестало мимо труб, из подворотен бежали пенные потоки. Все живое смылось с Садовой, и спасти Ивана Савельевича было некому. Прыгая в мутных реках и освещаясь молниями, бандиты в одну секунду доволокли полуживого администратора до дома № 302-бис, влетели с ним в подворотню, где к стенке жались две босоногие женщины, свои туфли и чулки державшие в руках. Затем кинулись в шестой подъезд, и близкий к безумию Варенуха был вознесен в пятый этаж и брошен на пол в хорошо знакомой ему полутемной передней квартиры Степы Лиходеева.

Тут оба разбойника сгинули, а вместо них появилась в передней совершенно нагая девица — рыжая, с горящими фосфорическими глазами.

Варенуха понял, что это-то и есть самое страшное из всего, что приключилось с ним, и, застонав, отпрянул к стене. А девица подошла вплотную к администратору и положила ладони рук ему на плечи. Волосы Варенухи поднялись дыбом, потому что даже сквозь холодную, пропитанную водой ткань толстовки он почувствовал, что ладони эти еще холоднее, что они холодны ледяным холодом.

— Дай-ка я тебя поцелую, — нежно сказала девица, и у самых его глаз оказались сияющие глаза. Тогда Варенуха лишился чувств и поцелуя не ощутил.

Глава 11

РАЗДВОЕНИЕ ИВАНА

Бор на противоположном берегу реки, еще час назад освещенный майским солнцем, помутнел, размазался и растворился.

Вода сплошною пеленой валила за окном. В небе то и дело вспыхивали нити, небо лопалось, комнату больного заливало трепетным пугающим светом.

Иван тихо плакал, сидя на кровати и глядя на мутную, кипящую в пузырях реку. При каждом ударе грома он жалобно вскрикивал и закрывал лицо руками. Исписанные Иваном листки валялись на полу; их сдуло ветром, влетевшим в комнату перед началом грозы.

Попытки поэта сочинить заявление насчет страшного консультанта не привели ни к чему. Лишь только он получил от толстой фельдшерицы, которую звали Прасковьей Федоровной, огрызок карандаша и бумагу, он деловито потер руки и торопливо пристроился к столику. Начало он вывел довольно бойко:

«В милицию. Члена МАССОЛИТа Ивана Николаевича Бездомного. Заявление. Вчера вечером я пришел с покойным М. А. Берлиозом на Патриаршие пруды...»

И сразу поэт запутался, главным образом из-за слова «покойным». С места выходила какая-то безлепица: как это так — пришел с покойным? Не ходят покойники! Действительно, чего доброго, за сумасшедшего примут!

Подумав так, Иван Николаевич начал исправлять написанное. Вышло следующее: «...с М. А. Берлиозом, впоследствии покойным...» И это не удовлетворило автора. Пришлось применить третью редакцию, а та оказалась еще хуже первых двух: «...Берлиозом, который попал под трамвай...» — а здесь еще прицепился этот никому не известный композитор-однофамилец, и пришлось вписывать: «...не композитором...»

Намучившись с этими двумя Берлиозами, Иван все зачеркнул и решил начать сразу с чего-то очень сильного, чтобы немедленно привлечь внимание читающего, и написал, что кот садился в трамвай, а потом вернулся к эпизоду с отрезанной головой. Голова и предсказание консультанта привели его к мысли о Понтии Пилате, и для вящей убедительности Иван решил весь рассказ о прокураторе изложить полностью с того самого момента, как тот в белом плаще с кровавым подбоем вышел в колоннаду Иродова дворца.

Иван работал усердно и перечеркивал написанное, и вставлял новые слова, и даже попытался нарисовать Понтия Пилата, а затем кота на задних лапах. Но и рисунки не помогли, и чем дальше — тем путанее и непонятнее становилось заявление поэта.

К тому времени, как появилась издалека пугающая туча с дымящимися краями и накрыла бор и дунул ветер, Иван почувствовал, что обессилел, что с заявлением ему не совладать, не стал поднимать разлетевшихся листков и тихо и горько заплакал.

Добродушная фельдшерица Прасковья Федоровна навестила поэта во время грозы, встревожилась, видя, что он плачет, закрыла штору, чтобы молнии не пугали больного, листки подняла с полу и с ними побежала за врачом.

Тот явился, сделал укол в руку Ивана и уверил его, что он больше плакать не будет, что теперь все пройдет, все изменится и все забудется.

Врач оказался прав. Вскоре заречный бор стал прежним. Он вырисовался до последнего дерева под небом, расчистившимся до прежней полной голубизны, а река успокоилась. Тоска начала покидать Ивана тотчас после укола, и теперь поэт лежал спокойно и глядел на радугу, раскинувшуюся по небу.

Так продолжалось до вечера, и он даже не заметил, как радуга растаяла и как загрустило и полиняло небо, как почернел бор.

Напившись горячего молока, Иван опять прилег и сам подивился тому, как изменились его мысли. Как-то смягчился в памяти проклятый бесовский кот, не пугала более отрезанная голова, и, покинув мысль о ней, стал размышлять Иван о том, что, по сути дела, в клинике очень неплохо, что Стравинский умница и знаменитость и что иметь с ним дело чрезвычайно приятно. Вечерний воздух к тому же и сладостен и свеж после грозы.

Дом скорби засыпал. В тихих коридорах потухли матовые белые лампы, и вместо них согласно распорядку зажглись слабые голубые ночники, и все реже за дверями слышались осторожные шажки фельдшериц на резиновых половиках коридора.

Теперь Иван лежал в сладкой истоме и поглядывал то на лампочку под абажуром, льющую с потолка смягченный свет, то на луну, выходящую из-за черного бора, и беседовал сам с собою.

— Почему, собственно, я так взволновался из-за того, что Берлиоз попал под трамвай? — рассуждал поэт. — В конечном счете, ну его в болото! Кто я, в самом деле, кум ему или сват? Если как следует провентилировать этот вопрос, выходит, что я, в сущности, даже и не знал-то как следует покойника. В самом деле, что мне о нем было известно? Да ничего, кроме того, что он был лыс и красноречив до ужаса. И далее, граждане, — продолжал свою речь Иван, обращаясь к кому-то, — разберемся вот в чем: чего это я, объясните, взбесился на этого загадочного консультанта, мага и профессора с пустым и черным глазом? К чему вся нелепая погоня за ним в подштанниках и со свечечкой в руках, а затем и дикая петрушка в ресторане?

— Но-но-но, — вдруг сурово сказал где-то, не то внутри, не то над ухом, прежний Иван Ивану новому, — про то, что голову Берлиозу-то отрежет, ведь он все-таки знал заранее? Как же не взволноваться?

— О чем, товарищи, разговор! — возражал новый Иван ветхому, прежнему Ивану. — Что здесь дело нечисто, это понятно даже ребенку. Он личность незаурядная и таинственная на все сто. Но ведь в этом-то самое интересное и есть! Человек лично был знаком с Понтием Пилатом, чего же вам еще интереснее надобно? И вместо того, чтобы поднимать глупейшую бузу на Патриарших, не умнее ли было бы вежливо расспросить о том, что было далее с Пилатом и этим арестованным Га-Ноцри? А я черт знает чем занялся! Важное, в самом деле, происшествие — редактора журнала задавило! Да что от этого, журнал, что ли, закроется?

Ну, что ж поделаешь: человек смертен, и, как справедливо сказано было, внезапно смертен. Ну, царство небесное ему! Ну, будет другой редактор и даже, может быть, еще красноречивее прежнего.

Подремав немного, Иван новый ехидно спросил у старого Ивана:

— Так кто же я такой выхожу в таком случае?

— Дурак! — отчетливо сказал где-то бас, не принадлежащий ни одному из Иванов и чрезвычайно похожий на бас консультанта.

Иван, почему-то не обидевшись на слово «дурак», но даже приятно изумившись ему, усмехнулся и в полусне затих. Сон крался к Ивану, и уж померещилась ему и пальма на слоновой ноге, и кот прошел мимо — не страшный, а веселый, и, словом, вот-вот накроет сон Ивана, как вдруг решетка беззвучно поехала в сторону, и на балконе возникла таинственная фигура, прячущаяся от лунного света, и погрозила Ивану пальцем.

Иван без всякого испуга приподнялся на кровати и увидел, что на балконе находится мужчина. И этот мужчина, прижимая палец к губам, прошептал:

— Тссс!

Глава 12

ЧЕРНАЯ МАГИЯ И ЕЕ РАЗОБЛАЧЕНИЕ

Маленький человек в дырявом желтом котелке и с грушевидным малиновым носом, в клетчатых брюках и лакированных ботинках выехал на сцену Варьете на обыкновенном двухколесном велосипеде. Под звуки фокстрота он сделал круг, а затем испустил победный вопль, от чего велосипед поднялся на дыбы. Проехавшись на одном заднем колесе, человечек перевернулся вверх ногами, ухитрился на ходу отвинтить переднее колесо и пустить его за кулисы, а затем продолжал путь на одном колесе, вертя педали руками.

На высокой металлической мачте с седлом наверху и с одним колесом выехала полная блондинка в трико и юбочке, усеянной серебряными звездами, и стала ездить по кругу. Встречаясь с ней, человечек издавал приветственные крики и ногой снимал с головы котелок.

Наконец, прикатил малютка лет восьми со старческим лицом и зашнырял между взрослыми на крошечной двухколеске, к которой был приделан громадный автомобильный гудок.

Сделав несколько петель, вся компания под тревожную дробь барабана из оркестра подкатилась к самому краю сцены, и зрители первых рядов ахнули и откинулись, потому что публике показалось, что вся тройка со своими машинами грохнется в оркестр.

Но велосипеды остановились как раз в тот момент, когда передние колеса уже грозили соскользнуть в бездну на головы музыкантам. Велосипедисты с громким криком «Ап!» соскочили с машин и раскланялись, причем блондинка посылала публике воздушные поцелуи, а малютка протрубил смешной сигнал на своем гудке.

Рукоплескания потрясли здание, голубой занавес пошел с двух сторон и закрыл велосипедистов, зеленые огни с надписью «Выход» у дверей погасли, а в паутине трапеций под куполом, как солнце, зажглись белые шары. Наступил антракт перед последним отделением.

Единственным человеком, которого ни в коей мере не интересовали чудеса велосипедной техники семьи Джулли, был Григорий Данилович Римский. В полном одиночестве он сидел в своем кабинете, кусал тонкие губы, и по лицу его то и дело проходила судорога. К необыкновенному исчезновению Лиходеева присоединилось совершенно непредвиденное исчезновение администратора Варенухи.

Римскому было известно, куда он ушел, но он ушел и... не пришел обратно! Римский пожимал плечами и шептал сам себе:

— Но за что?!

И, странное дело: такому деловому человеку, как финдиректор, проще всего, конечно, было позвонить туда, куда отправился Варенуха, и узнать, что с тем стряслось, а между тем он до десяти часов вечера не мог принудить себя сделать это.

В десять же, совершив над собою форменное насилие, Римский снял трубку с аппарата и тут убедился в том, что телефон его мертв. Курьер доложил, что и остальные аппараты в здании испортились. Это, конечно, неприятное, но не сверхъестественное событие почему-то окончательно потрясло финдиректора, но в то же время и обрадовало: отвалилась необходимость звонить.

В то время как над головой финдиректора вспыхнула и замигала красная лампочка, возвещавшая начало антракта, вошел курьер и сообщил, что приехал иностранный артист. Финдиректора почему-то передернуло, и, став уж совсем мрачнее тучи, он отправился за кулисы, чтобы принимать гастролера, так как более принимать было некому.

В большую уборную из коридора, где уже трещали сигнальные звонки, под разными предлогами заглядывали любопытные. Тут были фокусники в ярких халатах и в чалмах, конькобежец в белой вязаной куртке, бледный от пудры рассказчик и гример.

Прибывшая знаменитость поразила всех своим невиданным по длине фраком дивного покроя и тем, что явилась в черной полумаске. Но удивительнее всего были двое спутников черного мага: длинный клетчатый в треснувшем пенсне и черный жирный кот, который, войдя в уборную на задних лапах, совершенно непринужденно сел на диван, щурясь на оголенные гримировальные лампионы.

Римский постарался изобразить на лице улыбку, от чего оно сделалось кислым и злым, и раскланялся с безмолвным магом, сидящим рядом с котом на диване. Рукопожатия не было. Зато развязный клетчатый сам отрекомендовался финдиректору, назвав себя «ихний помощник». Это обстоятельство удивило финдиректора, и опять-таки неприятно: в контракте решительно ничего не упоминалось ни о каком помощнике.

Весьма принужденно и сухо Григорий Данилович осведомился у свалившегося ему на голову клетчатого о том, где аппаратура артиста.

— Алмаз вы наш небесный, драгоценнейший господин директор, — дребезжащим голосом ответил помощник мага, — наша аппаратура всегда при нас. Вот она! Эйн, цвей, дрей! — И, повертев перед глазами Римского узловатыми пальцами, внезапно вытащил из-за уха у кота собственные Римского золотые часы с цепочкой, которые до этого были у финдиректора в жилетном кармане под застегнутым пиджаком и с продетой в петлю цепочкой.

Римский невольно ухватился за живот, присутствующие ахнули, а гример, заглядывающий в дверь, одобрительно крякнул.

— Ваши часики? Прошу получить, — развязно улыбаясь, сказал клетчатый и на грязной ладони подал растерянному Римскому его собственность.

— С таким в трамвай не садись, — тихо и весело шепнул рассказчик гримеру.

Но кот отмочил штуку почище номера с чужими часами. Неожиданно поднявшись с дивана, он на задних лапах подошел к подзеркальному столику, передней лапой вытащил пробку из графина, налил воды в стакан, выпил ее, водрузил пробку на место и гримировальной тряпкой вытер усы.

Тут никто даже и не ахнул, только рты раскрыли, а гример восхищенно шепнул:

— Ах, класс!

Тут в третий раз тревожно загремели звонки, и все, возбужденные и предвкушающие интересный номер, повалили из уборной вон.

Через минуту в зрительном зале погасли шары, вспыхнула и дала красноватый отблеск на низ занавеса рампа, и в освещенной щели занавеса предстал перед публикой полный, веселый как дитя человек с бритым лицом, в помятом фраке и несвежем белье. Это был хорошо знакомый всей Москве конферансье Жорж Бенгальский.

— Итак, граждане, — заговорил Бенгальский, улыбаясь младенческой улыбкой, — сейчас перед вами выступит... — Тут Бенгальский прервал сам себя и заговорил с другими интонациями: — Я вижу, что количество публики к третьему отделению еще увеличилось. У нас сегодня половина города! Как-то на днях встречаю я приятеля и говорю ему: «Отчего не заходишь к нам? Вчера у нас была половина города». А он мне отвечает: «А я живу в другой половине!» — Бенгальский сделал паузу, ожидая, что произойдет взрыв смеха, но так как никто не засмеялся, то он продолжал: — ...Итак, выступит знаменитый иностранный артист мосье Воланд с сеансом черной магии! Ну, мы-то с вами понимаем, — тут Бенгальский улыбнулся мудрой улыбкой, — что ее вовсе не существует на свете и что она не что иное, как суеверие, а просто маэстро Воланд в высокой степени владеет техникой фокуса, что и будет видно из самой интересной части, то есть разоблачения этой техники, а так как мы все как один и за технику, и за ее разоблачение, то попросим господина Воланда!

Произнеся всю эту ахинею, Бенгальский сцепил обе руки ладонь к ладони и приветственно замахал ими в прорез занавеса, отчего тот, тихо шумя, и разошелся в стороны.

Выход мага с его длинным помощником и котом, вступившим на сцену на задних лапах, очень понравился публике.

— Кресло мне, — негромко приказал Воланд, и в ту же секунду, неизвестно как и откуда, на сцене появилось кресло, в которое и сел маг. — Скажи мне, любезный Фагот, — осведомился Воланд у клетчатого гаера, носившего, по-видимому, и другое наименование, кроме «Коровьев», — как по-твоему, ведь московское народонаселение значительно изменилось?

Маг поглядел на затихшую, пораженную появлением кресла из воздуха публику.

— Точно так, мессир, — негромко ответил Фагот-Коровьев.

— Ты прав. Горожане сильно изменились, внешне, я говорю, как и сам город, впрочем. О костюмах нечего уж и говорить, но появились эти... как их... трамваи, автомобили...

— Автобусы, — почтительно подсказал Фагот.

Публика внимательно слушала этот разговор, полагая, что он является прелюдией к магическим фокусам. Кулисы были забиты артистами и рабочими сцены, и между их лицами виднелось напряженное, бледное лицо Римского.

Физиономия Бенгальского, приютившегося сбоку сцены, начала выражать недоумение. Он чуть-чуть приподнял бровь и, воспользовавшись паузой, заговорил:

— Иностранный артист выражает свое восхищение Москвой, выросшей в техническом отношении, а также и москвичами, — тут Бенгальский дважды улыбнулся, сперва партеру, а потом галерее.

Воланд, Фагот и кот повернули головы в сторону конферансье.

— Разве я выразил восхищение? — спросил маг у Фагота.

— Никак нет, мессир, вы никакого восхищения не выражали, — ответил тот.

— Так что же говорит этот человек?

— А он попросту соврал! — звучно, на весь театр сообщил клетчатый помощник и, обратясь к Бенгальскому, прибавил: — Поздравляю вас, гражданин, сврамши!

С галереи плеснуло смешком, а Бенгальский вздрогнул и выпучил глаза.

— Но меня, конечно, не столько интересуют автобусы, телефоны и прочая...

— Аппаратура! — подсказал клетчатый.

— Совершенно верно, благодарю, — медленно говорил маг тяжелым басом, — сколько гораздо более важный вопрос: изменились ли эти горожане внутренне?

— Да, это важнейший вопрос, сударь.

В кулисах стали переглядываться и пожимать плечами, Бенгальский стоял красный, а Римский был бледен. Но тут, как бы отгадав начинающуюся тревогу, маг сказал:

— Однако мы заговорились, дорогой Фагот, а публика начинает скучать. Покажи нам для начала что-нибудь простенькое.

Зал облегченно шевельнулся. Фагот и кот разошлись в разные стороны по рампе. Фагот щелкнул пальцами, залихватски крикнул:

— Три, четыре! — поймал из воздуха колоду карт, стасовал ее и лентой пустил коту. Кот ленту перехватил и пустил ее обратно. Атласная змея фыркнула, Фагот раскрыл рот, как птенец, и всю ее, карту за картой, заглотал.

После этого кот раскланялся, шаркнув правой задней лапой, и вызвал неимоверный аплодисмент.

— Класс, класс! — восхищенно кричали за кулисами.

А Фагот тыкнул пальцем в партер и объявил:

— Колода эта таперича, уважаемые граждане, находится в седьмом ряду у гражданина Парчевского, как раз между трехрублевкой и повесткой о вызове в суд по делу об уплате алиментов гражданке Зельковой.

В партере зашевелились, начали привставать, и, наконец, какой-то гражданин, которого, точно, звали Парчевским, весь пунцовый от изумления, извлек из бумажника колоду и стал тыкать ею в воздухе, не зная, что с нею делать.

— Пусть она останется у вас на память! — прокричал Фагот. — Недаром же вы говорили вчера за ужином, что кабы не покер, то жизнь ваша в Москве была бы совершенно несносна.

— Стара шутка, — послышалось с галерки, — этот в партере из той же компании.

— Вы полагаете? — заорал Фагот, прищуриваясь на галерею. — В таком случае, и вы в одной шайке с нами, потому что она у вас в кармане!

На галерке произошло движение, и послышался радостный голос:

— Верно! У него! Тут, тут... Стой! Да это червонцы!

Сидящие в партере повернули головы. На галерее какой-то смятенный гражданин обнаружил у себя в кармане пачку, перевязанную банковским способом и с надписью на обложке: «Одна тысяча рублей».

Соседи наваливались на него, а он в изумлении ковырял ногтем обложку, стараясь дознаться, настоящие ли это червонцы или какие-нибудь волшебные.

— Ей-богу, настоящие! Червонцы! — кричали с галерки радостно.

— Сыграйте и со мной в такую колоду, — весело попросил какой-то толстяк в средине партера.

— Авек плезир! — отозвался Фагот. — Но почему же с вами одним? Все примут горячее участие! — И скомандовал: — Прошу глядеть вверх!.. Раз! — В руке у него оказался пистолет, он крикнул: — Два! — Пистолет вздернулся кверху. Он крикнул: — Три! — сверкнуло, бухнуло, и тотчас же из-под купола, ныряя между трапециями, начали падать в зал белые бумажки.

Они вертелись, их разносило в стороны, забивало на галерею, откидывало в оркестр и на сцену. Через несколько секунд денежный дождь, все густея, достиг кресел, и зрители стали бумажки ловить.

Поднимались сотни рук, зрители сквозь бумажки глядели на освещенную сцену и видели самые верные и праведные водяные знаки. Запах также не оставлял никаких сомнений: это был ни с чем по прелести не сравнимый запах только что отпечатанных денег. Сперва веселье, а потом изумление охватило весь театр. Всюду гудело слово «червонцы, червонцы», слышались вскрикивания «ах, ах!» и веселый смех. Кое-кто уже ползал в проходе, шаря под креслами. Многие стояли на сиденьях, ловя вертлявые, капризные бумажки.

На лицах милиции помаленьку стало выражаться недоумение, а артисты без церемонии начали высовываться из кулис.

В бельэтаже послышался голос: «Ты чего хватаешь? Это моя! Ко мне летела!» — и другой голос: «Да ты не толкайся, я тебя сам так толкану!» И вдруг послышалась плюха. Тотчас в бельэтаже появился шлем милиционера, из бельэтажа кого-то повели.

Вообще возбуждение возрастало, и неизвестно, во что бы все это вылилось, если бы Фагот не прекратил денежный дождь, внезапно дунув в воздух.

Двое молодых людей, обменявшись многозначительным и веселым взглядом, снялись с мест и прямехонько направились в буфет. В театре стоял гул, у всех зрителей возбужденно блестели глаза. Да, да, неизвестно, во что бы все это вылилось, если бы Бенгальский не нашел в себе силы и не шевельнулся бы. Стараясь покрепче овладеть собой, он по привычке потер руки и голосом наибольшей звучности заговорил так:

— Вот, граждане, мы с вами видели сейчас случай так называемого массового гипноза. Чисто научный опыт, как нельзя лучше доказывающий, что никаких чудес и магии не существует. Попросим же маэстро Воланда разоблачить нам этот опыт. Сейчас, граждане, вы увидите, как эти, якобы денежные, бумажки исчезнут так же внезапно, как и появились.

Тут он зааплодировал, но в совершенном одиночестве, и на лице при этом у него играла уверенная улыбка, но в глазах этой уверенности отнюдь не было, и скорее в них выражалась мольба.

Публике речь Бенгальского не понравилась. Наступило полное молчание, которое было прервано клетчатым Фаготом.

— Это опять-таки случай так называемого вранья, — объявил он громким козлиным тенором, — бумажки, граждане, настоящие!

— Браво! — отрывисто рявкнул бас где-то в высоте.

— Между прочим, этот, — тут Фагот указал на Бенгальского, — мне надоел. Суется все время, куда его не спрашивают, ложными замечаниями портит сеанс! Что бы нам такое с ним сделать?

— Голову ему оторвать! — сказал кто-то сурово на галерке.

— Как вы говорите? Ась? — тотчас отозвался на это безобразное предложение Фагот. — Голову оторвать? Это идея! Бегемот! — закричал он коту. — Делай! Эйн, цвей, дрей!!

И произошла невиданная вещь. Шерсть на черном коте встала дыбом, и он раздирающе мяукнул. Затем сжался в комок и, как пантера, махнул прямо на грудь Бенгальскому, а оттуда перескочил на голову. Урча, пухлыми лапами кот вцепился в жидкую шевелюру конферансье и, дико взвыв, в два поворота сорвал эту голову с полной шеи.

Две с половиной тысячи человек в театре вскрикнули как один. Кровь фонтанами из разорванных артерий на шее ударила вверх и залила и манишку, и фрак. Безглавое тело как-то нелепо загребло ногами и село на пол. В зале послышались истерические крики женщин. Кот передал голову Фаготу, тот за волосы поднял ее и показал публике, и голова эта отчаянно крикнула на весь театр:

— Доктора!

— Ты будешь в дальнейшем молоть всякую чушь? — грозно спросил Фагот у плачущей головы.

— Не буду больше! — прохрипела голова.

— Ради бога, не мучьте его! — вдруг, покрывая гам, прозвучал из ложи женский голос, и маг повернул в сторону этого голоса лицо.

— Так что же, граждане, простить его, что ли? — спросил Фагот, обращаясь к залу.

— Простить! Простить! — раздались вначале отдельные и преимущественно женские голоса, а затем они слились в один хор с мужскими.

— Как прикажете, мессир? — спросил Фагот у замаскированного.

— Ну что же, — задумчиво отозвался тот, — они — люди как люди. Любят деньги, но ведь это всегда было... Человечество любит деньги, из чего бы те ни были сделаны, из кожи ли, из бумаги ли, из бронзы или золота. Ну, легкомысленны... ну, что ж... и милосердие иногда стучится в их сердца... обыкновенные люди... В общем, напоминают прежних... квартирный вопрос только испортил их... — И громко приказал: — Наденьте голову.

Кот, прицелившись поаккуратнее, нахлобучил голову на шею, и она точно села на свое место, как будто никуда и не отлучалась. И главное, даже шрама на шее никакого не осталось. Кот лапами обмахнул фрак Бенгальского и пластрон, и с них исчезли следы крови. Фагот поднял сидящего Бенгальского на ноги, сунул ему в карман фрака пачку червонцев и выпроводил со сцены со словами:

— Катитесь отсюда! Без вас веселей.

Бессмысленно оглядываясь и шатаясь, конферансье добрел только до пожарного поста, и там с ним сделалось худо. Он жалобно вскрикнул:

— Голова моя, голова!

В числе прочих к нему бросился Римский. Конферансье плакал, ловил в воздухе что-то руками, бормотал:

— Отдайте мою голову! Голову отдайте! Квартиру возьмите, картины возьмите, только голову отдайте!

Курьер побежал за врачом. Бенгальского пробовали уложить на диван в уборной, но он стал отбиваться, сделался буен. Пришлось вызывать карету. Когда несчастного конферансье увезли, Римский побежал обратно на сцену и увидел, что на ней происходят новые чудеса. Да, кстати, в это ли время или немножко раньше, но только маг, вместе со своим полинялым креслом, исчез со сцены, причем надо сказать, что публика совершенно этого не заметила, увлеченная теми чрезвычайными вещами, которые развернул на сцене Фагот.

А Фагот, спровадив пострадавшего конферансье, объявил публике так:

— Таперича, когда этого надоедалу сплавили, давайте откроем дамский магазин!

И тотчас пол сцены покрылся персидскими коврами, возникли громадные зеркала, с боков освещенные зеленоватыми трубками, а меж зеркал витрины, и в них зрители в веселом ошеломлении увидели разных цветов и фасонов парижские женские платья. Это в одних витринах, а в других появились сотни дамских шляп, и с перышками, и без перышек, и с пряжками, и без них, сотни же туфель — черных, белых, желтых, кожаных, атласных, замшевых, и с ремешками, и с камушками. Между туфель появились футляры духов, горы сумочек из антилоповой кожи, из замши, из шелка, а между ними — целые груды чеканных золотых продолговатых футлярчиков, в которых бывает губная помада.

Черт знает откуда взявшаяся рыжая девица в вечернем черном туалете, всем хорошая девица, кабы не портил ее причудливый шрам на шее, заулыбалась у витрин хозяйской улыбкой.

Фагот, сладко ухмыляясь, объявил, что фирма совершенно бесплатно производит обмен старых дамских платьев и обуви на парижские модели и парижскую же обувь. То же самое он добавил относительно сумочек, духов и прочего.

Кот начал шаркать задней лапой, передней и в то же время выделывая какие-то жесты, свойственные швейцарам, открывающим дверь.

Девица хоть и с хрипотцой, но сладко запела, картавя, что-то малопонятное, но, судя по женским лицам в партере, очень соблазнительное:

— Герлэн, Шанель номер пять, Мицуко, Нарсис Нуар, вечерние платья, платья коктейль...

Фагот извивался, кот кланялся, девица открывала стеклянные витрины.

— Прошу! — орал Фагот. — Без всякого стеснения и церемоний!

Публика волновалась, но идти на сцену пока никто не решался. Но наконец какая-то брюнетка вышла из десятого ряда партера и, улыбаясь так, что ей, мол, решительно все равно и в общем наплевать, прошла и по боковому трапу поднялась на сцену.

— Браво! — вскричал Фагот. — Приветствую первую посетительницу! Бегемот, кресло! Начнем с обуви, мадам.

Брюнетка села в кресло, и Фагот тотчас вывалил на ковер перед нею целую груду туфель.

Брюнетка сняла свою правую туфлю, примерила сиреневую, потопала в ковер, осмотрела каблук.

— А они не будут жать? — задумчиво спросила она.

На это Фагот обиженно воскликнул:

— Что вы, что вы! — и кот от обиды мяукнул.

— Я беру эту пару, мосье, — сказала брюнетка с достоинством, надевая и вторую туфлю.

Старые туфли брюнетки были выброшены за занавеску, и туда же проследовала и сама она в сопровождении рыжей девицы и Фагота, несшего на плечиках несколько модельных платьев. Кот суетился, помогал и для пущей важности повесил себе на шею сантиметр.

Через минуту из-за занавески вышла брюнетка в таком платье, что по всему партеру прокатился вздох. Храбрая женщина, до удивительности похорошевшая, остановилась у зеркала, повела обнаженными плечами, потрогала волосы на затылке и изогнулась, стараясь заглянуть себе за спину.

— Фирма просит вас принять это на память, — сказал Фагот и подал брюнетке открытый футляр с флаконом.

— Мерси, — надменно ответила брюнетка и пошла по трапу в партер. Пока она шла, зрители вскакивали, прикасались к футляру.

И вот тут прорвало начисто, и со всех сторон на сцену пошли женщины. В общем возбужденном говоре, смешках и вздохах слышался мужской голос: «Я не позволяю тебе!» — и женский: «Деспот и мещанин, не ломайте мне руку!» Женщины исчезали за занавеской, оставляли там свои платья и выходили в новых. На табуретках с золочеными ножками сидел целый ряд дам, энергично топая в ковер заново обутыми ногами. Фагот становился на колени, орудовал роговой надевалкой, кот, изнемогая под грудами сумочек и туфель, таскался от витрины к табуреткам и обратно, девица с изуродованной шеей то появлялась, то исчезала и дошла до того, что уж полностью стала тарахтеть по-французски, и удивительно было то, что ее с полуслова понимали все женщины, даже те из них, что не знали ни одного французского слова.

Общее изумление вызвал мужчина, затесавшийся на сцену. Он объявил, что у супруги его грипп и что поэтому он просит передать ей что-нибудь через него. В доказательство же того, что он действительно женат, гражданин готов был предъявить паспорт. Заявление заботливого мужа было встречено хохотом, Фагот проорал, что верит, как самому себе, и без паспорта, и вручил гражданину две пары шелковых чулок, кот от себя добавил футлярчик с помадой.

Опоздавшие женщины рвались на сцену, со сцены текли счастливицы в бальных платьях, в пижамах с драконами, в строгих визитных костюмах, в шляпочках, надвинутых на одну бровь.

Тогда Фагот объявил, что за поздним временем магазин закрывается до завтрашнего вечера ровно через одну минуту, и неимоверная суета поднялась на сцене. Женщины наскоро, без всякой примерки, хватали туфли. Одна, как буря, ворвалась за занавеску, сбросила там свой костюм и овладела первым, что подвернулось, — шелковым, в громадных букетах, халатом и, кроме того, успела подцепить два футляра духов.

Ровно через минуту грянул пистолетный выстрел, зеркала исчезли, провалились витрины и табуретки, ковер растаял в воздухе так же, как и занавеска. Последней исчезла высоченная гора старых платьев и обуви, и стала сцена опять строга, пуста и гола.

И вот здесь в дело вмешалось новое действующее лицо.

Приятный, звучный и очень настойчивый баритон послышался из ложи № 2:

— Все-таки желательно, гражданин артист, чтобы вы незамедлительно разоблачили бы перед зрителями технику ваших фокусов, в особенности фокус с денежными бумажками. Желательно также и возвращение конферансье на сцену. Судьба его волнует зрителей.

Баритон принадлежал не кому иному, как почетному гостю сегодняшнего вечера Аркадию Аполлоновичу Семплеярову, председателю акустической комиссии московских театров.

Аркадий Аполлонович помещался в ложе с двумя дамами: пожилой, дорого и модно одетой, и другой — молоденькой и хорошенькой, одетой попроще. Первая из них, как вскоре выяснилось при составлении протокола, была супругой Аркадия Аполлоновича, а вторая — дальней родственницей его, начинающей и подающей надежды актрисой, приехавшей из Саратова и проживающей в квартире Аркадия Аполлоновича и его супруги.

— Пардон! — отозвался Фагот. — Я извиняюсь, здесь разоблачать нечего, все ясно.

— Нет, виноват! Разоблачение совершенно необходимо. Без этого ваши блестящие номера оставят тягостное впечатление. Зрительская масса требует объяснения.

— Зрительная масса, — перебил Семплеярова наглый гаер, — как будто ничего не заявляла? Но, принимая во внимание ваше глубокоуважаемое желание, Аркадий Аполлонович, я, так и быть, произведу разоблачение. Но для этого разрешите еще один крохотный номерок?

— Отчего же, — покровительственно ответил Аркадий Аполлонович, — но непременно с разоблачением!

— Слушаюсь, слушаюсь. Итак, позвольте вас спросить, где вы были вчера вечером, Аркадий Аполлонович?

При этом неуместном и даже, пожалуй, хамском вопросе лицо Аркадия Аполлоновича изменилось, и весьма сильно изменилось.

— Аркадий Аполлонович вчера вечером был на заседании акустической комиссии, — очень надменно заявила супруга Аркадия Аполлоновича, — но я не понимаю, какое отношение это имеет к магии.

— Уй, мадам! — подтвердил Фагот. — Натурально, вы не понимаете. Насчет же заседания вы в полном заблуждении. Выехав на упомянутое заседание, каковое, к слову говоря, и назначено-то вчера не было, Аркадий Аполлонович отпустил своего шофера у здания акустической комиссии на Чистых прудах (весь театр затих), а сам в автобусе поехал на Елоховскую улицу в гости к артистке разъездного районного театра Милице Андреевне Покобатько и провел у нее в гостях около четырех часов.

— Ой! — страдальчески воскликнул кто-то в полной тишине.

Молодая же родственница Аркадия Аполлоновича вдруг расхохоталась низким и страшным смехом.

— Все понятно! — воскликнула она. — И я давно уже подозревала это. Теперь мне ясно, почему эта бездарность получила роль Луизы!

И, внезапно размахнувшись коротким и толстым лиловым зонтиком, она ударила Аркадия Аполлоновича по голове.

Подлый же Фагот, и он же Коровьев, прокричал:

— Вот, почтенные граждане, один из случаев разоблачения, которого так назойливо добивался Аркадий Аполлонович!

— Как смела ты, негодяйка, коснуться Аркадия Аполлоновича? — грозно спросила супруга Аркадия Аполлоновича, поднимаясь в ложе во весь свой гигантский рост.

Второй короткий прилив сатанинского смеха овладел молодой родственницей.

— Уж кто-кто, — ответила она, хохоча, — а уж я-то смею коснуться! — и второй раз раздался сухой треск зонтика, отскочившего от головы Аркадия Аполлоновича.

— Милиция! Взять ее! — таким страшным голосом прокричала супруга Семплеярова, что у многих похолодели сердца.

А тут еще кот выскочил к рампе и вдруг рявкнул на весь театр человеческим голосом:

— Сеанс окончен! Маэстро! Урежьте марш!!

Ополоумевший дирижер, не отдавая себе отчета в том, что делает, взмахнул палочкой, и оркестр не заиграл, и даже не грянул, и даже не хватил, а именно, по омерзительному выражению кота, урезал какой-то невероятный, ни на что не похожий по развязности своей марш.

На мгновенье почудилось, что будто слышны были некогда, под южными звездами, в кафешантане, какие-то мало понятные, полуслепые, но разудалые слова этого марша:

Его превосходительство
Любил домашних птиц
И брал под покровительство
Хорошеньких девиц!!!

А может быть, не было никаких этих слов, а были другие на эту же музыку, какие-то неприличные крайне. Важно не это, а важно то, что в Варьете после всего этого началось что-то вроде столпотворения вавилонского. К семплеяровской ложе бежала милиция, на барьер лезли любопытные, слышались адские взрывы хохота, бешеные крики, заглушаемые золотым звоном тарелок из оркестра.

И видно было, что сцена внезапно опустела и что надувало Фагот, равно как и наглый котяра Бегемот, растаяли в воздухе, исчезли, как раньше исчез маг в кресле с полинявшей обивкой.

Глава 13

ЯВЛЕНИЕ ГЕРОЯ

Итак, неизвестный погрозил Ивану пальцем и прошептал: «Тсс!»

Иван спустил ноги с постели и всмотрелся. С балкона осторожно заглядывал в комнату бритый, темноволосый, с острым носом, встревоженными глазами и со свешивающимся на лоб клоком волос человек примерно лет тридцати восьми.

Убедившись в том, что Иван один, и прислушавшись, таинственный посетитель осмелел и вошел в комнату. Тут увидел Иван, что пришедший одет в больничное. На нем было белье, туфли на босу ногу, на плечи наброшен бурый халат.

Пришедший подмигнул Ивану, спрятал в карман связку ключей, шепотом осведомился: «Можно присесть?» — и, получив утвердительный кивок, поместился в кресле.

— Как же вы сюда попали? — повинуясь сухому грозящему пальцу, шепотом спросил Иван. — Ведь балконные-то решетки на замках?

— Решетки-то на замках, — подтвердил гость, — но Прасковья Федоровна — милейший, но, увы, рассеянный человек. Я стащил у нее месяц тому назад связку ключей и, таким образом, получил возможность выходить на общий балкон, а он тянется вокруг всего этажа, и, таким образом, иногда навестить соседа.

— Раз вы можете выходить на балкон, то вы можете удрать. Или высоко? — заинтересовался Иван.

— Нет, — твердо ответил гость, — я не могу удрать отсюда не потому, что высоко, а потому, что мне удирать некуда. — И после паузы он добавил: — Итак, сидим?

— Сидим, — ответил Иван, вглядываясь в карие и очень беспокойные глаза пришельца.

— Да... — тут гость встревожился, — но вы, надеюсь, не буйный? А то я, знаете ли, не выношу шума, возни, насилий и всяких вещей в этом роде. В особенности ненавистен мне людской крик, будь то крик страдания, ярости или иной какой-нибудь крик. Успокойте меня, скажите, вы не буйный?

— Вчера в ресторане я одному типу по морде засветил, — мужественно признался преображенный поэт.

— Основание? — строго спросил гость.

— Да, признаться, без основания, — сконфузившись, ответил Иван.

— Безобразие, — осудил гость Ивана и добавил: — А кроме того, что это вы так выражаетесь: по морде засветил? Ведь неизвестно, что именно имеется у человека, морда или лицо. И, пожалуй, ведь все-таки лицо. Так что, знаете ли, кулаками... Нет, уж это вы оставьте, и навсегда.

Отчитав таким образом Ивана, гость осведомился:

— Профессия?

— Поэт, — почему-то неохотно признался Иван.

Пришедший огорчился.

— Ох, как мне не везет! — воскликнул он, но тут же спохватился, извинился и спросил: — А как ваша фамилия?

— Бездомный.

— Эх, эх... — сказал гость, морщась.

— А вам, что же, мои стихи не нравятся? — с любопытством спросил Иван.

— Ужасно не нравятся.

— А вы какие читали?

— Никаких я ваших стихов не читал! — нервно воскликнул посетитель.

— А как же вы говорите?

— Ну, что ж тут такого, — ответил гость, — как будто я других не читал? Впрочем... разве что чудо? Хорошо, я готов принять на веру. Хороши ваши стихи, скажите сами?

— Чудовищны! — вдруг смело и откровенно произнес Иван.

— Не пишите больше! — попросил пришедший умоляюще.

— Обещаю и клянусь! — торжественно произнес Иван.

Клятву скрепили рукопожатием, и тут из коридора донеслись мягкие шаги и голоса.

— Тсс, — шепнул гость и, выскочив на балкон, закрыл за собою решетку.

Заглянула Прасковья Федоровна, спросила, как Иван себя чувствует и желает ли он спать в темноте или со светом. Иван попросил свет оставить, и Прасковья Федоровна удалилась, пожелав больному спокойной ночи. И когда все стихло, вновь вернулся гость.

Он шепотом сообщил Ивану, что в 119-ю комнату привезли новенького, какого-то толстяка с багровой физиономией, все время бормочущего что-то про какую-то валюту в вентиляции и клянущегося, что у них на Садовой поселилась нечистая сила.

— Пушкина ругает на чем свет стоит и все время кричит: «Куролесов, бис, бис!» — говорил гость, тревожно дергаясь. Успокоившись, он сел, сказал: — А впрочем, бог с ним, — и продолжал беседу с Иваном: — Так из-за чего же вы попали сюда?

— Из-за Понтия Пилата, — хмуро глянув в пол, ответил Иван.

— Как?! — забыв осторожность, крикнул гость и сам себе зажал рот рукой. — Потрясающее совпадение! Умоляю, умоляю, расскажите!

Почему-то испытывая доверие к неизвестному, Иван, первоначально запинаясь и робея, а потом осмелев, начал рассказывать вчерашнюю историю на Патриарших прудах. Да, благодарного слушателя получил Иван Николаевич в лице таинственного похитителя ключей! Гость не рядил Ивана в сумасшедшие, проявил величайший интерес к рассказываемому и по мере развития этого рассказа, наконец, пришел в восторг. Он то и дело прерывал Ивана восклицаниями:

— Ну, ну! Дальше, дальше, умоляю вас! Но только, ради всего святого, не пропускайте ничего!

Иван ничего и не пропускал, ему самому было так легче рассказывать, и постепенно добрался до того момента, как Понтий Пилат в белой мантии с кровавым подбоем вышел на балкон.

Тогда гость молитвенно сложил руки и прошептал:

— О, как я угадал! О, как я угадал!

Описание ужасной смерти Берлиоза слушающий сопроводил загадочным замечанием, причем глаза его вспыхнули злобой:

— Об одном жалею, что на месте этого Берлиоза не было критика Латунского или литератора Мстислава Лавровича, — и исступленно, но беззвучно вскричал: — Дальше!

Кот, плативший кондукторше, чрезвычайно развеселил гостя, и он давился от тихого смеха, глядя, как взволнованный успехом своего повествования Иван тихо прыгал на корточках, изображая кота с гривенником возле усов.

— И вот, — рассказав про происшествие в Грибоедове, загрустив и затуманившись, Иван закончил: — я и оказался здесь.

Гость сочувственно положил руку на плечо бедного поэта и сказал так:

— Несчастный поэт! Но вы сами, голубчик, во всем виноваты. Нельзя было держать себя с ним столь развязно и даже нагловато. Вот вы и поплатились. И надо еще сказать спасибо, что все это обошлось вам сравнительно дешево.

— Да кто же он, наконец, такой? — в возбуждении потрясая кулаками, спросил Иван.

Гость вгляделся в Ивана и ответил вопросом:

— А вы не впадете в беспокойство? Мы все здесь люди ненадежные... Вызова врача, уколов и прочей возни не будет?

— Нет, нет! — воскликнул Иван. — Скажите, кто он такой?

— Ну хорошо, — ответил гость и веско и раздельно сказал: — Вчера на Патриарших прудах вы встретились с сатаной.

Иван не впал в беспокойство, как и обещал, но был все-таки сильнейшим образом ошарашен.

— Не может этого быть! Его не существует!

— Помилуйте! Уж кому-кому, но не вам это говорить. Вы были одним, по-видимому, из первых, кто от него пострадал. Сидите, как сами понимаете, в психиатрической лечебнице, а все толкуете о том, что его нет. Право, это странно!

Сбитый с толку Иван замолчал.

— Лишь только вы начали его описывать, — продолжал гость, — я уже стал догадываться, с кем вы вчера имели удовольствие беседовать. И, право, я удивляюсь Берлиозу! Ну вы, конечно, человек девственный, — тут гость опять извинился, — но тот, сколько я о нем слышал, все-таки хоть что-то читал! Первые же речи этого профессора рассеяли всякие мои сомнения. Его нельзя не узнать, мой друг! Впрочем, вы... вы меня опять-таки извините, ведь, я не ошибаюсь, вы человек невежественный?

— Бесспорно, — согласился неузнаваемый Иван.

— Ну вот... ведь даже лицо, которое вы описывали... разные глаза, брови! Простите, может быть, впрочем, вы даже оперы «Фауст» не слыхали?

Иван почему-то страшнейшим образом сконфузился и с пылающим лицом что-то начал бормотать про какую-то поездку в санаторию в Ялту...

— Ну вот, ну вот... неудивительно! А Берлиоз, повторяю, меня поражает... Он человек не только начитанный, но и очень хитрый. Хотя в защиту его я должен сказать, что, конечно, Воланд может запорошить глаза и человеку похитрее.

— Как?! — в свою очередь крикнул Иван.

— Тише!

Иван с размаху шлепнул себя ладонью по лбу и засипел:

— Понимаю, понимаю. У него буква «В» была на визитной карточке. Ай-яй-яй, вот так штука! — Он помолчал некоторое время в смятении, всматриваясь в луну, плывущую за решеткой, и заговорил: — Так он, стало быть, действительно мог быть у Понтия Пилата? Ведь он уже тогда родился? А меня сумасшедшим называют! — прибавил Иван, в возмущении указывая на дверь.

Горькая складка обозначилась у губ гостя.

— Будем глядеть правде в глаза, — и гость повернул свое лицо в сторону бегущего сквозь облако ночного светила. — И вы и я — сумасшедшие, что отпираться! Видите ли, он вас потряс — и вы свихнулись, так как у вас, очевидно, подходящая для этого почва. Но то, что вы рассказываете, бесспорно было в действительности. Но это так необыкновенно, что даже Стравинский, гениальный психиатр, вам, конечно, не поверил. Он смотрел вас? (Иван кивнул.) Ваш собеседник был и у Пилата, и на завтраке у Канта, а теперь он навестил Москву.

— Да ведь он тут черт знает чего натворит! Как-нибудь его надо изловить? — не совсем уверенно, но все же поднял голову в новом Иване прежний, еще не окончательно добитый Иван.

— Вы уже попробовали, и будет с вас, — иронически отозвался гость, — другим тоже пробовать не советую. А что натворит, это уж будьте благонадежны. Ах, ах! Но до чего мне досадно, что встретились с ним вы, а не я! Хоть все и перегорело и угли затянулись пеплом, все же клянусь, что за эту встречу я отдал бы связку ключей Прасковьи Федоровны, ибо мне больше нечего отдавать. Я нищий!

— А зачем он вам понадобился?

Гость долго грустил и дергался, но наконец заговорил:

— Видите ли, какая странная история, я сижу здесь из-за того же, что и вы, именно из-за Понтия Пилата. — Тут гость пугливо оглянулся и сказал: — Дело в том, что год тому назад я написал о Пилате роман.

— Вы — писатель? — с интересом спросил поэт.

Гость потемнел лицом и погрозил Ивану кулаком, потом сказал:

— Я — мастер, — он сделался суров и вынул из кармана халата совершенно засаленную черную шапочку с вышитой на ней желтым шелком буквой «М». Он надел эту шапочку и показался Ивану и в профиль и в фас, чтобы доказать, что он — мастер. — Она своими руками сшила ее мне, — таинственно добавил он.

— А как ваша фамилия?

— У меня нет больше фамилии, — с мрачным презрением ответил странный гость, — я отказался от нее, как и вообще от всего в жизни. Забудем о ней.

— Так вы хоть про роман-то скажите, — деликатно попросил Иван.

— Извольте-с. История моя, действительно, не совсем обыкновенная, — начал гость.

...Историк по образованию, он еще два года тому назад работал в одном из московских музеев, а кроме того, занимался переводами.

— С какого языка? — с интересом спросил Иван.

— Я знаю пять языков, кроме родного, — ответил гость, — английский, французский, немецкий, латинский и греческий. Ну, немножко еще читаю по-итальянски.

— Ишь ты! — завистливо шепнул Иван.

Жил историк одиноко, не имея нигде родных и почти не имея знакомых в Москве. И, представьте, однажды выиграл сто тысяч рублей.

— Вообразите мое изумление, — шептал гость в черной шапочке, — когда я сунул руку в корзину с грязным бельем и смотрю: на ней тот же номер, что и в газете! Облигацию, — пояснил он, — мне в музее дали.

Выиграв сто тысяч, загадочный гость Ивана поступил так: купил книг, бросил свою комнату на Мясницкой...

— Уу, проклятая дыра! — прорычал гость.

...И нанял у застройщика в переулке близ Арбата две комнаты в подвале маленького домика в садике. Службу в музее бросил и начал сочинять роман о Понтии Пилате.

— Ах, это был золотой век! — блестя глазами, шептал рассказчик. — Совершенно отдельная квартирка, и еще передняя, и в ней раковина с водой, — почему-то особенно горделиво подчеркнул он, — маленькие оконца над самым тротуарчиком, ведущим от калитки. Напротив, в четырех шагах, под забором, сирень, липа и клен. Ах, ах, ах! Зимою я очень редко видел в оконце чьи-нибудь черные ноги и слышал хруст снега под ними. И в печке у меня вечно пылал огонь! Но внезапно наступила весна, и сквозь мутные стекла увидел я сперва голые, а потом одевающиеся в зелень кусты сирени. И вот тогда-то, прошлою весной, случилось нечто гораздо более восхитительное, чем получение ста тысяч рублей. А это, согласитесь, громадная сумма денег!

— Это верно, — признал внимательно слушающий Иван.

— Я открыл оконца и сидел во второй, совсем малюсенькой комнате, — гость стал отмеривать руками, — так... вот — диван, а напротив другой диван, а между ними столик, и на нем прекрасная ночная лампа, а к окошку ближе книги, тут маленький письменный столик, а в первой комнате — громадная комната, четырнадцать метров, — книги, книги и печка. Ах, какая у меня была обстановка! Необыкновенно пахнет сирень! И голова моя становилась легкой от утомления, и Пилат летел к концу...

— Белая мантия, красный подбой! Понимаю! — восклицал Иван.

— Именно так! Пилат летел к концу, к концу, и я уже знал, что последними словами романа будут: «...Пятый прокуратор Иудеи, всадник Понтий Пилат». Ну, натурально, я выходил гулять. Сто тысяч — громадная сумма, и у меня был прекрасный серый костюм. Или отправлялся обедать в какой-нибудь дешевый ресторан. На Арбате был чудесный ресторан, не знаю, существует ли он теперь.

Тут глаза гостя широко открылись, и он продолжал шептать, глядя на луну:

— Она несла в руках отвратительные, тревожные желтые цветы. Черт их знает, как их зовут, но они первые почему-то появляются в Москве. И эти цветы очень отчетливо выделялись на черном ее весеннем пальто. Она несла желтые цветы! Нехороший цвет. Она повернула с Тверской в переулок и тут обернулась. Ну, Тверскую вы знаете? По Тверской шли тысячи людей, но я вам ручаюсь, что увидела она меня одного и поглядела не то что тревожно, а даже как будто болезненно. И меня поразила не столько ее красота, сколько необыкновенное, никем не виданное одиночество в глазах!

Повинуясь этому желтому знаку, я тоже свернул в переулок и пошел по ее следам. Мы шли по кривому, скучному переулку безмолвно, я по одной стороне, а она по другой. И не было, вообразите, в переулке ни души. Я мучился, потому что мне показалось, что с нею необходимо говорить, и тревожился, что я не вымолвлю ни одного слова, а она уйдет, и я никогда ее более не увижу.

И, вообразите, внезапно заговорила она:

— Нравятся ли вам мои цветы?

Я отчетливо помню, как прозвучал ее голос, низкий довольно-таки, но со срывами, и, как это ни глупо, показалось, что эхо ударило в переулок и отразилось от желтой грязной стены. Я быстро перешел на ее сторону и, подходя к ней, ответил:

— Нет.

Она поглядела на меня удивленно, а я вдруг, и совершенно неожиданно, понял, что я всю жизнь любил именно эту женщину! Вот так штука, а? Вы, конечно, скажете, сумасшедший?

— Ничего я не говорю, — воскликнул Иван и добавил: — Умоляю, дальше!

И гость продолжал:

— Да, она поглядела на меня удивленно, а затем, поглядев, спросила так:

— Вы вообще не любите цветов?

В голосе ее была, как мне показалось, враждебность. Я шел с нею рядом, стараясь идти в ногу, и, к удивлению моему, совершенно не чувствовал себя стесненным.

— Нет, я люблю цветы, только не такие, — сказал я.

— А какие?

— Я розы люблю.

Тут я пожалел о том, что это сказал, потому что она виновато улыбнулась и бросила свои цветы в канаву. Растерявшись немного, я все-таки поднял их и подал ей, но она, усмехнувшись, оттолкнула цветы, и я понес их в руках.

Так шли молча некоторое время, пока она не вынула у меня из рук цветы, не бросила их на мостовую, затем продела свою руку в черной перчатке с раструбом в мою, и мы пошли рядом.

— Дальше, — сказал Иван, — и не пропускайте, пожалуйста, ничего.

— Дальше? — переспросил гость. — Что же, дальше вы могли бы и сами угадать. — Он вдруг вытер неожиданную слезу правым рукавом и продолжал: — Любовь выскочила перед нами, как из-под земли выскакивает убийца в переулке, и поразила нас сразу обоих! Так поражает молния, так поражает финский нож! Она-то, впрочем, утверждала впоследствии, что это не так, что любили мы, конечно, друг друга давным-давно, не зная друг друга, никогда не видя, и что она жила с другим человеком... и я там, тогда... с этой, как ее...

— С кем? — спросил Бездомный.

— С этой... ну... с этой... ну... — ответил гость и защелкал пальцами.

— Вы были женаты?

— Ну да, вот же я и щелкаю... На этой... Вареньке... Манечке... нет, Вареньке... еще платье полосатое... музей... Впрочем, я не помню.

Так вот она говорила, что с желтыми цветами в руках она вышла в тот день, чтобы я наконец ее нашел, и что, если бы этого не произошло, она отравилась бы, потому что жизнь ее пуста.

Да, любовь поразила нас мгновенно. Я это знал в тот же день, уже через час, когда мы оказались, не замечая города, у Кремлевской стены на набережной.

Мы разговаривали так, как будто расстались вчера, как будто знали друг друга много лет. На другой день мы сговорились встретиться там же, на Москве-реке, и встретились. Майское солнце светило нам. И скоро, скоро стала эта женщина моею тайною женой.

Она приходила ко мне каждый день, а ждать ее я начинал с утра. Ожидание это выражалось в том, что я переставлял на столе предметы. За десять минут я садился к оконцу и начинал прислушиваться, не стукнет ли ветхая калитка. И как курьезно: до встречи моей с нею в наш дворик мало кто приходил, просто сказать, никто не приходил, а теперь мне казалось, что весь город устремился в него. Стукнет калитка, стукнет сердце, и, вообразите, на уровне моего лица за оконцем обязательно чьи-нибудь грязные сапоги. Точильщик. Ну кому нужен точильщик в нашем доме? Что точить? Какие ножи?

Она входила в калитку один раз, а биений сердца до этого я испытывал не менее десяти. Я не лгу. А потом, когда приходил ее час и стрелка показывала полдень, оно даже и не переставало стучать до тех пор, пока без стука, почти совсем бесшумно, не равнялись с окном туфли с черными замшевыми накладками-бантами, стянутыми стальными пряжками.

Иногда она шалила и, задержавшись у второго оконца, постукивала носком в стекло. Я в ту же секунду оказывался у этого окна, но исчезала туфля, черный шелк, заслонявший свет, исчезал, — я шел ей открывать.

Никто не знал о нашей связи, за это я вам ручаюсь, хотя так никогда и не бывает. Не знал ее муж, не знали знакомые. В стареньком особнячке, где мне принадлежал этот подвал, знали, конечно, видели, что приходит ко мне какая-то женщина, но имени ее не знали.

— А кто она такая? — спросил Иван, в высшей степени заинтересованный любовной историей.

Гость сделал жест, означавший, что он никогда и никому этого не скажет, и продолжал свой рассказ.

Ивану стало известным, что мастер и незнакомка полюбили друг друга так крепко, что стали совершенно неразлучны. Иван представлял себе ясно уже и две комнаты в подвале особнячка, в которых были всегда сумерки из-за сирени и забора. Красную потертую мебель, бюро, на нем часы, звеневшие каждые полчаса, и книги, книги от крашеного пола до закопченного потолка, и печку.

Иван узнал, что гость его и тайная жена уже в первые дни своей связи пришли к заключению, что столкнула их на углу Тверской и переулка сама судьба и что созданы они друг для друга навек.

Иван узнал из рассказа гостя, как проводили день возлюбленные. Она приходила и первым долгом надевала фартук, и в узкой передней, где находилась та самая раковина, которой гордился почему-то бедный больной, на деревянном столе зажигала керосинку, и готовила завтрак, и накрывала его в первой комнате на овальном столе. Когда шли майские грозы и мимо подслеповатых окон шумно катилась в подворотню вода, угрожая залить последний приют, влюбленные растапливали печку и пекли в ней картофель. От картофеля валил пар, черная картофельная шелуха пачкала пальцы. В подвальчике слышался смех, деревья в саду сбрасывали с себя после дождя обломанные веточки, белые кисти.

Когда кончились грозы и пришло душное лето, в вазе появились долгожданные и обоими любимые розы. Тот, кто называл себя мастером, работал лихорадочно над своим романом, и этот роман поглотил и незнакомку.

— Право, временами и я начинал ревновать ее к нему, — шептал пришедший с лунного балкона ночной гость Ивану.

Запустив в волосы тонкие с остро отточенными ногтями пальцы, она без конца перечитывала написанное, а перечитав, шила вот эту самую шапочку. Иногда она сидела на корточках у нижних полок или стояла на стуле у верхних и тряпкой вытирала сотни пыльных корешков. Она сулила славу, она подгоняла его и вот тут-то стала называть мастером. Она нетерпеливо дожидалась обещанных уже последних слов о пятом прокураторе Иудеи, нараспев и громко повторяла отдельные фразы, которые ей нравились, и говорила, что в этом романе ее жизнь.

Он был дописан в августе месяце, был отдан какой-то безвестной машинистке, и та перепечатала его в пяти экземплярах. И, наконец, настал час, когда пришлось покинуть тайный приют и выйти в жизнь.

— И я вышел в жизнь, держа его в руках, и тогда моя жизнь кончилась, — прошептал мастер и поник головой, и долго качалась печальная черная шапочка с желтой буквой «М». Он повел дальше свой рассказ, но тот стал несколько бессвязен. Можно было понять только одно, что тогда с гостем Ивана случилась какая-то катастрофа.

— Я впервые попал в мир литературы, но теперь, когда все уже кончилось и гибель моя налицо, вспоминаю о нем с ужасом! — торжественно прошептал мастер и поднял руку. — Да, он чрезвычайно поразил меня, ах, как поразил!

— Кто? — чуть слышно шепнул Иван, опасаясь перебивать взволнованного рассказчика.

— Да редактор, я же говорю, редактор. Да, так он прочитал. Он смотрел на меня так, как будто у меня щека была раздута флюсом, как-то косился на угол и даже сконфуженно хихикнул. Он без нужды мял манускрипт и крякал. Вопросы, которые он мне задавал, показались мне сумасшедшими. Не говоря ничего по существу романа, он спрашивал меня о том, кто я такой и откуда я взялся, давно ли пишу и почему обо мне ничего не было слышно раньше, и даже задал, с моей точки зрения, совсем идиотский вопрос: кто это меня надоумил сочинить роман на такую странную тему?

Наконец он мне надоел, и я спросил его напрямик, будет ли он печатать роман или не будет.

Тут он засуетился, начал что-то мямлить и заявил, что самолично решить этот вопрос он не может, что с моим произведением должны ознакомиться другие члены редакционной коллегии, именно критики Латунский и Ариман и литератор Мстислав Лаврович. Он просил меня прийти через две недели.

Я пришел через две недели и был принят какой-то девицей со скошенными к носу от постоянного вранья глазами.

— Это Лапшённикова, секретарь редакции, — усмехнувшись, сказал Иван, хорошо знающий тот мир, который так гневно описывал его гость.

— Может быть, — отрезал тот, — так вот, от нее я получил свой роман, уже порядочно засаленный и растрепанный. Стараясь не попадать своими глазами в мои, Лапшённикова сообщила мне, что редакция обеспечена материалами на два года вперед и что поэтому вопрос о напечатании моего романа, как она выразилась, отпадает.

— Что я помню после этого? — бормотал мастер, потирая виски. — Да, осыпавшиеся красные лепестки на титульном листе и еще глаза моей подруги. Да, эти глаза я помню.

Рассказ Иванова гостя становился все путанее, все более наполнялся какими-то недомолвками. Он говорил что-то про косой дождь и отчаяние в подвальном приюте, о том, что ходил куда-то еще. Шепотом вскрикивал, что он ее, которая толкала его на борьбу, ничуть не винит, о нет, не винит!

Далее, как услышал Иван, произошло нечто внезапное и странное. Однажды герой развернул газету и увидел в ней статью критика Аримана, которая называлась «Вылазка врага» и где Ариман предупреждал всех и каждого, что он, то есть наш герой, сделал попытку протащить в печать апологию Иисуса Христа.

— А, помню, помню! — вскричал Иван. — Но я забыл, как ваша фамилия!

— Оставим, повторяю, мою фамилию, ее нет больше, — ответил гость. — Дело не в ней. Через день в другой газете за подписью Мстислава Лавровича обнаружилась другая статья, где автор ее предлагал ударить, и крепко ударить, по пилатчине и тому богомазу, который вздумал протащить (опять это проклятое слово!) ее в печать.

Остолбенев от этого слова «пилатчина», я развернул третью газету. Здесь было две статьи: одна — Латунского, а другая — подписанная буквами «М. З.». Уверяю вас, что произведения Аримана и Лавровича могли считаться шуткою по сравнению с написанным Латунским. Достаточно вам сказать, что называлась статья Латунского «Воинствующий старообрядец». Я так увлекся чтением статей о себе, что не заметил, как она (дверь я забыл закрыть) предстала предо мною с мокрым зонтиком в руках и с мокрыми же газетами. Глаза ее источали огонь, руки дрожали и были холодны. Сперва она бросилась меня целовать, затем, хриплым голосом и стуча рукою по столу, сказала, что она отравит Латунского.

Иван как-то сконфуженно покряхтел, но ничего не сказал.

— Настали безрадостные осенние дни, — продолжал гость, — чудовищная неудача с этим романом как бы вынула у меня часть души. По существу говоря, мне больше нечего было делать, и жил я от свидания к свиданию. И вот в это время случилось что-то со мною. Черт знает что, в чем Стравинский, наверное, давно уже разобрался. Именно, нашла на меня тоска и появились какие-то предчувствия.

Статьи, заметьте, не прекращались. Над первыми из них я смеялся. Но чем больше их появлялось, тем более менялось мое отношение к ним. Второй стадией была стадия удивления. Что-то на редкость фальшивое и неуверенное чувствовалось буквально в каждой строчке этих статей, несмотря на их грозный и уверенный тон. Мне все казалось, — и я не мог от этого отделаться, — что авторы этих статей говорят не то, что они хотят сказать, и что их ярость вызывается именно этим. А затем, представьте себе, наступила третья стадия — страха. Нет, не страха этих статей, поймите, а страха перед другими, совершенно не относящимися к ним или к роману вещами. Так, например, я стал бояться темноты. Словом, наступила стадия психического заболевания. Мне казалось, в особенности когда я засыпал, что какой-то очень гибкий и холодный спрут своими щупальцами подбирается непосредственно и прямо к моему сердцу. И спать мне пришлось с огнем.

Моя возлюбленная очень изменилась (про спрута я ей, конечно, не говорил, но она видела, что со мной творится что-то неладное), похудела и побледнела, перестала смеяться и все просила меня простить ее за то, что она советовала мне, чтобы я напечатал отрывок. Она говорила, чтобы я, бросив все, уехал на юг к Черному морю, истратив на эту поездку все оставшиеся от ста тысяч деньги.

Она была очень настойчива, а я, чтобы не спорить (что-то подсказывало мне, что не придется уехать к Черному морю), обещал ей это сделать на днях. Но она сказала, что она сама возьмет мне билет. Тогда я вынул все свои деньги, то есть около десяти тысяч рублей, и отдал ей.

— Зачем так много? — удивилась она.

Я сказал что-то вроде того, что боюсь воров и прошу ее поберечь деньги до моего отъезда. Она взяла их, уложила в сумочку, стала целовать меня и говорить, что ей легче было бы умереть, чем покидать меня в таком состоянии одного, но что ее ждут, что она покоряется необходимости, что придет завтра. Она умоляла меня не бояться ничего.

Это было в сумерки, в половине октября. И она ушла. Я лег на диван и заснул, не зажигая лампы. Проснулся я от ощущения, что спрут здесь. Шаря в темноте, я еле сумел зажечь лампу. Карманные часы показывали два часа ночи. Я лег заболевающим, а проснулся больным. Мне вдруг показалось, что осенняя тьма выдавит стекла, вольется в комнату и я захлебнусь в ней, как в чернилах. Я стал человеком, который уже не владеет собой. Я вскрикнул, и у меня явилась мысль бежать к кому-то, хотя бы к моему застройщику наверх. Я боролся с собой как безумный. У меня хватило сил добраться до печки и разжечь в ней дрова. Когда они затрещали и дверца застучала, мне как будто стало немного легче. Я кинулся в переднюю и там зажег свет, нашел бутылку белого вина, откупорил ее и стал пить вино из горлышка. От этого страх притупился несколько — настолько, по крайней мере, что я не побежал к застройщику и вернулся к печке. Я открыл дверцу, так что жар начал обжигать мне лицо и руки, и шептал:

— Догадайся, что со мною случилась беда... Приди, приди, приди!..

Но никто не шел. В печке ревел огонь, в окна хлестал дождь. Тогда случилось последнее. Я вынул из ящика стола тяжелые списки романа и черновые тетради и начал их жечь. Это страшно трудно делать, потому что исписанная бумага горит неохотно. Ломая ногти, я раздирал тетради, стоймя вкладывал их между поленьями и кочергой трепал листы. Пепел по временам одолевал меня, душил пламя, но я боролся с ним, и роман, упорно сопротивляясь, все же погибал. Знакомые слова мелькали передо мной, желтизна неудержимо поднималась снизу вверх по страницам, но слова все-таки проступали и на ней. Они пропадали лишь тогда, когда бумага чернела и я кочергой яростно добивал их.

В это время в окно кто-то стал царапаться тихо. Сердце мое прыгнуло, и я, погрузив последнюю тетрадь в огонь, бросился отворять. Кирпичные ступеньки вели из подвала к двери на двор. Спотыкаясь, я подбежал к ней и тихо спросил:

— Кто там?

И голос, ее голос, ответил мне:

— Это я.

Не помня как, я совладал с цепью и ключом. Лишь только она шагнула внутрь, как припала ко мне, вся мокрая, с мокрыми щеками и развившимися волосами, дрожащая. Я мог произнести только слово:

— Ты... ты?.. — и голос мой прервался, и мы побежали вниз. Она освободилась в передней от пальто, и мы быстро вошли в первую комнату. Тихо вскрикнув, она голыми руками выбросила из печки на пол последнее, что там оставалось, пачку, которая занялась снизу. Дым наполнил комнату сейчас же. Я ногами затоптал огонь, а она повалилась на диван и заплакала неудержимо и судорожно.

Когда она утихла, я сказал:

— Я возненавидел этот роман, и я боюсь. Я болен. Мне страшно.

Она поднялась и заговорила:

— Боже, как ты болен. За что это, за что? Но я тебя спасу, я тебя спасу. Что же это такое?

Я видел ее вспухшие от дыму и плача глаза, чувствовал, как холодные руки гладят мне лоб.

— Я тебя вылечу, вылечу, — бормотала она, впиваясь мне в плечи, — ты восстановишь его. Зачем, зачем я не оставила у себя один экземпляр!

Она оскалилась от ярости, что-то еще говорила невнятное. Затем, сжав губы, она принялась собирать и расправлять обгоревшие листы. Это была какая-то глава из середины романа, не помню какая. Она аккуратно сложила обгоревшие листки, завернула их в бумагу, перевязала лентой. Все ее действия показывали, что она полна решимости и что она овладела собой. Она потребовала вина и, выпив, заговорила спокойнее.

— Вот как приходится платить за ложь, — говорила она, — и больше я не хочу лгать. Я осталась бы у тебя и сейчас, но мне не хочется это делать таким образом. Я не хочу, чтобы у нас навсегда осталось в памяти, что я убежала от него ночью. Он не сделал мне никогда никакого зла. Его вызвали внезапно, у них на заводе пожар. Но он вернется скоро. Я объяснюсь с ним завтра утром, скажу, что я люблю другого, и навсегда вернусь к тебе. Ответь мне, ты, может быть, не хочешь этого?

— Бедная моя, бедная, — сказал я ей, — я не допущу, чтобы ты это сделала. Со мною будет нехорошо, и я не хочу, чтобы ты погибала вместе со мной.

— Только эта причина? — спросила она и приблизила свои глаза к моим.

— Только эта.

Она страшно оживилась, припала ко мне, обвивая мою шею, и сказала:

— Я погибаю вместе с тобою. Утром я буду у тебя.

И вот, последнее, что я помню в моей жизни, это — полоску света из моей передней, и в этой полосе света развившуюся прядь, ее берет и ее полные решимости глаза. Еще помню черный силуэт на пороге наружной двери и белый сверток.

— Я проводил бы тебя, но я уже не в силах идти один обратно, я боюсь.

— Не бойся. Потерпи несколько часов. Завтра утром я буду у тебя.

— Это и были ее последние слова в моей жизни... Тсс! — вдруг сам себя прервал больной и поднял палец. — Беспокойная сегодня лунная ночь.

Он скрылся на балконе. Иван слышал, как проехали колесики по коридору, кто-то всхлипнул или вскрикнул слабо.

Когда все затихло, гость вернулся и сообщил, что 120-я комната получила жильца. Привезли кого-то, который просит вернуть ему голову. Оба собеседника помолчали в тревоге, но, успокоившись, вернулись к прерванному рассказу. Гость раскрыл было рот, но ночка, точно, была беспокойная. Голоса еще слышались в коридоре, и гость начал говорить Ивану на ухо так тихо, что то, что он рассказал, стало известно одному поэту только, за исключением первой фразы:

— Через четверть часа после того, как она покинула меня, ко мне в окна постучали...

То, о чем шептал больной на ухо Ивану, по-видимому, очень волновало его. Судороги то и дело проходили по его лицу. В глазах его плавали и метались страх и ярость. Рассказчик указывал рукою куда-то в сторону луны, которая давно уже ушла с балкона. Лишь тогда, когда перестали доноситься всякие звуки извне, гость отодвинулся от Ивана и заговорил погромче.

— Да, так вот, в половине января, ночью, в том же самом пальто, но с оборванными пуговицами, я жался от холода в моем дворике. Сзади меня были сугробы, скрывшие кусты сирени, а впереди меня и внизу — слабенько освещенные, покрытые шторами мои оконца; я припал к первому из них и прислушался — в комнатах моих играл патефон. Это все, что я расслышал. Но разглядеть ничего не мог. Постояв немного, я вышел за калитку в переулок. В нем играла метель. Метнувшаяся мне под ноги собака испугала меня, и я перебежал от нее на другую сторону. Холод и страх, ставший моим постоянным спутником, доводили меня до исступления. Идти мне было некуда, и проще всего, конечно, было бы броситься под трамвай на той улице, в которую выходил мой переулок. Издали я видел эти наполненные светом, обледеневшие ящики и слышал их омерзительный скрежет на морозе. Но, дорогой мой сосед, вся штука заключалась в том, что страх владел каждой клеточкой моего тела. И так же точно, как собаки, я боялся и трамвая. Да, хуже моей болезни в этом здании нет, уверяю вас.

— Но вы же могли дать знать ей, — сказал Иван, сочувствуя бедному больному, — кроме того, ведь у нее же ваши деньги? Ведь она их, конечно, сохранила?

— Не сомневайтесь в этом, конечно, сохранила. Но вы, очевидно, не понимаете меня? Или, вернее, я утратил бывшую у меня некогда способность описывать что-нибудь. Мне, впрочем, ее не очень жаль, так как она мне не пригодится больше. Перед нею, — гость благоговейно посмотрел в тьму ночи, — легло бы письмо из сумасшедшего дома. Разве можно посылать письма, имея такой адрес? Душевнобольной? Вы шутите, мой друг! Нет, сделать ее несчастной? На это я не способен.

Иван не сумел возразить на это, но молчаливый Иван сочувствовал гостю, сострадал ему. А тот кивал от муки своих воспоминаний головою в черной шапочке и говорил так:

— Бедная женщина. Впрочем, у меня есть надежда, что она забыла меня!

— Но вы можете выздороветь... — робко сказал Иван.

— Я неизлечим, — спокойно ответил гость, — когда Стравинский говорит, что вернет меня к жизни, я ему не верю. Он гуманен и просто хочет утешить меня. Не отрицаю, впрочем, что мне теперь гораздо лучше. Да, так на чем, бишь, я остановился? Мороз, эти летящие трамваи. Я знал, что эта клиника уже открылась, и через весь город пешком пошел в нее. Безумие! За городом я, наверно, замерз бы, но меня спасла случайность. Что-то сломалось в грузовике, я подошел к шоферу, это было километрах в четырех за заставой, и, к моему удивлению, он сжалился надо мной. Машина шла сюда. И он повез меня. Я отделался тем, что отморозил пальцы на левой ноге. Но это вылечили. И вот четвертый месяц я здесь. И, знаете ли, нахожу, что здесь очень и очень неплохо. Не надо задаваться большими планами, дорогой сосед, право! Я вот, например, хотел объехать весь земной шар. Ну, что же, оказывается, это не суждено. Я вижу только незначительный кусок этого шара. Думаю, что это не самое лучшее, что есть на нем, но, повторяю, это не так уж худо. Вот лето идет к нам, на балконе завьется плющ, как обещает Прасковья Федоровна. Ключи расширили мои возможности. По ночам будет луна. Ах, она ушла! Свежеет. Ночь валится за полночь. Мне пора.

— Скажите мне, а что было дальше с Иешуа и Пилатом, — попросил Иван, — умоляю, я хочу знать.

— Ах нет, нет, — болезненно дернувшись, ответил гость, — я вспомнить не могу без дрожи мой роман. А ваш знакомый с Патриарших сделал бы это лучше меня. Спасибо за беседу. До свидания.

И раньше чем Иван опомнился, закрылась решетка с тихим звоном, и гость скрылся.

Глава 14

СЛАВА ПЕТУХУ!

Не выдержали нервы, как говорится, и Римский не дождался окончания составления протокола и бежал в свой кабинет. Он сидел за столом и воспаленными глазами глядел на лежащие перед ним магические червонцы. У финдиректора ум заходил за разум. Снаружи несся ровный гул. Публика потоками выливалась из здания Варьете на улицу. До чрезвычайно обострившегося слуха финдиректора вдруг донеслась отчетливая милицейская трель. Сама по себе она уж никогда не сулит ничего приятного. А когда она повторилась и к ней на помощь вступила другая, более властная и продолжительная, а затем присоединился и явственно слышный гогот, и даже какое-то улюлюканье, финдиректор сразу понял, что на улице совершилось еще что-то скандальное и пакостное. И что это, как бы ни хотелось отмахнуться от него, находится в теснейшей связи с отвратительным сеансом, произведенным черным магом и его помощниками. Чуткий финдиректор нисколько не ошибся.

Лишь только он глянул в окно, выходящее на Садовую, лицо его перекосилось, и он не прошептал, а прошипел:

— Я так и знал!

В ярком свете сильнейших уличных фонарей он увидел на тротуаре внизу под собой даму в одной сорочке и панталонах фиолетового цвета. На голове у дамы, правда, была шляпка, а в руках зонтик.

Вокруг этой дамы, находившейся в состоянии полного смятения, то приседающей, то порывающейся бежать куда-то, волновалась толпа, издавая тот самый хохот, от которого у финдиректора проходил по спине мороз. Возле дамы метался какой-то гражданин, сдирающий с себя летнее пальто и от волнения никак не справляющийся с рукавом, в котором застряла рука.

Крики и ревущий хохот донеслись и из другого места — именно от левого подъезда, и, повернув туда голову, Григорий Данилович увидал вторую даму, в розовом белье. Та прыгнула с мостовой на тротуар, стремясь скрыться в подъезде, но вытекавшая публика преграждала ей путь, и бедная жертва своего легкомыслия и страсти к нарядам, обманутая фирмой поганого Фагота, мечтала только об одном — провалиться сквозь землю. Милиционер устремлялся к несчастной, буравя воздух свистом, а за милиционером поспешали какие-то развеселые молодые люди в кепках. Они-то и испускали этот самый хохот и улюлюканье.

Усатый худой лихач подлетел к первой раздетой и с размаху осадил костлявую разбитую лошадь. Лицо усача радостно ухмылялось.

Римский стукнул себя кулаком по голове, плюнул и отскочил от окна.

Он посидел некоторое время у стола, прислушиваясь к улице. Свист в разных точках достиг высшей силы, а потом стал спадать. Скандал, к удивлению Римского, ликвидировался как-то неожиданно быстро.

Наставала пора действовать, приходилось пить горькую чашу ответственности. Аппараты были исправлены во время третьего отделения, надо было звонить, сообщать о происшедшем, просить помощи, отвираться, валить все на Лиходеева, выгораживать самого себя и так далее. Тьфу ты дьявол!

Два раза расстроенный директор клал руку на трубку и дважды ее снимал. И вдруг в мертвой тишине кабинета сам аппарат разразился звоном прямо в лицо финдиректора, и тот вздрогнул и похолодел. «Однако у меня здорово расстроились нервы», — подумал он и поднял трубку. Тотчас же отшатнулся от нее и стал белее бумаги. Тихий, в то же время вкрадчивый и развратный женский голос шепнул в трубку:

— Не звони, Римский, никуда, худо будет.

Трубка тут же опустела. Чувствуя мурашки в спине, финдиректор положил трубку и оглянулся почему-то на окно за своей спиной. Сквозь редкие и еще слабо покрытые зеленью ветки клена он увидел луну, бегущую в прозрачном облачке. Почему-то приковавшись к ветвям, Римский смотрел на них, и чем больше смотрел, тем сильнее и сильнее его охватывал страх.

Сделав над собою усилие, финдиректор отвернулся наконец от лунного окна и поднялся. Никакого разговора о том, чтобы звонить, больше и быть не могло, и теперь финдиректор думал только об одном — как бы ему поскорее уйти из театра.

Он прислушался: здание театра молчало. Римский понял, что он давно один во всем втором этаже, и детский неодолимый страх овладел им при этой мысли. Он без содрогания не мог подумать о том, что ему придется сейчас идти одному по пустым коридорам и спускаться по лестнице. Он лихорадочно схватил со стола гипнотизерские червонцы, спрятал их в портфель и кашлянул, чтобы хоть чуточку подбодрить себя. Кашель вышел хрипловатым, слабым.

И здесь ему показалось, что из-под двери кабинета потянуло вдруг гниловатой сыростью. Дрожь прошла по спине финдиректора. А тут еще ударили неожиданно часы и стали бить полночь. И даже бой вызвал дрожь в финдиректоре. Но окончательно его сердце упало, когда он услышал, что в замке двери тихонько поворачивается английский ключ. Вцепившись в портфель влажными, холодными руками, финдиректор чувствовал, что, если еще немного продлится этот шорох в скважине, он не выдержит и пронзительно закричит.

Наконец дверь уступила чьим-то усилиям, раскрылась, и в кабинет бесшумно вошел Варенуха. Римский как стоял, так и сел в кресло, потому что ноги его подогнулись. Набрав воздуху в грудь, он улыбнулся как бы заискивающей улыбкой и тихо молвил:

— Боже, как ты меня испугал!

Да, это внезапное появление могло испугать кого угодно, и тем не менее в то же время оно являлось большою радостью. Высунулся хоть один кончик в этом запутанном деле.

— Ну, говори же скорей! Ну! Ну! — прохрипел Римский, цепляясь за этот кончик. — Что все это значит?!

— Прости, пожалуйста, — глухим голосом отозвался вошедший, закрывая дверь, — я думал, что ты уже ушел.

И Варенуха, не снимая кепки, прошел к креслу и сел по другую сторону стола.

Надо сказать, что в ответе Варенухи обозначилась легонькая странность, которая сразу кольнула финдиректора, в чувствительности своей могущего поспорить с сейсмографом любой из лучших станций мира. Как же так? Зачем же Варенуха шел в кабинет финдиректора, ежели полагал, что его там нету? Ведь у него есть свой кабинет. Это — раз. А второе: из какого бы входа Варенуха ни вошел в здание, он неизбежно должен был встретить одного из ночных дежурных, а тем всем было объявлено, что Григорий Данилович на некоторое время задержится в своем кабинете.

Но долго по поводу этой странности финдиректор не стал размышлять. Не до того было.

— Почему же ты не позвонил? Что означает вся эта петрушка с Ялтой?

— Ну, то, что я и говорил, — причмокнув, как будто его беспокоил больной зуб, ответил администратор, — нашли его в трактире в Пушкине.

— Как в Пушкине? Это под Москвой? А телеграммы из Ялты?!

— Какая там, к черту, Ялта! Напоил пушкинского телеграфиста, и начали оба безобразничать, в том числе посылать телеграммы с пометкой «Ялта».

— Ага... Ага... Ну ладно, ладно... — не проговорил, а как бы пропел Римский. Глаза его засветились желтеньким светом. В голове сложилась праздничная картина позорного снятия Степы с работы. Освобождение! Долгожданное освобождение финдиректора от этого бедствия в лице Лиходеева! А может, Степан Богданович добьется чего-нибудь и похуже снятия... — Подробности! — сказал Римский, стукнув пресс-папье по столу.

И Варенуха начал рассказывать подробности. Лишь только он явился туда, куда был отправлен финдиректором, его немедленно приняли и выслушали внимательнейшим образом. Никто, конечно, и мысли не допустил о том, что Степа может быть в Ялте. Все сейчас же согласились с предположением Варенухи, что Лиходеев, конечно, в пушкинской «Ялте».

— Где же он сейчас? — перебил администратора взволнованный финдиректор.

— Ну, где же ему быть, — ответил, криво ухмыльнувшись, администратор, — натурально, в вытрезвителе.

— Ну, ну! Ай, спасибо!

А Варенуха продолжал свое повествование. И чем больше он повествовал, тем ярче перед финдиректором разворачивалась длиннейшая цепь лиходеевских хамств и безобразий, и всякое последующее звено в этой цепи было хуже предыдущего. Чего стоила хотя бы пьяная пляска в обнимку с телеграфистом на лужайке перед пушкинским телеграфом под звуки какой-то праздношатающейся гармоники! Гонка за какими-то гражданками, визжащими от ужаса! Попытка подраться с буфетчиком в самой «Ялте»! Разбрасывание зеленого лука по полу той же «Ялты». Разбитие восьми бутылок белого сухого «Ай-Даниля». Поломка счетчика у шофера такси, не пожелавшего подать Степе машину. Угроза арестовать граждан, пытавшихся прекратить Степины паскудства. Словом, темный ужас.

Степа был хорошо известен в театральных кругах Москвы, и все знали, что человек этот — не подарочек. Но все-таки то, что рассказывал администратор про него, даже и для Степы было чересчур. Да, чересчур. Даже очень чересчур...

Колючие глаза Римского через стол врезались в лицо администратора, и чем дальше тот говорил, тем мрачнее становились эти глаза. Чем жизненнее и красочнее становились те гнусные подробности, которыми уснащал свою повесть администратор... тем менее верил рассказчику финдиректор. Когда же Варенуха сообщил, что Степа распоясался до того, что пытался оказать сопротивление тем, кто приехал за ним, чтобы вернуть его в Москву, финдиректор уже твердо знал, что все, что рассказывает ему вернувшийся в полночь администратор, все — ложь! Ложь от первого до последнего слова.

Варенуха не ездил в Пушкино, и самого Степы в Пушкине тоже не было. Не было пьяного телеграфиста, не было разбитого стекла в трактире, Степу не вязали веревками... — ничего этого не было.

Лишь только финдиректор утвердился в мысли, что администратор ему лжет, страх пополз по его телу, начиная с ног, и дважды опять-таки почудилось финдиректору, что потянуло по полу гнилой малярийной сыростью. Ни на мгновение не сводя глаз с администратора, как-то странно корчившегося в кресле, все время стремящегося не выходить из-под голубой тени настольной лампы, как-то удивительно прикрывавшегося якобы от мешающего ему света лампочки газетой, — финдиректор думал только об одном, что же значит все это? Зачем так нагло лжет ему в пустынном и молчащем здании слишком поздно вернувшийся к нему администратор? И сознание опасности, неизвестной, но грозной опасности, начало томить душу финдиректора.

Делая вид, что не замечает уверток администратора и фокусов его с газетой, финдиректор рассматривал его лицо, почти уже не слушая того, что плел Варенуха. Было кое-что, что представлялось еще более необъяснимым, чем неизвестно зачем выдуманный клеветнический рассказ о похождениях в Пушкине, и это что-то было изменением во внешности и в манерах администратора.

Как тот ни натягивал утиный козырек кепки на глаза, чтобы бросить тень на лицо, как ни вертел газетным листом, — финдиректору удалось рассмотреть громадный синяк с правой стороны лица у самого носа. Кроме того, полнокровный обычно администратор был теперь бледен меловой нездоровою бледностью, а на шее у него в душную ночь зачем-то было наверчено старенькое полосатое кашне. Если же к этому прибавить появившуюся у администратора за время его отсутствия отвратительную манеру присасывать и причмокивать, резкое изменение голоса, ставшего глухим и грубым, вороватость и трусливость в глазах, — можно было смело сказать, что Иван Савельевич Варенуха стал неузнаваем.

Что-то еще жгуче беспокоило финдиректора, но что именно, он не мог понять, как ни напрягал воспаленный мозг, сколько ни всматривался в Варенуху. Одно он мог утверждать, что было что-то невиданное, неестественное в этом соединении администратора с хорошо знакомым креслом.

— Ну, одолели наконец, погрузили в машину, — гудел Варенуха, выглядывая из-за листка и ладонью прикрывая синяк.

Римский вдруг протянул руку и как бы машинально ладонью, в то же время поигрывая пальцами по столу, нажал пуговку электрического звонка и обмер.

В пустом здании непременно был бы слышен резкий сигнал. Но этого сигнала не последовало, и пуговка безжизненно погрузилась в доску стола. Пуговка была мертва, звонок испорчен.

Хитрость финдиректора не ускользнула от Варенухи, который спросил, передернувшись, причем в глазах его мелькнул явный злобный огонь:

— Ты чего звонишь?

— Машинально, — глухо ответил финдиректор, отдернул руку и, в свою очередь, нетвердым голосом спросил: — Что это у тебя на лице?

— Машину занесло, ударился об ручку двери, — ответил Варенуха, отводя глаза.

«Лжет!» — воскликнул мысленно финдиректор. И тут вдруг его глаза округлились и стали совершенно безумными, и он уставился в спинку кресла.

Сзади кресла, на полу, лежали две перекрещенные тени, одна погуще и почернее, другая слабая и серая. Отчетливо была видна на полу теневая спинка кресла и его заостренные ножки, но над спинкою на полу не было теневой головы Варенухи, равно как под ножками не было ног администратора.

«Он не отбрасывает тени!» — отчаянно мысленно вскричал Римский. Его ударила дрожь.

Варенуха воровато оглянулся, следуя безумному взору Римского, за спинку кресла и понял, что он открыт.

Он поднялся с кресла (то же сделал и финдиректор) и отступил от стола на шаг, сжимая в руках портфель.

— Догадался, проклятый! Всегда был смышлен, — злобно ухмыльнувшись совершенно в лицо финдиректору, проговорил Варенуха, неожиданно отпрыгнул от кресла к двери и быстро двинул вниз пуговку английского замка. Финдиректор отчаянно оглянулся, отступая к окну, ведущему в сад, и в этом окне, заливаемом луною, увидел прильнувшее к стеклу лицо голой девицы и ее голую руку, просунувшуюся в форточку и старающуюся открыть нижнюю задвижку. Верхняя уже была открыта.

Римскому показалось, что свет в настольной лампе гаснет и что письменный стол наклоняется. Римского окатило ледяной волной, но, к счастью для себя, он превозмог себя и не упал. Остатка его сил хватило на то, чтобы шепнуть, но не крикнуть:

— Помогите...

Варенуха, карауля дверь, подпрыгивал возле нее, подолгу застревая в воздухе и качаясь в нем. Скрюченными пальцами он махал в сторону Римского, шипел и чмокал, подмигивал девице в окне.

Та заспешила, всунула рыжую голову в форточку, вытянула сколько могла руку, ногтями начала царапать нижний шпингалет и потрясать раму. Рука ее стала удлиняться, как резиновая, и покрылась трупной зеленью. Наконец зеленые пальцы мертвой обхватили головку шпингалета, повернули ее, и рама стала открываться. Римский слабо вскрикнул, прислонился к стене и портфель выставил вперед, как щит. Он понимал, что пришла его гибель.

Рама широко распахнулась, но вместо ночной свежести и аромата лип в комнату ворвался запах погреба. Покойница вступила на подоконник. Римский отчетливо видел пятна тления на ее груди.

И в это время радостный неожиданный крик петуха долетел из сада, из того низкого здания за тиром, где содержались птицы, участвовавшие в программах. Горластый дрессированный петух трубил, возвещая, что к Москве с востока катится рассвет.

Дикая ярость исказила лицо девицы, она испустила хриплое ругательство, а Варенуха у дверей взвизгнул и обрушился из воздуха на пол.

Крик петуха повторился, девица щелкнула зубами, и рыжие ее волосы поднялись дыбом. С третьим криком петуха она повернулась и вылетела вон. И вслед за нею, подпрыгнув и вытянувшись горизонтально в воздухе, напоминая летящего купидона, выплыл медленно в окно через письменный стол Варенуха.

Седой как снег, без единого черного волоса старик, который недавно еще был Римским, подбежал к двери, отстегнул пуговку, открыл дверь и кинулся бежать по темному коридору. У поворота на лестницу он, стеная от страха, нащупал выключатель, и лестница осветилась. На лестнице трясущийся, дрожащий старик упал, потому что ему показалось, что на него сверху мягко обрушился Варенуха.

Сбежав вниз, Римский увидел дежурного, заснувшего на стуле у кассы в вестибюле. Римский прокрался мимо него на цыпочках и выскользнул в главную дверь. На улице ему стало несколько легче. Он настолько пришел в себя, что, хватаясь за голову, сумел сообразить, что шляпа его осталась в кабинете.

Само собой разумеется, что за нею он не вернулся, а, задыхаясь, побежал через широкую улицу на противоположный угол у кинотеатра, возле которого маячил красноватый тусклый огонек. Через минуту он был уже возле него. Никто не успел перехватить машину.

— К курьерскому ленинградскому, дам на чай, — тяжело дыша и держась за сердце, проговорил старик.

— В гараж еду, — с ненавистью ответил шофер и отвернулся.

Тогда Римский расстегнул портфель, вытащил оттуда пятьдесят рублей и протянул их сквозь открытое переднее окно шоферу.

Через несколько мгновений дребезжащая машина, как вихрь, летела по кольцу Садовой. Седока трепало на сиденье, и в осколке зеркала, повешенного перед шофером, Римский видел то радостные шоферские глаза, то безумные свои.

Выскочив из машины перед зданием вокзала, Римский крикнул первому попавшемуся человеку в белом фартуке и с бляхой:

— Первую категорию, один, тридцать дам, — комкая, он вынимал из портфеля червонцы, — нет первой — вторую, если нету — бери жесткий.

Человек с бляхой, оглядываясь на светящиеся часы, рвал из рук у Римского червонцы.

Через пять минут из-под стеклянного купола вокзала исчез курьерский и начисто пропал в темноте. С ним вместе пропал и Римский.

Глава 15

СОН НИКАНОРА ИВАНОВИЧА

Нетрудно догадаться, что толстяк с багровой физиономией, которого поместили в клинике в комнате № 119, был Никанор Иванович Босой.

Попал он, однако, к профессору Стравинскому не сразу, а предварительно побывав в другом месте.

От другого этого места у Никанора Ивановича осталось в воспоминании мало чего. Помнился только письменный стол, шкаф и диван.

Там с Никанором Ивановичем, у которого перед глазами как-то мутилось от приливов крови и душевного возбуждения, вступили в разговор, но разговор вышел какой-то странный, путаный, а вернее сказать, совсем не вышел.

Первый же вопрос, который был задан Никанору Ивановичу, был таков:

— Вы Никанор Иванович Босой, председатель домкома номер триста два-бис по Садовой?

На это Никанор Иванович, рассмеявшись страшным смехом, ответил буквально так:

— Я Никанор, конечно, Никанор! Но какой же я к шуту председатель?

— То есть как? — спросили у Никанора Ивановича, прищуриваясь.

— А так, — ответил он, — что ежели я председатель, то я сразу должен был установить, что он нечистая сила! А то что же это? Пенсне треснуло... весь в рванине... Какой же он может быть переводчик у иностранца!

— Про кого говорите? — спросили у Никанора Ивановича.

— Коровьев! — вскричал Никанор Иванович. — В пятидесятой квартире у нас засел! Пишите: Коровьев. Его немедленно надо изловить! Пишите: шестое парадное, там он.

— Откуда валюту взял? — задушевно спросили у Никанора Ивановича.

— Бог истинный, Бог всемогущий, — заговорил Никанор Иванович, — все видит, а мне туда и дорога. В руках никогда не держал и не подозревал, какая такая валюта! Господь меня наказует за скверну мою, — с чувством продолжал Никанор Иванович, то застегивая рубашку, то расстегивая, то крестясь, — брал! Брал, но брал нашими советскими! Прописывал за деньги, не спорю, бывало. Хорош и наш секретарь Пролежнев, тоже хорош! Прямо скажем, все воры в домоуправлении. Но валюты я не брал!

На просьбу не валять дурака, а рассказывать, как попали доллары в вентиляцию, Никанор Иванович стал на колени и качнулся, раскрывая рот, как бы желая проглотить паркетную шашку.

— Желаете, — промычал он, — землю буду есть, что не брал? А Коровьев — он черт.

Всякому терпению положен предел, и за столом уже повысили голос, намекнули Никанору Ивановичу, что ему пора заговорить на человеческом языке.

Тут комнату с этим самым диваном огласил дикий рев Никанора Ивановича, вскочившего с колен:

— Вот он! Вон он за шкафом! Вот ухмыляется! И пенсне его... Держите его! Окропить помещение!

Кровь отлила от лица Никанора Ивановича, он, дрожа, крестил воздух, метался к двери и обратно, запел какую-то молитву, и, наконец, понес полную околесину.

Стало совершенно ясно, что Никанор Иванович ни к каким разговорам не пригоден. Его вывели, поместили в отдельной комнате, где он несколько поутих и только молился и всхлипывал.

На Садовую, конечно, съездили и в квартире № 50 побывали. Но никакого Коровьева там не нашли, и никакого Коровьева никто в доме не знал и не видел. Квартира, занимаемая покойным Берлиозом и уехавшим в Ялту Лиходеевым, была совершенно пуста, и в кабинете мирно висели никем не поврежденные сургучные печати на шкафах. С тем и уехали с Садовой, причем с уехавшими отбыл растерянный и подавленный секретарь домоуправления Пролежнев.

Вечером Никанор Иванович был доставлен в клинику Стравинского. Там он повел себя настолько беспокойно, что ему пришлось сделать впрыскивание по рецепту Стравинского, и лишь после полуночи Никанор Иванович уснул в 119-й комнате, изредка издавая тяжелое страдальческое мычание.

Но чем далее, тем легче становился его сон. Он перестал ворочаться и стонать, задышал легко и ровно, и его оставили одного.

Тогда Никанора Ивановича посетило сновидение, в основе которого, несомненно, были его сегодняшние переживания. Началось с того, что Никанору Ивановичу привиделось, будто бы какие-то люди с золотыми трубами в руках подводят его, и очень торжественно, к большим лакированным дверям. У этих дверей спутники сыграли будто бы туш Никанору Ивановичу, а затем гулкий бас с небес весело сказал:

— Добро пожаловать, Никанор Иванович! Сдавайте валюту.

Удивившись крайне, Никанор Иванович увидел над собою черный громкоговоритель.

Затем он почему-то очутился в театральном зале, где под золоченым потолком сияли хрустальные люстры, а на стенах кенкеты. Все было как следует, как в небольшом по размерам, но очень богатом театре. Имелась сцена, задернутая бархатным занавесом, по темно-вишневому фону усеянным, как звездочками, изображениями золотых увеличенных десяток, суфлерская будка и даже публика.

Удивило Никанора Ивановича то, что вся эта публика была одного пола — мужского, и все почему-то с бородами. Кроме того, поражало, что в театральном зале не было стульев и вся эта публика сидела на полу, великолепно натертом и скользком.

Конфузясь в новом и большом обществе, Никанор Иванович, помявшись некоторое время, последовал общему примеру и уселся на паркете по-турецки, примостившись между каким-то рыжим здоровяком-бородачом и другим, бледным и сильно заросшим гражданином. Никто из сидящих не обратил внимания на новоприбывшего зрителя.

Тут послышался мягкий звон колокольчика, свет в зале потух, занавеси разошлись, и обнаружилась освещенная сцена с креслом, столиком, на котором был золотой колокольчик, и с глухим черным бархатным задником.

Из кулис тут вышел артист в смокинге, гладко выбритый и причесанный на пробор, молодой и с очень приятными чертами лица. Публика в зале оживилась, и все повернулись к сцене. Артист подошел к будке и потер руки.

— Сидите? — спросил он мягким баритоном и улыбнулся залу.

— Сидим, сидим, — хором ответили ему из зала тенора и басы.

— Гм... — заговорил задумчиво артист, — и как вам не надоест, я не понимаю? Все люди как люди, ходят сейчас по улицам, наслаждаются весенним солнцем и теплом, а вы здесь на полу торчите в душном зале! Неужто уж программа такая интересная? Впрочем, что кому нравится, — философски закончил артист.

Затем он переменил и тембр голоса, и интонацию и весело и звучно объявил:

— Итак, следующим номером нашей программы — Никанор Иванович Босой, председатель домового комитета и заведующий диетической столовкой. Попросим Никанора Ивановича!

Дружный аплодисмент был ответом артисту. Удивленный Никанор Иванович вытаращил глаза, а конферансье, закрывшись рукою от света рампы, нашел его взором среди сидящих и ласково поманил его пальцем на сцену. И Никанор Иванович, не помня как, оказался на сцене.

В глаза ему снизу и спереди ударил свет цветных ламп, отчего сразу провалился в темноту зал с публикой.

— Ну-с, Никанор Иванович, покажите нам пример, — задушевно заговорил молодой артист, — и сдавайте валюту.

Наступила тишина. Никанор Иванович перевел дух и тихо заговорил:

— Богом клянусь, что...

Но не успел он выговорить эти слова, как весь зал разразился криками негодования. Никанор Иванович растерялся и умолк.

— Насколько я понял вас, — заговорил ведущий программу, — вы хотели поклясться богом, что у вас нет валюты? — И он участливо поглядел на Никанора Ивановича.

— Так точно, нету, — ответил Никанор Иванович.

— Так, — отозвался артист, — а простите за нескромность: откуда же взялись четыреста долларов, обнаруженные в уборной той квартиры, единственным обитателем коей являетесь вы с вашей супругой?

— Волшебные! — явно иронически сказал кто-то в темном зале.

— Так точно, волшебные, — робко ответил Никанор Иванович по неопределенному адресу, не то артисту, не то в темный зал, и пояснил: — Нечистая сила, клетчатый переводчик подбросил.

И опять негодующе взревел зал. Когда же настала тишина, артист сказал:

— Вот какие басни Лафонтена приходится мне выслушивать! Подбросили четыреста долларов! Вот вы: все вы здесь валютчики! Обращаюсь к вам как к специалистам — мыслимое ли это дело?

— Мы не валютчики, — раздались отдельные обиженные голоса в театре, — но дело это немыслимое.

— Целиком присоединяюсь, — твердо сказал артист, — и спрошу вас: что могут подбросить?

— Ребенка! — крикнул кто-то из зала.

— Абсолютно верно, — подтвердил ведущий программу, — ребенка, анонимное письмо, прокламацию, адскую машину, мало ли что еще, но четыреста долларов никто не станет подбрасывать, ибо такого идиота в природе не имеется. — И, обратившись к Никанору Ивановичу, артист добавил укоризненно и печально: — Огорчили вы меня, Никанор Иванович! А я-то на вас надеялся. Итак, номер наш не удался.

В зале раздался свист по адресу Никанора Ивановича.

— Валютчик он! — выкрикивали в зале. — Из-за таких-то и мы невинно терпим!

— Не ругайте его, — мягко сказал конферансье, — он раскается. — И, обратив к Никанору Ивановичу полные слез голубые глаза, добавил: — Ну, идите, Никанор Иванович, на место!

После этого артист позвонил в колокольчик и громко объявил:

— Антракт, негодяи!

Потрясенный Никанор Иванович, неожиданно для себя ставший участником какой-то театральной программы, опять оказался на своем месте на полу. Тут ему приснилось, что зал погрузился в полную тьму и что на стенах выскочили красные горящие слова: «Сдавайте валюту!» Потом опять раскрылся занавес и конферансье пригласил:

— Попрошу на сцену Сергея Герардовича Дунчиль.

Дунчиль оказался благообразным, но сильно запущенным мужчиной лет пятидесяти.

— Сергей Герардович, — обратился к нему конферансье, — вот уже полтора месяца вы сидите здесь, упорно отказываясь сдать оставшуюся у вас валюту, в то время как страна нуждается в ней, а вам она совершенно ни к чему, а вы все-таки упорствуете. Вы — человек интеллигентный, прекрасно все это понимаете и все же не хотите пойти мне навстречу.

— К сожалению, ничего сделать не могу, так как валюты у меня больше нет, — спокойно ответил Дунчиль.

— Так нет ли, по крайней мере, бриллиантов? — спросил артист.

— И бриллиантов нет.

Артист повесил голову и задумался, а потом хлопнул в ладоши. Из кулисы вышла на сцену средних лет дама, одетая по моде, то есть в пальто без воротника и в крошечной шляпке. Дама имела встревоженный вид, а Дунчиль поглядел на нее, не шевельнув бровью.

— Кто эта дама? — спросил ведущий программу у Дунчиля.

— Это моя жена, — с достоинством ответил Дунчиль и посмотрел на длинную шею дамы с некоторым отвращением.

— Мы потревожили вас, мадам Дунчиль, — отнесся к даме конферансье, — вот по какому поводу: мы хотели вас спросить, есть ли еще у вашего супруга валюта?

— Он тогда все сдал, — волнуясь, ответила мадам Дунчиль.

— Так, — сказал артист, — ну, что же, раз так, то так. Если все сдал, то нам надлежит немедленно расстаться с Сергеем Герардовичем, что же поделаешь! Если угодно, вы можете покинуть театр, Сергей Герардович, — и артист сделал царственный жест.

Дунчиль спокойно и с достоинством повернулся и пошел к кулисе.

— Одну минуточку! — остановил его конферансье. — Позвольте мне на прощанье показать вам еще один номер из нашей программы, — и опять хлопнул в ладоши.

Черный задний занавес раздвинулся, и на сцену вышла юная красавица в бальном платье, держащая в руках золотой подносик, на котором лежала толстая пачка, перевязанная конфетной лентой, и бриллиантовое колье, от которого во все стороны отскакивали синие, желтые и красные огни.

Дунчиль отступил на шаг, и лицо его покрылось бледностью. Зал замер.

— Восемнадцать тысяч долларов и колье в сорок тысяч золотом, — торжественно объявил артист, — хранил Сергей Герардович в городе Харькове в квартире своей любовницы Иды Геркулановны Ворс, которую мы имеем удовольствие видеть перед собою и которая любезно помогла обнаружить эти бесценные, но бесцельные в руках частного лица сокровища. Большое спасибо, Ида Геркулановна.

Красавица, улыбнувшись, сверкнула зубами, и мохнатые ее ресницы дрогнули.

— А под вашею полною достоинства личиною, — отнесся артист к Дунчилю, — скрывается жадный паук и поразительный охмуряло и врун. Вы извели всех за полтора месяца своим тупым упрямством. Ступайте же теперь домой, и пусть тот ад, который устроит вам ваша супруга, будет вам наказанием.

Дунчиль качнулся и, кажется, хотел повалиться, но чьи-то участливые руки подхватили его. Тут рухнул передний занавес и скрыл всех бывших на сцене.

Бешеные рукоплескания потрясли зал до того, что Никанору Ивановичу показалось, будто в люстрах запрыгали огни. А когда передний черный занавес ушел вверх, на сцене уже никого не было, кроме одинокого артиста. Он сорвал второй залп рукоплесканий, раскланялся и заговорил:

— В лице этого Дунчиля перед вами выступил в нашей программе типичный осел. Ведь я же имел удовольствие говорить вчера, что тайное хранение валюты является бессмыслицей. Использовать ее никто не может ни при каких обстоятельствах, уверяю вас. Возьмем хотя бы этого Дунчиля. Он получает великолепное жалованье и ни в чем не нуждается. У него прекрасная квартира, жена и красавица любовница. Так нет же, вместо того чтобы жить тихо и смирно, без всяких неприятностей, сдав валюту и камни, этот корыстный болван добился все-таки того, что был разоблачен при всех и на закуску нажил крупнейшую семейную неприятность. Итак, кто сдает? Нет желающих? В таком случае следующим номером нашей программы — известный драматический талант, артист Куролесов Савва Потапович, специально приглашенный, исполнит отрывки из «Скупого рыцаря» поэта Пушкина.

Обещанный Куролесов не замедлил появиться на сцене и оказался рослым и мясистым бритым мужчиной во фраке и белом галстухе.

Без всяких предисловий он скроил мрачное лицо, сдвинул брови и заговорил ненатуральным голосом, косясь на золотой колокольчик:

— Как молодой повеса ждет свиданья с какой-нибудь развратницей лукавой...

И Куролесов рассказал о себе много нехорошего. Никанор Иванович слышал, как Куролесов признавался в том, что какая-то несчастная вдова, воя, стояла перед ним на коленях под дождем, но не тронула черствого сердца артиста. Никанор Иванович до своего сна совершенно не знал произведений поэта Пушкина, но самого его знал прекрасно и ежедневно по несколько раз произносил фразы вроде: «А за квартиру Пушкин платить будет?» или «Лампочку на лестнице, стало быть, Пушкин вывинтил?», «Нефть, стало быть, Пушкин покупать будет?»

Теперь, познакомившись с одним из его произведений, Никанор Иванович загрустил, представил себе женщину на коленях, с сиротами, под дождем, и невольно подумал: «А тип все-таки этот Куролесов!»

А тот, все повышая голос, продолжал каяться и окончательно запутал Никанора Ивановича, потому что вдруг стал обращаться к кому-то, кого на сцене не было, и за этого отсутствующего сам же себе и отвечал, причем называя себя то «государем», то «бароном», то «отцом», то «сыном», то на «вы», а то на «ты».

Никанор Иванович понял только одно, что помер артист злою смертью, прокричав: «Ключи! Ключи мои!» — повалившись после этого на пол, хрипя и осторожно срывая с себя галстух.

Умерев, Куролесов поднялся, отряхнул пыль с фрачных брюк, поклонился, улыбнувшись фальшивой улыбкой, и удалился при жидких аплодисментах. А конферансье заговорил так:

— Мы прослушали с вами в замечательном исполнении Саввы Потаповича «Скупого рыцаря». Этот рыцарь надеялся, что резвые нимфы сбегутся к нему и произойдет еще многое приятное в том же духе. Но, как видите, ничего этого не случилось, никакие нимфы не сбежались к нему, и музы ему дань не принесли, и чертогов он никаких не воздвиг, а, наоборот, кончил очень скверно, помер к чертовой матери от удара на своем сундуке с валютой и камнями. Предупреждаю вас, что и с вами случится что-нибудь в этом роде, если только не хуже, ежели вы не сдадите валюту!

Поэзия ли Пушкина произвела такое впечатление или прозаическая речь конферансье, но только вдруг из зала раздался застенчивый голос:

— Я сдаю валюту.

— Милости прошу на сцену, — вежливо пригласил конферансье, всматриваясь в темный зал.

И на сцене оказался маленького роста белокурый гражданин, судя по лицу, не брившийся около трех недель.

— Виноват, как ваша фамилия? — осведомился конферансье.

— Канавкин Николай, — застенчиво отозвался появившийся.

— А! Очень приятно, гражданин Канавкин, итак?

— Сдаю, — тихо сказал Канавкин.

— Сколько?

— Тысячу долларов и двадцать золотых десяток.

— Браво! Все, что есть?

Ведущий программу уставился прямо в глаза Канавкину, и Никанору Ивановичу даже показалось, что из этих глаз брызнули лучи, пронизывающие Канавкина насквозь, как бы рентгеновские лучи. В зале перестали дышать.

— Верю! — наконец воскликнул артист и погасил свой взор. — Верю! Эти глаза не лгут. Ведь сколько же раз я говорил вам, что основная ваша ошибка заключается в том, что вы недооцениваете значение человеческих глаз. Поймите, что язык может скрывать истину, а глаза — никогда! Вам задают внезапный вопрос, вы даже не вздрагиваете, в одну секунду вы овладеваете собой и знаете, что нужно сказать, чтобы укрыть истину, и весьма убедительно говорите, и ни одна складка на вашем лице не шевельнется, но, увы, встревоженная вопросом истина со дна души на мгновение прыгает в глаза, и все кончено. Она замечена, а вы пойманы!

Произнеся, и с большим жаром, эту очень убедительную речь, артист ласково осведомился у Канавкина:

— Где же спрятаны?

— У тетки моей, Пороховниковой, на Пречистенке...

— А! Это... постойте... это у Клавдии Ильиничны, что ли?

— Да.

— Ах да, да, да, да! Маленький особнячок? Напротив еще палисадничек? Как же, знаю, знаю! А куда ж вы их там засунули?

— В погребе, в коробке из-под Эйнема...

Артист всплеснул руками.

— Видали вы что-нибудь подобное? — вскричал он огорченно. — Да ведь они ж там заплесневеют, отсыреют! Ну мыслимо ли таким людям доверить валюту? А? Чисто как дети, ей-богу!

Канавкин и сам понял, что нагрубил и проштрафился, и повесил свою хохлатую голову.

— Деньги, — продолжал артист, — должны храниться в госбанке, в специальных сухих и хорошо охраняемых помещениях, а отнюдь не в теткином погребе, где их могут, в частности, попортить крысы! Право, стыдно, Канавкин! Ведь вы же взрослый человек.

Канавкин уж не знал, куда и деваться, и только колупал пальцем борт своего пиджачка.

— Ну ладно, — смягчился артист, — кто старое помянет... — И вдруг добавил неожиданно: — Да, кстати... за одним разом чтобы... чтоб машину зря не гонять... у тетки этой самой ведь тоже есть, а?

Канавкин, никак не ожидавший такого оборота дела, дрогнул, и в театре наступило молчание.

— Э, Канавкин, — укоризненно-ласково сказал конферансье, — а я-то еще похвалил его! На-те, взял да и засбоил ни с того ни с сего! Нелепо это, Канавкин! Ведь я только что говорил про глаза. Ведь видно, что у тетки есть. Ну, чего вы нас зря терзаете?

— Есть! — залихватски крикнул Канавкин.

— Браво! — крикнул конферансье.

— Браво! — страшно взревел зал.

Когда утихло, конферансье поздравил Канавкина, пожал ему руку, предложил отвезти в город в машине домой и в этой же машине приказал кому-то в кулисах заехать за теткой и просить ее пожаловать в женский театр на программу.

— Да, я хотел спросить, тетка не говорила, где свои прячет? — осведомился конферансье, любезно предлагая Канавкину папиросу и зажженную спичку. Тот, закуривая, усмехнулся как-то тоскливо.

— Верю, верю, — вздохнув, отозвался артист, — эта старая сквалыга не то что племяннику — черту не скажет этого. Ну, что же, попробуем пробудить в ней человеческие чувства. Быть может, еще не все струны сгнили в ее ростовщичьей душонке. Всего доброго, Канавкин!

И счастливый Канавкин уехал. Артист осведомился, нет ли еще желающих сдать валюту, но получил в ответ молчание.

— Чудаки, ей-богу! — пожав плечами, проговорил артист, и занавес скрыл его.

Лампы погасли, некоторое время была тьма, и издалека в ней слышался нервный тенор, который пел:

«Там груды золота лежат, и мне они принадлежат».

Потом откуда-то издалека дважды донесся аплодисмент.

— В женском театре дамочка какая-то сдает, — неожиданно заговорил рыжий бородатый сосед Никанора Ивановича и, вздохнув, прибавил: — Эх, кабы не гуси мои! У меня, милый человек, бойцовые гуси в Лианозове. Подохнут они, боюсь, без меня. Птица боевая, нежная, она требует ухода... Эх, кабы не гуси! Пушкиным-то меня не удивишь, — и он опять завздыхал.

Тут зал осветили ярко, и Никанору Ивановичу стало сниться, что из всех дверей в него посыпались повара в белых колпаках и с разливными ложками в руках. Поварята втащили в зал чан с супом и лоток с нарезанным черным хлебом. Зрители оживились. Веселые повара шныряли между театралами, разливали суп в миски и раздавали хлеб.

— Обедайте, ребята, — кричали повара, — и сдавайте валюту! Чего вам зря здесь сидеть? Охота была эту баланду хлебать. Поехал домой, выпил как следует, закусил, хорошо!

— Ну, чего ты, например, засел здесь, отец? — обратился непосредственно к Никанору Ивановичу толстый с малиновой шеей повар, протягивая ему миску, в которой в жидкости одиноко плавал капустный лист.

— Нету! Нету! Нету у меня! — страшным голосом прокричал Никанор Иванович. — Понимаешь, нету!

— Нету? — грозным басом взревел повар. — Нету? — женским ласковым голосом спросил он. — Нету, нету, — успокоительно забормотал он, превращаясь в фельдшерицу Прасковью Федоровну.

Та ласково трясла стонущего во сне Никанора Ивановича за плечо. Тогда растаяли повара и развалился театр с занавесом. Никанор Иванович сквозь слезы разглядел свою комнату в лечебнице и двух в белых халатах, но отнюдь не развязных поваров, сующихся к людям со своими советами, а доктора и все ту же Прасковью Федоровну, держащую в руках не миску, а тарелочку, накрытую марлей, с лежащим на ней шприцем.

— Ведь это ж что же, — горько говорил Никанор Иванович, пока ему делали укол, — нету у меня и нету! Пусть Пушкин им сдает валюту. Нету!

— Нету, нету, — успокаивала добросердечная Прасковья Федоровна, — а на нет и суда нет.

Никанору Ивановичу полегчало после впрыскивания, и он заснул без всяких сновидений.

Но благодаря его выкрикам тревога передалась в 120-ю комнату, где больной проснулся и стал искать свою голову, и в 118-ю, где забеспокоился неизвестный мастер и в тоске заломил руки, глядя на луну, вспоминая горькую, последнюю в жизни осеннюю ночь, полоску света из-под двери в подвале и развившиеся волосы.

Из 118-й комнаты тревога по балкону перелетела к Ивану, и он проснулся и заплакал.

Но врач быстро успокоил всех встревоженных, скорбных главою, и они стали засыпать. Позднее всех забылся Иван, когда над рекой уже светало. После лекарства, напоившего все его тело, успокоение пришло к нему, как волна, накрывшая его. Тело его облегчилось, а голову обдувала теплым ветерком дрема. Он заснул, и последнее, что он слышал наяву, было предрассветное щебетание птиц в лесу. Но они вскоре умолкли, и ему стало сниться, что солнце уже снижалось над Лысой Горой, и была эта гора оцеплена двойным оцеплением...

Глава 16

КАЗНЬ

Солнце уже снижалось над Лысой Горой, и была эта гора оцеплена двойным оцеплением.

Та кавалерийская ала, что перерезала путь прокуратору около полудня, рысью вышла к Хевронским воротам города. Путь для нее уже был приготовлен. Пехотинцы каппадокийской когорты отдавили в стороны скопища людей, мулов и верблюдов, и ала, рыся и подымая до неба белые столбы пыли, вышла на перекресток, где сходились две дороги: южная, ведущая в Вифлеем, и северо-западная — в Яффу. Ала понеслась по северо-западной дороге. Те же каппадокийцы были рассыпаны по краям дороги, и заблаговременно они согнали с нее в стороны все караваны, спешившие на праздник в Ершалаим. Толпы богомольцев стояли за каппадокийцами, покинув свои временные полосатые шатры, раскинутые прямо на траве. Пройдя около километра, ала обогнала вторую когорту Молниеносного легиона и первая подошла, покрыв еще один километр, к подножию Лысой Горы. Здесь она спешилась. Командир рассыпал алу на взводы, и они оцепили все подножие невысокого холма, оставив свободным только один подъем на него с Яффской дороги.

Через некоторое время за алой к холму пришла вторая когорта, поднялась на один ярус выше и венцом опоясала гору.

Наконец подошла кентурия под командой Марка Крысобоя. Она шла, растянутая двумя цепями по краям дороги, а между этими цепями, под конвоем тайной стражи, ехали в повозке трое осужденных с белыми досками на шее, на каждой из которых было написано «Разбойник и мятежник» на двух языках — арамейском и греческом. За повозкой осужденных двигались другие, нагруженные свежеотесанными столбами с перекладинами, веревками, лопатами, ведрами и топорами. На этих повозках ехали шесть палачей. За ними верхом ехали кентурион Марк, начальник храмовой стражи Ершалаима и тот самый человек в капюшоне, с которым Пилат имел мимолетное совещание в затемненной комнате во дворце. Замыкалась процессия солдатскою цепью, а за нею уже шло около двух тысяч любопытных, не испугавшихся адской жары и желавших присутствовать при интересном зрелище.

К этим любопытным из города присоединились теперь любопытные богомольцы, которых беспрепятственно пропускали в хвост процессии. Под тонкие выкрики глашатаев, сопровождавших колонну и кричавших то, что около полудня прокричал Пилат, она втянулась на Лысую Гору.

Ала пропустила всех во второй ярус, а вторая кентурия наверх пропустила только тех, кто имел отношение к казни, а затем, быстро маневрируя, рассеяла толпу вокруг всего холма, так что та оказалась между пехотным оцеплением вверху и кавалерийским внизу. Теперь она могла видеть казнь сквозь неплотную цепь пехотинцев.

Итак, прошло со времени подъема процессии на гору более трех часов, и солнце уже снижалось над Лысой Горой, но жар еще был невыносим, и солдаты в обоих оцеплениях страдали от него, томились от скуки и в душе проклинали трех разбойников, искренне желая им скорейшей смерти.

Маленький командир алы со взмокшим лбом и в темной от пота на спине белой рубахе, находившийся внизу холма у открытого подъема, то и дело подходил к кожаному ведру в первом взводе, черпал из него пригоршнями воду, пил и мочил свой тюрбан. Получив от этого некоторое облегчение, он отходил и вновь начинал мерить взад и вперед пыльную дорогу, ведущую на вершину. Длинный меч его стучал по кожаному шнурованному сапогу. Командир желал показать своим кавалеристам пример выносливости, но, жалея солдат, разрешил им из пик, воткнутых в землю, устроить пирамиды и набросить на них белые плащи. Под этими шалашами и скрывались от безжалостного солнца сирийцы. Ведра пустели быстро, и кавалеристы из разных взводов по очереди отправлялись за водой в балку под горой, где в жидкой тени тощих тутовых дерев доживал свои дни на этой дьявольской жаре мутноватый ручей. Тут же стояли, ловя нестойкую тень, и скучали коноводы, державшие присмиревших лошадей.

Томление солдат и брань их по адресу разбойников были понятны. Опасения прокуратора насчет беспорядков, которые могли произойти во время казни в ненавидимом им городе Ершалаиме, по счастью, не оправдались. И когда побежал четвертый час казни, между двумя цепями, верхней пехотой и кавалерией у подножья, не осталось, вопреки всем ожиданиям, ни одного человека. Солнце сожгло толпу и погнало ее обратно в Ершалаим. За цепью двух римских кентурий оказались только две неизвестно кому принадлежащие и зачем-то попавшие на холм собаки. Но и их сморила жара, и они легли, высунув языки, тяжело дыша и не обращая никакого внимания на зеленоспинных ящериц, единственных существ, не боящихся солнца и шныряющих меж раскаленными камнями и какими-то вьющимися по земле растениями с большими колючками.

Никто не сделал попытки отбивать осужденных ни в самом Ершалаиме, наводненном войсками, ни здесь, на оцепленном холме, и толпа вернулась в город, ибо, действительно, ровно ничего интересного не было в этой казни, а там, в городе, уже шли приготовления к наступающему вечером великому празднику Пасхи.

Римская пехота во втором ярусе страдала еще больше кавалеристов. Кентурион Крысобой единственно что разрешил солдатам — это снять шлемы и накрыться белыми повязками, смоченными водой, но держал солдат стоя и с копьями в руках. Сам он в такой же повязке, но не смоченной, а сухой, расхаживал невдалеке от группы палачей, не сняв даже со своей рубахи накладных серебряных львиных морд, не сняв поножей, меча и ножа. Солнце било прямо в кентуриона, не причиняя ему никакого вреда, и на львиные морды нельзя было взглянуть, глаза выедал ослепительный блеск как бы вскипавшего на солнце серебра.

На изуродованном лице Крысобоя не выражалось ни утомление, ни неудовольствие, и казалось, что великан кентурион в силах ходить так весь день, всю ночь и еще день, — словом, столько, сколько будет надо. Все так же ходить, наложив руки на тяжелый с медными бляхами пояс, все так же сурово поглядывать то на столбы с казнимыми, то на солдат в цепи, все так же равнодушно отбрасывая носком мохнатого сапога попадающиеся ему под ноги выбеленные временем человеческие кости или мелкие кремни.

Тот человек в капюшоне поместился невдалеке от столбов на трехногом табурете и сидел в благодушной неподвижности, изредка, впрочем, от скуки прутиком расковыривая песок.

То, что было сказано о том, что за цепью легионеров не было ни одного человека, не совсем верно. Один-то человек был, но просто не всем он был виден. Он поместился не на той стороне, где был открыт подъем на гору и с которой было удобнее всего видеть казнь, а в стороне северной, там, где холм был не отлог и доступен, а неровен, где были и провалы и щели, там, где, уцепившись в расщелине за проклятую небом безводную землю, пыталось жить больное фиговое деревцо.

Именно под ним, вовсе не дающим никакой тени, и утвердился этот единственный зритель, а не участник казни, и сидел на камне с самого начала, то есть вот уже четвертый час. Да, для того чтобы видеть казнь, он выбрал не лучшую, а худшую позицию. Но все-таки и с нее столбы были видны, видны были за цепью и два сверкающие пятна на груди кентуриона, а этого, по-видимому, для человека, явно желавшего остаться мало замеченным и никем не тревожимым, было совершенно достаточно.

Но часа четыре тому назад, при начале казни, этот человек вел себя совершенно не так и очень мог быть замечен, отчего, вероятно, он и переменил теперь свое поведение и уединился.

Тогда, лишь только процессия вышла на самый верх за цепью, он и появился впервые и притом как человек явно опоздавший. Он тяжело дышал и не шел, а бежал на холм, толкался и, увидев, что перед ним, как и перед всеми другими, сомкнулась цепь, сделал наивную попытку, притворившись, что не понимает раздраженных окриков, прорваться между солдатами к самому месту казни, где уже снимали осужденных с повозки. За это он получил тяжкий удар тупым концом копья в грудь и отскочил от солдат, вскрикнув, но не от боли, а от отчаяния. Ударившего легионера он окинул мутным и совершенно равнодушным ко всему взором, как человек, не чувствительный к физической боли.

Кашляя и задыхаясь, держась за грудь, он обежал кругом холма, стремясь на северной стороне найти какую-нибудь щель в цепи, где можно было бы проскользнуть. Но было уже поздно. Кольцо сомкнулось. И человек с искаженным от горя лицом вынужден был отказаться от своих попыток прорваться к повозкам, с которых уже сняли столбы. Эти попытки ни к чему не привели бы, кроме того, что он был бы схвачен, а быть задержанным в этот день никоим образом не входило в его план.

И вот он ушел в сторону к расщелине, где было спокойнее и никто ему не мешал.

Теперь, сидя на камне, этот чернобородый, с гноящимися от солнца и бессонницы глазами человек тосковал. Он то вздыхал, открывая свой истасканный в скитаниях, из голубого превратившийся в грязно-серый таллиф, и обнажал ушибленную копьем грудь, по которой стекал грязный пот, то в невыносимой муке поднимал глаза в небо, следя за тремя стервятниками, давно уже плававшими в вышине большими кругами в предчувствии скорого пира, то вперял безнадежный взор в желтую землю и видел на ней полуразрушенный собачий череп и бегающих вокруг него ящериц.

Мучения человека были настолько велики, что по временам он заговаривал сам с собой.

— О, я глупец! — бормотал он, раскачиваясь на камне в душевной боли и ногтями царапая смуглую грудь. — Глупец, неразумная женщина, трус! Падаль я, а не человек!

Он умолкал, поникал головой, потом, напившись из деревянной фляги теплой воды, оживал вновь и хватался то за нож, спрятанный под таллифом на груди, то за кусок пергамента, лежащий перед ним на камне рядом с палочкой и пузырьком с тушью.

На этом пергаменте уже были набросаны записи:

«Бегут минуты, и я, Левий Матвей, нахожусь на Лысой Горе, а смерти все нет!»

Далее:

«Солнце склоняется, а смерти нет».

Теперь Левий Матвей безнадежно записал острой палочкой так:

«Бог! За что гневаешься на него? Пошли ему смерть».

Записав это, он бесслезно всхлипнул и опять ногтями изранил свою грудь.

Причина отчаяния Левия заключалась в той страшной неудаче, что постигла Иешуа и его, и, кроме того, в той тяжкой ошибке, которую он, Левий, по его мнению, совершил. Позавчера днем Иешуа и Левий находились в Вифании под Ершалаимом, где гостили у одного огородника, которому чрезвычайно понравились проповеди Иешуа. Все утро оба гостя проработали на огороде, помогая хозяину, а к вечеру собирались идти по холодку в Ершалаим. Но Иешуа почему-то заспешил, сказал, что у него в городе неотложное дело, и ушел около полудня один. Вот в этом-то и заключалась первая ошибка Левия Матвея. Зачем, зачем он отпустил его одного!

Вечером Матвею идти в Ершалаим не пришлось. Какая-то неожиданная и ужасная хворь поразила его. Его затрясло, тело его наполнилось огнем, он стал стучать зубами и поминутно просить пить. Никуда идти он не мог. Он повалился на попону в сарае огородника и провалялся на ней до рассвета пятницы, когда болезнь так же неожиданно отпустила Левия, как и напала на него. Хоть он был еще слаб и ноги его дрожали, он, томимый каким-то предчувствием беды, распростился с хозяином и отправился в Ершалаим. Там он узнал, что предчувствие его не обмануло. Беда случилась. Левий был в толпе и слышал, как прокуратор объявлял приговор.

Когда осужденных повели на гору, Левий Матвей бежал рядом с цепью в толпе любопытных, стараясь каким-нибудь образом незаметно дать знать Иешуа хотя бы уж то, что он, Левий, здесь, с ним, что он не бросил его на последнем пути и что он молится о том, чтобы смерть Иешуа постигла как можно скорее. Но Иешуа, смотрящий вдаль, туда, куда его увозили, конечно, Левия не видал.

И вот, когда процессия прошла около полуверсты по дороге, Матвея, которого толкали в толпе у самой цепи, осенила простая и гениальная мысль, и тотчас же, по своей горячности, он осыпал себя проклятиями за то, что она не пришла ему раньше. Солдаты шли не тесною цепью. Между ними были промежутки. При большой ловкости и очень точном расчете можно было, согнувшись, проскочить между двумя легионерами, дорваться до повозки и вскочить на нее. Тогда Иешуа спасен от мучений.

Одного мгновения достаточно, чтобы ударить Иешуа ножом в спину, крикнув ему: «Иешуа! Я спасаю тебя и ухожу вместе с тобою! Я, Матвей, твой верный и единственный ученик!»

А если бы Бог благословил еще одним свободным мгновением, можно было бы успеть заколоться и самому, избежав смерти на столбе. Впрочем, последнее мало интересовало Левия, бывшего сборщика податей. Ему было безразлично, как погибать. Он хотел одного, чтобы Иешуа, не сделавший никому в жизни ни малейшего зла, избежал бы истязаний.

План был очень хорош, но дело заключалось в том, что у Левия ножа с собою не было. Не было у него и ни одной монеты денег.

В бешенстве на себя Левий выбрался из толпы и побежал обратно в город. В горящей его голове прыгала только одна горячечная мысль о том, как сейчас же, каким угодно способом, достать в городе нож и успеть догнать процессию.

Он добежал до городских ворот, лавируя в толчее всасывавшихся в город караванов, и увидел по левую руку от себя раскрытую дверь лавчонки, где продавали хлеб. Тяжело дыша после бега по раскаленной дороге, Левий овладел собой, очень степенно вошел в лавчонку, приветствовал хозяйку, стоявшую за прилавком, попросил ее снять с полки верхний каравай, который почему-то ему понравился больше других, и, когда та повернулась, молча и быстро взял с прилавка то, чего лучше и быть не может, — отточенный, как бритва, длинный хлебный нож, и тотчас кинулся из лавки вон. Через несколько минут он вновь был на Яффской дороге. Но процессии уже не было видно. Он побежал. По временам ему приходилось валиться прямо в пыль и лежать неподвижно, чтобы отдышаться. И так он лежал, поражая проезжающих на мулах и шедших пешком в Ершалаим людей. Он лежал, слушая, как колотится его сердце не только в груди, но и в голове и в ушах. Отдышавшись немного, он вскакивал и продолжал бежать, но все медленнее и медленнее. Когда он наконец увидал пылящую вдали длинную процессию, она была уже у подножия холма.

— О Бог... — простонал Левий, понимая, что он опаздывает. И он опоздал.

Когда истек четвертый час казни, мучения Левия достигли наивысшей степени, и он впал в ярость. Поднявшись с камня, он швырнул на землю бесполезно, как он теперь думал, украденный нож, раздавил флягу ногою, лишив себя воды, сбросил с головы кефи, вцепился в свои жидкие волосы и стал проклинать себя.

Он проклинал себя, выкликая бессмысленные слова, рычал и плевался, поносил своего отца и мать, породивших на свет глупца.

Видя, что клятвы и брань не действуют и ничего от этого на солнцепеке не меняется, он сжал сухие кулаки, зажмурившись, вознес их к небу, к солнцу, которое сползало все ниже, удлиняя тени и уходя, чтобы упасть в Средиземное море, и потребовал у Бога немедленного чуда. Он требовал, чтобы Бог тотчас же послал Иешуа смерть.

Открыв глаза, он убедился в том, что на холме все без изменений, за исключением того, что пылавшие на груди кентуриона пятна потухли. Солнце посылало лучи в спины казнимых, обращенных лицом к Ершалаиму. Тогда Левий закричал:

— Проклинаю тебя, Бог!

Осипшим голосом он кричал о том, что убедился в несправедливости Бога и верить ему более не намерен.

— Ты глух! — рычал Левий. — Если б ты не был глухим, ты услышал бы меня и убил его тут же.

Зажмуриваясь, Левий ждал огня, который упадет на него с неба и поразит его самого. Этого не случилось, и, не разжимая век, Левий продолжал выкрикивать язвительные и обидные речи небу. Он кричал о полном своем разочаровании и о том, что существуют другие боги и религии. Да, другой бог не допустил бы того, никогда не допустил бы, чтобы человек, подобный Иешуа, был сжигаем солнцем на столбе.

— Я ошибался, — кричал совсем охрипший Левий, — ты бог зла! Или твои глаза совсем закрыл дым из курильниц храма, а уши твои перестали что-либо слышать, кроме трубных звуков священников? Ты не всемогущий Бог. Ты черный бог. Проклинаю тебя, бог разбойников, их покровитель и душа!

Тут что-то дунуло в лицо бывшему сборщику и что-то зашелестело у него под ногами. Дунуло еще раз, и тогда, открыв глаза, Левий увидел, что все в мире, под влиянием ли его проклятий или в силу каких-либо других причин, изменилось. Солнце исчезло, не дойдя до моря, в котором тонуло ежевечерне. Поглотив его, по небу с запада поднималась грозно и неуклонно грозовая туча. Края ее уже вскипали белой пеной, черное дымное брюхо отсвечивало желтым. Туча ворчала, и из нее время от времени вываливались огненные нити. По Яффской дороге, по скудной Гионской долине, над шатрами богомольцев, гонимые внезапно поднявшимся ветром, летели пыльные столбы. Левий умолк, стараясь сообразить, принесет ли гроза, которая сейчас накроет Ершалаим, какое-либо изменение в судьбе несчастного Иешуа. И тут же, глядя на нити огня, раскраивающие тучу, стал просить, чтобы молния ударила в столб Иешуа. В раскаянии глядя в чистое небо, которое еще не пожрала туча и где стервятники ложились на крыло, чтобы уходить от грозы, Левий подумал, что безумно поспешил со своими проклятиями. Теперь Бог не послушает его.

Обратив свой взор к подножию холма, Левий приковался к тому месту, где стоял, рассыпавшись, кавалерийский полк, и увидел, что там произошли значительные изменения. С высоты Левию удалось хорошо рассмотреть, как солдаты суетились, выдергивая пики из земли, как набрасывали на себя плащи, как коноводы бежали к дороге рысцой, ведя в поводу вороных лошадей. Полк снимался, это было ясно. Левий, защищаясь от бьющей в лицо пыли рукой, отплевываясь, старался сообразить, что бы это значило, что кавалерия собирается уходить? Он перевел взгляд повыше и разглядел фигурку в багряной военной хламиде, поднимающуюся к площадке казни. И тут от предчувствия радостного конца похолодело сердце бывшего сборщика.

Подымавшийся на гору в пятом часу страданий разбойников был командир когорты, прискакавший из Ершалаима в сопровождении ординарца. Цепь солдат по мановению Крысобоя разомкнулась, и кентурион отдал честь трибуну. Тот, отведя Крысобоя в сторону, что-то прошептал ему. Кентурион вторично отдал честь и двинулся к группе палачей, сидящих на камнях у подножий столбов. Трибун же направил свои шаги к тому, кто сидел на треxногом табурете, и сидящий вежливо поднялся навстречу трибуну. И ему что-то негромко сказал трибун, и оба они пошли к столбам. К ним присоединился и начальник храмовой стражи.

Крысобой, брезгливо покосившись на грязные тряпки, лежащие на земле у столбов, бывшие недавно одеждой преступников, от которой отказались палачи, отозвал двух из них и приказал:

— За мною!

С ближайшего столба доносилась хриплая бессмысленная песенка. Повешенный на нем Гестас к концу третьего часа казни сошел с ума от мух и солнца и теперь тихо пел что-то про виноград, но головою, покрытой чалмой, изредка все-таки покачивал, и тогда мухи вяло поднимались с его лица и возвращались на него опять.

Дисмас на втором столбе страдал более двух других, потому что его не одолевало забытье, и он качал головой, часто и мерно, то вправо, то влево, чтобы ухом ударять по плечу.

Счастливее двух других был Иешуа. В первый же час его стали поражать обмороки, а затем он впал в забытье, повесив голову в размотавшейся чалме. Мухи и слепни поэтому совершенно облепили его, так что лицо его исчезло под черной шевелящейся массой. В паху, и на животе, и под мышками сидели жирные слепни и сосали желтое обнаженное тело.

Повинуясь жестам человека в капюшоне, один из палачей взял копье, а другой принес к столбу ведро и губку. Первый из палачей поднял копье и постучал им сперва по одной, потом по другой руке Иешуа, вытянутым и привязанным веревками к поперечной перекладине столба. Тело с выпятившимися ребрами вздрогнуло. Палач провел концом копья по животу. Тогда Иешуа поднял голову, и мухи с гуденьем снялись, и открылось лицо повешенного, распухшее от укусов, с заплывшими глазами, неузнаваемое лицо.

Разлепив веки, Га-Ноцри глянул вниз. Глаза его, обычно ясные, теперь были мутноваты.

— Га-Ноцри! — сказал палач.

Га-Ноцри шевельнул вспухшими губами и отозвался хриплым разбойничьим голосом:

— Что тебе надо? Зачем подошел ко мне?

— Пей! — сказал палач, и пропитанная водою губка на конце копья поднялась к губам Иешуа. Радость сверкнула у того в глазах, он прильнул к губке и с жадностью начал впитывать влагу. С соседнего столба донесся голос Дисмаса:

— Несправедливость! Я такой же разбойник, как и он.

Дисмас напрягся, но шевельнуться не смог, руки его в трех местах на перекладине держали веревочные кольца. Он втянул живот, ногтями вцепился в концы перекладин, голову держал повернутой к столбу Иешуа, злоба пылала в глазах Дисмаса.

Пыльная туча накрыла площадку, сильно потемнело. Когда пыль унеслась, кентурион крикнул:

— Молчать на втором столбе!

Дисмас умолк. Иешуа оторвался от губки и, стараясь, чтобы голос его звучал ласково и убедительно, и не добившись этого, хрипло попросил палача:

— Дай попить ему.

Становилось все темнее. Туча залила уже полнеба, стремясь к Ершалаиму, белые кипящие облака неслись впереди напоенной черной влагой и огнем тучи. Сверкнуло и ударило над самым холмом. Палач снял губку с копья.

— Славь великодушного игемона! — торжественно шепнул он и тихонько кольнул Иешуа в сердце. Тот дрогнул, шепнул:

— Игемон...

Кровь побежала по его животу, нижняя челюсть судорожно дрогнула, и голова его повисла.

При втором громовом ударе палач уже поил Дисмаса и с теми же словами:

— Славь игемона! — убил и его.

Гестас, лишенный рассудка, испуганно вскрикнул, лишь только палач оказался возле него, но, когда губка коснулась его губ, прорычал что-то и вцепился в нее зубами. Через несколько секунд обвисло и его тело, сколько позволяли веревки.

Человек в капюшоне шел по следам палача и кентуриона, а за ним начальник храмовой стражи. Остановившись у первого столба, человек в капюшоне внимательно оглядел окровавленного Иешуа, тронул белой рукой ступню и сказал спутникам:

— Мертв.

То же повторилось и у двух других столбов.

После этого трибун сделал знак кентуриону и, повернувшись, начал уходить с вершины вместе с начальником храмовой стражи и человеком в капюшоне. Настала полутьма, и молнии бороздили черное небо. Из него вдруг брызнуло огнем, и крик кентуриона: «Снимай цепь!» — утонул в грохоте. Счастливые солдаты кинулись бежать с холма, надевая шлемы.

Тьма закрыла Ершалаим.

Ливень хлынул внезапно и застал кентурии на полдороге на холме. Вода обрушилась так страшно, что, когда солдаты бежали книзу, им вдогонку уже летели бушующие потоки. Солдаты скользили и падали на размокшей глине, спеша на ровную дорогу, по которой — уже чуть видная в пелене воды — уходила в Ершалаим до нитки мокрая конница. Через несколько минут в дымном вареве грозы, воды и огня на холме остался только один человек. Потрясая недаром украденным ножом, срываясь со скользких уступов, цепляясь за что попало, иногда ползя на коленях, он стремился к столбам. Он то пропадал в полной мгле, то вдруг освещался трепещущим светом.

Дорвавшись до столбов, уже по щиколотку в воде, он содрал с себя отяжелевший, пропитанный водою таллиф, остался в одной рубахе и припал к ногам Иешуа. Он перерезал веревки на голенях, поднялся на нижнюю перекладину, обнял Иешуа и освободил руки от верхних связей. Голое влажное тело Иешуа обрушилось на Левия и повалило его наземь. Левий тут же хотел взвалить его на плечи, но какая-то мысль остановила его. Он оставил на земле в воде тело с запрокинутой головой и разметанными руками и побежал на разъезжающихся в глиняной жиже ногах к другим столбам. Он перерезал веревки и на них, и два тела обрушились на землю.

Прошло несколько минут, и на вершине холма остались только эти два тела и три пустых столба. Вода била и поворачивала эти тела.

Ни Левия, ни тела Иешуа на верху холма в это время уже не было.

Глава 17

БЕСПОКОЙНЫЙ ДЕНЬ

Утром в пятницу, то есть на другой день после проклятого сеанса, весь наличный состав служащих Варьете — бухгалтер Василий Степанович Ласточкин, два счетовода, три машинистки, обе кассирши, курьеры, капельдинеры и уборщицы, — словом, все, кто был в наличности, не находились при деле на своих местах, а все сидели на подоконниках окон, выходящих на Садовую, и смотрели на то, что делается под стеною Варьете. Под этой стеной в два ряда лепилась многотысячная очередь, хвост которой находился на Кудринской площади. В голове этой очереди стояло примерно два десятка хорошо известных в театральной Москве барышников.

Очередь держала себя очень взволнованно, привлекала внимание струившихся мимо граждан и занималась обсуждением зажигательных рассказов о вчерашнем невиданном сеансе черной магии. Эти же рассказы привели в величайшее смущение бухгалтера Василия Степановича, который накануне на спектакле не был. Капельдинеры рассказывали бог знает что, в том числе, как после окончания знаменитого сеанса некоторые гражданки в неприличном виде бегали по улице, и прочее в том же роде. Скромный и тихий Василий Степанович только моргал глазами, слушая россказни обо всех этих чудесах, и решительно не знал, что ему предпринять, а между тем предпринимать нужно было что-то, и именно ему, так как он теперь оказался старшим во всей команде Варьете.

К десяти часам утра очередь жаждущих билетов до того взбухла, что о ней достигли слухи до милиции, и с удивительной быстротой были присланы как пешие, так и конные наряды, которые эту очередь и привели в некоторый порядок. Однако и стоящая в порядке змея длиною в километр сама по себе уже представляла великий соблазн и приводила граждан на Садовой в полное изумление.

Это было снаружи, а внутри Варьете тоже было очень неладно. С самого раннего утра начали звонить и звонили непрерывно телефоны в кабинете Лиходеева, в кабинете Римского, в бухгалтерии, в кассе и в кабинете Варенухи. Василий Степанович сперва отвечал что-то, отвечала и кассирша, бормотали что-то в телефон капельдинеры, а потом и вовсе перестали отвечать, потому что на вопросы, где Лиходеев, Варенуха, Римский, отвечать было решительно нечего. Сперва пробовали отделаться словами «Лиходеев на квартире», а из города отвечали, что звонили в квартиру и что квартира говорит, что Лиходеев в Варьете.

Позвонила взволнованная дама, стала требовать Римского, ей посоветовали позвонить к жене его, на что трубка, зарыдав, ответила, что она и есть жена и что Римского нигде нет. Начиналась какая-то чепуха. Уборщица уже всем рассказала, что, явившись в кабинет финдиректора убирать, увидела, что дверь настежь, лампы горят, окно в сад разбито, кресло валяется на полу и никого нету.

В одиннадцатом часу ворвалась в Варьете мадам Римская. Она рыдала и заламывала руки. Василий Степанович совершенно растерялся и не знал, что ей посоветовать. А в половине одиннадцатого явилась милиция. Первый же и совершенно резонный ее вопрос был:

— Что у вас тут происходит, граждане? В чем дело?

Команда отступила, выставив вперед бледного и взволнованного Василия Степановича. Пришлось называть вещи своими именами и признаться в том, что администрация Варьете, в лице директора, финдиректора и администратора, пропала и находится неизвестно где, что конферансье после вчерашнего сеанса был отвезен в психиатрическую лечебницу и что, коротко говоря, этот вчерашний сеанс был прямо скандальным сеансом.

Рыдающую мадам Римскую, сколько можно успокоив, отправили домой и более всего заинтересовались рассказом уборщицы о том, в каком виде был найден кабинет финдиректора. Служащих попросили отправиться к своим местам и заняться делом, и через короткое время в здании Варьете появилось следствие в сопровождении остроухой, мускулистой, цвета папиросного пепла собаки с чрезвычайно умными глазами. Среди служащих Варьете тотчас разнеслось шушуканье о том, что пес — не кто другой, как знаменитый Тузбубен. И точно, это был он. Поведение его изумило всех. Лишь только Тузбубен вбежал в кабинет финдиректора, он зарычал, оскалив чудовищные желтоватые клыки, затем лег на брюхо и с каким-то выражением тоски и в то же время ярости в глазах пополз к разбитому окну. Преодолев свой страх, он вдруг вскочил на подоконник и, задрав острую морду вверх, дико и злобно завыл. Он не хотел уходить с окна, рычал, и вздрагивал, и порывался прыгнуть вниз.

Пса вывели из кабинета и пустили его в вестибюль, оттуда он вышел через парадный ход на улицу и привел следовавших за ним к таксомоторной стоянке. Возле нее он след, по которому шел, потерял. После того Тузабубен увезли.

Следствие расположилось в кабинете Варенухи, куда и стали по очереди вызывать тех служащих Варьете, которые были свидетелями вчерашних происшествий во время сеанса. Нужно сказать, что следствию на каждом шагу приходилось преодолевать непредвиденные трудности. Ниточка то и дело рвалась в руках.

Афиши-то были? Были. Но за ночь их заклеили новыми, и теперь ни одной нет, хоть убей. Откуда взялся этот маг-то самый? А кто ж его знает. Стало быть, с ним заключили договор?

— Надо полагать, — отвечал взволнованный Василий Степанович.

— А ежели заключили, так он должен был пройти через бухгалтерию?

— Всенепременно, — отвечал, волнуясь, Василий Степанович.

— Так где же он?

— Нету, — отвечал бухгалтер, все более бледнея и разводя руками. И действительно, ни в папках бухгалтерии, ни у финдиректора, ни у Лиходеева, ни у Варенухи никаких следов договора нет.

Как фамилия-то этого мага? Василий Степанович не знает, он не был вчера на сеансе. Капельдинеры не знают, билетная кассирша морщила лоб, морщила, думала, думала, наконец сказала:

— Во... Кажись, Воланд.

А может быть, и не Воланд? Может быть, и не Воланд. Может быть, Фаланд.

Выяснилось, что в бюро иностранцев ни о каком Воланде, а равно также и Фаланде, маге, ровно ничего не слыхали.

Курьер Карпов сообщил, что будто бы этот самый маг остановился на квартире у Лиходеева. На квартире, конечно, тотчас побывали. Никакого мага там не оказалось. Самого Лиходеева тоже нет. Домработницы Груни нету, и куда она девалась, никто не знает. Председателя правления Никанора Ивановича нету, Пролежнева нету!

Выходило что-то совершенно несусветимое: пропала вся головка администрации, вчера был странный скандальный сеанс, а кто его производил и по чьему наущению — неизвестно.

А дело тем временем шло к полудню, когда должна была открыться касса. Но об этом, конечно, не могло быть и разговора! На дверях Варьете тут же был вывешен громадный кусок картона с надписью: «Сегодняшний спектакль отменяется». В очереди началось волнение, начиная с головы ее, но, поволновавшись, она все-таки стала разрушаться, и через час примерно от нее на Садовой не осталось и следа. Следствие отбыло для того, чтобы продолжать свою работу в другом месте, служащих отпустили, оставив только дежурных, и двери Варьете заперли.

Бухгалтеру Василию Степановичу срочно предстояло выполнить две задачи. Во-первых, съездить в Комиссию зрелищ и увеселений облегченного типа с докладом о вчерашних происшествиях, а во-вторых, побывать в финзрелищном секторе для того, чтобы сдать вчерашнюю кассу — 21 711 рублей.

Аккуратный и исполнительный Василий Степанович упаковал деньги в газетную бумагу, бечевкой перекрестил пакет, уложил его в портфель и, прекрасно зная инструкцию, направился, конечно, не к автобусу или трамваю, а к таксомоторной стоянке.

Лишь только шоферы трех машин увидели пассажира, спешащего на стоянку с туго набитым портфелем, как все трое из-под носа у него уехали пустыми, почему-то при этом злобно оглядываясь.

Пораженный этим обстоятельством бухгалтер долгое время стоял столбом, соображая, что бы это значило.

Минуты через три подкатила пустая машина, и лицо шофера сразу перекосилось, лишь только он увидел пассажира.

— Свободна машина? — изумленно кашлянув, спросил Василий Степанович.

— Деньги покажите, — со злобой ответил шофер, не глядя на пассажира.

Все более поражаясь, бухгалтер, зажав драгоценный портфель под мышкой, вытащил из бумажника червонец и показал его шоферу.

— Не поеду! — кратко сказал тот.

— Я извиняюсь... — начал было бухгалтер, но шофер его перебил:

— Трешки есть?

Совершенно сбитый с толку бухгалтер вынул из бумажника две трешки и показал шоферу.

— Садитесь, — крикнул тот и хлопнул по флажку счетчика так, что чуть не сломал его. — Поехали.

— Сдачи, что ли, нету? — робко спросил бухгалтер.

— Полный карман сдачи! — заорал шофер, и в зеркальце отразились его наливающиеся кровью глаза. — Третий случай со мною сегодня. Да и с другими то же было. Дает какой-то сукин сын червонец, я ему сдачи — четыре пятьдесят... Вылез, сволочь! Минут через пять смотрю: вместо червонца бумажка с нарзанной бутылки! — Тут шофер произнес несколько непечатных слов. — Другой — за Зубовской. Червонец. Даю сдачу три рубля. Ушел! Я полез в кошелек, а оттуда пчела — тяп за палец! Ах ты!.. — шофер опять вклепил непечатные слова. — А червонца нету. Вчера в этом Варьете (непечатные слова) какая-то гадюка-фокусник сеанс с червонцами сделал (непечатные слова).

Бухгалтер обомлел, съежился и сделал такой вид, как будто и самое слово «Варьете» он слышит впервые, а сам подумал: «Ну и ну!..»

Приехав куда нужно, расплатившись благополучно, бухгалтер вошел в здание и устремился по коридору туда, где находился кабинет заведующего, и уже по дороге понял, что попал не вовремя. Какая-то суматоха царила в канцелярии Зрелищной комиссии. Мимо бухгалтера пробежала курьерша со сбившимся на затылок платочком и с вытаращенными глазами.

— Нету, нету, нету, милые мои! — кричала она, обращаясь неизвестно к кому. — Пиджак и штаны тут, а в пиджаке ничего нету!

Она скрылась в какой-то двери, и тут же за ней послышались звуки битья посуды. Из секретарской комнаты выбежал знакомый бухгалтеру заведующий первым сектором комиссии, но был в таком состоянии, что бухгалтера не узнал, и скрылся бесследно.

Потрясенный всем этим бухгалтер дошел до секретарской комнаты, являвшейся преддверием кабинета председателя комиссии, и здесь окончательно поразился.

Из-за закрытой двери кабинета доносился грозный голос, несомненно принадлежащий Прохору Петровичу — председателю комиссии. «Распекает, что ли, кого?» — подумал смятенный бухгалтер и, оглянувшись, увидел другое: в кожаном кресле, закинув голову на спинку, безудержно рыдая, с мокрым платком в руке, лежала, вытянув ноги почти до середины секретарской, личный секретарь Прохора Петровича — красавица Анна Ричардовна.

Весь подбородок Анны Ричардовны был вымазан губной помадой, а по персиковым щекам ползли с ресниц черные потоки раскисшей краски.

Увидев, что кто-то вошел, Анна Ричардовна вскочила, кинулась к бухгалтеру, вцепилась в лацканы его пиджака, стала трясти бухгалтера и кричать:

— Слава богу! Нашелся хоть один храбрый! Все разбежались, все предали! Идемте, идемте к нему, я не знаю, что делать! — И, продолжая рыдать, она потащила бухгалтера в кабинет.

Попав в кабинет, бухгалтер первым долгом уронил портфель, и все мысли в его голове перевернулись кверху ногами. И надо сказать, было от чего.

За огромным письменным столом с массивной чернильницей сидел пустой костюм и не обмакнутым в чернила сухим пером водил по бумаге. Костюм был при галстухе, из кармашка костюма торчало самопишущее перо, но над воротником не было ни шеи, ни головы, равно как из манжет не выглядывали кисти рук. Костюм был погружен в работу и совершенно не замечал той кутерьмы, что царила кругом. Услыхав, что кто-то вошел, костюм откинулся в кресле, и над воротником прозвучал хорошо знакомый бухгалтеру голос Прохора Петровича:

— В чем дело? Ведь на дверях же написано, что я не принимаю.

Красавица секретарь взвизгнула и, ломая руки, вскричала:

— Вы видите? Видите?! Нету его! Нету! Верните его, верните!

Тут в дверь кабинета кто-то сунулся, охнул и вылетел вон. Бухгалтер почувствовал, что ноги его задрожали, и сел на краешек стула, но не забыл поднять портфель. Анна Ричардовна прыгала вокруг бухгалтера, терзая его пиджак, и вскрикивала:

— Я всегда, всегда останавливала его, когда он чертыхался! Вот и дочертыхался! — Тут красавица подбежала к письменному столу и музыкальным нежным голосом, немного гнусавым после плача, воскликнула: — Проша! Где вы?

— Кто вам тут «Проша»? — осведомился надменно костюм, еще глубже заваливаясь в кресле.

— Не узнаёт! Меня не узнаёт! Вы понимаете? — взрыдала секретарь.

— Попрошу не рыдать в кабинете! — уже злясь, сказал вспыльчивый костюм в полоску и рукавом подтянул к себе свежую пачку бумаг, с явной целью поставить на них резолюции.

— Нет, не могу видеть этого, нет, не могу! — закричала Анна Ричардовна и выбежала в секретарскую, а за нею как пуля вылетел и бухгалтер.

— Вообразите, сижу, — рассказывала, трясясь от волнения, Анна Ричардовна, снова вцепившись в рукав бухгалтера, — и входит кот. Черный, здоровый, как бегемот. Я, конечно, кричу ему «брысь!». Он — вон, а вместо него входит толстяк, тоже с какой-то кошачьей мордой, и говорит: «Это что же вы, гражданка, посетителям «брысь» кричите?» И прямо шасть к Прохору Петровичу, я, конечно, за ним, кричу: «Вы с ума сошли?» А он, наглец, прямо к Прохору Петровичу и садится против него в кресло! Ну, тот... он — добрейшей души человек, но нервный. Вспылил! Не спорю. Нервозный человек, работает как вол, — вспылил. «Вы чего, говорит, без доклада влезаете?» А тот нахал, вообразите, развалился в кресле и говорит, улыбаясь: «А я, говорит, с вами по дельцу пришел потолковать». Прохор Петрович вспылил опять-таки: «Я занят!» А тот, подумайте только, отвечает: «Ничем вы не заняты...» А? Ну, тут уж, конечно, терпение Прохора Петровича лопнуло, и он вскричал: «Да что ж это такое? Вывести его вон, черти б меня взяли!» А тот, вообразите, улыбнулся и говорит: «Черти чтоб взяли? А что ж, это можно!» И, трах, я не успела вскрикнуть, смотрю: нету этого с кошачьей мордой и си... сидит... костюм... Геее!.. — распялив совершенно потерявший всякие очертания рот, завыла Анна Ричардовна.

Подавившись рыданием, она перевела дух, но понесла что-то уж совсем несообразное:

— И пишет, пишет, пишет! С ума сойти! По телефону говорит! Костюм! Все разбежались, как зайцы!

Бухгалтер только стоял и трясся. Но тут судьба его выручила. В секретарскую спокойной деловой походкой входила милиция в числе двух человек. Увидев их, красавица зарыдала еще пуще, тыча рукою в дверь кабинета.

— Давайте не будем рыдать, гражданка, — спокойно сказал первый, а бухгалтер, чувствуя, что он здесь совершенно лишний, выскочил из секретарской и через минуту уже был на свежем воздухе. В голове у него был какой-то сквозняк, гудело, как в трубе, и в этом гудении слышались клочки капельдинерских рассказов о вчерашнем коте, который принимал участие в сеансе. «Э-ге-ге! Да уж не наш ли это котик?»

Не добившись толку в комиссии, добросовестный Василий Степанович решил побывать в филиале ее, помещавшемся в Ваганьковском переулке. И чтобы успокоить себя немного, проделал путь до филиала пешком.

Городской зрелищный филиал помещался в облупленном от времени особняке в глубине двора и знаменит был своими порфировыми колоннами в вестибюле.

Но не колонны поражали в этот день посетителей филиала, а то, что происходило под ними.

Несколько посетителей стояли в оцепенении и глядели на плачущую барышню, сидевшую за столиком, на котором лежала специальная зрелищная литература, продаваемая барышней. В данный момент барышня никому ничего не предлагала из этой литературы и на участливые вопросы только отмахивалась, а в это время и сверху, и снизу, и с боков, из всех отделов филиала сыпался телефонный звон, по крайней мере, двадцати надрывавшихся аппаратов.

Поплакав, барышня вдруг вздрогнула, истерически крикнула:

— Вот опять! — и неожиданно запела дрожащим сопрано:

Славное море священный Байкал...

Курьер, показавшийся на лестнице, погрозил кому-то кулаком и запел вместе с барышней незвучным, тусклым баритоном:

Славен корабль, омулевая бочка!..

К голосу курьера присоединились дальние голоса, хор начал разрастаться, и, наконец, песня загремела во всех углах филиала. В ближайшей комнате № 6, где помещался счетно-проверочный отдел, особенно выделялась чья-то мощная с хрипотцой октава. Аккомпанировал хору усиливавшийся треск телефонных аппаратов.

Гей, баргузин... пошевеливай вал!.. —

орал курьер на лестнице.

Слезы текли по лицу девицы, она пыталась стиснуть зубы, но рот ее раскрывался сам собою, и она пела на октаву выше курьера:

Молодцу быть недалечко!

Поражало безмолвных посетителей филиала то, что хористы, рассеянные в разных местах, пели очень складно, как будто весь хор стоял, не спуская глаз с невидимого дирижера.

Прохожие в Ваганьковском останавливались у решетки двора, удивляясь веселью, царящему в филиале.

Как только первый куплет пришел к концу, пение стихло внезапно, опять-таки как бы по жезлу дирижера. Курьер тихо выругался и скрылся.

Тут открылись парадные двери, и в них появился гражданин в летнем пальто, из-под которого торчали полы белого халата, а с ним милиционер.

— Примите меры, доктор, умоляю, — истерически крикнула девица.

На лестницу выбежал секретарь филиала и, видимо, сгорая от стыда и смущения, заговорил заикаясь:

— Видите ли, доктор, у нас случай массового какого-то гипноза... Так вот, необходимо... — он не докончил фразы, стал давиться словами и вдруг запел тенором:

Шилка и Нерчинск...

— Дурак! — успела выкрикнуть девица, но не объяснила, кого ругает, а вместо этого вывела насильственную руладу и сама запела про Шилку и Нерчинск.

— Держите себя в руках! Перестаньте петь! — обратился доктор к секретарю.

По всему было видно, что секретарь и сам бы отдал что угодно, чтобы перестать петь, да перестать-то он не мог и вместе с хором донес до слуха прохожих в переулке весть о том, что в дебрях его не тронул прожорливый зверь и пуля стрелков не догнала!

Лишь только куплет кончился, девица первая получила порцию валерьянки от врача, а затем он побежал за секретарем к другим — поить и их.

— Простите, гражданочка, — вдруг обратился Василий Степанович к девице, — кот к вам черный не заходил?..

— Какой там кот? — в злобе закричала девица. — Осел у нас в филиале сидит, осел! — И, прибавив к этому: — Пусть слышит! Я все расскажу, — действительно рассказала о том, что случилось.

Оказалось, что заведующий городским филиалом, «вконец развалививший облегченные развлечения» (по словам девицы), страдал манией организации всякого рода кружков.

— Очки втирал начальству! — орала девица.

В течение года заведующий успел организовать кружок по изучению Лермонтова, шахматно-шашечный, пинг-понга и кружок верховой езды. К лету угрожал организацией кружка гребли на пресных водах и кружка альпинистов.

И вот сегодня, в обеденный перерыв, входит он, заведующий...

— И ведет под руку какого-то сукина сына, — рассказывала девица, — неизвестно откуда взявшегося, в клетчатых брючонках, в треснутом пенсне и... рожа совершенно невозможная!

И тут же, по рассказу девицы, отрекомендовал его всем обедающим в столовой филиала как видного специалиста по организации хоровых кружков.

Лица будущих альпинистов помрачнели, но заведующий тут же призвал всех к бодрости, а специалист и пошутил, и поострил, и клятвенно заверил, что времени пение берет самую малость, а пользы от этого пения, между прочим, целый вагон.

Ну конечно, как сообщила девица, первыми выскочили Фанов и Косарчук, известнейшие филиальские подхалимы, и объявили, что записываются. Тут остальные служащие убедились, что пения не миновать, пришлось записываться и им в кружок. Петь решили в обеденном перерыве, так как все остальное время было занято Лермонтовым и шашками. Заведующий, чтобы подать пример, объявил, что у него тенор, и далее все пошло, как в скверном сне. Клетчатый специалист-хормейстер проорал:

— До-ми-соль-до! — вытащил наиболее застенчивых из-за шкафов, где они пытались спастись от пения, Косарчуку сказал, что у того абсолютный слух, заныл, заскулил, просил уважить старого регента-певуна, стукал камертоном по пальцам, умоляя грянуть «Славное море».

Грянули. И славно грянули. Клетчатый, действительно, понимал свое дело. Допели первый куплет. Тут регент извинился, сказал: «Я на минутку!» — и... исчез. Думали, что он действительно вернется через минуту. Но прошло и десять минут, а его нету. Радость охватила филиальцев — сбежал.

И вдруг как-то сами собой запели второй куплет, всех повел за собой Косарчук, у которого, может быть, и не было абсолютного слуха, но был довольно приятный высокий тенор. Спели. Регента нету! Двинулись по своим местам, но не успели сесть, как, против своего желания, запели. Остановиться — не тут-то было. Помолчат минуты три и опять грянут. Помолчат — грянут! Тут сообразили, что беда. Заведующий заперся у себя в кабинете от сраму.

Тут девицын рассказ прервался. Ничего валерьянка не помогла.

Через четверть часа к решетке в Ваганьковском подъехали три грузовика, и на них погрузили весь состав филиала во главе с заведующим.

Лишь только первый грузовик, качнувшись в воротах, выехал в переулок, служащие, стоящие на платформе и державшие друг друга за плечи, раскрыли рты, и весь переулок огласился популярной песней. Второй грузовик подхватил, а за ним и третий. Так и поехали. Прохожие, бегущие по своим делам, бросали на грузовики лишь беглый взгляд, ничуть не удивляясь и полагая, что это экскурсия едет за город. Ехали, действительно, за город, но только не на экскурсию, а в клинику профессора Стравинского.

Через полчаса совсем потерявший голову бухгалтер добрался до финзрелищного сектора, надеясь наконец избавиться от казенных денег. Уже ученый опытом, он прежде всего осторожно заглянул в продолговатый зал, где за матовыми стеклами с золотыми надписями сидели служащие. Никаких признаков тревоги или безобразия бухгалтер здесь не обнаружил. Было тихо, как и полагается в приличном учреждении.

Василий Степанович всунул голову в то окошечко, над которым было написано: «Прием сумм», — поздоровался с каким-то незнакомым ему служащим и вежливо попросил приходный ордерок.

— А вам зачем? — спросил служащий в окошечко.

Бухгалтер изумился.

— Хочу сдать сумму. Я из Варьете.

— Одну минутку, — ответил служащий и мгновенно закрыл сеткой дыру в стекле.

«Странно!» — подумал бухгалтер. Изумление его было совершенно естественным. Впервые в жизни он встретился с таким обстоятельством. Всем известно, как трудно получить деньги; к этому всегда могут найтись препятствия. Но в тридцатилетней практике бухгалтера не было случая, чтобы кто-нибудь, будь то юридическое или частное лицо, затруднялся бы принять деньги.

Но наконец сеточка отодвинулась, и бухгалтер опять прильнул к окошечку.

— А у вас много ли? — спросил служащий.

— Двадцать одна тысяча семьсот одиннадцать рублей.

— Ого! — почему-то иронически ответил служащий и протянул бухгалтеру зеленый листок.

Хорошо зная форму, бухгалтер мигом заполнил его и начал развязывать веревочку на пакете. Когда он распаковал свой груз, в глазах у него зарябило, он что-то промычал болезненно.

Перед глазами его замелькали иностранные деньги. Тут были пачки канадских долларов, английских фунтов, голландских гульденов, латвийских лат, эстонских крон...

— Вот он, один из этих штукарей из Варьете, — послышался грозный голос над онемевшим бухгалтером. И тут же Василия Степановича арестовали.

Глава 18

НЕУДАЧЛИВЫЕ ВИЗИТЕРЫ

В то самое время, как старательный бухгалтер несся в таксомоторе, чтобы нарваться на самопишущий костюм, из плацкартного мягкого вагона № 9 киевского поезда, пришедшего в Москву, в числе других вышел приличный пассажир с маленьким фибровым чемоданчиком в руке. Пассажир этот был не кто иной, как дядя покойного Берлиоза, Максимилиан Андреевич Поплавский, экономист-плановик, проживающий в Киеве на бывшей Институтской улице. Причиной приезда Максимилиана Андреевича в Москву была полученная им позавчера поздним вечером телеграмма следующего содержания:

«Меня только что зарезало трамваем на Патриарших. Похороны пятницу, три часа дня. Приезжай.

Берлиоз».

Максимилиан Андреевич считался, и заслуженно, одним из умнейших людей в Киеве. Но и самого умного человека подобная телеграмма может поставить в тупик. Раз человек телеграфирует, что его зарезало, то ясно, что его зарезало не насмерть. Но при чем же тогда похороны? Или он очень плох и предвидит, что умрет? Это возможно, но в высшей степени странна эта точность — откуда ж он таки знает, что хоронить его будут в пятницу в три часа дня? Удивительная телеграмма!

Однако умные люди на то и умны, чтобы разбираться в запутанных вещах. Очень просто. Произошла ошибка, и депешу передали исковерканной. Слово «меня», без сомнения, попало сюда из другой телеграммы, вместо слова «Берлиоза», которое приняло вид «Берлиоз» и попало в конец телеграммы. С такой поправкой смысл телеграммы становился ясен, но, конечно, трагичен.

Когда утих взрыв горя, поразивший супругу Максимилиана Андреевича, тот немедленно стал собираться в Москву.

Надлежит открыть одну тайну Максимилиана Андреевича. Нет спору, ему было жаль племянника жены, погибшего в расцвете лет. Но, конечно, как человек деловой, он понимал, что никакой особенной надобности в его присутствии на похоронах нету. И тем не менее Максимилиан Андреевич очень спешил в Москву. В чем же было дело? В одном — в квартире. Квартира в Москве? Это серьезно. Неизвестно почему, но Киев не нравился Максимилиану Андреевичу, и мысль о переезде в Москву настолько точила его в последнее время, что он стал даже худо спать. Его не радовали весенние разливы Днепра, когда, затопляя острова на низком берегу, вода сливалась с горизонтом. Его не радовал тот потрясающий по красоте вид, что открывался от подножия памятника князю Владимиру. Его не веселили солнечные пятна, играющие весною на кирпичных дорожках Владимирской горки. Ничего этого он не хотел, он хотел одного — переехать в Москву.

Объявления в газетах об обмене квартиры на Институтской улице в Киеве на меньшую площадь в Москве не давали никакого результата. Желающих не находилось, а если изредка они и отыскивались, то их предложения были недобросовестны.

Телеграмма потрясла Максимилиана Андреевича. Это был момент, который упустить было бы грешно. Деловые люди знают, что такие моменты не повторяются.

Словом, невзирая ни на какие трудности, нужно было суметь унаследовать квартиру племянника на Садовой. Да, это было сложно, очень сложно, но сложности эти нужно было во что бы то ни стало преодолеть. Опытный Максимилиан Андреевич знал, что для этого первым и непременным шагом должен быть следующий шаг: нужно во что бы то ни стало, хотя бы временно, прописаться в трех комнатах покойного племянника.

В пятницу днем Максимилиан Андреевич вошел в дверь комнаты, в которой помещалось домоуправление дома № 302-бис по Садовой улице в Москве.

В узенькой комнате, где на стене висел старый плакат, изображавший в нескольких картинках способы оживления утонувших в реке, за деревянным столом в полном одиночестве сидел средних лет небритый человек с встревоженными глазами.

— Могу ли я видеть председателя правления? — вежливо осведомился экономист-плановик, снимая шляпу и ставя свой чемоданчик на порожний стул.

Этот, казалось бы, простенький вопрос почему-то расстроил сидящего, так что он даже изменился в лице. Кося в тревоге глазами, он пробормотал невнятно, что председателя нету.

— Он на квартире у себя? — спросил Поплавский. — У меня срочнейшее дело.

Сидящий ответил опять-таки очень несвязно. Но все-таки можно было догадаться, что председателя на квартире нету.

— А когда он будет?

Сидящий ничего не ответил на это и с какой-то тоской поглядел в окно.

«Ага!» — сказал сам себе умный Поплавский и осведомился о секретаре.

Странный человек за столом даже побагровел от напряжения и сказал невнятно опять-таки, что секретаря тоже нету... когда он придет, неизвестно и... что секретарь болен...

«Ага!..» — сказал себе Поплавский. — Но кто-нибудь же есть в правлении?

— Я, — слабым голосом отозвался человек.

— Видите ли, — внушительно заговорил Поплавский, — я являюсь единственным наследником покойного Берлиоза, моего племянника, погибшего, как вам известно, на Патриарших, и я обязан, согласно закону, принять наследство, заключающееся в нашей квартире номер пятьдесят...

— Не в курсе я, товарищ, — тоскливо перебил человек.

— Но позвольте, — звучным голосом сказал Поплавский, — вы член правления и обязаны...

И тут в комнату вошел какой-то гражданин. При виде вошедшего сидящий за столом побледнел.

— Член правления Пятнажко? — спросил у сидящего вошедший.

— Я, — чуть слышно ответил тот.

Вошедший что-то прошептал сидящему, и тот, совершенно расстроенный, поднялся со стула, и через несколько минут Поплавский остался один в пустой комнате правления.

«Эх, какое осложнение! И нужно ж было, чтоб их всех сразу...» — с досадой думал Поплавский, пересекая асфальтовый двор и спеша в квартиру № 50.

Лишь только экономист-плановик позвонил, дверь открыли, и Максимилиан Андреевич вошел в полутемную переднюю. Удивило его несколько то обстоятельство, что непонятно было, кто ему открыл: в передней никого не было, кроме громаднейшего черного кота, сидящего на стуле.

Максимилиан Андреевич покашлял, потопал ногами, и тогда дверь кабинета открылась и в переднюю вышел Коровьев. Максимилиан Андреевич поклонился ему вежливо, но с достоинством, и сказал:

— Моя фамилия Поплавский. Я являюсь дядей...

Не успел он договорить, как Коровьев выхватил из кармана грязный платок, уткнулся в него носом и заплакал.

— ...покойного Берлиоза...

— Как же, как же, — перебил Коровьев, отнимая платок от лица. — Я как только глянул на вас, догадался, что это вы! — Тут он затрясся от слез и начал вскрикивать: — Горе-то, а? Ведь это что ж такое делается? А?

— Трамваем задавило? — шепотом спросил Поплавский.

— Начисто, — крикнул Коровьев, и слезы побежали у него из-под пенсне потоками, — начисто! Я был свидетелем. Верите — раз! Голова — прочь! Правая нога — хрусть, пополам! Левая — хрусть, пополам! Вот до чего эти трамваи доводят! — И, будучи, видимо, не в силах сдержать себя, Коровьев клюнул носом в стену рядом с зеркалом и стал содрогаться в рыданиях.

Дядя Берлиоза был искренне поражен поведением неизвестного. «Вот, говорят, не бывает в наш век сердечных людей!» — подумал он, чувствуя, что у него самого начинают чесаться глаза. Однако в то же время неприятное облачко набежало на его душу, и тут же мелькнула змейкой мысль о том, что не прописался ли этот сердечный человек уже в квартире покойного, ибо и такие примеры в жизни бывали.

— Простите, вы были другом моего покойного Миши? — спросил он, утирая рукавом левый сухой глаз, а правым изучая потрясаемого печалью Коровьева. Но тот до того разрыдался, что ничего нельзя было понять, кроме повторяющихся слов «хрусть и пополам!». Нарыдавшись вдоволь, Коровьев отлепился наконец от стенки и вымолвил:

— Нет, не могу больше! Пойду приму триста капель эфирной валерьянки! — И, повернув к Поплавскому совершенно заплаканное лицо, добавил: — Вот они, трамваи-то!

— Я извиняюсь, вы мне дали телеграмму? — спросил Максимилиан Андреевич, мучительно думая о том, кто бы мог быть этот удивительный плакса.

— Он! — ответил Коровьев и указал пальцем на кота.

Поплавский вытаращил глаза, полагая, что ослышался.

— Нет, не в силах, нет мочи, — шмыгая носом, продолжал Коровьев, — как вспомню: колесо по ноге... одно колесо пудов десять весит... Хрусть!.. Пойду лягу в постель, забудусь сном, — и тут он исчез из передней.

Кот же шевельнулся, спрыгнул со стула, стал на задние лапы, подбоченился, раскрыл пасть и сказал:

— Ну, я дал телеграмму. Дальше что?

У Максимилиана Андреевича сразу закружилась голова, руки и ноги отнялись, он уронил чемодан и сел на стул напротив кота.

— Я, кажется, русским языком спрашиваю, — сурово сказал кот, — дальше что?

Но Поплавский не дал никакого ответа.

— Паспорт! — тявкнул кот и протянул пухлую лапу.

Ничего не соображая и ничего не видя, кроме двух искр, горящих в кошачьих глазах, Поплавский выхватил из кармана паспорт, как кинжал. Кот снял с подзеркального стола очки в толстой черной оправе, надел их на морду, от чего сделался еще внушительнее, и вынул из прыгающей руки Поплавского паспорт.

«Вот интересно: упаду я в обморок или нет?» — подумал Поплавский. Издалека доносились всхлипывания Коровьева, вся передняя наполнилась запахом эфира, валерьянки и еще какой-то тошной мерзости.

— Каким отделением выдан документ? — спросил кот, всматриваясь в страницу.

Ответа не последовало.

— Четыреста двенадцатым, — сам себе сказал кот, водя лапой по паспорту, который он держал кверху ногами, — ну да, конечно! Мне это отделение известно! Там кому попало выдают паспорта! А я б, например, не выдал такому, как вы! Нипочем не выдал бы! Глянул бы только раз в лицо и моментально отказал бы! — кот до того рассердился, что швырнул паспорт на пол. — Ваше присутствие на похоронах отменяется, — продолжал кот официальным голосом, — потрудитесь уехать к месту жительства. — И рявкнул в дверь: — Азазелло!

На его зов в переднюю выбежал маленький, прихрамывающий, обтянутый черным трико, с ножом, засунутым за кожаный пояс, рыжий, с желтым клыком, с бельмом на левом глазу.

Поплавский почувствовал, что ему не хватает воздуха, поднялся со стула и попятился, держась за сердце.

— Азазелло, проводи! — приказал кот и вышел из передней.

— Поплавский, — тихо прогнусил вошедший, — надеюсь, уже все понятно?

Поплавский кивнул головой.

— Возвращайся немедленно в Киев, — продолжал Азазелло, — сиди там тише воды, ниже травы и ни о каких квартирах в Москве не мечтай, ясно?

Этот маленький, доводящий до смертельного страха Поплавского своим клыком, ножом и кривым глазом, доходил экономисту только до плеча, но действовал энергично, складно и организованно.

Прежде всего он поднял паспорт и подал его Максимилиану Андреевичу, и тот принял книжечку мертвой рукой. Затем именуемый Азазелло одной рукой поднял чемодан, другой распахнул дверь и, взяв под руку дядю Берлиоза, вывел его на площадку лестницы. Поплавский прислонился к стене. Без всякого ключа Азазелло открыл чемодан, вынул из него громадную жареную курицу без одной ноги, завернутую в промаслившуюся газету, и положил ее на площадке. Затем вытащил две пары белья, бритвенный ремень, какую-то книжку и футляр и все это спихнул ногой в пролет лестницы, кроме курицы. Туда же полетел и опустевший чемодан. Слышно было, как он грохнулся внизу и, судя по звуку, от него отлетела крышка.

Затем рыжий разбойник ухватил за ногу курицу и всей этой курицей плашмя, крепко и страшно так ударил по шее Поплавского, что туловище курицы отскочило, а нога осталась в руках Азазелло. Все смешалось в доме Облонских, как справедливо выразился знаменитый писатель Лев Толстой. Именно так и сказал бы он в данном случае. Да! Все смешалось в глазах у Поплавского. Длинная искра пронеслась у него перед глазами, затем сменилась какой-то траурной змеей, погасившей на мгновенье майский день, — и Поплавский полетел вниз по лестнице, держа в руке паспорт. Долетев до поворота, он выбил на следующей площадке ногою стекло в окне и сел на ступеньке. Мимо него пропрыгала безногая курица и свалилась в пролет. Оставшийся наверху Азазелло вмиг обглодал куриную ногу и кость засунул в боковой карманчик трико, вернулся в квартиру и с грохотом закрылся.

В это время снизу начали слышаться осторожные шаги подымающегося человека.

Пробежав еще один пролет, Поплавский сел на деревянный диванчик на площадке и перевел дух.

Какой-то малюсенький пожилой человек с необыкновенно печальным лицом, в чесучовом старинном костюме и твердой соломенной шляпе с зеленой лентой, подымаясь вверх по лестнице, остановился возле Поплавского.

— Позвольте вас спросить, гражданин, — с грустью осведомился человечек в чесуче, — где квартира номер пятьдесят?

— Выше! — отрывисто ответил Поплавский.

— Покорнейше вас благодарю, гражданин, — так же грустно сказал человечек и пошел вверх, а Поплавский поднялся и побежал вниз.

Возникает вопрос, уж не в милицию ли спешил Максимилиан Андреевич жаловаться на разбойников, учинивших над ним дикое насилие среди бела дня? Нет, ни в коем случае, это можно сказать уверенно. Войти в милицию и сказать, что вот, мол, сейчас кот в очках читал мой паспорт, а потом человек в трико, с ножом... нет, граждане, Максимилиан Андреевич был действительно умным человеком!

Он был уже внизу и увидел у самой выходной двери дверь, ведущую в какую-то каморку. Стекло в этой двери было выбито. Поплавский спрятал паспорт в карман, оглянулся, надеясь увидеть выброшенные вещи. Но их не было и следа. Поплавский и сам подивился, насколько мало это его огорчило. Его занимала другая интересная и соблазнительная мысль — проверить на этом человечке еще раз проклятую квартиру. В самом деле: раз он справлялся о том, где она находится, значит, шел в нее впервые. Стало быть, он сейчас направлялся непосредственно в лапы к той компании, что засела в квартире № 50. Что-то подсказывало Поплавскому, что человечек этот очень скоро выйдет из этой квартиры. Ни на какие похороны никакого племянника Максимилиан Андреевич, конечно, уже не собирался, а до поезда в Киев времени было достаточно. Экономист оглянулся и нырнул в каморку.

В это время далеко наверху стукнула дверь. «Это он вошел!» — с замиранием сердца подумал Поплавский. В каморке было прохладно, пахло мышами и сапогами. Максимилиан Андреевич уселся на каком-то деревянном обрубке и решил ждать. Позиция была удобная, из каморки прямо была видна выходная дверь шестого парадного.

Однако ждать пришлось дольше, чем полагал киевлянин. Лестница все время была почему-то пустынна. Слышно было хорошо, и наконец в пятом этаже стукнула дверь. Поплавский замер. Да, его шажки. «Идет вниз». Открылась дверь этажом пониже. Шажки стихли. Женский голос. Голос грустного человечка... да, это его голос... Произнес что-то вроде «оставь, Христа ради...». Ухо Поплавского торчало в разбитом стекле. Это ухо уловило женский смех. Быстрые и бойкие шаги вниз; и вот мелькнула спина женщины. Эта женщина с клеенчатой зеленой сумкой в руках вышла из подъезда во двор. А шажки того человечка возобновились. «Странно, он назад возвращается в квартиру! Уж не из этой ли шайки он сам? Да, возвращается. Вон опять наверху открыли дверь. Ну что ж, подождем еще».

На этот раз пришлось ждать недолго. Звуки двери. Шажки. Шажки стихли. Отчаянный крик. Мяуканье кошки. Шажки быстрые, дробные, вниз, вниз, вниз!

Поплавский дождался. Крестясь и что-то бормоча, пролетел печальный человек, без шляпы, с совершенно безумным лицом, исцарапанной лысиной и в совершенно мокрых штанах. Он начал рвать за ручку выходную дверь, в страхе не соображая, куда она открывается — наружу или внутрь, — наконец совладал с нею и вылетел на солнце во двор.

Проверка квартиры была произведена, не думая больше ни о покойном племяннике, ни о квартире, содрогаясь при мысли о той опасности, которой он подвергался, Максимилиан Андреевич, шепча только два слова: «Все понятно! Все понятно!» — выбежал во двор. Через несколько минут троллейбус уносил экономиста-плановика по направлению к Киевскому вокзалу.

С маленьким же человечком, пока экономист сидел в каморке внизу, приключилась неприятнейшая история. Человечек был буфетчиком в Варьете и назывался Андрей Фокич Соков. Пока шло следствие в Варьете, Андрей Фокич держался в сторонке от всего происходившего, и замечено было только одно, что он стал еще грустнее, чем был всегда вообще, и, кроме того, что он справлялся у курьера Карпова о том, где остановился приезжий маг.

Итак, расставшись на площадке с экономистом, буфетчик добрался до пятого этажа и позвонил в квартиру № 50.

Ему открыли немедленно, но буфетчик вздрогнул, попятился и вошел не сразу. Это было понятно. Открыла дверь девица, на которой ничего не было, кроме кокетливого кружевного фартучка и белой наколки на голове. На ногах, впрочем, были золотые туфельки. Сложением девица отличалась безукоризненным, и единственным дефектом в ее внешности можно было считать багровый шрам на шее.

— Ну что ж, входите, раз звонили! — сказала девица, уставив на буфетчика зеленые распутные глаза.

Андрей Фокич охнул, заморгал глазами и шагнул в переднюю, снимая шляпу. В это время как раз в передней зазвенел телефон. Бесстыжая горничная, поставив одну ногу на стул, сняла трубку с рычажка и сказала в нее:

— Алло!

Буфетчик не знал, куда девать глаза, переминался с ноги на ногу и думал: «Ай да горничная у иностранца! Тьфу ты, пакость какая!» И чтобы спастись от пакости, стал коситься по сторонам.

Вся большая и полутемная передняя была загромождена необычными предметами и одеянием. Так, на спинку стула наброшен был траурный плащ, подбитый огненной материей, на подзеркальном столике лежала длинная шпага с поблескивающей золотой рукоятью. Три шпаги с рукоятями серебряными стояли в углу так же просто, как какие-нибудь зонтики или трости. А на оленьих рогах висели береты с орлиными перьями.

— Да, — говорила горничная в телефон, — как? Барон Майгель? Слушаю. Да! Господин артист сегодня дома. Да, будет рад вас видеть. Да, гости... Фрак или черный пиджак. Что? К двенадцати ночи. — Закончив разговор, горничная положила трубку и обратилась к буфетчику: — Вам что угодно?

— Мне необходимо видеть гражданина артиста.

— Как? Так-таки его самого?

— Его, — ответил буфетчик печально.

— Спрошу, — сказала, видимо колеблясь, горничная и, приоткрыв дверь в кабинет покойного Берлиоза, доложила: — Рыцарь, тут явился маленький человек, который говорит, что ему нужен мессир.

— А пусть войдет, — раздался из кабинета разбитый голос Коровьева.

— Пройдите в гостиную, — сказала девица так просто, как будто была одета по-человечески, приоткрыла дверь в гостиную, а сама покинула переднюю.

Войдя туда, куда его пригласили, буфетчик даже про дело свое позабыл, до того его поразило убранство комнаты. Сквозь цветные стекла больших окон (фантазия бесследно пропавшей ювелирши) лился необыкновенный, похожий на церковный, свет. В старинном громадном камине, несмотря на жаркий весенний день, пылали дрова. А жарко между тем нисколько не было в комнате, и даже наоборот, входящего охватывала какая-то погребная сырость. Перед камином на тигровой шкуре сидел, благодушно жмурясь на огонь, черный котище. Был стол, при взгляде на который богобоязненный буфетчик вздрогнул: стол был покрыт церковной парчой. На парчовой скатерти стояло множество бутылок — пузатых, заплесневевших и пыльных. Между бутылками поблескивало блюдо, и сразу было видно, что это блюдо из чистого золота. У камина маленький, рыжий, с ножом за поясом, на длинной стальной шпаге жарил куски мяса, и сок капал в огонь, и в дымоход уходил дым. Пахло не только жареным, но еще какими-то крепчайшими духами и ладаном, отчего у буфетчика, уже знавшего из газет о гибели Берлиоза и о месте его проживания, мелькнула мысль о том, что уж не служили ли, чего доброго, по Берлиозу церковную панихиду, каковую мысль, впрочем, он тут же отогнал от себя, как заведомо нелепую.

Ошеломленный буфетчик неожиданно услышал тяжелый бас:

— Ну-с, чем я вам могу быть полезен?

Тут буфетчик и обнаружил в тени того, кто был ему нужен.

Черный маг раскинулся на каком-то необъятном диване, низком, с разбросанными на нем подушками. Как показалось буфетчику, на артисте было только черное белье и черные же востроносые туфли.

— Я, — горько заговорил буфетчик, — являюсь заведующим буфетом театра Варьете...

Артист вытянул вперед руку, на пальцах которой сверкали камни, как бы заграждая уста буфетчику, и заговорил с большим жаром:

— Нет, нет, нет! Ни слова больше! Ни в каком случае и никогда! В рот ничего не возьму в вашем буфете! Я, почтеннейший, проходил вчера мимо вашей стойки и до сих пор не могу забыть ни осетрины, ни брынзы. Драгоценный мой! Брынза не бывает зеленого цвета, это вас кто-то обманул. Ей полагается быть белой. Да, а чай? Ведь это же помои! Я своими глазами видел, как какая-то неопрятная девушка подливала из ведра в ваш громадный самовар сырую воду, а чай между тем продолжали разливать. Нет, милейший, так невозможно!

— Я извиняюсь, — заговорил ошеломленный этим внезапным нападением Андрей Фокич, — я не по этому делу, и осетрина здесь ни при чем.

— То есть как это ни при чем, если она испорчена!

— Осетрину прислали второй свежести, — сообщил буфетчик.

— Голубчик, это вздор!

— Чего вздор?

— Вторая свежесть — вот что вздор! Свежесть бывает только одна — первая, она же и последняя. А если осетрина второй свежести, то это означает, что она тухлая!

— Я извиняюсь... — начал было опять буфетчик, не зная, как отделаться от придирающегося к нему артиста.

— Извинить не могу, — твердо сказал тот.

— Я не по этому делу пришел! — совсем расстраиваясь, проговорил буфетчик.

— Не по этому? — удивился иностранный маг. — А какое же еще дело могло вас привести ко мне? Если память не изменяет мне, из лиц, близких вам по профессии, я знался только с одною маркитанткой, но и то давно, когда вас еще не было на свете. Впрочем, я рад. Азазелло! Табурет господину заведующему буфетом.

Тот, что жарил мясо, повернулся, причем ужаснул буфетчика своими клыками, и ловко подал ему один из темных дубовых низеньких табуретов. Других сидений в комнате не было.

Буфетчик вымолвил:

— Покорнейше благодарю, — и опустился на скамеечку. Задняя ее ножка тотчас с треском подломилась, и буфетчик, охнув, пребольно ударился задом об пол. Падая, он поддел ногой другую скамеечку, стоявшую перед ним, и с нее опрокинул себе на брюки полную чашу красного вина.

Артист воскликнул:

— Ай! Не ушиблись ли вы?

Азазелло помог буфетчику подняться, подал другое сиденье. Полным горя голосом буфетчик отказался от предложения хозяина снять штаны и просушить их перед огнем и, чувствуя себя невыносимо неудобно в мокром белье и платье, сел на другую скамеечку с опаской.

— Я люблю сидеть низко, — заговорил артист, — с низкого не так опасно падать. Да, итак, мы остановились на осетрине? Голубчик мой! Свежесть, свежесть и свежесть, вот что должно быть девизом всякого буфетчика. Да вот, не угодно ли отведать...

Тут в багровом свете от камина блеснула перед буфетчиком шпага, и Азазелло выложил на золотую тарелку шипящий кусок мяса, полил его лимонным соком и подал буфетчику золотую двузубую вилку.

— Покорнейше... я...

— Нет, нет, попробуйте!

Буфетчик из вежливости положил кусочек в рот и сразу понял, что жует что-то действительно очень свежее и, главное, необыкновенно вкусное. Но, прожевывая душистое, сочное мясо, буфетчик едва не подавился и не упал вторично. Из соседней комнаты влетела большая темная птица и тихонько задела крылом лысину буфетчика. Сев на каминную полку рядом с часами, птица оказалась совой. «Господи боже мой! — подумал нервный, как все буфетчики, Андрей Фокич. — Вот квартирка!»

— Чашу вина? Белое, красное? Вино какой страны вы предпочитаете в это время дня?

— Покорнейше... я не пью...

— Напрасно! Так не прикажете ли партию в кости? Или вы любите другие какие-нибудь игры? Домино, карты?

— Не играю, — уже утомленный, отозвался буфетчик.

— Совсем худо, — заключил хозяин, — что-то, воля ваша, недоброе таится в мужчинах, избегающих вина, игр, общества прелестных женщин, застольной беседы. Такие люди или тяжко больны, или втайне ненавидят окружающих. Правда, возможны исключения. Среди лиц, садившихся со мною за пиршественный стол, попадались иногда удивительные подлецы! Итак, я слушаю ваше дело.

— Вчера вы изволили фокусы делать...

— Я? — воскликнул в изумлении маг. — Помилосердствуйте. Мне это даже как-то не к лицу!

— Виноват, — сказал опешивший буфетчик, — да ведь... сеанс черной магии...

— Ах, ну да, ну да! Дорогой мой! Я открою вам тайну: я вовсе не артист, а просто мне хотелось повидать москвичей в массе, а удобнее всего это было сделать в театре. Ну вот моя свита, — он кивнул в сторону кота, — и устроила этот сеанс, я же лишь сидел и смотрел на москвичей. Но не меняйтесь в лице, а скажите, что же в связи с этим сеансом привело вас ко мне?

— Изволите ли видеть, в числе прочего бумажки слетели с потолка, — буфетчик понизил голос и конфузливо оглянулся, — ну, их все и похватали. И вот заходит ко мне в буфет молодой человек, дает червонец, я сдачи ему восемь с полтиной... Потом другой...

— Тоже молодой человек?

— Нет, пожилой. Третий, четвертый. Я все даю сдачи. А сегодня стал проверять кассу, глядь, а вместо денег — резаная бумага. На сто девять рублей наказали буфет.

— Ай-яй-яй! — воскликнул артист. — Да неужели ж они думали, что это настоящие бумажки? Я не допускаю мысли, чтобы они это сделали сознательно.

Буфетчик как-то криво и тоскливо оглянулся, но ничего не сказал.

— Неужели мошенники? — тревожно спросил у гостя маг. — Неужели среди москвичей есть мошенники?

В ответ буфетчик так горько улыбнулся, что отпали всякие сомнения: да, среди москвичей есть мошенники.

— Это низко! — возмутился Воланд. — Вы человек бедный... Ведь вы — человек бедный?

Буфетчик втянул голову в плечи, так что стало видно, что он человек бедный.

— У вас сколько имеется сбережений?

Вопрос был задан участливым тоном, но все-таки такой вопрос нельзя не признать неделикатным. Буфетчик замялся.

— Двести сорок девять тысяч рублей в пяти сберкассах, — отозвался из соседней комнаты треснувший голос, — и дома под полом двести золотых десяток.

Буфетчик как будто прикипел к своему табурету.

— Ну конечно, это не сумма, — снисходительно сказал Воланд своему гостю, — хотя, впрочем, и она, собственно, вам не нужна. Вы когда умрете?

Тут уж буфетчик возмутился.

— Это никому не известно и никого не касается, — ответил он.

— Ну да, неизвестно, — послышался все тот же дрянной голос из кабинета, — подумаешь, бином Ньютона! Умрет он через девять месяцев, в феврале будущего года, от рака печени в клинике Первого МГУ, в четвертой палате.

Буфетчик стал желт лицом.

— Девять месяцев, — задумчиво считал Воланд, — двести сорок девять тысяч... Это выходит круглым счетом двадцать семь тысяч в месяц? Маловато, но при скромной жизни хватит... Да еще эти десятки...

— Десятки реализовать не удастся, — ввязался все тот же голос, леденя сердце буфетчика, — по смерти Андрея Фокича дом немедленно сломают и десятки будут отправлены в Госбанк.

— Да я и не советовал бы вам ложиться в клинику, — продолжал артист, — какой смысл умирать в палате под стоны и хрип безнадежных больных. Не лучше ли устроить пир на эти двадцать семь тысяч и, приняв яд, переселиться «в другой мир» под звуки струн, окруженным хмельными красавицами и лихими друзьями?

Буфетчик сидел неподвижно и очень постарел. Темные кольца окружили его глаза, щеки обвисли, и нижняя челюсть отвалилась.

— Впрочем, мы замечтались, — воскликнул хозяин, — к делу. Покажите вашу резаную бумагу.

Буфетчик, волнуясь, вытащил из кармана пачку, развернул ее и остолбенел. В обрывке газеты лежали червонцы.

— Дорогой мой, вы действительно нездоровы, — сказал Воланд, пожимая плечами.

Буфетчик, дико улыбаясь, поднялся с табурета.

— А, — заикаясь, проговорил он, — а если они опять того...

— Гм... — задумался артист, — ну, тогда приходите к нам опять. Милости просим! Рад нашему знакомству.

Тут же выскочил из кабинета Коровьев, вцепился в руку буфетчику, стал ее трясти и упрашивать Андрея Фокича всем, всем передать поклоны. Плохо что-либо соображая, буфетчик тронулся в переднюю.

— Гелла, проводи! — кричал Коровьев.

Опять-таки эта рыжая нагая в передней! Буфетчик протиснулся в дверь, пискнув «до свидания» и пошел, как пьяный. Пройдя немного вниз, он остановился, сел на ступеньки, вынул пакет, проверил — червонцы были на месте.

Тут из квартиры, выходящей на эту площадку, вышла женщина с зеленой сумкой. Увидев человека, сидящего на ступеньке и тупо глядящего на червонцы, улыбнулась и сказала задумчиво:

— Что за дом у нас такой! И этот с утра пьяный. Стекла выбили опять на лестнице. — Всмотревшись повнимательнее в буфетчика, она добавила: — Э, да у вас, гражданин, червонцев-то куры не клюют. Ты бы со мной поделился! А?

— Оставьте меня, Христа ради, — испугался буфетчик и проворно спрятал деньги. Женщина рассмеялась:

— Да ну тебя к лешему, скаред! Я пошутила, — и пошла вниз.

Буфетчик медленно поднялся, поднял руку, чтобы поправить шляпу, и убедился, что ее на голове нету. Ужасно ему не хотелось возвращаться, но шляпы было жалко. Немного поколебавшись, он все-таки вернулся и позвонил.

— Что вам еще? — спросила его проклятая Гелла.

— Я шляпочку забыл, — шепнул буфетчик, тыча себе в лысину. Гелла повернулась, буфетчик мысленно плюнул и закрыл глаза. Когда он их открыл, Гелла подавала ему его шляпу и шпагу с темной рукоятью.

— Не мое, — шепнул буфетчик, отпихивая шпагу и быстро надевая шляпу.

— Разве вы без шпаги пришли? — удивилась Гелла.

Буфетчик что-то буркнул и быстро пошел вниз. Голове его было почему-то неудобно и слишком тепло в шляпе; он снял ее и, подпрыгнув от страха, тихо вскрикнул. В руках у него был бархатный берет с петушьим потрепанным пером. Буфетчик перекрестился. В то же мгновение берет мяукнул, превратился в черного котенка и, вскочив обратно на голову Андрею Фокичу, всеми когтями впился в его лысину. Испустив крик отчаяния, буфетчик кинулся бежать вниз, а котенок свалился с головы и брызнул вверх по лестнице.

Вырвавшись на воздух, буфетчик рысью пробежал к воротам и навсегда покинул чертов дом № 302-бис.

Превосходно известно, что с ним было дальше. Вырвавшись из подворотни, буфетчик диковато оглянулся, как будто что-то ища. Через минуту он был на другой стороне улицы в аптеке. Лишь только он произнес слова: «Скажите, пожалуйста...» — как женщина за прилавком воскликнула:

— Гражданин! У вас же вся голова изрезана!..

Минут через пять буфетчик был перевязан марлей, узнал, что лучшими специалистами по болезни печени считаются профессора Бернадский и Кузьмин, спросил, кто ближе, загорелся от радости, когда узнал, что Кузьмин живет буквально через двор в маленьком беленьком особнячке, и минуты через две был в этом особнячке.

Помещеньице было старинное, но очень, очень уютное. Запомнилось буфетчику, что первая попалась ему навстречу старенькая нянька, которая хотела взять у него шляпу, но так как шляпы у него не оказалось, то нянька, жуя пустым ртом, куда-то ушла.

Вместо нее оказалась у зеркала и, кажется, под какой-то аркой, женщина средних лет и тут же сказала, что можно записаться только на девятнадцатое, не раньше. Буфетчик сразу смекнул, в чем спасение. Заглянув угасающим глазом за арку, где в какой-то явной передней дожидались три человека, он шепнул:

— Смертельно больной...

Женщина недоуменно поглядела на забинтованную голову буфетчика, поколебалась, сказала:

— Ну что ж... — и пропустила буфетчика за арку.

В то же мгновенье противоположная дверь открылась, в ней блеснуло золотое пенсне, женщина в халате сказала:

— Граждане, этот больной пойдет вне очереди.

И не успел буфетчик оглянуться, как он оказался в кабинете профессора Кузьмина. Ничего страшного, торжественного и медицинского не было в этой продолговатой комнате.

— Что с вами? — спросил приятным голосом профессор Кузьмин и несколько тревожно поглядел на забинтованную голову.

— Сейчас из достоверных рук узнал, — ответил буфетчик, одичало поглядывая на какую-то фотографическую группу за стеклом, — что в феврале будущего года умру от рака печени. Умоляю остановить.

Профессор Кузьмин как сидел, так и откинулся на высокую кожаную готическую спинку кресла.

— Простите, не понимаю вас... вы что, были у врача? Почему у вас голова забинтована?

— Какого там врача?.. Видали бы вы этого врача!.. — он вдруг застучал зубами. — А на голову не обращайте внимания, не имеет отношения, — ответил буфетчик, — на голову плюньте, она здесь ни при чем. Рак печени, прошу остановить.

— Да позвольте, кто вам сказал?

— Верьте ему, — пламенно попросил буфетчик, — уж он знает.

— Ничего не понимаю, — пожимая плечами и отъезжая с креслом от стола, говорил профессор. — Как же он может знать, когда вы помрете? Тем более, что он не врач!

— В четвертой палате, — ответил буфетчик.

Тут профессор посмотрел на своего пациента, на его голову, на сырые брюки и подумал: «Вот еще не хватало! Сумасшедший!» Спросил:

— Вы пьете водку?

— Никогда не прикасался, — ответил буфетчик.

Через минуту он был раздет, лежал на холодной клеенчатой кушетке, и профессор мял его живот. Тут, надо сказать, буфетчик значительно повеселел. Профессор категорически утверждал, что сейчас, по крайней мере в данный момент, никаких признаков рака у буфетчика нет. Но что раз так... раз он боится и какой-то шарлатан его напугал, то нужно сделать все анализы...

Профессор строчил на листках бумаги, объяснял, куда пойти, что отнести. Кроме того, дал записку к профессору-невропатологу Буре, объясняя буфетчику, что нервы у него в полном беспорядке.

— Сколько вам платить, профессор? — нежным и дрожащим голосом спросил буфетчик, вытаскивая толстый бумажник.

— Сколько хотите, — отрывисто и сухо ответил профессор.

Буфетчик вынул тридцать рублей и выложил их на стол, а затем неожиданно мягко, как будто кошачьей лапкой оперируя, положил сверх червонцев звякнувший столбик в газетной бумажке.

— А это что такое? — спросил Кузьмин и подкрутил усы.

— Не брезгуйте, гражданин профессор, — прошептал буфетчик, — умоляю — остановите рак.

— Уберите сейчас же ваше золото, — сказал профессор, гордясь собой, — вы бы лучше за нервами смотрели. Завтра же дайте мочу на анализ, не пейте много чаю и ешьте без соли совершенно.

— Даже суп не солить? — спросил буфетчик.

— Ничего не солить, — приказал Кузьмин.

— Эхх!.. — тоскливо воскликнул буфетчик, умиленно глядя на профессора, забирая десятки и задом пятясь к двери.

Больных в тот вечер у профессора было немного, и с приближением сумерек ушел последний.

Снимая халат, профессор глянул на то место, где буфетчик оставил червонцы, и увидел, что никаких червонцев там нет, а лежат три этикетки с бутылок «Абрау-Дюрсо».

— Черт знает что такое! — пробормотал Кузьмин, волоча полу халата по полу и ощупывая бумажки. — Он, оказывается, не только шизофреник, но и жулик! Но я не могу понять, что ему понадобилось от меня? Неужели записка на анализ мочи? О! Он украл пальто! — И он кинулся в переднюю, опять-таки в халате на один рукав. — Ксения Никитишна! — пронзительно закричал он в дверях передней. — Посмотрите, пальто целы?

Выяснилось, что все пальто целы. Но зато, когда профессор вернулся к столу, содрав наконец с себя халат, он как бы врос возле стола в паркет, приковавшись взглядом к своему столу. На том месте, где лежали этикетки, сидел черный котенок-сирота с несчастливой мордочкой и мяукал над блюдечком с молоком.

— Эт-то что же такое, позвольте?! Это уже... — Кузьмин почувствовал, как у него похолодел затылок.

На тихий и жалобный крик профессора прибежала Ксения Никитишна и совершенно его успокоила, сразу сказав, что это, конечно, кто-нибудь из пациентов подбросил котенка, что это нередко бывает у профессоров.

— Живут, наверно, бедно, — объясняла Ксения Никитишна, — ну а у нас, конечно...

Стали думать и гадать, кто бы мог подбросить. Подозрение пало на старушку с язвой желудка.

— Она, конечно, — говорила Ксения Никитишна, — она думает так: мне все равно помирать, а котеночка жалко.

— Но позвольте! — закричал Кузьмин. — А что же молоко?! Она тоже принесла? Блюдечко-то?!

— Она в пузыречке принесла, здесь налила в блюдечко, — пояснила Ксения Никитишна.

— Во всяком случае, уберите и котенка, и блюдечко, — сказал Кузьмин и сам сопровождал Ксению Никитишну до двери. Когда он вернулся, обстановка изменилась.

Вешая халат на гвоздик, профессор услышал во дворе хохот, выглянул, натурально, оторопел. Через двор пробегала в противоположный флигелек дама в одной рубашке. Профессор даже знал, как ее зовут, — Марья Александровна. Хохотал мальчишка.

— Что такое? — презрительно сказал Кузьмин.

Тут за стеной, в комнате дочери профессора, заиграл патефон фокстрот «Аллилуйя», и в то же мгновение послышалось воробьиное чириканье за спиной у профессора. Он обернулся и увидел на столе у себя крупного прыгающего воробья.

«Гм... спокойно... — подумал профессор, — он влетел, когда я отходил от окна. Все в порядке», — приказал себе профессор, чувствуя, что все в полном беспорядке и, конечно, главным образом из-за этого воробья. Присмотревшись к нему, профессор сразу убедился, что этот воробей — не совсем простой воробей. Паскудный воробушек припадал на левую лапку, явно кривлялся, волоча ее, работал синкопами, одним словом, — приплясывал фокстрот под звуки патефона, как пьяный у стойки. Хамил, как умел, поглядывая на профессора нагло.

Рука Кузьмина легла на телефон, и он собрался позвонить своему однокурснику Буре, чтобы спросить, что означают такого рода воробушки в шестьдесят лет, да еще когда вдруг кружится голова?

Воробушек же тем временем сел на подаренную чернильницу, нагадил в нее (я не шучу!), затем взлетел вверх, повис в воздухе, потом с размаху будто стальным клювом клюнул в стекло фотографии, изображающей полный университетский выпуск 94-го года, разбил стекло вдребезги и затем уже улетел в окно.

Профессор переменил номер на телефоне и вместо того, чтобы позвонить Буре, позвонил в бюро пиявок, сказал, что говорит профессор Кузьмин и что он просит сейчас прислать ему пиявок на дом.

Положив трубку на рычажок, опять-таки профессор повернулся к столу и тут же испустил вопль. За столом этим сидела в косынке сестры милосердия женщина с сумочкой с надписью на ней: «Пиявки». Вопил профессор, вглядевшись в ее рот. Он был мужской, кривой, до ушей, с одним клыком. Глаза у сестры были мертвые.

— Денежки я приберу, — мужским басом сказала сестра, — нечего им тут валяться. — Сгребла птичьей лапой этикетки и стала таять в воздухе.

Прошло два часа. Профессор Кузьмин сидел в спальне на кровати, причем пиявки висели у него на висках, за ушами и на шее. В ногах у Кузьмина на шелковом стеганом одеяле сидел седоусый профессор Буре, соболезнующе глядел на Кузьмина и утешал его, что все это вздор. В окне уже была ночь.

Что дальше происходило диковинного в Москве в эту ночь, мы не знаем и доискиваться, конечно, не станем, — тем более что настала пора переходить нам ко второй части этого правдивого повествования. За мной, читатель!

Часть II

Глава 19

МАРГАРИТА

За мной, читатель! Кто сказал тебе, что нет на свете настоящей, верной, вечной любви? Да отрежут лгуну его гнусный язык!

За мной, мой читатель, и только за мной, и я покажу тебе такую любовь!

Нет! Мастер ошибался, когда с горечью говорил Иванушке в больнице в тот час, когда ночь переваливалась через полночь, что она позабыла его. Этого быть не могло. Она его, конечно, не забыла.

Прежде всего откроем тайну, которой мастер не пожелал открыть Иванушке. Возлюбленную его звали Маргаритой Николаевной. Все, что мастер говорил о ней бедному поэту, было сущей правдой. Он описал свою возлюбленную верно. Она была красива и умна. К этому надо добавить еще одно — с уверенностью можно сказать, что многие женщины все, что угодно, отдали бы за то, чтобы променять свою жизнь на жизнь Маргариты Николаевны. Бездетная тридцатилетняя Маргарита была женою очень крупного специалиста, к тому же сделавшего важнейшее открытие государственного значения. Муж ее был молод, красив, добр, честен и обожал свою жену. Маргарита Николаевна со своим мужем вдвоем занимали весь верх прекрасного особняка в саду в одном из переулков близ Арбата. Очаровательное место! Всякий может в этом убедиться, если пожелает направиться в этот сад. Пусть обратится ко мне, я скажу ему адрес, укажу дорогу — особняк цел еще до сих пор.

Маргарита Николаевна не нуждалась в деньгах. Маргарита Николаевна могла купить все, что ей понравится. Среди знакомых ее мужа попадались интересные люди. Маргарита Николаевна никогда не прикасалась к примусу. Маргарита Николаевна не знала ужасов житья в совместной квартире. Словом... она была счастлива? Ни одной минуты! С тех пор, как девятнадцатилетней она вышла замуж и попала в особняк, она не знала счастья. Боги, боги мои! Что же нужно было этой женщине?! Что нужно было этой женщине, в глазах которой всегда горел какой-то непонятный огонечек! Что нужно было этой чуть косящей на один глаз ведьме, украсившей себя тогда весною мимозами? Не знаю. Мне неизвестно. Очевидно, она говорила правду, ей нужен был он, мастер, а вовсе не готический особняк, и не отдельный сад, и не деньги. Она любила его, она говорила правду. Даже у меня, правдивого повествователя, но постороннего человека, сжимается сердце при мысли о том, что испытала Маргарита, когда пришла на другой день в домик мастера, по счастью, не успев переговорить с мужем, который не вернулся в назначенный срок, и узнала, что мастера уже нет.

Она сделала все, чтобы разузнать что-нибудь о нем, и, конечно, не разузнала ровно ничего. Тогда она вернулась в особняк и зажила на прежнем месте.

Но лишь только исчез грязный снег с тротуаров и мостовых, лишь только потянуло в форточки гниловатым беспокойным ветром весны, Маргарита Николаевна затосковала пуще, чем зимой. Она плакала часто втайне долгим и горьким плачем. Она не знала, кого она любит: живого или мертвого? И чем дальше шли отчаянные дни, тем чаще, и в особенности в сумерки, ей приходила мысль о том, что она связана с мертвым.

Нужно было или забыть его, или самой умереть. Ведь нельзя же влачить такую жизнь. Нельзя!

Забыть его, чего бы ни стоило — забыть! Но он не забывается, вот горе в чем.

— Да, да, да, такая же самая ошибка! — говорила Маргарита зимою, сидя у печки и глядя в огонь, зажженный в память того огня, что горел тогда, когда он писал Понтия Пилата. — Зачем я тогда ночью ушла от него? Зачем? Ведь это же безумие! Я вернулась на другой день, честно, как обещала, но было уже поздно. Да, я вернулась, как несчастный Левий Матвей, слишком поздно!

Все эти слова были, конечно, нелепы, потому что, в самом деле: что изменилось бы, если бы она в ту ночь осталась у мастера? Разве она спасла бы его? «Смешно!» — воскликнули бы мы, но мы этого не сделаем перед доведенной до отчаяния женщиной.

В тот самый день, когда происходила всякая нелепая кутерьма, вызванная появлением черного мага в Москве, в пятницу, когда был изгнан обратно в Киев дядя Берлиоза, когда арестовали бухгалтера и произошло еще множество других глупейших и непонятных вещей, Маргарита проснулась около полудня в своей спальне, выходящей фонарем в башню особняка.

Проснувшись, Маргарита не заплакала, как это бывало часто, потому что проснулась с предчувствием, что сегодня наконец что-то произойдет. Ощутив это предчувствие, она стала его подогревать и растить в своей душе, опасаясь, чтобы оно ее не покинуло.

— Я верую! — шептала Маргарита торжественно. — Я верую! Что-то произойдет! Не может не произойти, потому что за что же, в самом деле, мне послана пожизненная мука? Сознаюсь в том, что я лгала и обманывала и жила тайною жизнью, скрытой от людей, но все же нельзя за это наказывать так жестоко. Что-то случится непременно, потому что не бывает так, чтобы что-нибудь тянулось вечно. А кроме того, мой сон был вещий, за это я ручаюсь.

Так шептала Маргарита Николаевна, глядя на пунцовые шторы, наливающиеся солнцем, беспокойно одеваясь, расчесывая перед тройным зеркалом короткие завитые волосы.

Сон, который приснился в эту ночь Маргарите, был действительно необычен. Дело в том, что во время своих зимних мучений она никогда не видела во сне мастера. Ночью он оставлял ее, и мучилась она только в дневные часы. А тут приснился.

Приснилась неизвестная Маргарите местность — безнадежная, унылая, под пасмурным небом ранней весны. Приснилось это клочковатое бегущее серенькое небо, а под ним беззвучная стая грачей. Какой-то корявый мостик. Под ним мутная весенняя речонка, безрадостные, нищенские полуголые деревья, одинокая осина, а далее, — меж деревьев, за каким-то огородом, — бревенчатое зданьице, не то оно — отдельная кухня, не то баня, не то черт его знает что. Неживое все кругом какое-то и до того унылое, что так и тянет повеситься на этой осине у мостика. Ни дуновения ветерка, ни шевеления облака и ни живой души. Вот адское место для живого человека!

И вот, вообразите, распахивается дверь этого бревенчатого здания, и появляется он. Довольно далеко, но он отчетливо виден. Оборван он, не разберешь, во что он одет. Волосы всклокочены, небрит. Глаза больные, встревоженные. Манит ее рукой, зовет. Захлебываясь в неживом воздухе, Маргарита по кочкам побежала к нему и в это время проснулась.

«Сон этот может означать только одно из двух, — рассуждала сама с собой Маргарита Николаевна, — если он мертв и поманил меня, то это значит, что он приходил за мною и я скоро умру. Это очень хорошо, потому что мучениям тогда настает конец. Или он жив, тогда сон может означать одно, что он напоминает мне о себе! Он хочет сказать, что мы еще увидимся. Да, мы увидимся очень скоро».

Находясь все в том же возбужденном состоянии, Маргарита оделась и стала внушать себе, что, в сущности, все складывается очень удачно, а такие удачные моменты надо уметь ловить и пользоваться ими. Муж уехал в командировку на целых три дня. В течение трех суток она предоставлена самой себе, никто не помешает ей думать о чем угодно, мечтать о том, что ей нравится. Все пять комнат в верхнем этаже особняка, вся эта квартира, которой в Москве позавидовали бы десятки тысяч человек, в ее полном распоряжении.

Однако, получив свободу на целых три дня, из всей этой роскошной квартиры Маргарита выбрала далеко не самое лучшее место. Напившись чаю, она ушла в темную, без окон, комнату, где хранились чемоданы и разное старье в двух больших шкафах. Присев на корточки, она открыла нижний ящик первого из них и из-под груды шелковых обрезков достала то единственно ценное, что имела в жизни. В руках у Маргариты оказался старый альбом коричневой кожи, в котором была фотографическая карточка мастера, книжка сберегательной кассы со вкладом в десять тысяч на его имя, распластанные между листками папиросной бумаги лепестки засохшей розы и часть тетради в целый лист, исписанной на машинке и с обгоревшим нижним краем.

Вернувшись с этим богатством к себе в спальню, Маргарита Николаевна установила на трехстворчатом зеркале фотографию и просидела около часа, держа на коленях испорченную огнем тетрадь, перелистывая ее и перечитывая то, в чем после сожжения не было ни начала, ни конца: «...Тьма, пришедшая со Средиземного моря, накрыла ненавидимый прокуратором город. Исчезли висячие мосты, соединяющие храм со страшной Антониевой башней, опустилась с неба бездна и залила крылатых богов над гипподромом, Хасмонейский дворец с бойницами, базары, караван-сараи, переулки, пруды... Пропал Ершалаим — великий город, как будто не существовал на свете...»

Маргарите хотелось читать дальше, но дальше ничего не было, кроме неровной угольной бахромы.

Утирая слезы, Маргарита Николаевна оставила тетрадь, локти положила на подзеркальный столик и, отражаясь в зеркале, долго сидела, не спуская глаз с фотографии. Потом слезы высохли, Маргарита аккуратно сложила свое имущество, и через несколько минут оно было опять погребено под шелковыми тряпками, и со звоном в темной комнате закрылся замок.

Маргарита Николаевна надевала в передней пальто, чтобы идти гулять. Красавица Наташа, ее домработница, осведомилась о том, что сделать на второе, и, получив ответ, что это безразлично, чтобы развлечь самое себя, вступила со своей хозяйкой в разговор и стала рассказывать бог знает что, вроде того, что вчера в театре фокусник такие фокусы показывал, что все ахнули, всем раздавал по два флакона заграничных духов и чулки бесплатно, а потом, как сеанс кончился, публика вышла на улицу, и — хвать — все оказались голые! Маргарита Николаевна повалилась на стул под зеркалом в передней и захохотала.

— Наташа! Ну как вам не стыдно, — говорила Маргарита Николаевна, — вы грамотная, умная девушка; в очередях врут черт знает что, а вы повторяете!

Наташа залилась румянцем и с большим жаром возразила, что ничего не врут и что она сегодня сама лично в гастрономе на Арбате видела одну гражданку, которая пришла в гастроном в туфлях, а как стала у кассы платить, туфли у нее с ног исчезли и она осталась в одних чулках. Глаза вылупленные! На пятке дыра. А туфли эти волшебные, с того самого сеанса.

— Так и пошла?

— Так и пошла! — вскрикивала Наташа, все больше краснея оттого, что ей не верят. — Да вчера, Маргарита Николаевна, милиция человек сто ночью забрала. Гражданки с этого сеанса в одних панталонах бежали по Тверской.

— Ну конечно, это Дарья рассказывала, — говорила Маргарита Николаевна, — я давно уже за ней замечала, что она страшная врунья.

Смешной разговор закончился приятным сюрпризом для Наташи. Маргарита Николаевна пошла в спальню и вышла оттуда, держа в руках пару чулок и флакон одеколона. Сказав Наташе, что она тоже хочет показать фокус, Маргарита Николаевна подарила ей и чулки и склянку и сказала, что просит ее только об одном — не бегать в одних чулках по Тверской и не слушать Дарью. Расцеловавшись, хозяйка и домработница расстались.

Откинувшись на удобную, мягкую спинку кресла в троллейбусе, Маргарита Николаевна ехала по Арбату и то думала о своем, то прислушивалась к тому, о чем шепчутся двое граждан, сидящих впереди нее.

А те, изредка оборачиваясь с опаской, не слышит ли кто, перешептывались о какой-то ерунде. Здоровенный, мясистый, с бойкими свиными глазками, сидящий у окна, тихо говорил маленькому своему соседу о том, что пришлось закрыть гроб черным покрывалом...

— Да не может быть, — поражаясь, шептал маленький, — это что-то неслыханное... А что же Желдыбин предпринял?

Среди ровного гудения троллейбуса слышались слова от окошка:

— Уголовный розыск... скандал... ну, прямо мистика!

Из этих отрывочных кусочков Маргарита Николаевна кое-как составила что-то связное. Граждане шептались о том, что у какого-то покойника, а какого — они не называли, сегодня утром из гроба украли голову! Вот из-за этого этот Желдыбин так и волнуется теперь. Все эти, что шепчутся в троллейбусе, тоже имеют какое-то отношение к обокраденному покойнику.

— Поспеем ли за цветами заехать? — беспокоился маленький. — Кремация, ты говоришь, в два?

Наконец Маргарите Николаевне надоело слушать эту таинственную трепотню про украденную из гроба голову, и она обрадовалась, что ей пора выходить.

Через несколько минут Маргарита Николаевна уже сидела под Кремлевской стеной на одной из скамеек, поместившись так, что ей был виден манеж.

Маргарита щурилась на ярком солнце, вспоминала свой сегодняшний сон, вспоминала, как ровно год, день в день и час в час, на этой же самой скамье она сидела рядом с ним. И точно так же, как и тогда, черная сумочка лежала рядом с нею на скамейке. Его не было рядом в этот день, но разговаривала мысленно Маргарита Николаевна все же с ним: «Если ты сослан, то почему же ты не даешь знать о себе? Ведь дают же люди знать. Ты разлюбил меня? Нет, я почему-то этому не верю. Значит, ты был сослан и умер... Тогда, прошу тебя, отпусти меня, дай мне наконец свободу жить, дышать воздухом». Маргарита Николаевна сама отвечала себе за него: «Ты свободна... Разве я держу тебя?» Потом возражала ему: «Нет, что же это за ответ! Нет, ты уйди из моей памяти, тогда я стану свободна».

Люди проходили мимо Маргариты Николаевны. Какой-то мужчина покосился на хорошо одетую женщину, привлеченный ее красотою и одиночеством. Он кашлянул и присел на кончик той же скамьи, на которой сидела Маргарита Николаевна. Набравшись духу, он заговорил:

— Определенно хорошая погода сегодня...

Но Маргарита так мрачно поглядела на него, что он поднялся и ушел.

«Вот и пример, — мысленно говорила Маргарита тому, кто владел ею, — почему, собственно, я прогнала этого мужчину? Мне скучно, а в этом ловеласе нет ничего дурного, разве только что глупое слово «определенно»? Почему я сижу, как сова, под стеной одна? Почему я выключена из жизни?»

Она совсем запечалилась и понурилась. Но тут вдруг та самая утренняя волна ожидания и возбуждения толкнула ее в грудь. «Да, случится!» Волна толкнула ее вторично, и тут она поняла, что это волна звуковая. Сквозь шум города все отчетливее слышались приближающиеся удары барабана и звуки немного фальшивящих труб.

Первым показался шагом едущий мимо решетки сада конный милиционер, а за ним три пеших. Затем медленно едущий грузовик с музыкантами. Далее — медленно двигающаяся похоронная новенькая открытая машина, на ней гроб весь в венках, а по углам площадки —

четыре стоящих человека: трое мужчин, одна женщина. Даже на расстоянии Маргарита разглядела, что лица стоящих в похоронной машине людей, сопровождающих покойника в последний путь, какие-то странно растерянные. В особенности это было заметно в отношении гражданки, стоявшей в левом заднем углу автодрог. Толстые щеки этой гражданки как будто изнутри распирало еще больше какою-то пикантной тайной, в заплывших глазках играли двусмысленные огоньки. Казалось, что вот-вот еще немного, и гражданка, не вытерпев, подмигнет на покойника и скажет: «Видали вы что-либо подобное? Прямо мистика!» Столь же растерянные лица были и у пеших провожающих, которые, в количестве человек трехсот примерно, медленно шли за похоронной машиной.

Маргарита провожала глазами шествие, прислушиваясь к тому, как затихает вдали унылый турецкий барабан, выделывающий одно и то же «бумс, бумс, бумс», и думала: «Какие странные похороны... И какая тоска от этого «бумса»! Ах, право, дьяволу бы я заложила душу, чтобы только узнать, жив он или нет! Интересно знать, кого это хоронят с такими удивительными лицами?»

— Берлиоза Михаила Александровича, — послышался рядом несколько носовой мужской голос, — председателя МАССОЛИТа.

Удивленная Маргарита Николаевна повернулась и увидела на своей скамейке гражданина, который, очевидно, бесшумно подсел в то время, когда Маргарита загляделась на процессию и, надо полагать, в рассеянности вслух задала свой последний вопрос.

Процессия тем временем стала приостанавливаться, вероятно, задерживаемая впереди светофорами.

— Да, — продолжал неизвестный гражданин, — удивительное у них настроение. Везут покойника, а думают только о том, куда девалась его голова!

— Какая голова? — спросила Маргарита, вглядываясь в неожиданного соседа. Сосед этот оказался маленького роста, пламенно-рыжий, с клыком, в крахмальном белье, в полосатом добротном костюме, в лакированных туфлях и с котелком на голове. Галстух был яркий. Удивительно было то, что из кармашка, где обычно мужчины носят платочек или самопишущее перо, у этого гражданина торчала обглоданная куриная кость.

— Да, изволите ли видеть, — объяснил рыжий, — сегодня утром в грибоедовском зале голову у покойника стащили из гроба.

— Как же это может быть? — невольно спросила Маргарита, в то же время вспомнив шепот в троллейбусе.

— Черт его знает как! — развязно ответил рыжий. — Я, впрочем, полагаю, что об этом Бегемота не худо бы спросить. До ужаса ловко сперли. Такой скандалище! И, главное, непонятно, кому и на что она нужна, эта голова!

Как ни была занята своим Маргарита Николаевна, ее все же поразили странные враки неизвестного гражданина.

— Позвольте! — вдруг воскликнула она. — Какого Берлиоза? Это что в газетах сегодня...

— Как же, как же...

— Так это, стало быть, литераторы за гробом идут? — спросила Маргарита и вдруг оскалилась.

— Ну, натурально, они!

— А вы их знаете в лицо?

— Всех до единого, — ответил рыжий.

— Скажите, — заговорила Маргарита, и голос ее стал глух, — среди них нету критика Латунского?

— Как же его может не быть? — ответил рыжий. — Вон он с краю в четвертом ряду.

— Это блондин-то? — щурясь, спросила Маргарита.

— Пепельного цвета... Видите, он глаза вознес к небу.

— На патера похож?

— Во-во!

Больше Маргарита ничего не спросила, всматриваясь в Латунского.

— А вы, как я вижу, — улыбаясь, заговорил рыжий, — ненавидите этого Латунского.

— Я еще кой-кого ненавижу, — сквозь зубы ответила Маргарита, — но об этом неинтересно говорить.

Процессия в это время двинулась дальше, за пешими потянулись большею частью пустые автомобили.

— Да уж, конечно, чего тут интересного, Маргарита Николаевна!

Маргарита удивилась:

— Вы меня знаете?

Вместо ответа рыжий снял котелок и взял его на отлет.

«Совершенно разбойничья рожа!» — подумала Маргарита, вглядываясь в своего уличного собеседника.

— А я вас не знаю, — сухо сказала Маргарита.

— Откуда ж вам меня знать! А между тем я к вам послан по дельцу.

Маргарита побледнела и отшатнулась.

— С этого прямо и нужно было начинать, — заговорила она, — а не молоть черт знает что про отрезанную голову! Вы меня хотите арестовать?

— Ничего подобного, — воскликнул рыжий, — что это такое: раз уж заговорил, так уж непременно арестовать! Просто есть к вам дело.

— Ничего не понимаю, какое дело?

Рыжий оглянулся и сказал таинственно:

— Меня прислали, чтобы вас сегодня вечером пригласить в гости.

— Что вы бредите, какие гости?

— К одному очень знатному иностранцу, — значительно сказал рыжий, прищурив глаза.

Маргарита очень разгневалась.

— Новая порода появилась: уличный сводник, — поднимаясь, чтобы уходить, сказала она.

— Вот спасибо за такие поручения! — обидевшись, воскликнул рыжий и проворчал в спину уходящей Маргарите: — Дура!

— Мерзавец! — отозвалась та, оборачиваясь, и тут же услышала за собой голос рыжего:

— Тьма, пришедшая со Средиземного моря, накрыла ненавидимый прокуратором город. Исчезли висячие мосты, соединяющие храм со страшной Антониевой башней... Пропал Ершалаим, великий город, как будто не существовал на свете... Так пропадите же вы пропадом с вашей обгоревшей тетрадкой и сушеной розой! Сидите здесь на скамейке одна и умоляйте его, чтобы он отпустил вас на свободу, дал дышать воздухом, ушел бы из памяти!

Побелев лицом, Маргарита вернулась к скамейке. Рыжий глядел на нее, прищурившись.

— Я ничего не понимаю, — тихо заговорила Маргарита Николаевна, — про листки еще можно узнать... проникнуть, подсмотреть... Наташа подкуплена? Да? Но как вы могли узнать мои мысли? — Она страдальчески сморщилась и добавила: — Скажите мне, кто вы такой? Из какого вы учреждения?

— Вот скука-то, — проворчал рыжий и заговорил громче: — Простите, ведь я сказал вам, что ни из какого я не из учреждения! Сядьте, пожалуйста.

Маргарита беспрекословно повиновалась, но все-таки, садясь, спросила еще раз:

— Кто вы такой?

— Ну хорошо, зовут меня Азазелло, но ведь все равно вам это ничего не говорит.

— А вы мне не скажете, откуда вы узнали про листки и про мои мысли?

— Не скажу, — сухо ответил Азазелло.

— Но вы что-нибудь знаете о нем? — моляще шепнула Маргарита.

— Ну, скажем, знаю.

— Молю: скажите только одно, он жив? Не мучьте.

— Ну, жив, жив, — неохотно отозвался Азазелло.

— Боже!

— Пожалуйста, без волнений и вскрикиваний, — нахмурясь, сказал Азазелло.

— Простите, простите, — бормотала покорная теперь Маргарита, — я, конечно, рассердилась на вас. Но, согласитесь, когда на улице приглашают женщину куда-то в гости... У меня нет предрассудков, я вас уверяю, — Маргарита невесело усмехнулась, — но я никогда не вижу никаких иностранцев, общаться с ними у меня нет никакой охоты... и, кроме того, мой муж... Моя драма в том, что я живу с тем, кого я не люблю, но портить ему жизнь считаю делом недостойным. Я от него ничего не видела, кроме добра...

Азазелло с видимой скукой выслушал эту бессвязную речь и сказал сурово:

— Попрошу вас минутку помолчать.

Маргарита покорно замолчала.

— Я приглашаю вас к иностранцу совершенно безопасному. И ни одна душа не будет знать об этом посещении. Вот уж за это я вам ручаюсь.

— А зачем я ему понадобилась? — вкрадчиво спросила Маргарита.

— Вы об этом узнаете позже.

— Понимаю... Я должна ему отдаться, — сказала Маргарита задумчиво.

На это Азазелло как-то надменно хмыкнул и ответил так:

— Любая женщина в мире, могу вас уверить, мечтала бы об этом, — рожу Азазелло перекосило смешком, — но я разочарую вас, этого не будет.

— Что за иностранец такой?! — в смятении воскликнула Маргарита так громко, что на нее обернулись проходившие мимо скамейки. — И какой мне интерес идти к нему?

Азазелло наклонился к ней и шепнул многозначительно:

— Ну, интерес-то очень большой... Вы воспользуетесь случаем...

— Что? — воскликнула Маргарита, и глаза ее округлились. — Если я вас правильно понимаю, вы намекаете на то, что я там могу узнать о нем?

Азазелло молча кивнул головой.

— Еду! — с силой воскликнула Маргарита и ухватила Азазелло за руку. — Еду, куда угодно!

Азазелло, облегченно отдуваясь, откинулся на спинку скамейки, закрыв спиной крупно вырезанное на ней имя «Нюра», и заговорил иронически:

— Трудный народ эти женщины! — он засунул руки в карманы и далеко вперед вытянул ноги. — Зачем, например, меня послали по этому делу? Пусть бы ездил Бегемот, он обаятельный...

Маргарита заговорила, криво и горько улыбаясь:

— Перестаньте вы меня мистифицировать и мучить вашими загадками... Я ведь человек несчастный, и вы пользуетесь этим. Лезу я в какую-то странную историю, но, клянусь, только из-за того, что вы поманили меня словами о нем! У меня кружится голова от всех этих непонятностей...

— Без драм, без драм, — гримасничая, отозвался Азазелло, — в мое положение тоже нужно входить. Надавать администратору по морде, или выставить дядю из дому, или подстрелить кого-нибудь, или какой-нибудь еще пустяк в этом роде, это моя прямая специальность, но разговаривать с влюбленными женщинами — слуга покорный. Ведь я вас полчаса уже уламываю. Так едете?

— Еду, — просто ответила Маргарита Николаевна.

— Тогда потрудитесь получить, — сказал Азазелло и, вынув из кармана круглую золотую коробочку, протянул ее Маргарите со словами: — Да прячьте же, а то прохожие смотрят. Она вам пригодится, Маргарита Николаевна. Вы порядочно постарели от горя за последние полгода. (Маргарита вспыхнула, но ничего не ответила, а Азазелло продолжал.) Сегодня вечером, ровно в половину десятого, потрудитесь, раздевшись донага, натереть этой мазью лицо и все тело. Дальше делайте, что хотите, но не отходите от телефона. В десять я вам позвоню и все, что нужно, скажу. Вам ни о чем не придется заботиться, вас доставят куда нужно, и вам не причинят никакого беспокойства. Понятно?

Маргарита помолчала, потом ответила:

— Понятно. Эта вещь из чистого золота, видно по тяжести. Ну что же, я прекрасно понимаю, что меня подкупают и тянут в какую-то темную историю, за которую я очень поплачусь.

— Это что же такое, — почти зашипел Азазелло, — вы опять?

— Нет, погодите!

— Отдайте обратно помаду.

Маргарита крепче зажала в руке коробку и продолжала:

— Нет, погодите... Я знаю, на что иду. Но иду на все из-за него, потому что ни на что в мире больше надежды у меня нет. Но я хочу вам сказать, что, если вы меня погубите, вам будет стыдно! Да, стыдно! Я погибаю из-за любви! — и, стукнув себя в грудь, Маргарита глянула на солнце.

— Отдайте обратно, — в злобе зашипел Азазелло, — отдайте обратно, и к черту все это. Пусть посылают Бегемота.

— О нет! — воскликнула Маргарита, поражая проходящих. — Согласна на все, согласна проделать эту комедию с натиранием мазью, согласна идти к черту на кулички. Не отдам!

— Ба! — вдруг заорал Азазелло и, вылупив глаза на решетку сада, стал указывать куда-то пальцем.

Маргарита повернулась туда, куда указывал Азазелло, но ничего особенного там не обнаружила. Тогда она обернулась к Азазелло, желая получить объяснение этому нелепому «Ба!», но давать это объяснение было некому: таинственный собеседник Маргариты Николаевны исчез. Маргарита быстро сунула руку в сумочку, куда перед этим спрятала коробочку, и убедилась, что она там. Тогда, ни о чем не размышляя, Маргарита торопливо побежала из Александровского сада вон.

Глава 20

КРЕМ АЗАЗЕЛЛО

Луна в вечернем чистом небе висела полная, видная сквозь ветки клена. Липы и акации разрисовали землю в саду сложным узором пятен. Трехстворчатое окно в фонаре, открытое, но задернутое шторой, светилось бешеным электрическим светом. В спальне Маргариты Николаевны горели все огни и освещали полный беспорядок в комнате.

На кровати, на одеяле лежали сорочки, чулки и белье, скомканное же белье валялось просто на полу рядом с раздавленной в волнении коробкой папирос. Туфли стояли на ночном столике рядом с недопитой чашкой кофе и пепельницей, в которой дымил окурок, на спинке стула висело черное вечернее платье. В комнате пахло духами, кроме того, в нее доносился откуда-то запах раскаленного утюга.

Маргарита Николаевна сидела перед трюмо в одном купальном халате, наброшенном на голое тело, и в замшевых черных туфлях. Золотой браслет с часиками лежал перед Маргаритой Николаевной рядом с коробочкой, полученной от Азазелло, и Маргарита не сводила глаз с циферблата. Временами ей начинало казаться, что часы сломались и стрелки не движутся. Но они двигались, хотя и очень медленно, как будто прилипая, и наконец длинная стрелка упала на двадцать девятую минуту десятого. Сердце Маргариты страшно стукнуло, так что она не смогла даже сразу взяться за коробочку. Справившись с собою, Маргарита открыла ее и увидела в коробочке жирный желтоватый крем. Ей показалось, что он пахнет болотной тиной. Кончиком пальца Маргарита выложила небольшой мазочек крема на ладонь, причем сильнее запахло болотными травами и лесом, и затем ладонью начала втирать крем в лоб и щеки.

Крем легко мазался и, как показалось Маргарите, тут же испарялся. Сделав несколько втираний, Маргарита глянула в зеркало и уронила коробочку прямо на стекло часов, от чего оно покрылось трещинами. Маргарита закрыла глаза, потом глянула еще раз и буйно расхохоталась.

Ощипанные по краям в ниточку пинцетом брови сгустились и черными ровными дугами легли над зазеленевшими глазами. Тонкая вертикальная морщинка, перерезавшая переносицу, появившаяся тогда, в октябре, когда пропал мастер, бесследно пропала. Исчезли и желтенькие тени у висков, и две чуть заметные сеточки у наружных углов глаз. Кожа щек налилась ровным розовым цветом, лоб стал бел и чист, а парикмахерская завивка волос развилась.

На тридцатилетнюю Маргариту из зеркала глядела от природы кудрявая черноволосая женщина лет двадцати, безудержно хохочущая, скалящая зубы.

Нахохотавшись, Маргарита выскочила из халата одним прыжком и широко зачерпнула легкий жирный крем и сильными мазками начала втирать его в кожу тела. Оно сейчас же порозовело и загорелось. Затем мгновенно, как будто из мозга выхватили иголку, утих висок, нывший весь вечер после свидания в Александровском саду, мускулы рук и ног окрепли, а затем тело Маргариты потеряло вес.

Она подпрыгнула и повисла в воздухе невысоко над ковром, потом ее медленно потянуло вниз, и она опустилась.

— Ай да крем! Ай да крем! — закричала Маргарита, бросаясь в кресло.

Втирания изменили ее не только внешне. Теперь в ней во всей, в каждой частице тела, вскипала радость, которую она ощутила, как пузырьки, колющие все ее тело. Маргарита ощутила себя свободной, свободной от всего. Кроме того, она поняла со всею ясностью, что именно случилось то, о чем еще утром говорило предчувствие, и что она покидает особняк и прежнюю свою жизнь навсегда. Но от этой прежней жизни все же откололась одна мысль о том, что нужно исполнить только один последний долг перед началом чего-то нового, необыкновенного, тянущего ее наверх, в воздух. И она, как была нагая, из спальни, то и дело взлетая на воздух, перебежала в кабинет мужа и, осветив его, кинулась к письменному столу. На вырванном из блокнота листе она без помарок быстро и крупно карандашом написала записку:

«Прости меня и как можно скорее забудь. Я тебя покидаю навек. Не ищи меня, это бесполезно. Я стала ведьмой от горя и бедствий, поразивших меня. Мне пора. Прощай.

Маргарита».

С совершенно облегченной душой Маргарита прилетела в спальню, и следом за нею туда же вбежала Наташа, нагруженная вещами. И тотчас все эти вещи, деревянные плечики с платьем, кружевные платки, синие шелковые туфли на распялках и поясок — все это посыпалось на пол, и Наташа всплеснула освободившимися руками.

— Что, хороша? — громко крикнула охрипшим голосом Маргарита Николаевна.

— Как же это? — шептала Наташа, пятясь. — Как вы это делаете, Маргарита Николаевна?

— Это крем! Крем, крем, — ответила Маргарита, указывая на сверкающую золотую коробку и поворачиваясь перед зеркалом.

Наташа, забыв про валяющееся на полу мятое платье, подбежала к трюмо и жадными, загоревшимися глазами уставилась на остаток мази. Губы ее что-то шептали. Она опять повернулась к Маргарите и проговорила с каким-то благоговением:

— Кожа-то! Кожа, а? Маргарита Николаевна, ведь ваша кожа светится. — Но тут она опомнилась, подбежала к платью, подняла и стала отряхивать его.

— Бросьте! Бросьте! — кричала ей Маргарита. — К черту его, все бросьте! Впрочем, нет, берите его себе на память. Говорю, берите на память. Все забирайте, что есть в комнате.

Как будто ополоумев, неподвижная Наташа некоторое время смотрела на Маргариту, потом повисла у нее на шее, целуя и крича:

— Атласная! Светится! Атласная! А брови-то, брови!

— Берите все тряпки, берите духи и волоките к себе в сундук, прячьте, — кричала Маргарита, — но драгоценностей не берите, а то вас в краже обвинят.

Наташа сгребла в узел, что ей попало под руку, платья, туфли, чулки и белье, и побежала вон из спальни.

В это время откуда-то с другой стороны переулка, из открытого окна, вырвался и полетел громовой виртуозный вальс и послышалось пыхтение подъехавшей к воротам машины.

— Сейчас позвонит Азазелло! — воскликнула Маргарита, слушая сыплющийся в переулке вальс. — Он позвонит! А иностранец безопасен. Да, теперь я понимаю, что он безопасен!

Машина зашумела, удаляясь от ворот. Стукнула калитка, и на плитках дорожки послышались шаги.

«Это Николай Иванович, по шагам узнаю, — подумала Маргарита, — надо будет сделать на прощание что-то очень смешное и интересное».

Маргарита рванула штору в сторону и села на подоконник боком, охватив колено руками. Лунный свет лизнул ее с правого бока. Маргарита подняла голову к луне и сделала задумчивое и поэтическое лицо. Шаги стукнули еще раза два и затем внезапно стихли. Еще полюбовавшись на луну, вздохнув для приличия, Маргарита повернула голову в сад и действительно увидела Николая Ивановича, проживающего в нижнем этаже этого самого особняка. Луна ярко заливала Николая Ивановича. Он сидел на скамейке, и по всему было видно, что он опустился на нее внезапно. Пенсне на его лице как-то перекосилось, а свой портфель он сжимал в руках.

— А, здравствуйте, Николай Иванович, — грустным голосом сказала Маргарита, — добрый вечер! Вы из заседания?

Николай Иванович ничего не ответил на это.

— А я, — продолжала Маргарита, побольше высовываясь в сад, — сижу одна, как видите, скучаю, гляжу на луну и слушаю вальс.

Левою рукою Маргарита провела по виску, поправляя прядь волос, потом сказала сердито:

— Это невежливо, Николай Иванович! Все-таки я дама, в конце концов! Ведь это хамство не отвечать, когда с вами разговаривают!

Николай Иванович, видный в луне до последней пуговки на серой жилетке, до последнего волоска в светлой бородке клинышком, вдруг усмехнулся дикой усмешкой, поднялся со скамейки и, очевидно, не помня себя от смущения, вместо того чтобы снять шляпу, махнул портфелем в сторону и ноги согнул, как будто собирался пуститься вприсядку.

— Ах, какой вы скучный тип, Николай Иванович, — продолжала Маргарита, — вообще вы все мне так надоели, что я выразить вам того не могу, и так я счастлива, что с вами расстаюсь! Ну вас к чертовой матери!

В это время за спиною Маргариты в спальне грянул телефон. Маргарита сорвалась с подоконника и, забыв про Николая Ивановича, схватила трубку.

— Говорит Азазелло, — сказали в трубке.

— Милый, милый Азазелло! — вскричала Маргарита.

— Пора! Вылетайте, — заговорил Азазелло в трубке, и по тону его было слышно, что ему приятен искренний, радостный порыв Маргариты. — Когда будете пролетать над воротами, крикните: «Невидима!» Потом полетайте над городом, чтобы попривыкнуть, и затем на юг, вон из города, и прямо на реку. Вас ждут!

Маргарита повесила трубку, и тут в соседней комнате что-то деревянно заковыляло и стало биться в дверь. Маргарита распахнула ее, и половая щетка, щетиной вверх, танцуя, влетела в спальню. Концом своим она выбивала дробь на полу, лягалась и рвалась в окно. Маргарита взвизгнула от восторга и вскочила на щетку верхом. Тут только у наездницы мелькнула мысль о том, что она в этой суматохе забыла одеться. Она галопом подскочила к кровати и схватила первое попавшееся, какую-то голубую сорочку. Взмахнув ею, как штандартом, она вылетела в окно. И вальс над садом ударил сильнее.

С окошка Маргарита скользнула вниз и увидела Николая Ивановича на скамейке. Тот как бы застыл на ней и в полном ошеломлении прислушивался к крикам и грохоту, доносящимся из освещенной спальни верхних жильцов.

— Прощайте, Николай Иванович! — закричала Маргарита, приплясывая перед Николаем Ивановичем.

Тот охнул и пополз по скамейке, перебирая по ней руками и сбив наземь свой портфель.

— Прощайте навсегда! Я улетаю, — кричала Маргарита, заглушая вальс. Тут она сообразила, что рубашка ей ни к чему не нужна, и, зловеще захохотав, накрыла ею голову Николая Ивановича. Ослепленный Николай Иванович грохнулся со скамейки на кирпичи дорожки.

Маргарита обернулась, чтобы последний раз глянуть на особняк, где так долго она мучилась, и увидела в пылающем огне искаженное от изумления лицо Наташи.

— Прощай, Наташа! — прокричала Маргарита и вздернула щетку. — Невидима, невидима, — еще громче крикнула она и между ветвями клена, хлестнувшими ее по лицу, перелетев ворота, вылетела в переулок. И вслед ей полетел совершенно обезумевший вальс.

Глава 21

ПОЛЕТ

Невидима и свободна! Невидима и свободна! Пролетев по своему переулку, Маргарита попала в другой, пересекавший первый под прямым углом. Этот заплатанный, заштопанный, кривой и длинный переулок с покосившейся дверью нефтелавки, где кружками продают керосин и жидкость от паразитов во флаконах, она перерезала в одно мгновение и тут усвоила, что, даже будучи совершенно свободной и невидимой, все же и в наслаждении нужно быть хоть немного благоразумной. Только каким-то чудом затормозившись, она не разбилась насмерть о старый покосившийся фонарь на углу. Увернувшись от него, Маргарита покрепче сжала щетку и полетела помедленнее, вглядываясь в электрические провода и вывески, висящие поперек тротуара.

Третий переулок вел прямо к Арбату. Здесь Маргарита совершенно освоилась с управлением щеткой, поняла, что та слушается малейшего прикосновения рук или ног и что, летя над городом, нужно быть очень внимательной и не очень буйствовать. Кроме того, совершенно ясно стало уже в переулке, что прохожие летунью не видят. Никто не задирал головы, не кричал «гляди, гляди!», не шарахался в сторону, не визжал и не падал в обморок, диким смехом не хохотал.

Маргарита летела беззвучно, очень медленно и невысоко, примерно на уровне второго этажа. Но и при медленном лете, у самого выхода на ослепительно освещенный Арбат, она немного промахнулась и плечом ударилась о какой-то освещенный диск, на котором была нарисована стрела. Это рассердило Маргариту. Она осадила послушную щетку, отлетела в сторону, а потом, бросившись на диск внезапно, концом щетки разбила его вдребезги. Посыпались с грохотом осколки, прохожие шарахнулись, где-то засвистели, а Маргарита, совершив этот ненужный поступок, расхохоталась. «На Арбате надо будет быть еще поосторожнее, — подумала Маргарита, — тут столько напутано всего, что и не разберешься». Она принялась нырять между проводами. Под Маргаритой плыли крыши троллейбусов, автобусов и легковых машин, а по тротуарам, как казалось сверху Маргарите, плыли реки кепок. От этих рек отделялись ручейки и вливались в огненные пасти ночных магазинов.

«Э, какое месиво, — сердито подумала Маргарита, — тут повернуться нельзя». Она пересекла Арбат, поднялась повыше, к четвертым этажам, и мимо ослепительно сияющих трубок на угловом здании театра проплыла в узкий переулок с высокими домами. Все окна в них были открыты, и всюду слышалась в окнах радиомузыка. Из любопытства Маргарита заглянула в одно из них. Увидела кухню. Два примуса ревели на плите, возле них стояли две женщины с ложками в руках и переругивались.

— Свет надо тушить за собой в уборной, вот что я вам скажу, Пелагея Петровна, — говорила та женщина, перед которой была кастрюля с какой-то снедью, от которой валил пар, — а то мы на выселение на вас подадим!

— Сами вы хороши, — отвечала другая.

— Обе вы хороши, — звучно сказала Маргарита, переваливаясь через подоконник в кухню. Обе ссорящиеся повернулись на голос и замерли с грязными ложками в руках. Маргарита осторожно протянула руку между ними, повернула краны в обоих примусах и потушила их. Женщины охнули и открыли рты. Но Маргарита уже соскучилась в кухне и вылетела в переулок.

В конце его ее внимание привлекла роскошная громада восьмиэтажного, видимо, только что построенного дома. Маргарита пошла вниз и, приземлившись, увидела, что фасад дома выложен черным мрамором, что двери широкие, что за стеклом их виднеется фуражка с золотым галуном и пуговицы швейцара и что над дверью золотом выведена надпись: «Дом Драмлита».

Маргарита щурилась на надпись, соображая, что бы могло означать слово «Драмлит». Взяв щетку под мышку, Маргарита вошла в подъезд, толкнув дверью удивленного швейцара, и увидела рядом с лифтом на стене черную громадную доску, а на ней выписанные белыми буквами номера квартир и фамилии жильцов. Венчающая список надпись «Дом Драматурга и Литератора» заставила Маргариту испустить хищный задушенный вопль. Поднявшись в воздух повыше, она жадно начала читать фамилии: Хустов, Двубратский, Квант, Бескудников, Латунский...

— Латунский! — завизжала Маргарита. — Латунский! Да ведь это же он! Это он погубил мастера.

Швейцар у дверей, выкатив глаза и даже подпрыгивая от удивления, глядел на черную доску, стараясь понять такое чудо: почему это завизжал внезапно список жильцов.

А Маргарита в это время уже поднималась стремительно вверх по лестнице, повторяя в каком-то упоении:

— Латунский — восемьдесят четыре! Латунский — восемьдесят четыре...

Вот налево — 82, направо — 83, еще выше, налево — 84. Здесь. Вот и карточка — «О. Латунский».

Маргарита соскочила со щетки, и разгоряченные ее подошвы приятно охладила каменная площадка. Маргарита позвонила раз, другой. Но никто не открывал. Маргарита стала посильнее жать кнопку и сама слышала трезвон, который поднялся в квартире Латунского. Да, по гроб жизни должен быть благодарен покойному Берлиозу обитатель квартиры № 84 в восьмом этаже за то, что председатель МАССОЛИТа попал под трамвай, и за то, что траурное заседание назначили как раз на этот вечер. Под счастливой звездой родился критик Латунский. Она спасла его от встречи с Маргаритой, ставшей ведьмой в эту пятницу!

Никто не открывал. Тогда во весь мах Маргарита понеслась вниз, отсчитывая этажи, долетела донизу, вырвалась на улицу и, глядя вверх, отсчитала и проверила этажи снаружи, соображая, какие именно окна квартиры Латунского. Несомненно, что это были пять темных окон на углу здания, в восьмом этаже. Уверившись в этом, Маргарита поднялась в воздух и через несколько секунд сквозь открытое окно входила в неосвещенную комнату, в которой серебрилась только узенькая дорожка от луны. По ней пробежала Маргарита, нашарила выключатель. Через минуту вся квартира была освещена. Щетка стояла в углу. Удостоверившись, что дома никого нету, Маргарита открыла дверь на лестницу и проверила, тут ли карточка. Карточка была на месте, Маргарита попала туда, куда нужно было.

Да, говорят, что и до сих пор критик Латунский бледнеет, вспоминая этот страшный вечер, и до сих пор с благоговением произносит имя Берлиоза. Совершенно неизвестно, какою темной и гнусной уголовщиной ознаменовался бы этот вечер, — по возвращении из кухни Маргариты в руках у нее оказался тяжелый молоток.

Нагая и невидимая летунья сдерживала и уговаривала себя, руки ее тряслись от нетерпения. Внимательно прицелившись, Маргарита ударила по клавишам рояля, и по всей квартире пронесся первый жалобный вой. Исступленно кричал ни в чем не повинный беккеровский кабинетный инструмент. Клавиши в нем проваливались, костяные накладки летели во все стороны. Инструмент гудел, выл, хрипел, звенел. Со звуком револьверного выстрела лопнула под ударом молотка верхняя полированная дека. Тяжело дыша, Маргарита рвала и мяла молотком струны. Наконец, уставши, отвалилась, бухнулась в кресло, чтобы отдышаться.

В ванной страшно гудела вода и в кухне также. «Кажется, уже полилось на пол», — подумала Маргарита и добавила вслух:

— Однако рассиживаться нечего.

Из кухни в коридор уже бежал поток. Шлепая босыми ногами в воде, Маргарита ведрами носила из кухни воду в кабинет критика и выливала ее в ящики письменного стола. Потом, разломав молотком двери шкафа в этом же кабинете, бросилась в спальню. Разбив зеркальный шкаф, она вытащила из него костюм критика и утопила его в ванне. Полную чернильницу чернил, захваченную в кабинете, она вылила в пышно взбитую двуспальную кровать в спальне. Разрушение, которое она производила, доставляло ей жгучее наслаждение, но при этом ей все время казалось, что результаты получаются какие-то мизерные. Поэтому она стала делать что попало. Она била вазоны с фикусами в той комнате, где был рояль. Не докончив этого, возвращалась в спальню и кухонным ножом резала простыни, била застекленные фотографии. Усталости она не чувствовала, и только пот тек по ней ручьями.

В это время в квартире № 82, под квартирой Латунского, домработница драматурга Кванта пила чай в кухне, недоумевая по поводу того, что сверху доносится какой-то грохот, беготня и звон. Подняв голову к потолку, она вдруг увидела, что он на глазах у нее меняет свой белый цвет на какой-то мертвенно-синеватый. Пятно расширялось на глазах, и вдруг на нем взбухли капли. Минуты две сидела домработница, дивясь такому явлению, пока, наконец, из потолка не пошел настоящий дождь и не застучал по полу. Тут она вскочила, подставила под струи таз, что нисколько не помогло, так как дождь расширился и стал заливать и газовую плиту, и стол с посудой. Тогда, вскрикнув, домработница Кванта выбежала из квартиры на лестницу, и тотчас же в квартире Латунского начались звонки.

— Ну, зазвонили, пора собираться, — сказала Маргарита. Она села на щетку, прислушиваясь к тому, как женский голос кричит в скважину двери:

— Откройте, откройте! Дуся, открой! У вас, что ль, вода течет? Нас залило.

Маргарита поднялась на метр вверх и ударила по люстре. Две лампочки разорвало, и во все стороны полетели подвески. Крики в скважине прекратились, на лестнице послышался топот. Маргарита выплыла в окно, оказалась снаружи окна, размахнулась несильно и молотком ударила в стекло. Оно всхлипнуло, и по облицованной мрамором стене каскадом побежали вниз осколки. Маргарита поехала к следующему окну. Далеко внизу забегали люди по тротуару, из двух стоявших у подъезда машин одна загудела и отъехала. Покончив с окнами Латунского, Маргарита поплыла к соседней квартире. Удары стали чаще, переулок наполнился звоном и грохотом. Из первого подъезда выбежал швейцар, поглядел вверх, немного поколебался, очевидно, не сообразив сразу, что ему предпринять, всунул в рот свисток и бешено засвистел. С особенным азартом под этот свист рассадив последнее окно в восьмом этаже, Маргарита спустилась к седьмому и начала крушить стекла в нем.

Измученный долгим бездельем за зеркальными дверями подъезда, швейцар вкладывал в свист всю душу, причем точно следовал за Маргаритой, как бы аккомпанируя ей. В паузах, когда она перелетала от окна к окну, он набирал духу, а при каждом ударе Маргариты, надув щеки, заливался, буравя ночной воздух до самого неба.

Его усилия, в соединении с усилиями разъяренной Маргариты, дали большие результаты. В доме шла паника. Целые еще стекла распахивались, в них появлялись головы людей и тотчас же прятались, открытые же окна, наоборот, закрывались. В противоположных домах в окнах на освещенном фоне возникали темные силуэты людей, старавшихся понять, почему без всякой причины лопаются стекла в новом здании Драмлита.

В переулке народ бежал к дому Драмлита, а внутри его по всем лестницам топотали мечущиеся без всякого толка и смысла люди. Домработница Кванта кричала бегущим по лестнице, что их залило, а к ней вскоре присоединилась домработница Хустова из квартиры № 80, помещавшейся под квартирой Кванта. У Хустовых хлынуло с потолка и в кухне, и в уборной. Наконец, у Квантов в кухне обрушился громадный пласт штукатурки с потолка, разбив всю грязную посуду, после чего пошел уж настоящий ливень: из клеток обвисшей мокрой драни хлынуло как из ведра. Тогда на лестнице первого подъезда начались крики. Пролетая мимо предпоследнего окна четвертого этажа, Маргарита заглянула в него и увидела человека, в панике напялившего на себя противогаз. Ударив молотком в его стекло, Маргарита вспугнула его, и он исчез из комнаты.

И неожиданно дикий разгром прекратился. Скользнув к третьему этажу, Маргарита заглянула в крайнее окно, завешенное легонькой темной шторкой. В комнате горела слабенькая лампочка под колпачком. В маленькой кровати с сеточными боками сидел мальчик лет четырех и испуганно прислушивался. Взрослых никого не было в комнате. Очевидно, все выбежали из квартиры.

— Стекла бьют, — проговорил мальчик и позвал: — Мама!

Никто не отозвался, и тогда он сказал:

— Мама, я боюсь.

Маргарита откинула шторку и влетела в окно.

— Я боюсь, — повторил мальчик и задрожал.

— Не бойся, не бойся, маленький, — сказала Маргарита, стараясь смягчить свой осипший на ветру, преступный голос: — Это мальчишки стекла били.

— Из рогатки? — спросил мальчик, переставая дрожать.

— Из рогатки, из рогатки, — подтвердила Маргарита, — а ты спи!

— Это Ситник, — сказал мальчик, — у него есть рогатка.

— Ну конечно, он!

Мальчик поглядел лукаво куда-то в сторону и спросил:

— А ты где, тетя?

— А меня нету, — ответила Маргарита, — я тебе снюсь.

— Я так и думал, — сказал мальчик.

— Ты ложись, — приказала Маргарита, — подложи руку под щеку, а я тебе буду сниться.

— Ну, снись, снись, — согласился мальчик и тотчас улегся и руку подложил под щеку.

— Я тебе сказку расскажу, — заговорила Маргарита и положила разгоряченную руку на стриженую голову, — была на свете одна тетя. И у нее не было детей, и счастья вообще тоже не было. И вот она сперва долго плакала, а потом стала злая... — Маргарита умолкла, сняла руку — мальчик спал.

Маргарита тихонько положила молоток на подоконник и вылетела из окна. Возле дома была кутерьма. По асфальтированному тротуару, усеянному битым стеклом, бегали и что-то выкрикивали люди. Между ними уже мелькали милиционеры. Внезапно ударил колокол, и с Арбата в переулок вкатила красная пожарная машина с лестницей...

Но дальнейшее уже не интересовало Маргариту. Прицелившись, чтоб не задеть за какой-нибудь провод, она покрепче сжала щетку и во мгновение оказалась выше злополучного дома. Переулок под нею покосился набок и провалился вниз. Вместо него одного под ногами у Маргариты возникло скопище крыш, под углами перерезанное сверкающими дорожками. Все оно неожиданно поехало в сторону, и цепочки огней смазались и слились.

Маргарита сделала еще один рывок, и тогда все скопище крыш провалилось сквозь землю, а вместо него появилось внизу озеро дрожащих электрических огней, и это озеро внезапно поднялось вертикально, а затем появилось над головой у Маргариты, а под ногами блеснула луна. Поняв, что она перекувыркнулась, Маргарита приняла нормальное положение и, обернувшись, увидела, что и озера уже нет, а что там, сзади за нею, осталось только розовое зарево на горизонте. И оно исчезло через секунду, и Маргарита увидела, что она наедине с летящей над нею и слева луною. Волосы Маргариты давно уже стояли копной, а лунный свет со свистом омывал ее тело. По тому, как внизу два ряда редких огней слились в две непрерывные огненные черты, по тому, как быстро они пропали сзади, Маргарита догадалась, что она летит с чудовищною скоростью, и поразилась тому, что она не задыхается.

По прошествии нескольких секунд далеко внизу, в земной черноте, вспыхнуло новое озеро электрического света и подвалилось под ноги летящей, но оно тут же завертелось винтом и провалилось в землю. Еще несколько секунд — такое же точно явление.

— Города! Города! — прокричала Маргарита.

После этого раза два или три она видела под собою тускло отсвечивающие какие-то сабли, лежащие в открытых черных футлярах, и сообразила, что это реки.

Поворачивая голову вверх и влево, летящая любовалась тем, что луна несется над нею, как сумасшедшая, обратно в Москву и в то же время странным образом стоит на месте, так что отчетливо виден на ней какой-то загадочный, темный — не то дракон, не то конек-горбунок, острой мордой обращенный к покинутому городу.

Тут Маргаритой овладела мысль, что, по сути дела, она зря столь исступленно гонит щетку. Что она лишает себя возможности что-либо как следует рассмотреть, как следует упиться полетом. Ей что-то подсказывало, что там, куда она летит, ее подождут и что незачем ей скучать от такой безумной быстроты и высоты.

Маргарита наклонила щетку щетиной вперед, так что хвост ее поднялся кверху, и, очень замедлив ход, пошла к самой земле. И это скольжение, как на воздушных салазках, вниз принесло ей наибольшее наслаждение. Земля поднялась к ней, и в бесформенной до этого черной гуще ее обозначились ее тайны и прелести во время лунной ночи. Земля шла к ней, и Маргариту уже обдавало запахом зеленеющих лесов. Маргарита летела над самыми туманами росистого луга, потом над прудом. Под Маргаритой хором пели лягушки, а где-то вдали, почему-то очень волнуя сердце, шумел поезд. Маргарита вскоре увидела его. Он полз медленно, как гусеница, сыпя в воздух искры. Обогнав его, Маргарита прошла еще над одним водным зеркалом, в котором проплыла под ногами вторая луна, еще более снизилась и пошла, чуть-чуть не задевая ногами верхушки громадных сосен.

Тяжкий шум вспарываемого воздуха послышался сзади и стал настигать Маргариту. Постепенно к этому шуму чего-то летящего, как снаряд, присоединился слышный на много верст женский хохот. Маргарита оглянулась и увидела, что ее догоняет какой-то сложный темный предмет. Настигая Маргариту, он все более обозначался, стало видно, что кто-то летит верхом. А наконец он и совсем обозначился. Замедляя ход, Маргариту догнала Наташа.

Она, совершенно нагая, с летящими по воздуху растрепанными волосами, летела верхом на толстом борове, зажимавшем в передних копытцах портфель, а задними ожесточенно молотящем воздух. Изредка поблескивающее в луне, а потом потухающее пенсне, свалившееся с носа, летело рядом с боровом на шнуре, а шляпа то и дело наезжала борову на глаза. Хорошенько всмотревшись, Маргарита узнала в борове Николая Ивановича, и тогда хохот ее загремел над лесом, смешавшись с хохотом Наташи.

— Наташка! — пронзительно закричала Маргарита. — Ты намазалась кремом?

— Душенька! — будя своими воплями заснувший сосновый лес, отвечала Наташа. — Королева моя французская, ведь я и ему намазала лысину, и ему!

— Принцесса! — плаксиво проорал боров, галопом неся всадницу.

— Душенька! Маргарита Николаевна! — кричала Наташа, скача рядом с Маргаритой. — Сознаюсь, взяла крем. Ведь и мы хотим жить и летать! Простите меня, повелительница, а я не вернусь, нипочем не вернусь! Ах, хорошо, Маргарита Николаевна! Предложение мне делал, — Наташа стала тыкать пальцем в шею сконфуженно пыхтящего борова, — предложение! Ты как меня называл, а? — кричала она, наклоняясь к уху борова.

— Богиня, — завывал тот, — не могу я так быстро лететь! Я бумаги могу важные растерять. Наталья Прокофьевна, я протестую.

— Да ну тебя к черту с твоими бумагами! — дерзко хохоча, кричала Наташа.

— Что вы, Наталья Прокофьевна! Нас услышит кто-нибудь! — моляще орал боров.

Летя галопом рядом с Маргаритой, Наташа с хохотом рассказывала ей о том, что произошло в особняке после того, как Маргарита Николаевна улетела через ворота.

Наташа созналась в том, что, не прикоснувшись более ни к каким подаренным вещам, она сбросила с себя одежду и кинулась к крему и немедленно им намазалась. И с нею произошло то же, что с ее хозяйкой.

В то время как Наташа, хохоча от радости, упивалась перед зеркалом своею волшебною красой, дверь открылась, и перед Наташей явился Николай Иванович. Он был взволнован, в руках он держал сорочку Маргариты Николаевны и собственную свою шляпу и портфель. Увидев Наташу, Николай Иванович обомлел. Несколько справившись с собою, весь красный как рак, он объявил, что счел долгом поднять рубашечку, лично принести ее...

— Что говорил, негодяй! — визжала и хохотала Наташа. — Что говорил, на что сманивал! Какие деньги сулил. Говорил, что Клавдия Петровна ничего не узнает. Что, скажешь, вру? — кричала Наташа борову, и тот только сконфуженно отворачивал морду.

Расшалившись в спальне, Наташа мазнула кремом Николая Ивановича и сама оторопела от удивления. Лицо почтенного нижнего жильца свело в пятачок, а руки и ноги оказались с копытцами. Глянув на себя в зеркало, Николай Иванович отчаянно и дико завыл, но было уже поздно. Через несколько секунд он, оседланный, летел куда-то к черту из Москвы, рыдая от горя.

— Требую возвращения моего нормального облика! — вдруг не то исступленно, не то моляще прохрипел и захрюкал боров. — Я не намерен лететь на незаконное сборище! Маргарита Николаевна, вы обязаны унять вашу домработницу.

— Ах, так я тебе теперь домработница? Домработница? — вскрикивала Наташа, нащипывая ухо борову. — А была богиня? Ты меня как называл?

— Венера! — плаксиво отвечал боров, пролетая над ручьем, шумящим меж камней, и копытцами задевая шорохом за кусты орешника.

— Венера! Венера! — победно прокричала Наташа, подбоченившись одной рукой, а другую простирая к луне. — Маргарита! Королева! Упросите за меня, чтоб меня ведьмой оставили. Вам все сделают, вам власть дана!

И Маргарита отозвалась:

— Хорошо, я обещаю!

— Спасибо! — прокричала Наташа и вдруг закричала резко и как-то тоскливо: — Гей! Гей! Скорей! Скорей! А ну-ка, надбавь! — Она сжала пятками похудевшие в безумной скачке бока борова, и тот рванул так, что опять распороло воздух, и через мгновение Наташа уже была видна впереди, как черная точка, а потом и совсем пропала, и шум ее полета растаял.

Маргарита летела по-прежнему медленно в пустынной и неизвестной местности, над холмами, усеянными редкими валунами, лежащими меж отдельных громадных сосен. Маргарита летела и думала о том, что она, вероятно, где-то очень далеко от Москвы. Щетка летела не над верхушками сосен, а уже между их стволами, с одного боку посеребренными луной. Легкая тень летящей скользила по земле впереди — теперь луна светила в спину Маргарите.

Маргарита чувствовала близость воды и догадывалась, что цель близка. Сосны разошлись, и Маргарита тихо подъехала по воздуху к меловому обрыву. За этим обрывом внизу, в тени, лежала река. Туман висел и цеплялся за кусты внизу вертикального обрыва, а противоположный берег был плоский, низменный. На нем, под одинокой группой каких-то раскидистых деревьев, метался огонечек от костра и виднелись какие-то движущиеся фигурки. Маргарите показалось, что оттуда доносится какая-то зудящая веселенькая музыка. Далее, сколько хватало глаз, на посеребренной равнине не виделось никаких признаков ни жилья, ни людей.

Маргарита прыгнула с обрыва вниз и быстро спустилась к воде. Вода манила ее после воздушной гонки. Отбросив от себя щетку, она разбежалась и прыгнула в воду вниз головой. Легкое ее тело, как стрела, вонзилось в воду, и столб воды выбросило почти до самой луны. Вода оказалась теплой, как в бане, и, вынырнув из бездны, Маргарита вдоволь наплавалась в полном одиночестве ночью в этой реке.

Рядом с Маргаритой никого не было, но немного подальше за кустами слышались всплески и фырканье, там тоже кто-то купался.

Маргарита выбежала на берег. Тело ее пылало после купанья. Усталости никакой она не ощущала и радостно приплясывала на влажной траве. Вдруг она перестала танцевать и насторожилась. Фырканье стало приближаться, и из-за ракитовых кустов вылез какой-то голый толстяк в черном шелковом цилиндре, заломленном на затылок. Ступни его ног были в илистой грязи, так что казалось, будто купальщик в черных ботинках. Судя по тому, как он отдувался и икал, он был порядочно выпивши, что, впрочем, подтверждалось и тем, что река вдруг стала издавать запах коньяку.

Увидев Маргариту, толстяк стал вглядываться, а потом радостно заорал:

— Что такое? Ее ли я вижу? Клодина, да ведь это ты, неунывающая вдова? И ты здесь? — тут он полез здороваться.

Маргарита отступила и с достоинством ответила:

— Пошел ты к чертовой матери. Какая я тебе Клодина? Ты смотри, с кем разговариваешь, — и, подумав мгновение, она прибавила к своей речи длинное непечатное ругательство. Все это произвело на легкомысленного толстяка отрезвляющее действие.

— Ой! — тихо воскликнул он и вздрогнул. — Простите великодушно, светлая королева Марго! Я обознался. А виноват коньяк, будь он проклят! — Толстяк опустился на одно колено, цилиндр отнес в сторону, сделал поклон и залопотал, мешая русские фразы с французскими, какой-то вздор, про кровавую свадьбу своего друга в Париже Гессара, и про коньяк, и про то, что он подавлен грустной ошибкой.

— Ты бы брюки надел, сукин сын, — сказала, смягчаясь, Маргарита.

Толстяк радостно осклабился, видя, что Маргарита не сердится, и восторженно сообщил, что оказался без брюк в данный момент лишь потому, что по рассеянности оставил их на реке Енисее, где купался перед тем, но что он сейчас же летит туда, благо это рукой подать, и затем, поручив себя расположению и покровительству, начал отступать задом и отступал до тех пор, пока не поскользнулся и навзничь не упал в воду. Но и падая, сохранил на окаймленном небольшими бакенбардами лице улыбку восторга и преданности.

Маргарита же пронзительно свистнула и, оседлав подлетевшую щетку, перенеслась над рекой на противоположный берег. Тень меловой горы сюда не достигала, и весь берег заливала луна.

Лишь только Маргарита коснулась влажной травы, музыка под вербами ударила сильнее, и веселее взлетел сноп искр из костра. Под ветвями верб, усеянными нежными, пушистыми сережками, видными в луне, сидели в два ряда толстомордые лягушки и, раздуваясь как резиновые, играли на деревянных дудочках бравурный марш. Светящиеся гнилушки висели на ивовых прутиках перед музыкантами, освещали ноты, на лягушачьих мордах играл мятущийся свет от костра.

Марш игрался в честь Маргариты. Прием ей оказан был самый торжественный. Прозрачные русалки остановили свой хоровод над рекою и замахали Маргарите водорослями, и над пустынным зеленоватым берегом простонали далеко слышные их приветствия. Нагие ведьмы, выскочив из-за верб, выстроились в ряд и стали приседать и кланяться придворными поклонами. Кто-то козлоногий подлетел и припал к руке, раскинул на траве шелк, осведомился о том, хорошо ли купалась королева, предложил прилечь и отдохнуть.

Маргарита так и сделала. Козлоногий поднес ей бокал с шампанским, она выпила его, и сердце ее сразу согрелось. Осведомившись о том, где Наташа, она получила ответ, что Наташа уже выкупалась и полетела на своем борове вперед, в Москву, чтобы предупредить о том, что Маргарита скоро будет, и помочь приготовить для нее наряд.

Короткое пребывание Маргариты под вербами ознаменовалось одним эпизодом. В воздухе раздался свист, и черное тело, явно промахнувшись, обрушилось в воду. Через несколько мгновений перед Маргаритой предстал тот самый толстяк-бакенбардист, что так неудачно представился на том берегу. Он успел, по-видимому, смотаться на Енисей, ибо был во фрачном наряде, но мокр с головы до ног. Коньяк подвел его вторично: высаживаясь, он все-таки угодил в воду. Но улыбки своей он не утратил и в этом печальном случае и был смеющеюся Маргаритой допущен к руке.

Затем все стали собираться. Русалки доплясали свой танец в лунном свете и растаяли в нем. Козлоногий почтительно осведомился у Маргариты, на чем она прибыла на реку; узнав, что она явилась верхом на щетке, сказал:

— О, зачем же, это неудобно, — мигом соорудил из двух сучков какой-то подозрительный телефон и потребовал у кого-то сию же минуту прислать машину, что и исполнилось, действительно, в одну минуту. На остров обрушилась буланая открытая машина, только на шоферском месте сидел не обычного вида шофер, а черный длинноносый грач в клеенчатой фуражке и в перчатках с раструбами. Островок пустел. В лунном пылании растворились улетевшие ведьмы. Костер догорал, и угли затягивало седою золой.

Бакенбардист и козлоногий подсадили Маргариту, и она опустилась на широкое заднее сиденье. Машина взвыла, прыгнула и поднялась почти к самой луне, остров пропал, пропала река. Маргарита понеслась в Москву.

Глава 22

ПРИ СВЕЧАХ

Ровное гудение машины, летящей высоко над землей, убаюкивало Маргариту, а лунный свет ее приятно согревал. Закрыв глаза, она отдала лицо ветру и думала с какой-то грустью о покинутом ею неизвестном береге реки, которую, как она чувствовала, она никогда более не увидит. После всех волшебств и чудес сегодняшнего вечера она уж догадывалась, к кому именно в гости ее везут, но это не пугало ее. Надежда на то, что там ей удастся добиться возвращения своего счастья, сделала ее бесстрашной. Впрочем, долго мечтать в машине об этом счастье ей не пришлось. Грач ли хорошо знал свое дело, машина ли была хороша, но только вскоре Маргарита, открыв глаза, увидела под собою не лесную тьму, а дрожащее озеро московских огней. Черная птица-шофер на лету отвинтил правое переднее колесо, а затем посадил машину на каком-то совершенно безлюдном кладбище в районе Дорогомилова.

Высадив ни о чем не спрашивающую Маргариту возле одного из надгробий вместе с ее щеткой, грач запустил машину, направив ее прямо в овраг за кладбищем. В него она с грохотом обрушилась и в нем погибла. Грач почтительно козырнул, сел на колесо верхом и улетел.

Тотчас из-за одного из памятников показался черный плащ. Клык сверкнул при луне, и Маргарита узнала Азазелло. Тот жестом пригласил Маргариту сесть на щетку, сам вскочил на длинную рапиру, оба взвились и никем не замеченные через несколько секунд высадились около дома № 302-бис на Садовой улице.

Когда, неся под мышкой щетку и рапиру, спутники проходили подворотню, Маргарита заметила томящегося в ней человека в кепке и высоких сапогах, вероятно, кого-то поджидавшего. Как ни были легки шаги Азазелло и Маргариты, одинокий человек их услыхал и беспокойно дернулся, не понимая, кто их производит.

Второго, до удивительности похожего на первого, человека встретили у шестого подъезда. И опять повторилась та же история. Шаги... Человек беспокойно обернулся и нахмурился. Когда же дверь открылась и закрылась, кинулся вслед за невидимыми входящими, заглянул в подъезд, но ничего, конечно, не увидел.

Третий, точная копия второго, а стало быть, и первого, дежурил на площадке третьего этажа. Он курил крепкие папиросы, и Маргарита раскашлялась, проходя мимо него. Курящий, как будто его кольнули, вскочил со скамейки, на которой сидел, начал беспокойно оглядываться, подошел к перилам, глянул вниз. Маргарита со своим провожатым в это время уже была у дверей квартиры № 50. Звонить не стали, Азазелло бесшумно открыл дверь своим ключом.

Первое, что поразило Маргариту, это та тьма, в которую она попала. Было темно, как в подземелье, и Маргарита невольно уцепилась за плащ Азазелло, опасаясь споткнуться. Но тут вдалеке и вверху замигал огонек какой-то лампадки и начал приближаться. Азазелло на ходу вынул у Маргариты из-под мышки щетку, и та исчезла без всякого звука в темноте. Тут стали подниматься по каким-то широким ступеням, и Маргарите стало казаться, что конца им не будет. Ее поражало, как в передней обыкновенной московской квартиры может поместиться эта необыкновенная невидимая, но хорошо ощущаемая бесконечная лестница. Но тут подъем кончился, и Маргарита поняла, что она стоит на площадке. Огонек приблизился вплотную, и Маргарита увидела освещенное лицо мужчины, длинного и черного, держащего в руке эту самую лампадку. Те, кто имел уже несчастье в эти дни попасться на его дороге, даже при этом слабом свете язычка в лампадке, конечно, тотчас же узнали бы его. Это был Коровьев, он же Фагот.

Правда, внешность Коровьева весьма изменилась. Мигающий огонек отражался не в треснувшем пенсне, которое давно пора было бы выбросить на помойку, а в монокле, правда, тоже треснувшем. Усишки на наглом лице были подвиты и напомажены, а чернота Коровьева объяснялась очень просто — он был во фрачном наряде. Белела только его грудь.

Маг, регент, чародей, переводчик или черт его знает кто на самом деле — словом, Коровьев — раскланялся и, широко поведя лампадой по воздуху, пригласил Маргариту следовать за ним. Азазелло исчез.

«Удивительно странный вечер, — думала Маргарита, — я всего ожидала, но только не этого! Электричество, что ли, у них потухло? Но самое поразительное — размеры этого помещения. Каким образом все это может втиснуться в московскую квартиру? Просто-напросто никак не может».

Как ни мало давала свету коровьевская лампадка, Маргарита поняла, что она находится в совершенно необъятном зале, да еще с колоннадой, темной и по первому впечатлению бесконечной. Возле какого-то диванчика Коровьев остановился, поставил свою лампадку на какую-то тумбу, жестом предложил Маргарите сесть, а сам поместился подле в живописной позе — облокотившись на тумбу.

— Разрешите мне представиться вам, — заскрипел Коровьев, — Коровьев. Вас удивляет, что нет света? Экономия, как вы, конечно, подумали? Ни-ни-ни. Пусть первый попавшийся палач, хотя бы один из тех, которые сегодня, немного позже, будут иметь честь приложиться к вашему колену, на этой же тумбе оттяпает мне голову, если это так. Просто мессир не любит электрического света, и мы дадим его в самый последний момент. И тогда, поверьте, недостатка в нем не будет. Даже, пожалуй, хорошо было бы, если б его было поменьше.

Коровьев понравился Маргарите, и трескучая его болтовня подействовала на нее успокоительно.

— Нет, — ответила Маргарита, — более всего меня поражает, где все это помещается. — Она повела рукой, подчеркивая этим необъятность зала.

Коровьев сладко ухмыльнулся, отчего тени шевельнулись в складках у его носа.

— Самое несложное из всего! — ответил он. — Тем, кто хорошо знаком с пятым измерением, ничего не стоит раздвинуть помещение до желательных пределов. Скажу вам более, уважаемая госпожа, до черт знает каких пределов! Я, впрочем, — продолжал болтать Коровьев, — знавал людей, не имевших никакого представления не только о пятом измерении, но вообще ни о чем не имевших никакого представления и тем не менее проделывавших совершеннейшие чудеса в смысле расширения своего помещения. Так, например, один горожанин, как мне рассказывали, получив трехкомнатную квартиру на Земляном валу, без всякого пятого измерения и прочих вещей, от которых ум заходит за разум, мгновенно превратил ее в четырехкомнатную, разделив одну из комнат пополам перегородкой.

Засим эту он обменял на две отдельные квартиры в разных районах Москвы — одну в три и другую в две комнаты. Согласитесь, что их стало пять. Трехкомнатную он обменял на две отдельные по две комнаты и стал обладателем, как вы сами видите, шести комнат, правда, рассеянных в полном беспорядке по всей Москве. Он уже собирался произвести последний и самый блистательный вольт, поместив в газете объявление, что меняет шесть комнат в разных районах на одну пятикомнатную квартиру на Земляном валу, как его деятельность, по не зависящим от него причинам, прекратилась. Возможно, что он сейчас и имеет какую-нибудь комнату, но только, смею вас уверить, что не в Москве. Вот-с, каков проныра, а вы изволите толковать про пятое измерение.

Маргарита, хоть и не толковала вовсе про пятое измерение, а толковал о нем сам Коровьев, весело рассмеялась, прослушав рассказ о похождениях квартирного проныры. Коровьев же продолжал:

— Но к делу, к делу, Маргарита Николаевна. Вы женщина весьма умная и, конечно, уже догадались о том, кто наш хозяин.

Сердце Маргариты стукнуло, и она кивнула головой.

— Ну, вот-с, вот-с, — говорил Коровьев, — мы враги всяких недомолвок и таинственности. Ежегодно мессир дает один бал. Он называется весенним балом полнолуния, или балом ста королей. Народу! — Тут Коровьев ухватился за щеку, как будто у него заболел зуб. — Впрочем, я надеюсь, вы сами в этом убедитесь. Так вот-с: мессир холост, как вы, конечно, сами понимаете. Но нужна хозяйка, — Коровьев развел руками, — согласитесь сами, без хозяйки...

Маргарита слушала Коровьева, стараясь не проронить ни слова, под сердцем у нее было холодно, надежда на счастье кружила ее голову.

— Установилась традиция, — говорил далее Коровьев, — хозяйка бала должна непременно носить имя Маргариты, во-первых, а во-вторых, она должна быть местной уроженкой. А мы, как изволите видеть, путешествуем и в данное время находимся в Москве. Сто двадцать одну Маргариту обнаружили мы в Москве, и, верите ли, — тут Коровьев с отчаянием хлопнул себя по ляжке, — ни одна не подходит. И, наконец, счастливая судьба...

Коровьев выразительно ухмыльнулся, наклоняя стан, и опять похолодело сердце Маргариты.

— Короче! — вскричал Коровьев. — Совсем коротко: вы не откажетесь принять на себя эту обязанность?

— Не откажусь, — твердо ответила Маргарита.

— Кончено! — сказал Коровьев и, подняв лампаду, добавил: — Прошу за мной.

Они пошли между колоннами и наконец выбрались в какой-то другой зал, в котором почему-то сильно пахло лимоном, где слышались какие-то шорохи и где что-то задело Маргариту по голове. Она вздрогнула.

— Не пугайтесь, — сладко успокоил Коровьев, беря Маргариту под руку, — бальные ухищрения Бегемота, ничего более. И вообще я позволю себе смелость посоветовать вам, Маргарита Николаевна, никогда и ничего не бояться. Это неразумно. Бал будет пышный, не стану скрывать от вас этого. Мы увидим лиц, объем власти которых в свое время был чрезвычайно велик. Но, право, как подумаешь о том, насколько микроскопически малы их возможности по сравнению с возможностями того, в чьей свите я имею честь состоять, становится смешно и, даже я бы сказал, грустно. Да и потом вы сами — королевской крови.

— Почему королевской крови? — испуганно шепнула Маргарита, прижимаясь к Коровьеву.

— Ах, королева, — игриво трещал Коровьев, — вопросы крови — самые сложные вопросы в мире! И если бы расспросить некоторых прабабушек и в особенности тех из них, что пользовались репутацией смиренниц, удивительнейшие тайны открылись бы, уважаемая Маргарита Николаевна. Я ничуть не погрешу, если, говоря об этом, упомяну о причудливо тасуемой колоде карт. Есть вещи, в которых совершенно недействительны ни сословные перегородки, ни даже границы между государствами. Намекну: одна из французских королев, жившая в шестнадцатом веке, надо полагать, очень изумилась бы, если бы кто-нибудь сказал ей, что ее прелестную прапрапраправнучку я по прошествии многих лет буду вести под руку в Москве по бальным залам. Но мы пришли!

Тут Коровьев задул свою лампаду, и она пропала у него из рук, и Маргарита увидела лежащую на полу перед нею полоску света под какою-то темною дверью. И в эту дверь Коровьев тихо стукнул. Тут Маргарита взволновалась настолько, что у нее застучали зубы и по спине прошел озноб.

Дверь раскрылась. Комната оказалась очень небольшой. Маргарита увидела широкую дубовую кровать со смятыми и скомканными грязными простынями и подушкою. Перед кроватью стоял дубовый на резных ножках стол, на котором помещался канделябр с гнездами в виде когтистых птичьих лап. В этих семи золотых лапах горели толстые восковые свечи. Кроме этого, на столике была большая шахматная доска с фигурками, необыкновенно искусно сделанными. На маленьком вытертом коврике стояла низенькая скамеечка. Был еще один стол с какой-то золотой чашей и другим канделябром, ветви которого были сделаны в виде змей. В комнате пахло серой и смолой, тени от светильников перекрещивались на полу.

Среди присутствующих Маргарита сразу узнала Азазелло, теперь уже одетого во фрак и стоящего у спинки кровати. Принарядившийся Азазелло уже не походил на того разбойника, в виде которого являлся Маргарите в Александровском саду, и поклонился он Маргарите чрезвычайно галантно.

Нагая ведьма, та самая Гелла, что так смущала почтенного буфетчика Варьете, и, увы, та самая, которую, к великому счастью, вспугнул петух в ночь знаменитого сеанса, сидела на коврике на полу у кровати, помешивая в кастрюле что-то, от чего валил серный пар.

Кроме этих, был еще в комнате сидящий на высоком табурете перед шахматным столиком громаднейший черный котище, держащий в правой лапе шахматного коня.

Гелла приподнялась и поклонилась Маргарите. То же сделал и кот, соскочивши с табурета. Шаркая правой задней лапой, он уронил коня и полез за ним под кровать.

Все это замирающая от страха Маргарита разглядела в коварных тенях от свечей кое-как. Взор ее притягивала постель, на которой сидел тот, кого еще совсем недавно бедный Иван на Патриарших убеждал в том, что дьявола не существует. Этот несуществующий и сидел на кровати.

Два глаза уперлись Маргарите в лицо. Правый с золотою искрой на дне, сверлящий любого до дна души, и левый — пустой и черный, вроде как узкое игольное ухо, как выход в бездонный колодец всякой тьмы и теней. Лицо Воланда было скошено на сторону, правый угол рта оттянут книзу, на высоком облысевшем лбу были прорезаны глубокие параллельные острым бровям морщины. Кожу на лице Воланда как будто бы навеки сжег загар.

Воланд широко раскинулся на постели, был одет в одну ночную длинную рубашку, грязную и заплатанную на левом плече. Одну голую ногу он поджал под себя, другую вытянул на скамеечку. Колено этой темной ноги и натирала какою-то дымящеюся мазью Гелла.

Еще разглядела Маргарита на раскрытой безволосой груди Воланда искусно из темного камня вырезанного жука на золотой цепочке и с какими-то письменами на спинке. Рядом с Воландом на постели, на тяжелом постаменте, стоял странный, как будто живой и освещенный с одного бока солнцем, глобус.

Несколько секунд длилось молчание. «Он изучает меня», — подумала Маргарита и усилием воли постаралась сдержать дрожь в ногах.

Наконец Воланд заговорил, улыбнувшись, отчего его искристый глаз как бы вспыхнул:

— Приветствую вас, королева, и прошу меня извинить за мой домашний наряд.

Голос Воланда был так низок, что на некоторых словах давал оттяжку в хрип.

Воланд взял с постели длинную шпагу, наклонившись, пошевелил ею под кроватью и сказал:

— Вылезай! Партия отменяется. Прибыла гостья.

— Ни в каком случае, — тревожно свистнул по-суфлерски над ухом Маргариты Коровьев.

— Ни в каком случае... — начала Маргарита.

— Мессир... — дохнул Коровьев в ухо.

— Ни в каком случае, мессир, — справившись с собой, тихо, но ясно ответила Маргарита и, улыбнувшись, добавила: — Я умоляю вас не прерывать партии. Я полагаю, что шахматные журналы заплатили бы недурные деньги, если б имели возможность ее напечатать.

Азазелло тихо и одобрительно крякнул, а Воланд, внимательно поглядев на Маргариту, заметил как бы про себя:

— Да, прав Коровьев! Как причудливо тасуется колода! Кровь!

Он протянул руку и поманил к себе Маргариту. Та подошла, не чувствуя пола под босыми ногами. Воланд положил свою тяжелую, как будто каменную, и в то же время горячую, как кровь, руку на плечо Маргариты, дернул ее к себе и посадил на кровать рядом с собою.

— Ну, уж если вы так очаровательно любезны, — проговорил он, — а я другого ничего и не ожидал, так будем без церемоний. — Он опять наклонился к краю кровати и крикнул: — Долго будет продолжаться этот балаган под кроватью? Вылезай, окаянный ганс!

— Коня не могу найти, — задушенным и фальшивым голосом отозвался из-под кровати кот, — ускакал куда-то, а вместо него какая-то лягушка попадается.

— Не воображаешь ли ты, что находишься на ярмарочной площади? — притворяясь рассерженным, спрашивал Воланд. — Никакой лягушки не было под кроватью! Оставь эти дешевые фокусы для Варьете. Если ты сейчас же не появишься, мы будем считать, что ты сдался, проклятый дезертир.

— Ни за что, мессир! — заорал кот и в ту же секунду вылез из-под кровати, держа в лапе коня.

— Рекомендую вам... — начал было Воланд и сам себя перебил: — Нет, я видеть не могу этого шута горохового. Посмотрите, во что он себя превратил под кроватью.

Стоящий на задних лапах и выпачканный пылью кот тем временем раскланивался перед Маргаритой. Теперь на шее у кота оказался белый фрачный галстух бантиком, а на груди перламутровый дамский бинокль на ремешке. Кроме того, усы кота были вызолочены.

— Ну что же это такое! — воскликнул Воланд. — Зачем ты позолотил усы? И на какой черт тебе нужен галстух, если на тебе нет штанов?

— Штаны коту не полагаются, мессир, — с большим достоинством отвечал кот, — уж не прикажете ли вы мне надеть и сапоги? Кот в сапогах бывает только в сказках, мессир. Но видели ли вы когда-либо кого-нибудь на балу без галстуха? Я не намерен оказаться в комическом положении и рисковать тем, что меня вытолкают в шею! Каждый украшает себя, чем может. Считайте, что сказанное относится и к биноклю, мессир!

— Но усы?..

— Не понимаю, — сухо возражал кот, — почему, брея́сь сегодня, Азазелло и Коровьев могли посыпать себя белой пудрой, и чем она лучше золотой? Я напудрил усы, вот и все! Другой разговор был бы, если б я побрился! Бритый кот — это действительно уже безобразие, тысячу раз согласен признать это. Но вообще, — тут голос кота обидчиво дрогнул, — я вижу, что ко мне применяют кое-какие придирки, и вижу, что передо мною стоит серьезная проблема — быть ли мне вообще на балу? Что скажете вы мне на это, мессир?

И кот от обиды так раздулся, что казалось, еще секунда, и он лопнет.

— Ах, мошенник, мошенник, — качая головой, говорил Воланд, — каждый раз, как партия его в безнадежном положении, он начинает заговаривать зубы, подобно самому последнему шарлатану на мосту. Садись немедленно и прекрати эту словесную пачкотню.

— Я сяду, — ответил кот, садясь, — но возражу относительно последнего. Речи мои представляют отнюдь не пачкотню, как вы изволите выражаться в присутствии дамы, а вереницу прочно упакованных силлогизмов, которые оценили бы по достоинству такие знатоки, как Секст Эмпирик, Марциан Капелла, а то, чего доброго, и сам Аристотель.

— Шах королю, — сказал Воланд.

— Пожалуйста, пожалуйста, — отозвался кот и стал в бинокль смотреть на доску.

— Итак, — обратился к Маргарите Воланд, — рекомендую вам, донна, мою свиту. Этот валяющий дурака — кот Бегемот. С Азазелло и Коровьевым вы уже познакомились, служанку мою Геллу рекомендую. Расторопна, понятлива, и нет такой услуги, которую она не сумела бы оказать.

Красавица Гелла улыбалась, обратив к Маргарите свои с зеленью глаза, не переставая зачерпывать пригоршней мазь и накладывать ее на колено.

— Ну, вот и все, — закончил Воланд и поморщился, когда Гелла особенно сильно сжала его колено, — общество, как вы видите, небольшое, смешанное и бесхитростное. — Он умолк и стал поворачивать перед собою свой глобус, сделанный столь искусно, что синие океаны на нем шевелились, а шапка на полюсе лежала как настоящая, ледяная и снежная.

На доске тем временем происходило смятение. Совершенно расстроенный король в белой мантии топтался на клетке, в отчаянии вздымая руки. Три белых пешки-ландскнехты с алебардами растерянно глядели на офицера, размахивающего шпагой и указывающего вперед, где в смежных клетках, белой и черной, виднелись черные всадники Воланда на двух горячих, роющих копытами клетки, конях.

Маргариту чрезвычайно заинтересовало и поразило то, что шахматные фигурки были живые.

Кот, отставив от глаз бинокль, тихонько подпихнул своего короля в спину. Тот в отчаянии закрыл лицо руками.

— Плоховато дельце, дорогой Бегемот, — тихо сказал Коровьев ядовитым голосом.

— Положение серьезное, но отнюдь не безнадежное, — отозвался Бегемот, — больше того: я вполне уверен в конечной победе. Стоит хорошенько проанализировать положение.

Этот анализ он начал производить довольно странным способом, именно стал кроить какие-то рожи и подмигивать своему королю.

— Ничего не помогает, — заметил Коровьев.

— Ай! — вскричал Бегемот. — Попугаи разлетелись, что я и предсказывал!

Действительно, где-то вдали послышался шум многочисленных крыльев. Коровьев и Азазелло бросились вон.

— А, черт вас возьми с вашими бальными затеями! — буркнул Воланд, не отрываясь от своего глобуса.

Лишь только Коровьев и Азазелло скрылись, мигание Бегемота приняло усиленные размеры. Белый король наконец догадался, чего от него хотят, вдруг стащил с себя мантию, бросил ее на клетку и убежал с доски. Офицер брошенное королевское одеяние накинул на себя и занял место короля. Коровьев и Азазелло вернулись.

— Враки, как всегда, — ворчал Азазелло, косясь на Бегемота.

— Мне послышалось, — ответил кот.

— Ну, что же, долго это будет продолжаться? — спросил Воланд. — Шах королю.

— Я, вероятно, ослышался, мой мэтр, — ответил кот, — шаха королю нет и быть не может.

— Повторяю, шах королю.

— Мессир, — тревожно-фальшивым голосом отозвался кот, — вы переутомились: нет шаха королю!

— Король на клетке г-два, — не глядя на доску, сказал Воланд.

— Мессир, я в ужасе, — завыл кот, изображая ужас на своей морде, — на этой клетке нет короля.

— Что такое? — в недоумении спросил Воланд и стал глядеть на доску, где стоявший на королевской клетке офицер отворачивался и закрывался рукой.

— Ах ты подлец, — задумчиво сказал Воланд.

— Мессир! Я вновь обращаюсь к логике, — заговорил кот, прижимая лапы к груди, — если игрок объявляет шах королю, а короля между тем уже и в помине нет на доске, шах признается недействительным.

— Ты сдаешься или нет? — прокричал страшным голосом Воланд.

— Разрешите подумать, — смиренно ответил кот, положил локти на стол, уткнул уши в лапы и стал думать. Думал он долго и наконец сказал: — Сдаюсь.

— Убить упрямую тварь, — шепнул Азазелло.

— Да, сдаюсь, — сказал кот, — но сдаюсь исключительно потому, что не могу играть в атмосфере травли со стороны завистников! — Он поднялся, и шахматные фигурки полезли в ящик.

— Гелла, пора, — сказал Воланд, и Гелла исчезла из комнаты. — Нога разболелась, а тут этот бал, — продолжал Воланд.

— Позвольте мне, — тихо попросила Маргарита.

Воланд пристально поглядел на нее и пододвинул к ней колено.

Горячая, как лава, жижа обжигала руки, но Маргарита, не морщась, стараясь не причинять боли, втирала ее в колено.

— Приближенные утверждают, что это ревматизм, — говорил Воланд, не спуская глаз с Маргариты, — но я сильно подозреваю, что эта боль в колене оставлена мне на память очаровательной ведьмой, с которой я близко познакомился в тысяча пятьсот семьдесят первом году в Брокенских горах, на Чертовой Кафедре.

— Ах, может ли это быть! — сказала Маргарита.

— Вздор! Лет через триста это пройдет. Мне посоветовали множество лекарств, но я по старинке придерживаюсь бабушкиных средств. Поразительные травы оставила в наследство поганая старушка, моя бабушка! Кстати, скажите, а вы не страдаете ли чем-нибудь? Быть может, у вас есть какая-нибудь печаль, отравляющая душу, тоска?

— Нет, мессир, ничего этого нет, — ответила умница Маргарита, — а теперь, когда я у вас, я чувствую себя совсем хорошо.

— Кровь — великое дело, — неизвестно к чему весело сказал Воланд и прибавил: — Я вижу, что вас интересует мой глобус.

— О да, я никогда не видела такой вещицы.

— Хорошая вещица. Я, откровенно говоря, не люблю последних новостей по радио. Сообщают о них всегда какие-то девушки, невнятно произносящие названия мест. Кроме того, каждая третья из них немного косноязычна, как будто таких нарочно подбирают. Мой глобус гораздо удобнее, тем более что события мне нужно знать точно. Вот, например, видите этот кусок земли, бок которого моет океан? Смотрите, вот он наливается огнем. Там началась война. Если вы приблизите глаза, вы увидите и детали.

Маргарита наклонилась к глобусу и увидела, что квадратик земли расширился, многокрасочно расписался и превратился как бы в рельефную карту. А затем она увидела и ленточку реки, и какое-то селение возле нее. Домик, который был размером в горошину, разросся и стал как спичечная коробка. Внезапно и беззвучно крыша этого дома взлетела наверх вместе с клубом черного дыма, а стенки рухнули, так что от двухэтажной коробочки ничего не осталось, кроме кучечки, от которой валил черный дым. Еще приблизив свой глаз, Маргарита разглядела маленькую женскую фигурку, лежащую на земле, а возле нее в луже крови разметавшего руки маленького ребенка.

— Вот и все, — улыбаясь, сказал Воланд, — он не успел нагрешить. Работа Абадонны безукоризненна.

— Я не хотела бы быть на той стороне, против которой этот Абадонна, — сказала Маргарита, — на чьей он стороне?

— Чем дальше говорю с вами, — любезно отозвался Воланд, — тем больше убеждаюсь в том, что вы очень умны. Я успокою вас. Он на редкость беспристрастен и равно сочувствует обеим сражающимся сторонам. Вследствие этого и результаты для обеих сторон бывают всегда одинаковы. Абадонна, — негромко позвал Воланд, и тут из стены появилась фигура какого-то худого человека в темных очках. Эти очки почему-то произвели на Маргариту такое сильное впечатление, что она, тихонько вскрикнув, уткнулась лицом в ногу Воланда. — Да перестаньте, — крикнул Воланд, — до чего нервозны современные люди. — Он с размаху шлепнул Маргариту по спине, так что по ее телу прошел звон. — Ведь видите же, что он в очках. Кроме того, никогда не было случая, да и не будет, чтобы Абадонна появился перед кем-нибудь преждевременно. Да и, наконец, я здесь. Вы у меня в гостях! Я просто хотел вам показать.

Абадонна стоял неподвижно.

— А можно, чтобы он снял очки на секунду? — спросила Маргарита, прижимаясь к Воланду и вздрагивая, но уже от любопытства.

— А вот этого нельзя, — серьезно ответил Воланд и махнул рукой Абадонне, и того не стало. — Что ты хочешь сказать, Азазелло?

— Мессир, — ответил Азазелло, — разрешите мне сказать. У нас двое посторонних: красавица, которая хнычет и умоляет, чтобы ее оставили при госпоже, и, кроме того, с ней, прошу прощения, ее боров.

— Странно ведут себя красавицы, — заметил Воланд.

— Это Наташа, Наташа! — воскликнула Маргарита.

— Ну, оставить при госпоже. А борова к поварам!

— Зарезать? — испуганно вскрикнула Маргарита. — Помилуйте, мессир, это Николай Иванович, нижний жилец. Тут недоразумение, она, видите ли, мазнула его кремом...

— Да позвольте, — сказал Воланд, — на кой черт и кто станет его резать? Пусть посидит вместе с поварами, вот и все! Не могу же, согласитесь, я его пустить в бальный зал!

— Да уж... — добавил Азазелло и доложил: — Полночь приближается, мессир.

— А, хорошо. — Воланд обратился к Маргарите: — Итак, прошу вас! Заранее благодарю вас. Не теряйтесь и ничего не бойтесь. Ничего не пейте, кроме воды, а то вы разомлеете и вам будет трудно. Пора!

Маргарита поднялась с коврика, и тогда в дверях возник Коровьев.

Глава 23

ВЕЛИКИЙ БАЛ У САТАНЫ

Полночь приближалась, пришлось спешить. Маргарита смутно видела окружающее. Запомнились свечи и самоцветный какой-то бассейн. Когда Маргарита стала на дно этого бассейна, Гелла и помогающая ей Наташа окатили Маргариту какой-то горячей, густой и красной жидкостью. Маргарита ощутила соленый вкус на губах и поняла, что ее моют кровью. Кровавая мантия сменилась другою — густой, прозрачной, розоватой, и у Маргариты закружилась голова от розового масла. Потом Маргариту бросили на хрустальное ложе и до блеска стали растирать какими-то большими зелеными листьями. Тут ворвался кот и стал помогать. Он уселся на корточки у ног Маргариты и стал натирать ей ступни с таким видом, как будто чистил сапоги на улице.

Маргарита не помнит, кто сшил ей из лепестков бледной розы туфли и как эти туфли сами собой застегнулись золотыми пряжками. Какая-то сила вздернула Маргариту и поставила перед зеркалом, и в волосах у нее блеснул королевский алмазный венец. Откуда-то явился Коровьев и повесил на грудь Маргариты тяжелое в овальной раме изображение черного пуделя на тяжелой цепи. Это украшение чрезвычайно обременило королеву. Цепь сейчас же стала натирать шею, изображение тянуло ее согнуться. Но кое-что вознаградило Маргариту за те неудобства, которые ей причиняла цепь с черным пуделем. Это — та почтительность, с которою стали относиться к ней Коровьев и Бегемот.

— Ничего, ничего, ничего! — бормотал Коровьев у дверей комнаты с бассейном. — Ничего не поделаешь, надо, надо, надо... Разрешите, королева, вам дать последний совет. Среди гостей будут различные, ох, очень различные, но никому, королева Марго, никакого преимущества! Если кто-нибудь и не понравится... я понимаю, что вы, конечно, не выразите этого на своем лице... Нет, нет, нельзя подумать об этом! Заметит, заметит в то же мгновение. Нужно полюбить его, полюбить, королева. Сторицей будет вознаграждена за это хозяйка бала! И еще: не пропустите никого. Хоть улыбочку, если не будет времени бросить слово, хоть малюсенький поворот головы. Все, что угодно, но только не невнимание. От этого они захиреют...

Тут Маргарита в сопровождении Коровьева и Бегемота шагнула из бассейной в полную темноту.

— Я, я, — шептал кот, — я дам сигнал!

— Давай! — ответил в темноте Коровьев.

— Бал! — пронзительно взвизгнул кот, и тотчас Маргарита вскрикнула и на несколько секунд закрыла глаза. Бал упал на нее сразу в виде света, вместе с ним — звука и запаха. Уносимая под руку Коровьевым, Маргарита увидела себя в тропическом лесу. Красногрудые зеленохвостые попугаи цеплялись за лианы, перескакивали по ним и оглушительно кричали: «Я восхищен!» Но лес быстро кончился, и его банная духота тотчас сменилась прохладою бального зала с колоннами из какого-то желтоватого искрящегося камня. Этот зал, так же как и лес, был совершенно пуст, и лишь у колонн неподвижно стояли обнаженные негры в серебряных повязках на головах. Лица их стали грязно-бурыми от волнения, когда в зал влетела Маргарита со своею свитой, в которой откуда-то взялся Азазелло. Тут Коровьев выпустил руку Маргариты и шепнул:

— Прямо на тюльпаны!

Невысокая стена белых тюльпанов выросла перед Маргаритой, а за нею она увидела бесчисленные огни в колпачках и перед ними белые груди и черные плечи фрачников. Тогда Маргарита поняла, откуда шел бальный звук. На нее обрушился рев труб, а вырвавшийся из-под него взмыв скрипок окатил ее тело, как кровью. Оркестр человек в полтораста играл полонез.

Возвышавшийся перед оркестром человек во фраке, увидев Маргариту, побледнел, заулыбался и вдруг взмахом рук поднял весь оркестр. Ни на мгновение не прерывая музыки, оркестр окатывал Маргариту звуками. Человек над оркестром отвернулся от него и поклонился низко, широко разбросав руки, и Маргарита, улыбаясь, помахала ему рукой.

— Нет, мало, мало, — зашептал Коровьев, — он не будет спать всю ночь. Крикните ему: «Приветствую вас, король вальсов!»

Маргарита крикнула это и подивилась тому, что ее голос, полный как колокол, покрыл вой оркестра. Человек от счастья вздрогнул и левую руку приложил к груди, правой продолжая махать оркестру белым жезлом.

— Мало, мало, — шептал Коровьев, — глядите налево, на первые скрипки, и кивните так, чтобы каждый думал, что вы его узнали в отдельности. Здесь только мировые знаменитости. Вот этому, за первым пультом, — это Вьетан. Так, очень хорошо. Теперь дальше.

— Кто дирижер? — отлетая, спросила Маргарита.

— Иоганн Штраус, — закричал кот, — и пусть меня повесят в тропическом саду на лиане, если на каком-нибудь балу когда-либо играл такой оркестр. Я приглашал его! И, заметьте, ни один не заболел и ни один не отказался.

В следующем зале не было колонн, вместо них стояли стены красных, розовых, молочно-белых роз с одной стороны, а с другой — стена японских махровых камелий. Между этими стенами уже били, шипя, фонтаны, и шампанское вскипало пузырями в трех бассейнах, из которых был первый — прозрачно-фиолетовый, второй — рубиновый, третий — хрустальный. Возле них метались негры в алых повязках, серебряными черпаками наполняя из бассейнов плоские чаши. В розовой стене оказался пролом, и в нем на эстраде кипятился человек в красном с ласточкиным хвостом фраке. Перед ним гремел нестерпимо громко джаз. Лишь только дирижер увидел Маргариту, он согнулся перед нею так, что руками коснулся пола, потом выпрямился и пронзительно вскричал:

— Аллилуйя!

Он хлопнул себя по коленке раз, потом накрест по другой — два, вырвал из рук у крайнего музыканта тарелку, ударил ею по колонне.

Улетая, Маргарита видела только, что виртуоз-джазбандист, борясь с полонезом, который дул Маргарите в спину, бьет по головам джазбандистов своей тарелкой и те приседают в комическом ужасе.

Наконец вылетели на площадку, где, как поняла Маргарита, ее во тьме встречал Коровьев с лампадкой. Теперь на этой площадке глаза слепли от света, льющегося из хрустальных виноградных гроздьев. Маргариту установили на место, и под левой рукой у нее оказалась низкая аметистовая колонка.

— Руку можно будет положить на нее, если станет очень трудно, — шептал Коровьев.

Какой-то чернокожий подкинул под ноги Маргарите подушку с вышитым на ней золотым пуделем, и на нее она, повинуясь чьим-то рукам, поставила, согнув в колене, свою правую ногу. Маргарита попробовала оглядеться. Коровьев и Азазелло стояли возле нее в парадных позах. Рядом с Азазелло — еще трое молодых людей, смутно чем-то напомнивших Маргарите Абадонну. В спину веяло холодом, оглянувшись, Маргарита увидела, что из мраморной стены сзади нее бьет шипящее вино и стекает в ледяной бассейн. У левой ноги она чувствовала что-то теплое и мохнатое. Это был Бегемот.

Маргарита была в высоте, и из-под ног ее вниз уходила грандиозная лестница, крытая ковром. Внизу, так далеко, как будто бы Маргарита смотрела обратным способом в бинокль, она видела громаднейшую швейцарскую с совершенно необъятным камином, в холодную и черную пасть которого мог свободно въехать пятитонный грузовик. Швейцарская и лестница, до боли в глазах залитая светом, были пусты. Трубы теперь доносились до Маргариты издалека. Так простояли неподвижно около минуты.

— Где же гости? — спросила Маргарита у Коровьева.

— Будут, королева, будут, сейчас будут. В них недостатка не будет. И, право, я предпочел бы рубить дрова, вместо того чтобы принимать их здесь на площадке.

— Что рубить дрова, — подхватил словоохотливый кот, — я хотел бы служить кондуктором в трамвае, а уж хуже этой работы нет ничего на свете.

— Все должно быть готово заранее, королева, — объяснил Коровьев, поблескивая глазом сквозь испорченный монокль. — Ничего не может быть гаже, чем когда приехавший первым гость мыкается, не зная, что ему предпринять, а его законная мегера шепотом пилит его за то, что они приехали раньше всех. Такие балы надо выбрасывать на помойку, королева.

— Определенно на помойку, — подтвердил кот.

— До полуночи не более десяти секунд, — добавил Коровьев, — сейчас начнется.

Эти десять секунд показались Маргарите чрезвычайно длинными. По-видимому, они истекли уже, и ровно ничего не произошло. Но тут вдруг что-то грохнуло внизу в громадном камине, и из него выскочила виселица с болтающимся на ней полурассыпавшимся прахом. Этот прах сорвался с веревки, ударился об пол, и из него выскочил черноволосый красавец во фраке и в лакированных туфлях. Из камина выбежал полуистлевший небольшой гроб, крышка его отскочила, и из него вывалился другой прах. Красавец галантно подскочил к нему и подал руку калачиком, второй прах сложился в нагую вертлявую женщину в черных туфельках и с черными перьями на голове, и тогда оба, и мужчина и женщина, заспешили вверх по лестнице.

— Первые! — воскликнул Коровьев. — Господин Жак с супругой. Рекомендую вам, королева, один из интереснейших мужчин! Убежденный фальшивомонетчик, государственный изменник, но очень недурной алхимик. Прославился тем, — шепнул на ухо Маргарите Коровьев, — что отравил королевскую любовницу. А ведь это не с каждым случается! Посмотрите, как красив!

Побледневшая Маргарита, раскрыв рот, глядела вниз и видела, как исчезают в каком-то боковом ходу швейцарской и виселица и гроб.

— Я в восхищении, — заорал прямо в лицо поднявшемуся по лестнице господину Жаку кот.

В это время внизу из камина появился безголовый, с оторванною рукою скелет, ударился оземь и превратился в мужчину во фраке.

Супруга господина Жака уже становилась перед Маргаритою на одно колено и, бледнея от волнения, целовала колено Маргариты.

— Королева... — бормотала супруга господина Жака.

— Королева в восхищении, — кричал Коровьев.

— Королева... — тихо сказал красавец, господин Жак.

— Мы в восхищении, — завывал кот.

Молодые люди, спутники Азазелло, улыбаясь безжизненными, но приветливыми улыбками, уже теснили господина Жака с супругою в сторону, к чашам с шампанским, которые негры держали в руках. По лестнице поднимался вверх бегом одинокий фрачник.

— Граф Роберт, — шепнул Маргарите Коровьев, — по-прежнему интересен. Обратите внимание, как смешно, королева, — обратный случай: этот был любовником королевы и отравил свою жену.

— Мы рады, граф, — вскричал Бегемот.

Из камина подряд один за другим вывалились, лопаясь и распадаясь, три гроба, затем кто-то в черной мантии, которого следующий выбежавший из черной пасти ударил в спину ножом. Внизу послышался сдавленный крик. Из камина выбежал совсем почти разложившийся труп. Маргарита зажмурилась, и чья-то рука поднесла к ее носу флакон с белой солью. Маргарите показалось, что это рука Наташи. Лестница стала заполняться. Теперь уже на каждой ступеньке оказались, издали казавшиеся совершенно одинаковыми, фрачники и нагие женщины с ними, отличавшиеся друг от друга только цветом перьев на головах и туфель.

К Маргарите приближалась, ковыляя, в странном деревянном сапоге на левой ноге, дама с монашески опущенными глазами, худенькая, скромная и почему-то с широкой зеленой повязкой на шее.

— Какая зеленая? — машинально спросила Маргарита.

— Очаровательнейшая и солиднейшая дама, — шептал Коровьев, — рекомендую вам: госпожа Тофана, была чрезвычайно популярна среди молодых очаровательных неаполитанок, а также жительниц Палермо, и в особенности тех, которым надоели их мужья. Ведь бывает же так, королева, чтобы надоел муж.

— Да, — глухо ответила Маргарита, в то же время улыбаясь двум фрачникам, которые один за другим склонялись перед нею, целуя колено и руку.

— Ну вот, — ухитрялся шептать Коровьев Маргарите и в то же время кричать кому-то: — Герцог, бокал шампанского! Я восхищен! Да, так вот-с, госпожа Тофана входила в положение этих бедных женщин и продавала им какую-то воду в пузырьках. Жена вливала эту воду в суп супругу, тот его съедал, благодарил за ласку и чувствовал себя превосходно. Правда, через несколько часов ему начинало очень сильно хотеться пить, затем он ложился в постель, и через день прекрасная неаполитанка, накормившая своего мужа супом, была свободна, как весенний ветер.

— А что это у нее на ноге? — спрашивала Маргарита, не уставая подавать руку гостям, обогнавшим ковыляющую госпожу Тофану. — И зачем эта зелень на шее? Блеклая шея?

— Я в восхищении, князь! — кричал Коровьев и в это же время шептал Маргарите: — Прекрасная шея, но с ней неприятность случилась в тюрьме. На ноге у нее, королева, испанский сапожок, а лента вот отчего: когда тюремщики узнали, что около пятисот неудачно выбранных мужей покинули Неаполь и Палермо навсегда, они сгоряча удавили госпожу Тофану в тюрьме.

— Как я счастлива, черная королева, что мне выпала высокая честь, — монашески шептала Тофана, пытаясь опуститься на колено. Испанский сапог мешал ей. Коровьев и Бегемот помогли Тофане подняться.

— Я рада, — ответила ей Маргарита, в то же время подавая руку другим.

Теперь по лестнице снизу вверх подымался поток. Маргарита перестала видеть то, что делается в швейцарской. Она механически поднимала и опускала руку и, однообразно скалясь, улыбалась гостям. В воздухе на площадке уже стоял гул, из покинутых Маргаритой бальных зал, как море, слышалась музыка.

— А вот это — скучная женщина, — уже не шептал, а громко говорил Коровьев, зная, что в гуле голосов его уже не расслышат, — обожает балы, все мечтает пожаловаться на свой платок.

Маргарита поймала взглядом среди подымавшихся ту, на которую указывал Коровьев. Это была молодая женщина лет двадцати, необыкновенного по красоте сложения, но с какими-то беспокойными и назойливыми глазами.

— Какой платок? — спросила Маргарита.

— К ней камеристка приставлена, — пояснил Коровьев, — и тридцать лет кладет ей на ночь на столик носовой платок. Как она проснется, так платок уже тут. Она уж и сжигала его в печи, и топила его в реке, но ничего не помогает.

— Какой платок? — шептала Маргарита, подымая и опуская руку.

— С синей каемочкой платок. Дело в том, что, когда она служила в кафе, хозяин как-то ее зазвал в кладовую, а через девять месяцев она родила мальчика, унесла его в лес и засунула ему в рот платок, а потом закопала мальчика в земле. На суде она говорила, что ей нечем кормить ребенка.

— А где же хозяин этого кафе? — спросила Маргарита.

— Королева, — вдруг заскрипел снизу кот, — разрешите мне спросить вас: при чем же здесь хозяин? Ведь он не душил младенца в лесу!

Маргарита, не переставая улыбаться и качать правой рукой, острые ногти левой запустила в Бегемотово ухо и зашептала ему:

— Если ты, сволочь, еще раз позволишь себе впутаться в разговор...

Бегемот как-то не по-бальному вспискнул и захрипел:

— Королева... ухо вспухнет... Зачем же портить бал вспухшим ухом?.. Я говорил юридически... с юридической точки... Молчу, молчу... Считайте, что я не кот, а рыба, только оставьте ухо.

Маргарита выпустила ухо, и назойливые, мрачные глаза оказались перед ней.

— Я счастлива, королева-хозяйка, быть приглашенной на великий бал полнолуния.

— А я, — ответила ей Маргарита, — рада вас видеть. Очень рада. Любите ли вы шампанское?

— Что вы изволите делать, королева?! — отчаянно, но беззвучно вскричал на ухо Маргарите Коровьев. — Получится затор!

— Я люблю, — моляще говорила женщина и вдруг механически стала повторять: — Фрида, Фрида, Фрида! Меня зовут Фрида, о королева.

— Так вы напейтесь сегодня пьяной, Фрида, и ни о чем не думайте, — сказала Маргарита.

Фрида протянула обе руки Маргарите, но Коровьев и Бегемот очень ловко подхватили ее под руки, и ее затерло в толпе.

Теперь снизу уже стеною шумел народ, как бы штурмуя площадку, на которой стояла Маргарита. Голые женские тела подымались между фрачными мужчинами. На Маргариту наплывали их смуглые, и белые, и цвета кофейного зерна, и вовсе черные тела. В волосах рыжих, черных, каштановых, светлых, как лен, — в ливне света играли и плясали, рассыпали искры драгоценные камни. И как будто кто-то окропил штурмующую колонну мужчин капельками света, — с грудей брызгали светом бриллиантовые запонки. Теперь Маргарита ежесекундно ощущала прикосновение губ к колену, ежесекундно вытягивала вперед руку для поцелуя, лицо ее стянуло в неподвижную маску привета.

— Я в восхищении, — монотонно пел Коровьев, — мы в восхищении, королева в восхищении.

— Королева в восхищении, — гнусил за спиною Азазелло.

— Я восхищен, — вскрикивал кот.

— Маркиза... — бормотал Коровьев, — отравила отца, двух братьев и двух сестер из-за наследства!.. Королева в восхищении!.. Госпожа Минкина... Ах, как хороша! Немного нервозна. Зачем же было жечь горничной лицо щипцами для завивки? Конечно, при этих условиях зарежут... Королева в восхищении!.. Королева, секунду внимания! Император Рудольф, чародей и алхимик... Еще алхимик — повешен. Ах, вот и она! Ах, какой чудесный публичный дом был у нее в Страсбурге!.. Мы в восхищении!.. Московская портниха, мы все ее любим за неистощимую фантазию... держала ателье и придумала страшно смешную штуку: провертела две круглые дырочки в стене...

— А дамы не знали? — спросила Маргарита.

— Все до одной знали, королева, — отвечал Коровьев, — я в восхищении. Этот двадцатилетний мальчуган с детства отличался странными фантазиями, мечтатель и чудак. Его полюбила одна девушка, а он взял и продал ее в публичный дом.

Снизу текла река. Конца этой реке не было видно. Источник ее, громадный камин, продолжал ее питать. Так прошел час и пошел второй час. Тут Маргарита стала замечать, что цепь ее сделалась тяжелее, чем была. Что-то странное произошло и с рукой. Теперь перед тем, как поднять ее, Маргарите приходилось морщиться. Интересные замечания Коровьева перестали занимать Маргариту. И раскосые монгольские лица, и лица белые и черные сделались безразличными, но временами сливались, а воздух между ними почему-то начинал дрожать и струиться. Острая боль, как от иглы, вдруг пронизала правую руку Маргариты, и, стиснув зубы, она положила локоть на тумбу. Какой-то шорох, как бы крыльев по стенам, доносился теперь сзади из залы, и было понятно, что там танцуют неслыханные полчища гостей, и Маргарите казалось, что даже массивные мраморные, мозаичные и хрустальные полы в этом диковинном зале ритмично пульсируют.

Ни Гай Кесарь Калигула, ни Мессалина уже не заинтересовали Маргариту, как не заинтересовал ни один из королей, герцогов, кавалеров, самоубийц, отравительниц, висельников и сводниц, тюремщиков и шулеров, палачей, доносчиков, изменников, безумцев, сыщиков, растлителей. Все их имена спутались в голове, лица слепились в одну громадную лепешку, и только одно мучительно сидело в памяти лицо, окаймленное действительно огненной бородой, лицо Малюты Скуратова. Ноги Маргариты подгибались, каждую минуту она боялась заплакать. Наихудшие страдания ей причиняло правое колено, которое целовали. Оно распухло, кожа на нем посинела, несмотря на то, что несколько раз рука Наташи появлялась возле этого колена с губкой и чем-то душистым обтирала его. В конце третьего часа Маргарита глянула вниз совершенно безнадежными глазами и радостно дрогнула: поток гостей редел.

— Законы бального съезда одинаковы, королева, — шептал Коровьев, — сейчас волна начнет спадать. Клянусь, что мы терпим последние минуты. Вон группа брокенских гуляк. Они всегда приезжают последними. Ну да, это они. Два пьяных вампира... все? Ах нет, вот еще один. Нет, двое!

По лестнице подымались двое последних гостей.

— Да это кто-то новенький, — говорил Коровьев, щурясь сквозь стеклышко, — ах да, да. Как-то раз Азазелло навестил его и за коньяком нашептал ему совет, как избавиться от одного человека, разоблачений которого он чрезвычайно опасался. И вот он велел своему знакомому, находящемуся от него в зависимости, обрызгать стены кабинета ядом.

— Как его зовут? — спросила Маргарита.

— А, право, я сам еще не знаю, — ответил Коровьев, — надо спросить у Азазелло.

— А кто с ним?

— А вот этот самый исполнительный его подчиненный. Я восхищен! — прокричал Коровьев последним двум.

Лестница опустела. Из осторожности подождали еще немного. Но из камина более никто не выходил.

Через секунду, не понимая, как это случилось, Маргарита оказалась в той же комнате с бассейном и там, сразу заплакав от боли в руке и ноге, повалилась прямо на пол. Но Гелла и Наташа, утешая ее, опять повлекли ее под кровавый душ, опять размяли ее тело, и Маргарита вновь ожила.

— Еще, еще, королева Марго, — шептал появившийся рядом Коровьев, — надо облететь залы, чтобы почтенные гости не чувствовали себя брошенными.

И Маргарита вновь вылетела из комнаты с бассейном. На эстраде за тюльпанами, где играл оркестр короля вальсов, теперь бесновался обезьяний джаз. Громадная, в лохматых бакенбардах горилла с трубой в руке, тяжело приплясывая, дирижировала. В один ряд сидели орангутанги, дули в блестящие трубы. На плечах у них верхом поместились веселые шимпанзе с гармониями. Два гамадрила в гривах, похожих на львиные, играли на роялях, и этих роялей не было слышно в громе и писке и буханьях саксофонов, скрипок и барабанов в лапах гиббонов, мандрилов и мартышек. На зеркальном полу несчитанное количество пар, словно слившись, поражая ловкостью и чистотой движений, вертясь в одном направлении, стеною шло, угрожая все смести на своем пути. Живые атласные бабочки ныряли над танцующими полчищами, с потолков сыпались цветы. В капителях колонн, когда погасало электричество, загорались мириады светляков, а в воздухе плыли болотные огни.

Потом Маргарита оказалась в чудовищном по размерам бассейне, окаймленном колоннадой. Гигантский черный Нептун выбрасывал из пасти широкую розовую струю. Одуряющий запах шампанского подымался из бассейна. Здесь господствовало непринужденное веселье. Дамы, смеясь, сбрасывали туфли, отдавали сумочки своим кавалерам или неграм, бегающим с простынями в руках, и с криком ласточкой бросались в бассейн. Пенные столбы взбрасывало вверх. Хрустальное дно бассейна горело нижним светом, пробивавшим толщу вина, и в нем видны были серебристые плавающие тела. Выскакивали из бассейна совершенно пьяными. Хохот звенел под колоннами и гремел, как в бане.

Во всей этой кутерьме запомнилось одно совершенно пьяное женское лицо с бессмысленными, но и в бессмысленности умоляющими глазами, и вспомнилось одно слово — «Фрида!».

Голова Маргариты начала кружиться от запаха вина, и она уже хотела уходить, как кот устроил в бассейне номер, задержавший Маргариту. Бегемот наколдовал чего-то у пасти Нептуна, и тотчас с шипением и грохотом волнующаяся масса шампанского ушла из бассейна, а Нептун стал извергать не играющую, не пенящуюся волну темно-желтого цвета. Дамы с визгом и воплем:

— Коньяк! — кинулись от краев бассейна за колонны. Через несколько секунд бассейн был полон, и кот, трижды перевернувшись в воздухе, обрушился в колыхающийся коньяк. Вылез он, отфыркиваясь, с раскисшим галстухом, потеряв позолоту с усов и свой бинокль. Примеру Бегемота решилась последовать только одна, та самая затейница-портниха, и ее кавалер, неизвестный молодой мулат. Оба они бросились в коньяк, но тут Коровьев подхватил Маргариту под руку, и они покинули купальщиков.

Маргарите показалось, что она пролетела где-то, где видела в громадных каменных прудах горы устриц. Потом она летала над стеклянным полом с горящими под ним адскими топками и мечущимися между ними дьявольскими белыми поварами. Потом где-то она, уже переставая что-либо соображать, видела темные подвалы, где горели какие-то светильники, где девушки подавали шипящее на раскаленных углях мясо, где пили из больших кружек за ее здоровье. Потом она видела белых медведей, игравших на гармониках и пляшущих камаринского на эстраде. Фокусника-саламандру, не сгоравшего в камине... И во второй раз силы ее стали иссякать.

— Последний выход, — прошептал ей озабоченный Коровьев, — и мы свободны.

Она в сопровождении Коровьева опять оказалась в бальном зале, но теперь в нем не танцевали, и гости несметной толпой теснились между колоннами, оставив свободной середину зала. Маргарита не помнила, кто помог ей подняться на возвышение, появившееся посередине этого свободного пространства зала. Когда она взошла на него, она, к удивлению своему, услышала, как где-то бьет полночь, которая давным-давно, по ее счету, истекла. С последним ударом неизвестно откуда слышавшихся часов молчание упало на толпы гостей.

Тогда Маргарита опять увидела Воланда. Он шел в окружении Абадонны, Азазелло и еще нескольких похожих на Абадонну, черных и молодых. Маргарита теперь увидела, что напротив ее возвышения было приготовлено другое возвышение для Воланда. Но он им не воспользовался. Поразило Маргариту то, что Воланд вышел в этот последний великий выход на балу как раз в том самом виде, в каком был в спальне. Все та же грязная заплатанная сорочка висела на его плечах, ноги были в стоптанных ночных туфлях. Воланд был со шпагой, но этой обнаженной шпагой он пользовался как тростью, опираясь на нее.

Прихрамывая, Воланд остановился возле своего возвышения, и сейчас же Азазелло оказался перед ним с блюдом в руках, и на этом блюде Маргарита увидела отрезанную голову человека с выбитыми передними зубами. Продолжала стоять полнейшая тишина, и ее прервал только один раз далеко послышавшийся, непонятный в этих условиях звонок, как бывает с парадного хода.

— Михаил Александрович, — негромко обратился Воланд к голове, и тогда веки убитого приподнялись, и на мертвом лице Маргарита, содрогнувшись, увидела живые, полные мысли и страдания глаза. — Все сбылось, не правда ли? — продолжал Воланд, глядя в глаза головы. — Голова отрезана женщиной, заседание не состоялось, и живу я в вашей квартире. Это — факт. А факт — самая упрямая в мире вещь. Но теперь нас интересует дальнейшее, а не этот уже совершившийся факт. Вы всегда были горячим проповедником той теории, что по отрезании головы жизнь в человеке прекращается, он превращается в золу и уходит в небытие. Мне приятно сообщить вам, в присутствии моих гостей, хотя они и служат доказательством совсем другой теории, о том, что ваша теория и солидна и остроумна. Впрочем, ведь все теории стоят одна другой. Есть среди них и такая, согласно которой каждому будет дано по его вере. Да сбудется же это! Вы уходите в небытие, а мне радостно будет из чаши, в которую вы превращаетесь, выпить за бытие. — Воланд поднял шпагу. Тут же покровы головы потемнели и съежились, потом отвалились кусками, глаза исчезли, и вскоре Маргарита увидела на блюде желтоватый, с изумрудными глазами и жемчужными зубами, на золотой ноге, череп. Крышка черепа откинулась на шарнире.

— Сию секунду, мессир, — сказал Коровьев, заметив вопросительный взгляд Воланда, — он предстанет перед вами. Я слышу в этой гробовой тишине, как скрипят его лакированные туфли и как звенит бокал, который он поставил на стол, последний раз в этой жизни выпив шампанское. Да вот и он.

Направляясь к Воланду, вступал в зал новый одинокий гость. Внешне он ничем не отличался от многочисленных остальных гостей-мужчин, кроме одного: гостя буквально шатало от волнения, что было видно даже издали. На его щеках горели пятна, и глаза бегали в полной тревоге. Гость был ошарашен, и это было вполне естественно: его поразило все, и главным образом, конечно, наряд Воланда.

Однако встречен был гость отменно ласково.

— А, милейший барон Майгель, — приветливо улыбаясь, обратился Воланд к гостю, у которого глаза вылезали на лоб, — я счастлив рекомендовать вам, — обратился Воланд к гостям, — почтеннейшего барона Майгеля, служащего зрелищной комиссии в должности ознакомителя иностранцев с достопримечательностями столицы.

Тут Маргарита замерла, потому что узнала вдруг этого Майгеля. Он несколько раз попадался ей в театрах Москвы и в ресторанах. «Позвольтс... — подумала Маргарита, — он, стало быть, что ли, тоже умер?» Но дело тут же разъяснилось.

— Милый барон, — продолжал Воланд, радостно улыбаясь, — был так очарователен, что, узнав о моем приезде в Москву, тотчас позвонил ко мне, предлагая свои услуги по своей специальности, то есть по ознакомлению с достопримечательностями. Само собою разумеется, что я был счастлив пригласить его к себе.

В это время Маргарита видела, как Азазелло передал блюдо с черепом Коровьеву.

— Да, кстати, барон, — вдруг интимно понизив голос, проговорил Воланд, — разнеслись слухи о чрезвычайной вашей любознательности. Говорят, что она, в соединении с вашей не менее развитой разговорчивостью, стала привлекать общее внимание. Более того, злые языки уже уронили слово — наушник и шпион. И еще более того, есть предположение, что это приведет вас к печальному концу не далее, чем через месяц. Так вот, чтобы избавить вас от этого томительного ожидания, мы решили прийти к вам на помощь, воспользовавшись тем обстоятельством, что вы напросились ко мне в гости именно с целью подсмотреть и подслушать все, что можно.

Барон стал бледнее, чем Абадонна, который был исключительно бледен по своей природе, а затем произошло что-то странное. Абадонна оказался перед бароном и на секунду снял свои очки. В тот же момент что-то сверкнуло в руках Азазелло, что-то негромко хлопнуло как в ладоши, барон стал падать навзничь, алая кровь брызнула у него из груди и залила крахмальную рубашку и жилет. Коровьев подставил чашу под бьющуюся струю и передал наполнившуюся чашу Воланду. Безжизненное тело барона в это время уже было на полу.

— Я пью ваше здоровье, господа, — негромко сказал Воланд и, подняв чашу, прикоснулся к ней губами.

Тогда произошла метаморфоза. Исчезла заплатанная рубаха и стоптанные туфли. Воланд оказался в какой-то черной хламиде со стальной шпагой на бедре. Он быстро приблизился к Маргарите, поднес ей чашу и повелительно сказал:

— Пей!

У Маргариты закружилась голова, ее шатнуло, но чаша оказалась уже у ее губ, и чьи-то голоса, а чьи — она не разобрала, шепнули в оба уха:

— Не бойтесь, королева... Не бойтесь, королева, кровь давно ушла в землю. И там, где она пролилась, уже растут виноградные гроздья.

Маргарита, не раскрывая глаз, сделала глоток, и сладкий ток пробежал по ее жилам, в ушах начался звон. Ей показалось, что кричат оглушительные петухи, что где-то играют марш. Толпы гостей стали терять свой облик. И фрачники, и женщины распались в прах. Тление на глазах Маргариты охватило зал, над ним потек запах склепа. Колонны распались, угасли огни, все съежилось, и не стало никаких фонтанов, тюльпанов и камелий. А просто было, что было — скромная гостиная ювелирши, и из приоткрытой в нее двери выпадала полоска света. И в эту приоткрытую дверь и вошла Маргарита.

Глава 24

ИЗВЛЕЧЕНИЕ МАСТЕРА

В спальне Воланда все оказалось, как было до бала. Воланд в сорочке сидел на постели, и только Гелла не растирала ему ногу, а на столе, там, где раньше играли в шахматы, накрывала ужин. Коровьев и Азазелло, сняв фраки, сидели у стола, и рядом с ними, конечно, помещался кот, не пожелавший расстаться со своим галстухом, хоть тот и превратился в совершеннейшую грязную тряпку. Маргарита, шатаясь, подошла к столу и оперлась на него. Тогда Воланд поманил ее, как и тогда, к себе и показал, чтобы она села рядом.

— Ну что, вас очень измучили? — спросил Воланд.

— О нет, мессир, — ответила Маргарита, но чуть слышно.

— Ноблесс оближ, — заметил кот и налил Маргарите какой-то прозрачной жидкости в лафитный стакан.

— Это водка? — слабо спросила Маргарита.

Кот подпрыгнул на стуле от обиды.

— Помилуйте, королева, — прохрипел он, — разве я позволил бы себе налить даме водки? Это чистый спирт!

Маргарита улыбнулась и сделала попытку отодвинуть от себя стакан.

— Смело пейте, — сказал Воланд, и Маргарита тотчас взяла стакан в руки. — Гелла, садись, — приказал Воланд и объяснил Маргарите: — Ночь полнолуния — праздничная ночь, и я ужинаю в тесной компании приближенных и слуг. Итак, как чувствуете вы себя? Как прошел этот утомительный бал?

— Потрясающе! — затрещал Коровьев. — Все очарованы, влюблены, раздавлены, сколько такта, сколько умения, обаяния и шарма!

Воланд молча поднял стакан и чокнулся с Маргаритой. Маргарита покорно выпила, думая, что тут же ей и будет конец от спирта. Но ничего плохого не произошло. Живое тепло потекло по ее животу, что-то мягко стукнуло в затылок, вернулись силы, как будто она встала после долгого освежающего сна, кроме того, почувствовался волчий голод. И при воспоминании о том, что она не ела ничего со вчерашнего утра, он еще более разгорелся. Она стала жадно глотать икру.

Бегемот отрезал кусок ананаса, посолил его, поперчил, съел и после этого так залихватски тяпнул вторую стопку спирта, что все зааплодировали.

После второй стопки, выпитой Маргаритой, свечи в канделябрах разгорелись поярче и в камине прибавилось пламени. Никакого опьянения Маргарита не чувствовала. Кусая белыми зубами мясо, Маргарита упивалась текущим из него соком и в то же время смотрела, как Бегемот намазывает горчицей устрицу.

— Ты еще винограду сверху положи, — тихо сказала Гелла, пихнув в бок кота.

— Попрошу меня не учить, — ответил Бегемот, — сиживал за столом, не беспокойтесь, сиживал!

— Ах, как приятно ужинать вот этак, при камельке, запросто, — дребезжал Коровьев, — в тесном кругу...

— Нет, Фагот, — возражал кот, — бал имеет свою прелесть и размах.

— Никакой прелести в нем нет и размаха также, а эти дурацкие медведи, а также и тигры в баре своим ревом едва не довели меня до мигрени, — сказал Воланд.

— Слушаю, мессир, — сказал кот, — если вы находите, что нет размаха, и я немедленно начну держаться того же мнения.

— Ты смотри! — ответил на это Воланд.

— Я пошутил, — со смирением сказал кот, — а что касается тигров, то я их велю зажарить.

— Тигров нельзя есть, — сказала Гелла.

— Вы полагаете? Тогда прошу послушать, — отозвался кот и, жмурясь от удовольствия, рассказал о том, как однажды он скитался в течение девятнадцати дней в пустыне и единственно, чем питался, это мясом убитого им тигра. Все с интересом прослушали это занимательное повествование, а когда Бегемот кончил его, все хором воскликнули:

— Вранье!

— Интереснее всего в этом вранье то, — сказал Воланд, — что оно — вранье от первого до последнего слова.

— Ах так? Вранье? — воскликнул кот, и все подумали, что он начнет протестовать, но он только тихо сказал: — История рассудит нас.

— А скажите, — обратилась Марго, оживившаяся после водки, к Азазелло, — вы его застрелили, этого бывшего барона?

— Натурально, — ответил Азазелло, — как же его не застрелить? Его обязательно надо застрелить.

— Я так взволновалась! — воскликнула Маргарита. — Это случилось так неожиданно.

— Ничего в этом нет неожиданного, — возразил Азазелло, а Коровьев завыл и заныл:

— Как же не взволноваться? У меня у самого поджилки затряслись! Бух! Раз! Барон на бок!

— Со мной едва истерика не сделалась, — добавил кот, облизывая ложку с икрой.

— Вот что мне непонятно, — говорила Маргарита, и золотые искры от хрусталя прыгали у нее в глазах, — неужели снаружи не было слышно музыки и вообще грохота этого бала?

— Конечно, не было слышно, королева, — объяснял Коровьев, — это надо делать так, чтобы не было слышно. Это поаккуратнее надо делать.

— Ну да, ну да... А то ведь дело в том, что этот человек на лестнице... Вот когда мы проходили с Азазелло... И другой у подъезда... Я думаю, что он наблюдал за вашей квартирой...

— Верно, верно! — кричал Коровьев. — Верно, дорогая Маргарита Николаевна! Вы подтверждаете мои подозрения. Да, он наблюдал за квартирой. Я сам было принял его за рассеянного приват-доцента или влюбленного, томящегося на лестнице, но нет, нет! Что-то сосало мое сердце! Ах! Он наблюдал за квартирой! И другой у подъезда тоже! И тот, что был в подворотне, то же самое!

— А вот интересно, если вас придут арестовывать? — спросила Маргарита.

— Непременно придут, очаровательная королева, непременно! — отвечал Коровьев. — Чует сердце, что придут, не сейчас, конечно, но в свое время обязательно придут. Но полагаю, что ничего интересного не будет.

— Ах, как я взволновалась, когда этот барон упал, — говорила Маргарита, по-видимому, до сих пор переживая убийство, которое она видела впервые в жизни. — Вы, наверно, хорошо стреляете?

— Подходяще, — ответил Азазелло.

— А на сколько шагов? — задала Маргарита Азазелло не совсем ясный вопрос.

— Во что, смотря по тому, — резонно ответил Азазелло, — одно дело попасть молотком в стекло критику Латунскому и совсем другое дело — ему же в сердце.

— В сердце! — восклицала Маргарита, почему-то берясь за свое сердце. — В сердце! — повторила она глухим голосом.

— Что это за критик Латунский? — спросил Воланд, прищурившись на Маргариту.

Азазелло, Коровьев и Бегемот как-то стыдливо потупились, а Маргарита ответила, краснея:

— Есть такой один критик. Я сегодня вечером разнесла всю его квартиру.

— Вот тебе раз! А зачем же?

— Он, мессир, — объяснила Маргарита, — погубил одного мастера.

— А зачем же было самой-то трудиться? — спросил Воланд.

— Разрешите мне, мессир, — вскричал радостно кот, вскакивая.

— Да сиди ты, — буркнул Азазелло, вставая, — я сам сейчас съезжу...

— Нет! — воскликнула Маргарита. — Нет, умоляю вас, мессир, не надо этого.

— Как угодно, как угодно, — ответил Воланд, а Азазелло сел на свое место.

— Так на чем мы остановились, драгоценная королева Марго? — говорил Коровьев. — Ах да, сердце. В сердце он попадает, — Коровьев вытянул свой длинный палец по направлению Азазелло, — по выбору, в любое предсердие сердца или в любой из желудочков.

Маргарита не сразу поняла, а поняв, воскликнула с удивлением:

— Да ведь они же закрыты!

— Дорогая, — дребезжал Коровьев, — в том-то и штука, что закрыты! В этом-то вся и соль! А в открытый предмет может попасть каждый!

Коровьев вынул из ящика стола семерку пик, предложил ее Маргарите, попросив наметить ногтем одно из очков. Маргарита наметила угловое верхнее правое. Гелла спрятала карту под подушку, крикнув:

— Готово!

Азазелло, который сидел отвернувшись от подушки, вынул из кармана фрачных брюк черный автоматический пистолет, положил дуло его на плечо и, не поворачиваясь к кровати, выстрелил, вызвав веселый испуг в Маргарите. Из-под простреленной подушки вытащили семерку. Намеченное Маргаритой очко было пробито.

— Не желала бы я встретиться с вами, когда у вас в руках револьвер, — кокетливо поглядывая на Азазелло, сказала Маргарита. У нее была страсть ко всем людям, которые делают что-либо первоклассно.

— Драгоценная королева, — пищал Коровьев, — я никому не рекомендую встретиться с ним, даже если у него и не будет никакого револьвера в руках! Даю слово чести бывшего регента и запевалы, что никто не поздравил бы этого встретившегося.

Кот сидел насупившись во время опыта со стрельбой и вдруг объявил:

— Берусь перекрыть рекорд с семеркой.

Азазелло в ответ на это что-то прорычал. Но кот был упорен и потребовал не один, а два револьвера. Азазелло вынул второй револьвер из второго заднего кармана брюк и вместе с первым, презрительно кривя рот, протянул их хвастуну. Наметили два очка на семерке. Кот долго приготовлялся, отвернувшись от подушки. Маргарита сидела, заткнув пальцами уши, и глядела на сову, дремавшую на каминной полке. Кот выстрелил из обоих револьверов, после чего сейчас же взвизгнула Гелла, убитая сова упала с камина и разбитые часы остановились. Гелла, у которой одна рука была окровавлена, с воем вцепилась в шерсть коту, а он ей в ответ в волосы, и они, свившись в клубок, покатились по полу. Один из бокалов упал со стола и разбился.

— Оттащите от меня взбесившуюся чертовку! — завывал кот, отбиваясь от Геллы, сидевшей на нем верхом. Дерущихся разняли, Коровьев подул на простреленный палец Геллы, и тот зажил.

— Я не могу стрелять, когда под руку говорят! — кричал Бегемот и старался приладить на место выдранный у него из спины громадный клок шерсти.

— Держу пари, — сказал Воланд, улыбаясь Маргарите, — что проделал он эту штуку нарочно. Он стреляет порядочно.

Гелла с котом помирились, и в знак этого примирения они поцеловались. Достали из-под подушки карту, проверили. Ни одно очко, кроме того, что было прострелено Азазелло, не было затронуто.

— Этого не может быть, — утверждал кот, глядя сквозь карту на свет канделябра.

Веселый ужин продолжался. Свечи оплывали в канделябрах, по комнате волнами распространялось сухое, душистое тепло от камина. Наевшуюся Маргариту охватило чувство блаженства. Она глядела, как сизые кольца от сигары Азазелло уплывали в камин и как кот ловит их на конец шпаги. Ей никуда не хотелось уходить, хотя и было, по ее расчетам, уже поздно. Судя по всему, время подходило к шести утра. Воспользовавшись паузой, Маргарита обратилась к Воланду и робко сказала:

— Пожалуй, мне пора... Поздно...

— Куда же вы спешите? — спросил Воланд вежливо, но суховато. Остальные промолчали, делая вид, что увлечены сигарными дымными кольцами.

— Да, пора, — совсем смутившись от этого, повторила Маргарита и обернулась, как будто ища накидку или плащ.

Ее нагота вдруг стала стеснять ее. Она поднялась из-за стола. Воланд молча снял с кровати свой вытертый и засаленный халат, а Коровьев набросил его Маргарите на плечи.

— Благодарю вас, мессир, — чуть слышно сказала Маргарита и вопросительно поглядела на Воланда. Тот в ответ улыбнулся ей вежливо и равнодушно. Черная тоска как-то сразу подкатила к сердцу Маргариты. Она почувствовала себя обманутой. Никакой награды за все ее услуги на балу никто, по-видимому, ей не собирался предлагать, как никто ее и не удерживал. А между тем ей совершенно ясно было, что идти ей отсюда больше некуда. Мимолетная мысль о том, что придется вернуться в особняк, вызвала в ней внутренний взрыв отчаяния. Попросить, что ли, самой, как искушающе советовал Азазелло в Александровском саду? «Нет, ни за что», — сказала она себе.

— Всего хорошего, мессир, — произнесла она вслух, а сама подумала: «Только бы выбраться отсюда, а там уж я дойду до реки и утоплюсь».

— Сядьте-ка, — вдруг повелительно сказал Воланд. Маргарита изменилась в лице и села. — Может быть, что-нибудь хотите сказать на прощанье?

— Нет, ничего, мессир, — с гордостью ответила Маргарита, — кроме того, что если я еще нужна вам, то я готова охотно исполнить все, что вам будет угодно. Я ничуть не устала и очень веселилась на балу. Так что, если бы он и продолжался еще, я охотно бы предоставила мое колено для того, чтобы к нему прикладывались тысячи висельников и убийц. — Маргарита глядела на Воланда, как сквозь пелену, глаза ее наполнялись слезами.

— Верно! Вы совершенно правы! — гулко и страшно прокричал Воланд. — Так и надо!

— Так и надо! — как эхо, повторила свита Воланда.

— Мы вас испытывали, — продолжал Воланд, — никогда и ничего не просите! Никогда и ничего, и в особенности у тех, кто сильнее вас. Сами предложат и сами все дадут! Садитесь, гордая женщина! — Воланд сорвал тяжелый халат с Маргариты, и опять она оказалась сидящей рядом с ним на постели. — Итак, Марго, —

продолжал Воланд, смягчая свой голос, — чего вы хотите за то, что сегодня вы были у меня хозяйкой? Чего желаете за то, что провели этот бал нагой? Во что цените ваше колено? Каковы убытки от моих гостей, которых вы сейчас наименовали висельниками? Говорите! И теперь уж говорите без стеснения: ибо предложил я.

Сердце Маргариты застучало, она тяжело вздохнула, стала соображать что-то.

— Ну, что же, смелее! — поощрял Воланд. — Будите свою фантазию, пришпоривайте ее! Уж одно присутствие при сцене убийства этого отпетого негодяя-барона стоит того, чтобы человека наградили, в особенности если этот человек — женщина. Ну-с?

Дух перехватило у Маргариты, и она уж хотела выговорить заветные и приготовленные в душе слова, как вдруг побледнела, раскрыла рот и вытаращила глаза. «Фрида! Фрида! Фрида! — прокричал ей в уши чей-то назойливый, молящий голос. — Меня зовут Фрида!» — И Маргарита, спотыкаясь на словах, заговорила:

— Так я, стало быть, могу попросить об одной вещи?

— Потребовать, потребовать, моя донна, — отвечал Воланд, понимающе улыбаясь, — потребовать одной вещи!

Ах, как ловко и отчетливо Воланд подчеркнул, повторяя слова самой Маргариты — «одной вещи»!

Маргарита вздохнула еще раз и сказала:

— Я хочу, чтобы Фриде перестали подавать тот платок, которым она удушила своего ребенка.

Кот возвел глаза к небу и шумно вздохнул, но ничего не сказал, очевидно, помня накрученное на балу ухо.

— Ввиду того, — заговорил Воланд, усмехнувшись, — что возможность получения вами взятки от этой дуры Фриды совершенно, конечно, исключена — ведь это было бы несовместимо с вашим королевским достоинством, — я уж не знаю, что и делать. Остается, пожалуй, одно — обзавестись тряпками и заткнуть ими все щели моей спальни!

— Вы о чем говорите, мессир? — изумилась Маргарита, выслушав эти действительно непонятные слова.

— Совершенно с вами согласен, мессир, — вмешался в разговор кот, — именно тряпками, — и в раздражении кот стукнул лапой по столу.

— Я о милосердии говорю, — объяснил свои слова Воланд, не спуская с Маргариты огненного глаза. — Иногда совершенно неожиданно и коварно оно пролезает в самые узенькие щелки. Вот я и говорю о тряпках.

— И я об этом же говорю! — воскликнул кот и на всякий случай отклонился от Маргариты, прикрыв вымазанными в розовом креме лапами свои острые уши.

— Пошел вон, — сказал ему Воланд.

— Я еще кофе не пил, — ответил кот, — как же это я уйду? Неужели, мессир, в праздничную ночь гостей за столом разделяют на два сорта? Одни — первой, а другие, как выражается этот грустный скупердяй-буфетчик, второй свежести?

— Молчи, — приказал ему Воланд и, обратившись к Маргарите, спросил: — Вы, судя по всему, человек исключительной доброты? Высокоморальный человек?

— Нет, — с силой ответила Маргарита, — я знаю, что с вами можно разговаривать только откровенно, и откровенно вам скажу: я легкомысленный человек. Я попросила вас за Фриду только потому, что имела неосторожность подать ей твердую надежду. Она ждет, мессир, она верит в мою мощь. И если она останется обманутой, я попаду в ужасное положение. Я не буду иметь покоя всю жизнь. Ничего не поделаешь! Так уж вышло.

— А, — сказал Воланд, — это понятно.

— Так вы сделаете это? — тихо спросила Маргарита.

— Ни в коем случае, — ответил Воланд, — дело в том, дорогая королева, что тут произошла маленькая путаница. Каждое ведомство должно заниматься своими делами. Не спорю, наши возможности довольно велики, они гораздо больше, чем полагают некоторые, не очень зоркие, люди...

— Да, уж гораздо больше, — не утерпел и вставил кот, видимо, гордящийся этими возможностями.

— Молчи, черт тебя возьми! — сказал ему Воланд и продолжал, обращаясь к Маргарите: — Но просто, какой смысл в том, чтобы сделать то, что полагается делать другому, как я выразился, ведомству? Итак, я этого делать не буду, а вы сделайте сами.

— А разве по-моему исполнится?

Азазелло иронически скосил кривой глаз на Маргариту и незаметно покрутил рыжей головой и фыркнул.

— Да делайте же, вот мучение, — пробормотал Воланд и, повернув глобус, стал всматриваться в какую-то деталь на нем, по-видимому, занимаясь и другим делом во время разговора с Маргаритой.

— Ну, Фрида... — подсказал Коровьев.

— Фрида! — пронзительно крикнула Маргарита.

Дверь распахнулась, и растрепанная, нагая, но уже без всяких признаков хмеля женщина с исступленными глазами вбежала в комнату и простерла руки к Маргарите, а та сказала величественно:

— Тебя прощают. Не будут больше подавать платок.

Послышался вопль Фриды, она упала на пол ничком и простерлась крестом перед Маргаритой. Воланд махнул рукой, и Фрида пропала из глаз.

— Благодарю вас, прощайте, — сказала Маргарита и поднялась.

— Ну что ж, Бегемот, — заговорил Воланд, — не будем наживаться на поступке непрактичного человека в праздничную ночь, — он повернулся к Маргарите, — итак, это не в счет, я ведь ничего не делал. Что вы хотите для себя?

Наступило молчание, и прервал его Коровьев, который зашептал на ухо Маргарите:

— Алмазная донна, на сей раз советую вам быть поблагоразумнее! А то ведь фортуна может и ускользнуть!

— Я хочу, чтобы мне сейчас же, сию секунду, вернули моего любовника, мастера, — сказала Маргарита, и лицо ее исказилось судорогой.

Тут в комнату ворвался ветер, так что пламя свечей в канделябрах легло, тяжелая занавеска на окне отодвинулась, распахнулось окно, и в далекой высоте открылась полная, но не утренняя, а полночная луна. От подоконника на пол лег зеленоватый платок ночного света, и в нем появился ночной Иванушкин гость, называющий себя мастером. Он был в своем больничном одеянии — в халате, туфлях и черной шапочке, с которой не расставался. Небритое лицо его дергалось гримасой, он сумасшедше-пугливо косился на огни свечей, а лунный поток кипел вокруг него.

Маргарита сразу узнала его, простонала, всплеснула руками и подбежала к нему. Она целовала его в лоб, в губы, прижималась к колючей щеке, и долго сдерживаемые слезы теперь бежали ручьями по ее лицу. Она произносила только одно слово, бессмысленно повторяя его:

— Ты... ты... ты...

Мастер отстранил ее от себя и глухо сказал:

— Не плачь, Марго, не терзай меня. Я тяжко болен. — Он ухватился за подоконник рукою, как бы собираясь вскочить на него и бежать, оскалил зубы, всматриваясь в сидящих, и закричал: — Мне страшно, Марго! У меня опять начались галлюцинации...

Рыдания душили Маргариту, она шептала, давясь словами:

— Нет, нет, нет... не бойся ничего... я с тобою... я с тобою...

Коровьев ловко и незаметно подпихнул к мастеру стул, и тот опустился на него, а Маргарита бросилась на колени, прижалась к боку больного и так затихла. В своем волнении она не заметила, что нагота ее как-то внезапно кончилась, на ней теперь был шелковый черный плащ. Больной опустил голову и стал смотреть в землю угрюмыми больными глазами.

— Да, — заговорил после молчания Воланд, — его хорошо отделали. — Он приказал Коровьеву: — Дай-ка, рыцарь, этому человеку чего-нибудь выпить.

Маргарита упрашивала мастера дрожащим голосом:

— Выпей, выпей. Ты боишься? Нет, нет, верь мне, что тебе помогут.

Больной взял стакан и выпил то, что было в нем, но рука его дрогнула, и опустевший стакан разбился у его ног.

— К счастью! К счастью! — зашептал Коровьев Маргарите. — Смотрите, он уже приходит в себя.

Действительно, взор больного стал уже не так дик и беспокоен.

— Но это ты, Марго? — спросил лунный гость.

— Не сомневайся, это я, — ответила Маргарита.

— Еще! — приказал Воланд.

После того как мастер осушил второй стакан, его глаза стали живыми и осмысленными.

— Ну вот, это другое дело, — сказал Воланд, прищуриваясь, — теперь поговорим. Кто вы такой?

— Я теперь никто, — ответил мастер, и улыбка искривила его рот.

— Откуда вы сейчас?

— Из дома скорби. Я — душевнобольной, — ответил пришелец.

Этих слов Маргарита не вынесла и заплакала вновь. Потом, вытерев глаза, она вскричала:

— Ужасные слова! Ужасные слова! Он мастер, мессир, я вас предупреждаю об этом. Вылечите его, он стоит этого.

— Вы знаете, с кем вы сейчас говорите, — спросил у пришедшего Воланд, — у кого вы находитесь?

— Знаю, — ответил мастер, — моим соседом в сумасшедшем доме был этот мальчик, Иван Бездомный. Он рассказал мне о вас.

— Как же, как же, — отозвался Воланд, — я имел удовольствие встретиться с этим молодым человеком на Патриарших прудах. Он едва самого меня не свел с ума, доказывая мне, что меня нету! Но вы-то верите, что это действительно я?

— Приходится верить, — сказал пришелец, — но, конечно, гораздо спокойнее было бы считать вас плодом галлюцинации. Извините меня, — спохватившись, прибавил мастер.

— Ну, что же, если спокойнее, то и считайте, — вежливо ответил Воланд.

— Нет, нет, — испуганно говорила Маргарита и трясла мастера за плечо, — опомнись! Перед тобою действительно он!

Кот ввязался и тут:

— А я действительно похож на галлюцинацию. Обратите внимание на мой профиль в лунном свете. — Кот полез в лунный столб и хотел что-то еще говорить, но его попросили замолчать, и он, ответив: — Хорошо, хорошо, готов молчать. Я буду молчаливой галлюцинацией, — замолчал.

— А скажите, почему Маргарита вас называет мастером? — спросил Воланд.

Тот усмехнулся и сказал:

— Это простительная слабость. Она слишком высокого мнения о том романе, который я написал.

— О чем роман?

— Роман о Понтии Пилате.

Тут опять закачались и запрыгали язычки свечей, задребезжала посуда на столе, Воланд рассмеялся громовым образом, но никого не испугал и смехом этим не удивил. Бегемот почему-то зааплодировал.

— О чем, о чем? О ком? — заговорил Воланд, перестав смеяться. — Вот теперь? Это потрясающе! И вы не могли найти другой темы? Дайте-ка посмотреть, — Воланд протянул руку ладонью кверху.

— Я, к сожалению, не могу этого сделать, — ответил мастер, — потому что я сжег его в печке.

— Простите, не поверю, — ответил Воланд, — этого быть не может. Рукописи не горят. — Он повернулся к Бегемоту и сказал: — Ну-ка, Бегемот, дай сюда роман.

Кот моментально вскочил со стула, и все увидели, что он сидел на толстой пачке рукописей. Верхний экземпляр кот с поклоном подал Воланду. Маргарита задрожала и закричала, волнуясь вновь до слез:

— Вот она, рукопись! Вот она!

Она кинулась к Воланду и восхищенно добавила:

— Всесилен, всесилен!

Воланд взял в руки поданный ему экземпляр, повернул его, отложил в сторону и молча, без улыбки уставился на мастера. Но тот неизвестно отчего впал в тоску и беспокойство, поднялся со стула, заломил руки и, обращаясь к далекой луне, вздрагивая, начал бормотать:

— И ночью при луне мне нет покоя, зачем потревожили меня? О боги, боги...

Маргарита вцепилась в больничный халат, прижалась к нему и сама начала бормотать в тоске и в слезах:

— Боже, почему же тебе не помогает лекарство?

— Ничего, ничего, ничего, — шептал Коровьев, извиваясь возле мастера, — ничего, ничего... Еще стаканчик, и я с вами за компанию...

И стаканчик подмигнул, блеснул в лунном свете, и помог этот стаканчик. Мастера усадили на место, и лицо больного приняло спокойное выражение.

— Ну, теперь все ясно, — сказал Воланд и постучал длинным пальцем по рукописи.

— Совершенно ясно, — подтвердил кот, забыв свое обещание стать молчаливой галлюцинацией, — теперь главная линия этого опуса ясна мне насквозь. Что ты говоришь, Азазелло? — обратился он к молчащему Азазелло.

— Я говорю, — прогнусил тот, — что тебя хорошо было бы утопить.

— Будь милосерден, Азазелло, — ответил ему кот, — и не наводи моего повелителя на эту мысль. Поверь мне, что всякую ночь я являлся бы тебе в таком же лунном одеянии, как и бедный мастер, и кивал бы тебе, и манил бы тебя за собою. Каково бы тебе было, о Азазелло?

— Ну, Маргарита, — опять вступил в разговор Воланд, — говорите же все, что вам нужно?

Глаза Маргариты вспыхнули, и она умоляюще обратилась к Воланду:

— Позвольте мне с ним пошептаться?

Воланд кивнул головой, и Маргарита, припав к уху мастера, что-то пошептала ему. Слышно было, как тот ответил ей:

— Нет, поздно. Ничего больше не хочу в жизни. Кроме того, чтобы видеть тебя. Но тебе опять советую — оставь меня. Ты пропадешь со мной.

— Нет, не оставлю, — ответила Маргарита и обратилась к Воланду: — Прошу опять вернуть нас в подвал в переулок на Арбате, и чтобы лампа загорелась, и чтобы все стало, как было.

Тут мастер засмеялся и, обхватив давно развившуюся кудрявую голову Маргариты, сказал:

— Ах, не слушайте бедную женщину, мессир. В том подвале уже давно живет другой человек, и вообще не бывает так, чтобы все стало, как было. — Он приложил щеку к голове своей подруги, обнял Маргариту и стал бормотать: — Бедная, бедная...

— Не бывает, вы говорите? — сказал Воланд. — Это верно. Но мы попробуем. — И он сказал: — Азазелло!

Тотчас с потолка обрушился на пол растерянный и близкий к умоисступлению гражданин в одном белье, но почему-то с чемоданом в руках и в кепке. От страху этот человек трясся и приседал.

— Могарыч? — спросил Азазелло у свалившегося с неба.

— Алоизий Могарыч, — ответил тот, дрожа.

— Это вы, прочитав статью Латунского о романе этого человека, написали на него жалобу с сообщением о том, что он хранит у себя нелегальную литературу? — спросил Азазелло.

Новоявившийся гражданин посинел и залился слезами раскаяния.

— Вы хотели переехать в его комнаты? — как можно задушевнее прогнусил Азазелло.

Шипение разъяренной кошки послышалось в комнате, и Маргарита, завывая:

— Знай ведьму, знай! — вцепилась в лицо Алоизия Могарыча ногтями.

Произошло смятение.

— Что ты делаешь? — страдальчески прокричал мастер. — Марго, не позорь себя!

— Протестую, это не позор, — орал кот.

Маргариту оттащил Коровьев.

— Я ванну пристроил... — стуча зубами, кричал окровавленный Могарыч и в ужасе понес какую-то околесину, — одна побелка... купорос...

— Ну, вот и хорошо, что ванну пристроил, — одобрительно сказал Азазелло, — ему надо брать ванны, — и крикнул: — Вон!

Тогда Могарыча перевернуло кверху ногами и вынесло из спальни Воланда через открытое окно.

Мастер вытаращил глаза, шепча:

— Однако это будет, пожалуй, почище того, что рассказывал Иван! — Совершенно потрясенный, он оглядывался и наконец сказал коту: — А простите... это ты... это вы... — он сбился, не зная, как обращаться к коту, на ты или на вы, — вы — тот самый кот, что садились в трамвай?

— Я, — подтвердил польщенный кот и добавил: — Приятно слышать, что вы так вежливо обращаетесь с котом. Котам обычно почему-то говорят «ты», хотя ни один кот никогда ни с кем не пил брудершафта.

— Мне кажется почему-то, что вы не очень-то кот, — нерешительно ответил мастер, — меня все равно в больнице хватятся, — робко добавил он Воланду.

— Ну, чего они будут хвататься! — успокоил Коровьев, и какие-то бумаги и книги оказались у него в руках. — История болезни вашей?

— Да.

Коровьев швырнул историю болезни в камин.

— Нет документа, нет и человека, — удовлетворенно говорил Коровьев, — а это — домовая книга вашего застройщика?

— Да-а...

— Кто прописан в ней? Алоизий Могарыч? — Коровьев дунул в страницу домовой книги. — Раз, и нету его, и, прошу заметить — не было. А если застройщик удивится, скажите, что ему Алоизий снился. Могарыч? Какой такой Могарыч? Никакого Могарыча не было. — Тут прошнурованная книга испарилась из рук Коровьева. — И вот она уже в столе у застройщика.

— Вы правильно сказали, — говорил мастер, пораженный чистотою работы Коровьева, — что раз нет документа, нету и человека. Вот именно меня-то и нет, у меня нет документа.

— Я извиняюсь, — вскричал Коровьев, — это именно галлюцинация, вот он, ваш документ, — и Коровьев подал мастеру документ. Потом он завел глаза и сладко прошептал Маргарите: — А вот и ваше имущество, Маргарита Николаевна, — и он подал Маргарите тетрадь с обгоревшими краями, засохшую розу, фотографию и, с особенной бережностью, сберегательную книжку, — десять тысяч, как вы изволили внести, Маргарита Николаевна. Нам чужого не надо.

— У меня скорее лапы отсохнут, чем я прикоснусь к чужому, — напыжившись, воскликнул кот, танцуя на чемодане, чтобы умять в него все экземпляры злополучного романа.

— И ваш документик также, — продолжал Коровьев, подавая Маргарите документ, и затем, обратившись к Воланду, почтительно доложил: — Все, мессир!

— Нет, не все, — ответил Воланд, отрываясь от глобуса. — Куда прикажете, моя дорогая донна, девать вашу свиту? Мне она лично не нужна.

Тут в открытую дверь вбежала Наташа, как была нагая, всплеснула руками и закричала Маргарите:

— Будьте счастливы, Маргарита Николаевна! — Она закивала головой мастеру и опять обратилась к Маргарите: — Я ведь все знала, куда вы ходите.

— Домработницы все знают, — заметил кот, многозначительно поднимая лапу, — это ошибка думать, что они слепые.

— Что ты хочешь, Наташа? — спросила Маргарита. — Возвращайся в особняк.

— Душенька, Маргарита Николаевна, — умоляюще заговорила Наташа и стала на колени, — упросите их, — она покосилась на Воланда, — чтоб меня ведьмой оставили. Не хочу я больше в особняк! Ни за инженера, ни за техника не пойду! Мне господин Жак вчера на балу сделал предложение. — Наташа разжала кулак и показала какие-то золотые монеты.

Маргарита обратила вопросительный взор к Воланду. Тот кивнул головой. Тогда Наташа кинулась на шею Маргарите, звонко ее расцеловала и, победно вскрикнув, улетела в окно.

На месте Наташи оказался Николай Иванович. Он приобрел свой прежний человеческий облик, но был чрезвычайно мрачен и даже, пожалуй, раздражен.

— Вот кого с особенным удовольствием отпущу, — сказал Воланд, с отвращением глядя на Николая Ивановича, — с исключительным удовольствием, настолько он здесь лишний.

— Я очень прошу выдать мне удостоверение, — заговорил, дико оглядываясь, Николай Иванович, но с большим упорством, — о том, где я провел предыдущую ночь.

— На какой предмет? — сурово спросил кот.

— На предмет представления милиции и супруге, — твердо сказал Николай Иванович.

— Удостоверений мы обычно не даем, — ответил кот, насупившись, — но для вас, так и быть, сделаем исключение.

И не успел Николай Иванович опомниться, как голая Гелла уже сидела за машинкой, а кот диктовал ей:

— Сим удостоверяю, что предъявитель сего

Николай Иванович провел упомянутую ночь на

балу у сатаны, будучи привлечен туда в качестве перевозочного средства... поставь, Гелла, скобку! В скобке пиши «боров». Подпись — Бегемот.

— А число? — пискнул Николай Иванович.

— Чисел не ставим, с числом бумага станет недействительной, — отозвался кот, подмахнув бумагу, откуда-то добыл печать, по всем правилам подышал на нее, оттиснул на бумаге слово «уплочено» и вручил бумагу Николаю Ивановичу. После этого Николай Иванович бесследно исчез, а на месте его появился новый неожиданный человек.

— Это еще кто? — брезгливо спросил Воланд, рукой заслоняясь от света свечей.

Варенуха повесил голову, вздохнул и тихо сказал:

— Отпустите обратно. Не могу быть вампиром. Ведь я тогда Римского едва насмерть с Геллой не уходил! А я не кровожадный. Отпустите.

— Это что еще за бред? — спросил, морща лицо, Воланд. — Какой такой Римский? Что это еще за чепуха?

— Не извольте беспокоиться, мессир, — отозвался Азазелло и обратился к Варенухе: — Хамить не надо по телефону. Лгать не надо по телефону. Понятно? Не будете больше этим заниматься?

От радости все помутилось в голове у Варенухи, лицо его засияло, и он, не помня, что говорит, забормотал:

— Истинным... то есть я хочу сказать, ваше ве... сейчас же после обеда... — Варенуха прижимал руки к груди, с мольбой глядел на Азазелло.

— Ладно, домой, — ответил тот, и Варенуха растаял.

— Теперь все оставьте меня одного с ними, — приказал Воланд, указывая на мастера и на Маргариту.

Приказание Воланда было исполнено мгновенно. После некоторого молчания Воланд обратился к мастеру.

— Так, стало быть, в арбатский подвал? А кто же будет писать? А мечтания, вдохновение?

— У меня больше нет никаких мечтаний и вдохновения тоже нет, — ответил мастер, — ничто меня вокруг не интересует, кроме нее, — он опять положил руки на голову Маргариты, — меня сломали, мне скучно, и я хочу в подвал.

— А ваш роман, Пилат?

— Он мне ненавистен, этот роман, — ответил мастер, — я слишком много испытал из-за него.

— Я умоляю тебя, — жалобно попросила Маргарита, — не говори так. За что же ты меня терзаешь? Ведь ты знаешь, что я всю жизнь вложила в эту твою работу. — Маргарита добавила еще, обратившись к Воланду: — Не слушайте его, мессир, он слишком замучен.

— Но ведь надо же что-нибудь описывать? — говорил Воланд. — Если вы исчерпали этого прокуратора, ну, начните изображать хотя бы этого Алоизия.

Мастер улыбнулся.

— Этого Лапшённикова не напечатает, да, кроме того, это и неинтересно.

— А чем же вы будете жить? Ведь придется нищенствовать.

— Охотно, охотно, — ответил мастер, притянул к себе Маргариту, обнял ее за плечи и прибавил: — Она образумится, уйдет от меня...

— Не думаю, — сквозь зубы сказал Воланд и продолжал: — Итак, человек, сочинивший историю Понтия Пилата, уходит в подвал, в намерении расположиться там у лампы и нищенствовать?

Маргарита отделилась от мастера и заговорила очень горячо:

— Я сделала все, что могла, и я нашептала ему самое соблазнительное. А он отказался от этого.

— То, что вы ему нашептали, я знаю, — возразил Воланд, — но это не самое соблазнительное. А вам скажу, — улыбнувшись, обратился он к мастеру, — что ваш роман вам принесет еще сюрпризы.

— Это очень грустно, — ответил мастер.

— Нет, нет, это не грустно, — сказал Воланд, — ничего страшного уже не будет. Ну-с,

Маргарита Николаевна, все сделано. Имсете ли вы ко мне какую-нибудь претензию?

— Что вы, о, что вы, мессир!

— Так возьмите же это от меня на память, — сказал Воланд и вынул из-под подушки небольшую золотую подкову, усыпанную алмазами.

— Нет, нет, нет, с какой же стати!

— Вы хотите со мной поспорить? — улыбнувшись, спросил Воланд.

Маргарита, так как в плаще у нее не было кармана, уложила подкову в салфетку и затянула ее узлом. Тут что-то ее изумило. Она оглянулась на окно, в котором сияла луна, и сказала:

— А вот чего я не понимаю... Что же, это все полночь да полночь, а ведь давно уже должно быть утро?

— Праздничную полночь приятно немного и задержать, — ответил Воланд. — Ну, желаю вам счастья.

Маргарита молитвенно протянула обе руки к Воланду, но не посмела приблизиться к нему и тихо воскликнула:

— Прощайте! Прощайте!

— До свидания, — сказал Воланд.

И Маргарита в черном плаще, мастер в больничном халате вышли в коридор ювелиршиной квартиры, в котором горела свеча и где их дожидалась свита Воланда. Когда пошли из коридора, Гелла несла чемодан, в котором был роман и небольшое имущество Маргариты Николаевны, а кот помогал Гелле. У дверей квартиры Коровьев раскланялся и исчез, а остальные пошли провожать по лестнице. Она была пуста. Когда проходили площадку третьего этажа, что-то мягко стукнуло, но на это никто не обратил внимания. У самых выходных дверей шестого парадного Азазелло дунул вверх, и только что вышли во двор, в который не заходила луна, увидели спящего на крыльце, и, по-видимому, спящего мертвым сном, человека в сапогах и в кепке, а также стоящую у подъезда большую черную машину с потушенными фарами. В переднем стекле смутно виднелся силуэт грача.

Уже собирались садиться, как Маргарита в отчаянии негромко воскликнула:

— Боже, я потеряла подкову!

— Садитесь в машину, — сказал Азазелло, — и подождите меня. Я сейчас вернусь, только разберусь, в чем тут дело. — И он ушел в парадное.

Дело же было вот в чем: за некоторое время до выхода Маргариты и мастера с их провожатыми, из квартиры № 48, помещавшейся под ювелиршиной, вышла на лестницу сухонькая женщина с бидоном и с сумкой в руках. Это была та самая Аннушка, что в среду разлила, на горе Берлиоза, подсолнечное масло у вертушки.

Никто не знал, да, наверное, и никогда не узнает, чем занималась в Москве эта женщина и на какие средства она существовала. Известно о ней было лишь то, что видеть ее можно было ежедневно то с бидоном, то с сумкой, а то и с сумкой и с бидоном вместе — или в нефтелавке, или на рынке, или под воротами дома, или на лестнице, а чаще всего в кухне квартиры № 48, где и проживала эта Аннушка. Кроме того, и более всего, было известно, что где бы ни находилась или ни появлялась она — тотчас же в этом месте начинался скандал и, кроме того, что она носила прозвище «Чума».

Чума-Аннушка вставала почему-то чрезвычайно рано, а сегодня что-то подняло ее совсем ни свет ни заря, в начале первого. Повернулся ключ в двери, Аннушкин нос высунулся в нее, а затем высунулась она и вся целиком, захлопнула за собою дверь и уже собиралась тронуться куда-то, как на верхней площадке грохнула дверь, кто-то покатился вниз по лестнице и, налетев на Аннушку, отбросил ее в сторону так, что она ударилась затылком об стену.

— Куда ж тебя черт несет в одних подштанниках? — провизжала Аннушка, ухватившись за затылок. Человек в одном белье, с чемоданом в руках и в кепке, с закрытыми глазами ответил Аннушке диким сонным голосом:

— Колонка! Купорос! Одна побелка чего стоила. — И, заплакав, рявкнул: — Вон! — Тут он бросился, но не дальше, вниз по лестнице, а обратно — вверх, туда, где было выбитое ногой экономиста стекло в окне, и через это окно кверху ногами вылетел во двор. Аннушка даже про затылок забыла, охнула и сама устремилась к окну. Она легла животом на площадку и высунула голову во двор, ожидая увидеть на асфальте, освещенном дворовым фонарем, насмерть разбившегося человека с чемоданом. Но ровно ничего на асфальте во дворе не было.

Оставалось предположить, что сонная и странная личность улетела из дома, как птица, не оставив по себе никакого следа. Аннушка перекрестилась и подумала: «Да, уж действительно квартирка номер пятьдесят! Недаром люди говорят! Ай да квартирка!»

Не успела она этого додумать, как дверь наверху опять хлопнула, и второй кто-то побежал сверху. Аннушка прижалась к стене и видела, как какой-то довольно почтенный гражданин, с бородкой, но с чуть-чуть поросячьим, как показалось Аннушке, лицом, шмыгнул мимо нее и, подобно первому, покинул дом через окно, тоже опять-таки и не думая разбиваться на асфальте. Аннушка забыла уже про цель своего похода и осталась на лестнице, крестясь, охая и сама с собою разговаривая.

Третий, без бородки, с круглым бритым лицом, в толстовке, выбежал сверху через короткое время и точно так же упорхнул в окно.

К чести Аннушки надо сказать, что она была любознательна и решила еще подождать, не будет ли каких новых чудес. Дверь наверху вновь открыли, и теперь сверху стала спускаться целая компания, но не бегом, а обыкновенно, как все люди ходят. Аннушка отбежала от окна, спустилась вниз к своей двери, быстрехонько открыла ее, спряталась за нею, и в оставленной ею щелке замерцал ее исступленный от любопытства глаз.

Какой-то не то больной, не то не больной, а странный, бледный, обросший бородой, в черной шапочке и в каком-то халате спускался вниз нетвердыми шагами. Его бережно вела под руку какая-то дамочка в черной рясе, как показалось Аннушке в полутьме. Дамочка не то босая, не то в каких-то прозрачных, видно, заграничных, в клочья изодранных туфлях. Тьфу ты! Что в туфлях! Да ведь дамочка-то голая! Ну да, ряса накинута прямо на голое тело! «Ай да квартирка!» В душе у Аннушки все пело от предвкушения того, что она будет рассказывать завтра соседям.

За странно одетой дамочкой следовала совершенно голая дамочка с чемоданчиком в руке, а возле чемоданчика мыкался черный громадный кот. Аннушка едва вслух что-то не пискнула, протирая глаза.

Замыкал шествие маленького роста прихрамывающий иностранец с кривым глазом, без пиджака, в белом фрачном жилете и при галстухе. Вся эта компания мимо Аннушки проследовала вниз. Тут что-то стукнуло на площадке.

Услышав, что шаги стихают, Аннушка, как змея, выскользнула из-за двери, бидон поставила к стенке, пала животом на площадку и стала шарить. В руках у нее оказалась салфеточка с чем-то тяжелым. Глаза у Аннушки полезли на лоб, когда она развернула сверточек. Аннушка к самым глазам подносила драгоценность, и глаза эти горели совершенно волчьим огнем, в голове у Аннушки образовалась вьюга: «Знать ничего не знаю, ведать ничего не ведаю!.. К племяннику? Или распилить ее на куски?.. Камушки-то можно выковырять... И по одному камушку: один на Петровку, другой на Смоленский... И — знать ничего не знаю и ведать ничего не ведаю!»

Аннушка спрятала находку за пазуху, ухватила бидон и уже собиралась скользнуть обратно в квартиру, отложив свое путешествие в город, как перед нею вырос, дьявол его знает откуда взявшийся, тот самый с белой грудью без пиджака и тихо шепнул:

— Давай подковку и салфеточку.

— Какую такую салфеточку-подковку? — спросила Аннушка, притворяясь весьма искусно. — Никакой я салфеточки не знаю. Что вы, гражданин, пьяный, что ли?

Белогрудый твердыми, как поручни автобуса, и столь же холодными пальцами, ничего более не говоря, сжал Аннушкино горло так, что совершенно прекратил всякий доступ воздуха в ее грудь. Бидон вывалился из рук Аннушки на пол. Подержав некоторое время Аннушку без воздуха, беспиджачный иностранец снял пальцы с ее шеи. Хлебнув воздуху, Аннушка улыбнулась.

— Ах, подковочку? — заговорила она. — Сию минуту! Так это ваша подковочка? А я смотрю, лежит в салфеточке... Я нарочно прибрала, чтобы кто не поднял, а то потом поминай как звали!

Получив подковочку и салфеточку, иностранец начал расшаркиваться перед Аннушкой, крепко пожимать ей руку и горячо благодарить в таких выражениях, с сильнейшим заграничным акцентом:

— Я вам глубочайше признателен, мадам. Мне эта подковочка дорога как память. И позвольте вам за то, что вы ее сохранили, вручить двести рублей. — И он тотчас вынул из жилетного кармана деньги и вручил их Аннушке.

Та, отчаянно улыбаясь, только вскрикивала:

— Ах, покорнейше вас благодарю! Мерси! Мерси!

Щедрый иностранец в один мах проскользнул через целый марш лестницы вниз, но, прежде чем смыться окончательно, крикнул снизу, но без акцента:

— Ты, старая ведьма, если когда-нибудь еще поднимешь чужую вещь, в милицию ее сдавай, а за пазуху не прячь!

Чувствуя в голове звон и суматоху от всех этих происшествий на лестнице, Аннушка еще долго по инерции продолжала кричать:

— Мерси! Мерси! Мерси! — а иностранца уже давно не было.

Не было и машины во дворе. Вернув Маргарите подарок Воланда, Азазелло распрощался с нею, спросил, удобно ли ей сидеть, а Гелла сочно расцеловалась с Маргаритой, кот приложился к ее руке, провожатые помахали руками безжизненно и неподвижно завалившемуся в угол сиденья мастеру, махнули грачу и тотчас растаяли в воздухе, не считая нужным утруждать себя подъемом по лестнице. Грач зажег фары и выкатил в ворота мимо мертво спящего человека в подворотне. И огни большой черной машины пропали среди других огней на бессонной и шумной Садовой.

Через час в подвале маленького домика в одном из арбатских переулков, в первой комнате, где было все так же, как было до страшной осенней ночи прошлого года, за столом, накрытым бархатной скатертью, под лампой с абажуром, возле которой стояла вазочка с ландышами, сидела Маргарита и тихо плакала от пережитого потрясения и счастья. Тетрадь, исковерканная огнем, лежала перед нею, а рядом возвышалась стопка нетронутых тетрадей. Домик молчал. В соседней маленькой комнате на диване, укрытый больничным халатом, лежал в глубоком сне мастер. Его ровное дыхание было беззвучно.

Наплакавшись, Маргарита взялась за нетронутые тетради и нашла то место, что перечитывала перед свиданием с Азазелло под Кремлевской стеной. Маргарите не хотелось спать. Она гладила рукопись ласково, как гладят любимую кошку, и поворачивала ее в руках, оглядывая со всех сторон, то останавливаясь на титульном листе, то открывая конец. На нее накатила вдруг ужасная мысль, что это все колдовство, что сейчас тетради исчезнут из глаз, что она окажется в своей спальне в особняке и что, проснувшись, ей придется идти топиться. Но это была последняя страшная мысль, отзвук долгих переживаемых ею страданий. Ничто не исчезало, всесильный Воланд был действительно всесилен, и сколько угодно, хотя бы до самого рассвета, могла Маргарита шелестеть листами тетрадей, разглядывать их и целовать и перечитывать слова:

— Тьма, пришедшая со Средиземного моря, накрыла ненавидимый прокуратором город... Да, тьма...

Глава 25

КАК ПРОКУРАТОР ПЫТАЛСЯ СПАСТИ ИУДУ ИЗ КИРИАФА

Тьма, пришедшая со Средиземного моря, накрыла ненавидимый прокуратором город. Исчезли висячие мосты, соединяющие храм со страшной Антониевой башней, опустилась с неба бездна и залила крылатых богов над гипподромом, Хасмонейский дворец с бойницами, базары, караван-сараи, переулки, пруды... Пропал Ершалаим — великий город, как будто не существовал на свете. Все пожрала тьма, напугавшая все живое в Ершалаиме и его окрестностях. Странную тучу принесло со стороны моря к концу дня, четырнадцатого дня весеннего месяца нисана.

Она уже навалилась своим брюхом на Лысый Череп, где палачи поспешно кололи казнимых, она навалилась на храм в Ершалаиме, сползла дымными потоками с холма его и залила Нижний Город. Она вливалась в окошки и гнала с кривых улиц людей в дома. Она не спешила отдавать свою влагу и отдавала только свет. Лишь только дымное черное варево распарывал огонь, из кромешной тьмы взлетала вверх великая глыба храма со сверкающим чешуйчатым покровом. Но он угасал во мгновение, и храм погружался в темную бездну. Несколько раз он выскакивал из нее и опять проваливался, и каждый раз этот провал сопровождался грохотом катастрофы.

Другие трепетные мерцания вызывали из бездны противостоящий храму на западном холме дворец Ирода Великого, и страшные безглазые золотые статуи взлетали к черному небу, простирая к нему руки. Но опять прятался небесный огонь, и тяжелые удары грома загоняли золотых идолов во тьму.

Ливень хлынул неожиданно, и тогда гроза перешла в ураган. В том самом месте, где около полудня, близ мраморной скамьи в саду, беседовали прокуратор и первосвященник, с ударом, похожим на пушечный, как трость переломило кипарис. Вместе с водяной пылью и градом на балкон под колонны несло сорванные розы, листья магнолий, маленькие сучья и песок. Ураган терзал сад.

В это время под колоннами находился только один человек, и этот человек был прокуратор.

Теперь он не сидел в кресле, а лежал на ложе у низкого небольшого стола, уставленного яствами и вином в кувшинах. Другое ложе, пустое, находилось с другой стороны стола. У ног прокуратора простиралась неубранная красная, как бы кровавая, лужа и валялись осколки разбитого кувшина. Слуга, перед грозою накрывавший для прокуратора стол, почему-то растерялся под его взглядом, взволновался от того, что чем-то не угодил, и прокуратор, рассердившись на него, разбил кувшин о мозаичный пол, проговорив:

— Почему в лицо не смотришь, когда подаешь? Разве ты что-нибудь украл?

Черное лицо африканца посерело, в глазах его появился смертельный ужас, он задрожал и едва не разбил и второй кувшин, но гнев прокуратора почему-то улетел так же быстро, как и прилетел. Африканец кинулся было подбирать осколки и затирать лужу, но прокуратор махнул ему рукою, и раб убежал. А лужа осталась.

Теперь африканец во время урагана прятался возле ниши, где помещалась статуя белой нагой женщины со склоненной головой, боясь показаться не вовремя на глаза и в то же время опасаясь и пропустить момент, когда его может позвать прокуратор.

Лежащий на ложе в грозовом полумраке прокуратор сам наливал себе вино в чашу, пил долгими глотками, по временам притрагивался к хлебу, крошил его, глотал маленькими кусочками, время от времени высасывал устрицы, жевал лимон и пил опять.

Если бы не рев воды, если бы не удары грома, которые, казалось, грозили расплющить крышу дворца, если бы не стук града, молотившего по ступеням балкона, можно было бы расслышать, что прокуратор что-то бормочет, разговаривая сам с собой. И если бы нестойкое трепетание небесного огня превратилось бы в постоянный свет, наблюдатель мог бы видеть, что лицо прокуратора с воспаленными последними бессонницами и вином глазами выражает нетерпение, что прокуратор не только глядит на две белые розы, утонувшие в красной луже, но постоянно поворачивает лицо к саду навстречу водяной пыли и песку, что он кого-то ждет, нетерпеливо ждет.

Прошло некоторое время, и пелена воды перед глазами прокуратора стала редеть. Как ни был яростен ураган, он ослабевал. Сучья больше не трещали и не падали. Удары грома и блистания становились реже. Над Ершалаимом плыло уже не фиолетовое с белой опушкой покрывало, а обыкновенная серая арьергардная туча. Грозу сносило к Мертвому морю.

Теперь уж можно было расслышать в отдельности и шум дождя, и шум воды, низвергающейся по желобам и прямо по ступеням той лестницы, по которой днем прокуратор шел для объявления приговора на площади. А наконец зазвучал и заглушенный доселе фонтан. Светлело. В серой пелене, убегавшей на восток, появились синие окна.

Тут издали, прорываясь сквозь стук уже совсем слабенького дождика, донеслись до слуха прокуратора слабые звуки трубы и стрекотание нескольких сот копыт. Услышав это, прокуратор шевельнулся, и лицо его оживилось. Ала возвращалась с Лысой Горы, судя по звуку, она проходила через ту самую площадь, где был объявлен приговор.

Наконец услышал прокуратор и долгожданные шаги, и шлепанье на лестнице, ведущей к верхней площадке сада перед самым балконом. Прокуратор вытянул шею, и глаза его заблистали, выражая радость.

Между двух мраморных львов показалась сперва голова в капюшоне, а затем и совершенно мокрый человек в облепившем тело плаще. Это был тот самый человек, что перед приговором шептался с прокуратором в затемненной комнате дворца и который во время казни сидел на трехногом табурете, играя прутиком.

Не разбирая луж, человек в капюшоне пересек площадку сада, вступил на мозаичный пол балкона и, подняв руку, сказал высоким приятным голосом:

— Прокуратору здравствовать и радоваться. — Пришедший говорил по-латыни.

— Боги! — воскликнул Пилат. — Да ведь на вас нет сухой нитки! Каков ураган? А? Прошу вас немедленно пройти ко мне. Переоденьтесь, сделайте мне одолжение.

Пришедший откинул капюшон, обнаружив совершенно мокрую, с прилипшими ко лбу волосами голову, и, выразив на своем бритом лице вежливую улыбку, стал отказываться переодеться, уверяя, что дождик не может ему ничем повредить.

— Не хочу слушать, — ответил Пилат и хлопнул в ладоши. Этим он вызвал прячущихся от него слуг и велел им позаботиться о пришедшем, а затем немедленно подавать горячее блюдо. Для того чтобы высушить волосы, переодеться, переобуться и вообще привести себя в порядок, пришедшему к прокуратору понадобилось очень мало времени, и вскорости он появился на балконе в сухих сандалиях, в сухом багряном военном плаще и с приглаженными волосами.

В это время солнце вернулось в Ершалаим и, прежде чем уйти и утонуть в Средиземном море, посылало прощальные лучи ненавидимому прокуратором городу и золотило ступени балкона. Фонтан совсем ожил и распелся во всю мочь, голуби выбрались на песок, гулькали, перепрыгивали через сломанные сучья, клевали что-то в мокром песке. Красная лужа была затерта, убраны черепки, на столе дымилось мясо.

— Я слушаю приказания прокуратора, — сказал пришедший, подходя к столу.

— Но ничего не услышите, пока не сядете и не выпьете вина, — любезно ответил Пилат и указал на другое ложе.

Пришедший прилег, слуга налил в его чашу густое красное вино. Другой слуга, осторожно наклоняясь над плечом Пилата, наполнил чашу прокуратора. После этого тот жестом удалил обоих слуг.

Пока пришедший пил и ел, Пилат, прихлебывая вино, поглядывал прищуренными глазами на своего гостя. Явившийся к Пилату человек был средних лет, с очень приятным округлым и опрятным лицом, с мясистым носом. Волосы его были какого-то неопределенного цвета. Сейчас, высыхая, они светлели. Национальность пришельца было бы трудно установить. Основное, что определяло его лицо, это было, пожалуй, выражение добродушия, которое нарушали, впрочем, глаза, или, вернее, не глаза, а манера пришедшего глядеть на собеседника. Обычно маленькие глаза свои пришелец держал под прикрытыми, немного странноватыми, как будто припухшими, веками. Тогда в щелочках этих глаз светило незлобное лукавство. Надо полагать, что гость прокуратора был наклонен к юмору. Но по временам, совершенно изгоняя поблескивающий этот юмор из щелочек, теперешний гость прокуратора широко открывал веки и взглядывал на своего собеседника внезапно и в упор, как будто с целью быстро разглядеть какое-то незаметное пятнышко на носу у собеседника. Это продолжалось одно мгновение, после чего веки опять опускались, суживались щелочки, и в них начинало светиться добродушие и лукавый ум.

Пришедший не отказался и от второй чаши вина, с видимым наслаждением проглотил несколько устриц, отведал вареных овощей, съел кусок мяса.

Насытившись, он похвалил вино:

— Превосходная лоза, прокуратор, но это — не «Фалерно»?

— «Цекуба», тридцатилетнее, — любезно отозвался прокуратор.

Гость приложил руку к сердцу, отказался что-либо еще есть, объявил, что сыт. Тогда Пилат наполнил свою чашу, гость поступил так же. Оба обедающие отлили немного вина из своих чаш в блюдо с мясом, и прокуратор произнес громко, поднимая чашу:

— За нас, за тебя, кесарь, отец римлян, самый дорогой и лучший из людей!

После этого они допили вино, и африканцы убрали со стола яства, оставив на нем фрукты и кувшины. Опять-таки жестом прокуратор удалил слуг и остался со своим гостем один под колоннадой.

— Итак, — заговорил негромко Пилат, — что можете вы сказать мне о настроении в этом городе?

Он невольно обратил свой взор туда, где за террасами сада, внизу, догорали и колоннады, и плоские кровли, позлащаемые последними лучами.

— Я полагаю, прокуратор, — ответил гость, — что настроение в Ершалаиме теперь удовлетворительное.

— Так что можно ручаться, что беспорядки более не угрожают?

— Ручаться можно, — ласково поглядывая на прокуратора, ответил гость, — лишь за одно в мире — за мощь великого кесаря.

— Да пошлют ему боги долгую жизнь, — тотчас же подхватил Пилат, — и всеобщий мир. — Он помолчал и продолжал: — Так что вы полагаете, что войска теперь можно увести?

— Я полагаю, что когорта Молниеносного может уйти, — ответил гость и прибавил: — Хорошо бы было, если бы на прощанье она продефилировала по городу.

— Очень хорошая мысль, — одобрил прокуратор, — послезавтра я ее отпущу и сам уеду, и — клянусь вам пиром двенадцати богов, ларами клянусь — я отдал бы многое, чтобы сделать это сегодня.

— Прокуратор не любит Ершалаима? — добродушно спросил гость.

— Помилосердствуйте, — улыбаясь, воскликнул прокуратор, — нет более безнадежного места на земле. Я не говорю уже о природе! Я бываю болен всякий раз, как мне приходится сюда приезжать. Но это бы еще полгоря. Но эти праздники — маги, чародеи, волшебники, эти стаи богомольцев... Фанатики, фанатики! Чего стоил один этот мессия, которого они вдруг стали ожидать в этом году! Каждую минуту только и ждешь, что придется быть свидетелем неприятнейшего кровопролития. Все время тасовать войска, читать доносы и ябеды, из которых к тому же половина написана на тебя самого! Согласитесь, что это скучно. О, если бы не императорская служба!..

— Да, праздники здесь трудные, — согласился гость.

— От всей души желаю, чтобы они скорее кончились, — энергично добавил Пилат. — Я получу возможность наконец вернуться в Кесарию. Верите ли, это бредовое сооружение Ирода, — прокуратор махнул рукою вдоль колоннады, так что стало ясно, что он говорит о дворце, — положительно сводит меня с ума. Я не могу ночевать в нем. Мир не знал более страшной архитектуры. Да, но вернемся к делам. Прежде всего, этот проклятый Вар-равван вас не тревожит?

Тут гость и послал свой особенный взгляд в щеку прокуратора. Но тот скучающими глазами глядел вдаль, брезгливо сморщившись и созерцая часть города, лежащую у его ног и угасающую в предвечерье. Угас и взгляд гостя, и веки его опустились.

— Надо думать, что Вар стал теперь безопасен, как ягненок, — заговорил гость, и морщинки появились на круглом лице. — Ему неудобно бунтовать теперь.

— Слишком знаменит? — спросил Пилат, усмехнувшись.

— Прокуратор, как всегда, тонко понимает вопрос!

— Но, во всяком случае, — озабоченно заметил прокуратор, и тонкий, длинный палец с черным камнем перстня поднялся вверх, — надо будет...

— О, прокуратор может быть уверен в том, что, пока я в Иудее, Вар не сделает ни шагу без того, чтобы за ним не шли по пятам.

— Теперь я спокоен, как, впрочем, и всегда спокоен, когда вы здесь.

— Прокуратор слишком добр!

— А теперь прошу сообщить мне о казни, — сказал прокуратор.

— Что именно интересует прокуратора?

— Не было ли со стороны толпы попыток выражения возмущения? Это главное, конечно.

— Никаких, — ответил гость.

— Очень хорошо. Вы сами установили, что смерть пришла?

— Прокуратор может быть уверен в этом.

— А скажите... напиток им давали перед повешением на столбы?

— Да. Но он, — тут гость закрыл глаза, — отказался его выпить.

— Кто именно? — спросил Пилат.

— Простите, игемон! — воскликнул гость. — Я не назвал? Га-Ноцри.

— Безумец! — сказал Пилат, почему-то гримасничая. Под левым глазом у него задергалась жилка. — Умирать от ожогов солнца. Зачем же отказываться от того, что предлагается по закону? В каких выражениях он отказался?

— Он сказал, — опять закрывая глаза, ответил гость, — что благодарит и не винит за то, что у него отняли жизнь.

— Кого? — глухо спросил Пилат.

— Этого он, игемон, не сказал.

— Не пытался ли он проповедовать что-либо в присутствии солдат?

— Нет, игемон, он не был многословен на этот раз. Единственное, что он сказал, что в числе человеческих пороков одним из самых главных он считает трусость.

— К чему это было сказано? — услышал гость внезапно треснувший голос.

— Этого нельзя было понять. Он вообще вел себя странно, как, впрочем, и всегда.

— В чем странность?

— Он все время пытался заглянуть в глаза то одному, то другому из окружающих и все время улыбался какой-то растерянной улыбкой.

— Больше ничего? — спросил хриплый голос.

— Больше ничего.

Прокуратор стукнул чашей, наливая себе вино. Осушив ее до самого дна, он заговорил:

— Дело заключается в следующем: хотя мы и не можем обнаружить — в данное время, по крайней мере, — каких-либо его поклонников или последователей, тем не менее ручаться, что их совсем нет, нельзя.

Гость внимательно слушал, наклонив голову.

— И вот, во избежание каких-либо сюрпризов, — продолжал прокуратор, — я прошу вас немедленно и без всякого шума убрать с лица земли тела всех трех казненных и похоронить их в тайне и в тишине, так, чтобы о них больше не было ни слуху ни духу.

— Слушаю, игемон, — сказал гость и встал, говоря: — Ввиду сложности и ответственности дела разрешите мне ехать немедленно.

— Нет, присядьте еще, — сказал Пилат, жестом останавливая своего гостя, — есть еще два вопроса. Первый — ваши громадные заслуги на труднейшей работе в должности начальника тайной службы при прокураторе Иудеи дают мне приятную возможность доложить об этом в Риме.

Тут лицо гостя порозовело, он встал и поклонился прокуратору, говоря:

— Я лишь исполняю свой долг на императорской службе!

— Но я хотел бы просить вас, — продолжал игемон, — если вам предложат перевод отсюда с повышением, отказаться от него и остаться здесь. Мне ни за что не хотелось бы расстаться с вами. Пусть вас наградят каким-нибудь иным способом.

— Я счастлив служить под вашим начальством, игемон.

— Мне это очень приятно. Итак, второй вопрос. Касается этого, как его... Иуды из Кириафа.

Тут гость и послал прокуратору свой взгляд и тотчас, как полагается, угасил его.

— Говорят, что он, — понижая голос, продолжал прокуратор, — деньги будто бы получил за то, что так радушно принял у себя этого безумного философа.

— Получит, — тихонько поправил Пилата начальник тайной службы.

— А велика ли сумма?

— Этого никто не может знать, игемон.

— Даже вы? — своим изумлением выражая комплимент, сказал игемон.

— Увы, даже я, — спокойно ответил гость, — но что он получит эти деньги сегодня вечером, это я знаю. Его сегодня вызывают во дворец Каифы.

— Ах, жадный старик из Кириафа, — улыбаясь, заметил прокуратор, — ведь он старик?

— Прокуратор никогда не ошибается, но на сей раз ошибся, — любезно ответил гость, — человек из Кириафа — молодой человек.

— Скажите! Характеристику его вы можете мне дать? Фанатик?

— О нет, прокуратор.

— Так. А еще что-нибудь?

— Очень красив.

— А еще? Имеет, может быть, какую-нибудь страсть?

— Трудно знать так уж точно всех в этом громадном городе, прокуратор...

— О нет, нет, Афраний! Не преуменьшайте своих заслуг!

— У него есть одна страсть, прокуратор. — Гость сделал крохотную паузу. — Страсть к деньгам.

— А он чем занимается?

Афраний поднял глаза кверху, подумал и ответил:

— Он работает в меняльной лавке у одного из своих родственников.

— Ах, так, так, так, так. — Тут прокуратор умолк, оглянулся, нет ли кого на балконе, и потом сказал тихо: — Так вот в чем дело — я получил сегодня сведения о том, что его зарежут этой ночью.

Здесь гость не только метнул свой взгляд на прокуратора, но даже немного задержал его, а после этого ответил:

— Вы, прокуратор, слишком лестно отзывались обо мне. По-моему, я не заслуживаю вашего доклада. У меня этих сведений нет.

— Вы достойны наивысшей награды, — ответил прокуратор, — но сведения такие имеются.

— Осмелюсь спросить, от кого же эти сведения?

— Позвольте мне пока этого не говорить, тем более что они случайны, темны и недостоверны. Но я обязан предвидеть все. Такова моя должность, а пуще всего я обязан верить своему предчувствию, ибо никогда еще оно меня не обманывало. Сведение же заключается в том, что кто-то из тайных друзей Га-Ноцри, возмущенный чудовищным предательством этого менялы, сговаривается со своими сообщниками убить его сегодня ночью, а деньги, полученные за предательство, подбросить первосвященнику с запиской: «Возвращаю проклятые деньги».

Больше своих неожиданных взглядов начальник тайной службы на игемона не бросал и продолжал слушать его, прищурившись, а Пилат продолжал:

— Вообразите, приятно ли будет первосвященнику в праздничную ночь получить подобный подарок?

— Не только не приятно, — улыбнувшись, ответил гость, — но я полагаю, прокуратор, что это вызовет очень большой скандал.

— И я сам того же мнения. Вот поэтому я прошу вас заняться этим делом, то есть принять все меры к охране Иуды из Кириафа.

— Приказание игемона будет исполнено, — заговорил Афраний, — но я должен успокоить игемона: замысел злодеев чрезвычайно трудно выполним. Ведь подумать только, — гость, говоря, обернулся и продолжал: — выследить человека, зарезать, да еще узнать, сколько получил, да ухитриться вернуть деньги Каифе, и все это в одну ночь? Сегодня?

— И тем не менее его зарежут сегодня, — упрямо повторил Пилат, — у меня предчувствие, говорю я вам! Не было случая, чтобы оно меня обмануло, — тут судорога прошла по лицу прокуратора, и он коротко потер руки.

— Слушаю, — покорно отозвался гость, поднялся, выпрямился и вдруг спросил сурово: — Так зарежут, игемон?

— Да, — ответил Пилат, — и вся надежда только на вашу изумляющую всех исполнительность.

Гость поправил тяжелый пояс под плащом и сказал:

— Имею честь, желаю здравствовать и радоваться.

— Ах да, — негромко вскричал Пилат, — я ведь совсем и забыл! Ведь я вам должен!..

Гость изумился.

— Право, прокуратор, вы мне ничего не должны.

— Ну как же нет! При въезде моем в Ершалаим, помните, толпа нищих... я еще хотел швырнуть им деньги, а у меня не было, и я взял у вас.

— О, прокуратор, это какая-нибудь безделица!

— И о безделице надлежит помнить.

Тут Пилат обернулся, поднял плащ, лежащий на кресле сзади него, вынул из-под него кожаный мешок и протянул его гостю. Тот поклонился, принимая его, и спрятал под плащ.

— Я жду, — заговорил Пилат, — доклада о погребении, а также и по этому делу Иуды из Кириафа сегодня же ночью, слышите, Афраний, сегодня. Конвою будет дан приказ будить меня, лишь только вы появитесь. Я жду вас!

— Имею честь, — сказал начальник тайной службы и, повернувшись, пошел с балкона. Слышно было, как он хрустел, проходя по мокрому песку площадки, потом послышался стук его сапог по мрамору меж львов. Потом срезало его ноги, туловище, и, наконец, пропал и капюшон. Тут только прокуратор увидел, что солнца уже нет и пришли сумерки.

Глава 26

ПОГРЕБЕНИЕ

Может быть, эти сумерки и были причиною того, что внешность прокуратора резко изменилась. Он как будто на глазах постарел, сгорбился и, кроме того, стал тревожен. Один раз он оглянулся и почему-то вздрогнул, бросив взгляд на пустое кресло, на спинке которого лежал плащ. Приближалась праздничная ночь, вечерние тени играли свою игру, и, вероятно, усталому прокуратору померещилось, что кто-то сидит в пустом кресле. Допустив малодушие — пошевелив плащ, прокуратор оставил его и забегал по балкону, то потирая руки, то подбегая к столу и хватаясь за чашу, то останавливаясь и начиная бессмысленно глядеть в мозаику пола, как будто пытаясь прочесть в ней какие-то письмена.

За сегодняшний день уже второй раз на него пала тоска. Потирая висок, в котором от адской утренней боли осталось только тупое, немного ноющее воспоминание, прокуратор все силился понять, в чем причина его душевных мучений. И быстро он понял это, но постарался обмануть себя. Ему ясно было, что сегодня днем он что-то безвозвратно упустил, и теперь он упущенное хочет исправить какими-то мелкими и ничтожными, а главное, запоздавшими действиями. Обман же самого себя заключался в том, что прокуратор старался внушить себе, что действия эти, теперешние, вечерние, не менее важны, чем утренний приговор. Но это очень плохо удавалось прокуратору.

На одном из поворотов он круто остановился и свистнул. В ответ на этот свист в сумерках загремел низкий лай, и из сада выскочил на балкон гигантский остроухий пес серой шерсти, в ошейнике с золочеными бляшками.

— Банга, Банга, — слабо крикнул прокуратор.

Пес поднялся на задние лапы, а передние опустил на плечи своему хозяину, так что едва не повалил на пол, и лизнул его в щеку. Прокуратор сел в кресло, Банга, высунув язык и часто дыша, улегся у ног хозяина, причем радость в глазах пса означала, что кончилась гроза, единственное в мире, чего боялся бесстрашный пес, а также и то, что он опять тут, рядом с тем человеком, которого любил, уважал и считал самым могучим в мире, повелителем всех людей, благодаря которому и самого себя пес считал существом привилегированным, высшим и особенным. Но, улегшись у ног и даже не глядя на своего хозяина, а глядя в вечереющий сад, пес сразу понял, что хозяина его постигла беда. Поэтому он переменил позу, поднялся, зашел сбоку и передние лапы и голову положил на колени прокуратору, вымазав полы плаща мокрым песком. Вероятно, действия Банги должны были означать, что он утешает своего хозяина и несчастье готов встретить вместе с ним. Это он пытался выразить и в глазах, скашиваемых к хозяину, и в насторожившихся навостренных ушах. Так оба они, и пес и человек, любящие друг друга, встретили праздничную ночь на балконе.

В это время гость прокуратора находился в больших хлопотах. Покинув верхнюю площадку сада перед балконом, он по лестнице спустился на следующую террасу сада, повернул направо и вышел к казармам, расположенным на территории дворца. В этих казармах и были расквартированы те две кентурии, которые пришли вместе с прокуратором на праздники в Ершалаим, а также тайная стража прокуратора, командовал которой этот самый гость. Гость провел в казармах немного времени, не более десяти минут, но по прошествии этих десяти минут со двора казарм выехали три повозки, нагруженные шанцевым инструментом и бочкой с водою. Повозки сопровождали пятнадцать человек в серых плащах, верховые. В сопровождении их повозки выехали с территории дворца через задние ворота, взяли на запад, вышли из ворот в городской стене и пошли по тропинке сперва на Вифлеемскую дорогу, а потом по ней на север, дошли до перекрестка у Хевронских ворот и тогда двинулись по Яффской дороге, по которой днем проходила процессия с осужденными на казнь. В это время уже было темно и на горизонте показалась луна.

Вскорости после того как уехали повозки с сопровождающей их командой, отбыл с территории дворца верхом и гость прокуратора, переодевшийся в темный поношенный хитон. Гость направился не за город, а в город. Через некоторое время его можно было видеть подъезжающим к крепости Антония, расположенной на севере и в непосредственной близости от великого храма. В крепости гость также пробыл очень недолго, а затем след его обнаружился в Нижнем Городе, в кривых его и путаных улицах. Сюда гость приехал уже верхом на муле.

Хорошо знавший город гость легко разыскал ту улицу, которая ему была нужна. Она носила название Греческой, так как на ней помещалось несколько греческих лавок, в том числе одна, в которой торговали коврами. Именно у этой лавки гость остановил своего мула, слез и привязал его к крыльцу у ворот. Лавка была уже заперта. Гость вошел в калитку, находившуюся рядом со входом в лавку, и попал в квадратный небольшой дворик, покоем обставленный сараями. Повернув во дворе за угол, гость оказался у каменной террасы жилого дома, увитой плющом, и осмотрелся. И в домике и в сараях было темно, еще не зажигали огня. Гость негромко позвал:

— Низа!

На зов этот заскрипела дверь, и в вечернем полумраке на террасе появилась молодая женщина без покрывала. Она склонилась над перилами терраски, тревожно всматриваясь, желая узнать, кто пришел. Узнав пришельца, она приветливо заулыбалась ему, закивала головой, махнула рукой.

— Ты одна? — негромко по-гречески спросил Афраний.

— Одна, — шепнула женщина на террасе. — Муж утром уехал в Кесарию. — Тут женщина оглянулась на дверь и шепотом добавила: — Но служанка дома. — Тут она сделала жест, означающий — «входите». Афраний оглянулся и вступил на каменные ступени. После этого и женщина и он скрылись внутри домика.

У этой женщины Афраний пробыл совсем уже недолго — никак не более минут пяти. После этого он покинул дом и террасу, пониже опустил капюшон на глаза и вышел на улицу. В домах в это время уже зажигали светильники, предпраздничная толчея была еще очень велика, и Афраний на своем муле потерялся в потоке прохожих и всадников. Дальнейший путь его никому не известен.

Женщина же, которую Афраний называл Низа, оставшись одна, начала переодеваться, причем очень спешила. Но как ни трудно было ей разыскивать нужные ей вещи в темной комнате, светильника она не зажгла и служанку не вызывала. Лишь после того как она была готова и на голове у нее уже было темное покрывало, в домике послышался ее голос.

— Если меня кто-нибудь спросит, скажи, что я ушла в гости к Энанте.

Послышалось ворчание старой служанки в темноте:

— К Энанте? Ох уж эта Энанта! Ведь запретил же муж ходить к ней! Сводница она, твоя Энанта! Вот скажу мужу...

— Ну, ну, ну, замолчи, — отозвалась Низа и, как тень, выскользнула из домика. Сандалии Низы простучали по каменным плитам дворика. Служанка с ворчанием закрыла дверь на террасу. Низа покинула свой дом.

В это самое время из другого переулка в Нижнем Городе, переулка изломанного, уступами сбегавшего к одному из городских прудов, из калитки неприглядного дома, слепой своей стороной выходящего в переулок, а окнами во двор, вышел молодой, с аккуратно подстриженной бородкой человек в белом чистом кефи, ниспадавшем на плечи, в новом праздничном голубом таллифе с кисточками внизу и в новеньких скрипящих сандалиях. Горбоносый красавец, принарядившийся для великого праздника, шел бодро, обгоняя прохожих, спешащих домой к праздничной трапезе, смотрел, как загоралось одно окно за другим. Молодой человек направлялся по дороге, ведущей мимо базара ко дворцу первосвященника Каифы, расположенному у подножия храмового холма.

Через некоторое время его можно было видеть входящим в ворота двора Каифы. А через некоторое время еще — покидающим этот двор.

После посещения дворца, в котором уже пылали светильники и факелы, в котором шла праздничная суета, молодой человек пошел еще бодрее, еще радостнее и заспешил обратно в Нижний Город. На том самом углу, где улица вливалась в базарную площадь, в кипении и толчее его обогнала как бы танцующей походкой идущая легкая женщина в черном покрывале, накинутом на самые глаза. Обгоняя молодого красавца, эта женщина на мгновение откинула покрывало повыше, метнула в сторону молодого человека взгляд, но не только не замедлила шага, а ускорила его, как будто бы пытаясь скрыться от того, кого она обогнала.

Молодой человек не только заметил эту женщину, нет, он узнал ее, а узнав, вздрогнул, остановился, в недоумении глядя ей в спину, и тотчас же пустился ее догонять. Едва не сбив с ног какого-то прохожего с кувшином в руках, молодой человек догнал женщину и, тяжело дыша от волнения, окликнул ее:

— Низа!

Женщина повернулась, прищурилась, причем на лице ее выразилась холодная досада, и сухо ответила по-гречески:

— Ах, это ты, Иуда? А я тебя не узнала сразу. Впрочем, это хорошо. У нас есть примета, что тот, кого не узнают, станет богатым...

Волнуясь до того, что сердце стало прыгать, как птица под черным покрывалом, Иуда спросил прерывающимся шепотом, опасаясь, чтобы не услышали прохожие:

— Куда же ты идешь, Низа?

— А зачем тебе это знать? — ответила Низа, замедляя шаг и надменно глядя на Иуду.

Тогда в голосе Иуды послышались какие-то детские интонации, он зашептал растерянно:

— Но как же?.. Ведь мы же условились. Я хотел зайти к тебе. Ты сказала, что весь вечер будешь дома...

— Ах нет, нет, — ответила Низа и капризно выставила вперед нижнюю губу, отчего Иуде показалось, что ее лицо, самое красивое лицо, какое он когда-либо видел в жизни, стало еще красивее, — мне стало скучно. У вас праздник, а что же прикажешь делать мне? Сидеть и слушать, как ты вздыхаешь на террасе? И бояться к тому же, что служанка расскажет об этом мужу? Нет, нет, и я решила уйти за город слушать соловьев.

— Как за город? — спросил растерявшийся Иуда. — Одна?

— Конечно, одна, — ответила Низа.

— Позволь мне сопровождать тебя, — задыхаясь, попросил Иуда. Мысли его помутились, он забыл про все на свете и смотрел молящими глазами в голубые, а теперь казавшиеся черными глаза Низы.

Низа ничего не ответила и прибавила шагу.

— Что же ты молчишь, Низа? — жалобно спросил Иуда, ровняя по ней свой шаг.

— А мне не будет скучно с тобой? — вдруг спросила Низа и остановилась. Тут мысли Иуды совсем смешались. — Ну, хорошо, — смягчилась наконец Низа, — пойдем.

— А куда, куда?

— Погоди... зайдем в этот дворик и условимся, а то я боюсь, что кто-нибудь из знакомых увидит меня и потом скажут, что я была с любовником на улице.

И тут на базаре не стало Низы и Иуды. Они шептались в подворотне какого-то двора.

— Иди в масличное имение, — шептала Низа, натягивая покрывало на глаза и отворачиваясь от какого-то человека, который с ведром входил в подворотню, — в Гефсиманию, за Кедрон, понял?

— Да, да, да.

— Я пойду вперед, — продолжала Низа, — но ты не иди по моим пятам, а отделись от меня. Я уйду вперед... Когда перейдешь поток... ты знаешь, где грот?

— Знаю, знаю...

— Пойдешь мимо масличного жома вверх и поворачивай к гроту. Я буду там. Но только не смей идти сейчас же за мной, имей терпение, подожди здесь. — И с этими словами Низа вышла из подворотни, как будто и не говорила с Иудой.

Иуда постоял некоторое время один, стараясь собрать разбегающиеся мысли. В числе их была мысль о том, как он объяснит свое отсутствие на праздничной трапезе у родных. Иуда стоял и придумывал какую-то ложь, но в волнении ничего как следует не обдумал и не приготовил, и его ноги сами без его воли вынесли его из подворотни вон.

Теперь он изменил свой путь, он не стремился уже в Нижний Город, а повернулся обратно к дворцу Каифы. Теперь Иуда плохо видел окружающее. Праздник уже вошел в город. Теперь вокруг Иуды в окнах не только сверкали огни, но уже слышались славословия. Последние опоздавшие гнали осликов, подхлестывали их, кричали на них. Ноги сами несли Иуду, и он не заметил, как мимо него пролетели мшистые страшные башни Антония, он не слышал трубного рева в крепости, никакого внимания не обратил на конный римский патруль с факелом, залившим тревожным светом его путь.

Пройдя башню, Иуда, повернувшись, увидел, что в страшной высоте над храмом зажглись два гигантских пятисвечия. Но и их Иуда разглядел смутно, ему показалось, что над Ершалаимом засветились десять невиданных по размерам лампад, спорящих со светом единственной лампады, которая все выше поднималась над Ершалаимом, — лампады луны.

Теперь Иуде ни до чего не было дела, он стремился к Гефсиманским воротам, он хотел скорее покинуть город. По временам ему казалось, что впереди него, среди спин и лиц прохожих, мелькает танцующая фигурка, ведет его за собой. Но это был обман — Иуда понимал, что Низа значительно обогнала его. Иуда пробежал мимо меняльных лавок, попал наконец к Гефсиманским воротам. В них, горя от нетерпения, он все-таки вынужден был задержаться. В город входили верблюды, вслед за ними въехал военный сирийский патруль, который Иуда мысленно проклял...

Но все кончается. Нетерпеливый Иуда был уже за городскою стеной. На левой руке у себя Иуда увидел маленькое кладбище, возле него несколько полосатых шатров богомольцев. Пересекши пыльную дорогу, заливаемую луной, Иуда устремился к кедронскому потоку, с тем чтобы его пересечь. Вода тихо журчала у Иуды под ногами. Перепрыгивая с камня на камень, он наконец выбрался на противоположный гефсиманский берег и с великою радостью увидел, что дорога над садами здесь пуста. Невдалеке уже виднелись полуразрушенные ворота масличного имения.

После душного города Иуду поразил одуряющий запах весенней ночи. Из сада через ограду выливалась волна запахов миртов и акаций с гефсиманских полян.

Ворота никто не охранял, никого в них не было, и через несколько минут Иуда уже бежал под таинственною тенью развесистых громадных маслин. Дорога вела в гору, Иуда подымался, тяжело дыша, по временам попадая из тьмы в узорчатые лунные ковры, напоминавшие ему те ковры, что он видел в лавке у ревнивого мужа Низы. Через некоторое время мелькнул по левую руку от Иуды, на поляне, масличный жом с тяжелым каменным колесом и груда каких-то бочек. В саду никого не было. Работы закончились на закате. В саду не было ни души, и теперь над Иудой гремели и заливались хоры соловьев.

Цель Иуды была близка. Он знал, что направо в темноте сейчас начнет слышать тихий шепот падающей в гроте воды. Так и случилось, он услыхал его. Становилось прохладнее.

Тогда он замедлил шаг и негромко крикнул:

— Низа!

Но вместо Низы, отлепившись от толстого ствола маслины, на дорогу выпрыгнула мужская коренастая фигура, и что-то блеснуло у нее в руке и тотчас потухло. Иуда, слабо вскрикнув, бросился назад, но второй человек преградил ему путь.

Первый, что был впереди, спросил Иуду:

— Сколько получил сейчас? Говори, если хочешь сохранить жизнь!

Надежда вспыхнула в сердце Иуды. Он отчаянно вскричал:

— Тридцать тетрадрахм! Тридцать тетрадрахм! Все, что получил, с собою. Вот деньги! Берите, но отдайте жизнь!

Человек спереди мгновенно выхватил из рук Иуды кошель. И в тот же миг за спиной у Иуды взлетел нож, как молния, и ударил влюбленного под лопатку. Иуду швырнуло вперед, и руки со скрюченными пальцами он выбросил в воздух. Передний человек поймал Иуду на свой нож и по рукоять всадил его в сердце Иуды.

— Ни... за... — не своим, высоким и чистым молодым голосом, а голосом низким и укоризненным проговорил Иуда и больше не издал ни одного звука. Тело его так сильно ударилось об землю, что она загудела.

Тогда третья фигура появилась на дороге. Этот третий был в плаще с капюшоном.

— Не медлите, — приказал третий. Убийцы быстро упаковали кошель вместе с запиской, поданной третьим, в кожу и перекрестили ее веревкой. Второй засунул сверток за пазуху, и затем оба убийцы бросились с дороги в стороны, и тьма их съела между маслинами. Третий же присел на корточки возле убитого и заглянул ему в лицо. В тени оно представилось смотрящему белым, как мел, и каким-то одухотворенно красивым. Через несколько секунд никого из живых на дороге не было. Бездыханное тело лежало с раскинутыми руками. Левая ступня попала в лунное пятно, так что отчетливо был виден каждый ремешок сандалии.

Весь Гефсиманский сад в это время гремел соловьиным пением. Куда направились двое зарезавших Иуду, не знает никто, но путь третьего человека в капюшоне известен. Покинув дорожку, он устремился в чащу масличных деревьев, пробираясь к югу. Он перелез через ограду сада вдалеке от главных ворот, в южном углу его, там, где вывалились верхние камни кладки. Вскоре он был на берегу Кедрона. Тогда он вошел в воду и пробирался некоторое время по воде, пока не увидел вдали силуэты двух лошадей и человека возле них. Лошади также стояли в потоке. Вода струилась, омывая их копыта. Коновод сел на одну из лошадей, человек в капюшоне вскочил на другую, и медленно они оба пошли в потоке, и слышно было, как хрустели камни под копытами лошадей. Потом всадники выехали из воды, выбрались на ершалаимский берег и пошли шагом под стеною города. Тут коновод отделился, ускакал вперед и скрылся из глаз, а человек в капюшоне остановил лошадь, слез с нее на пустынной дороге, снял свой плащ, вывернул его наизнанку, вынул из-под плаща плоский шлем без оперения, надел его. Теперь на лошадь вскочил человек в военной хламиде и с коротким мечом на бедре. Он тронул поводья, и горячая кавалерийская лошадь пошла рысью, потряхивая всадника. Теперь путь был недалек. Всадник подъезжал к южным воротам Ершалаима.

Под аркою ворот танцевало и прыгало беспокойное пламя факелов. Караульные солдаты из второй кентурии Молниеносного легиона сидели на каменных скамьях, играя в кости. Увидев въезжающего военного, солдаты вскочили с мест, военный махнул им рукой и въехал в город.

Город был залит праздничными огнями. Во всех окнах играло пламя светильников, и отовсюду, сливаясь в нестройный хор, звучали славословия. Изредка заглядывая в окна, выходящие на улицу, всадник мог видеть людей за праздничным столом, на котором лежало мясо козленка, стояли чаши с вином меж блюд с горькими травами. Насвистывая какую-то тихую песенку, всадник неспешной рысью пробирался по пустынным улицам Нижнего Города, направляясь к Антониевой башне, изредка поглядывая на нигде не виданные в мире пятисвечия, пылающие над храмом, или на луну, которая висела еще выше пятисвечий.

Дворец Ирода Великого не принимал никакого участия в торжестве пасхальной ночи. В подсобных покоях дворца, обращенных на юг, где разместились офицеры римской когорты и легат легиона, светились огни, там чувствовалось какое-то движение и жизнь, передняя же часть, парадная, где был единственный и невольный жилец дворца — прокуратор, — вся она, со своими колоннадами и золотыми статуями, как будто ослепла под ярчайшей луной. Тут, внутри дворца, господствовали мрак и тишина. И внутрь прокуратор, как и говорил Афранию, уйти не пожелал. Он велел постель приготовить на балконе, там же, где обедал, а утром вел допрос. Прокуратор лег на приготовленное ложе, но сон не пожелал прийти к нему. Оголенная луна висела высоко в чистом небе, и прокуратор не сводил с нее глаз в течение нескольких часов.

Примерно в полночь сон наконец сжалился над игемоном. Судорожно зевнув, прокуратор расстегнул и сбросил плащ, снял опоясывающий рубаху ремень с широким стальным ножом в ножнах, положил его в кресло у ложа, снял сандалии и вытянулся. Банга тотчас поднялся к нему на постель и лег рядом, голова к голове, и прокуратор, положив собаке руку на шею, закрыл наконец глаза. Только тогда заснул и пес.

Ложе было в полутьме, закрываемое от луны колонной, но от ступеней крыльца к постели тянулась лунная лента. И лишь только прокуратор потерял связь с тем, что было вокруг него в действительности, он немедленно тронулся по светящейся дороге и пошел по ней вверх прямо к луне. Он даже рассмеялся во сне от счастья, до того все сложилось прекрасно и неповторимо на прозрачной голубой дороге. Он шел в сопровождении Банги, а рядом с ним шел бродячий философ. Они спорили о чем-то очень сложном и важном, причем ни один из них не мог победить другого. Они ни в чем не сходились друг с другом, и от этого их спор был особенно интересен и нескончаем. Само собою разумеется, что сегодняшняя казнь оказалась чистейшим недоразумением — ведь вот же философ, выдумавший столь невероятно нелепую вещь вроде того, что все люди добрые, шел рядом, следовательно, он был жив. И, конечно, совершенно ужасно было бы даже помыслить о том, что такого человека можно казнить. Казни не было! Не было! Вот в чем прелесть этого путешествия вверх по лестнице луны.

Свободного времени было столько, сколько надобно, а гроза будет только к вечеру, и трусость, несомненно, один из самых страшных пороков. Так говорил Иешуа Га-Ноцри. Нет, философ, я тебе возражаю: это самый страшный порок.

Вот, например, не трусил же теперешний прокуратор Иудеи, а бывший трибун в легионе, тогда, в Долине Дев, когда яростные германцы чуть не загрызли Крысобоя-Великана. Но, помилуйте меня, философ! Неужели вы, при вашем уме, допускаете мысль, что из-за человека, совершившего преступление против кесаря, погубит свою карьеру прокуратор Иудеи?

— Да, да, — стонал и всхлипывал во сне Пилат.

Разумеется, погубит. Утром бы еще не погубил, а теперь, ночью, взвесив все, согласен погубить. Он пойдет на все, чтобы спасти от казни решительно ни в чем не виноватого безумного мечтателя и врача!

— Мы теперь будем всегда вместе, — говорил ему во сне оборванный философ-бродяга, неизвестно каким образом ставший на дороге всадника с золотым копьем. — Раз один — то, значит, тут же и другой! Помянут меня — сейчас же помянут и тебя! Меня — подкидыша, сына неизвестных родителей, и тебя — сына короля-звездочета и дочери мельника, красавицы Пилы.

— Да, уж ты не забудь, помяни меня, сына звездочета, — просил во сне Пилат. И, заручившись во сне кивком идущего рядом с ним нищего из Эн-Сарида, жестокий прокуратор Иудеи от радости плакал и смеялся во сне.

Все это было хорошо, но тем ужаснее было пробуждение игемона. Банга зарычал на луну, и скользкая, как бы укатанная маслом, голубая дорога перед прокуратором провалилась. Он закрыл глаза, и первое, что вспомнил, это что казнь была. Первое, что сделал прокуратор, это привычным жестом вцепился в ошейник Банги, потом больными глазами стал искать луну и увидел, что она немного отошла в сторону и посеребрилась. Ее свет перебивал неприятный, беспокойный свет, играющий на балконе перед самыми глазами. В руках у кентуриона Крысобоя пылал и коптил факел. Держащий его со страхом и злобой косился на опасного зверя, приготовившегося к прыжку.

— Не трогать, Банга, — сказал прокуратор больным голосом и кашлянул. Заслоняясь от пламени рукою, он продолжал: — И ночью, и при луне мне нет покоя. О, боги! У вас тоже плохая должность, Марк. Солдат вы калечите...

В величайшем изумлении Марк глядел на прокуратора, и тот опомнился. Чтобы загладить напрасные слова, произнесенные со сна, прокуратор сказал:

— Не обижайтесь, кентурион, мое положение, повторяю, еще хуже. Что вам надо?

— К вам начальник тайной стражи, — спокойно сообщил Марк.

— Зовите, зовите, — прочищая горло кашлем, приказал прокуратор и стал босыми ногами нашаривать сандалии. Пламя заиграло на колоннах, застучали калиги кентуриона по мозаике. Кентурион вышел в сад.

— И при луне мне нет покоя, — скрипнув зубами, сам себе сказал прокуратор.

На балконе вместо кентуриона появился человек в капюшоне.

— Банга, не трогать, — тихо сказал прокуратор и сдавил затылок пса.

Прежде чем начать говорить, Афраний, по своему обыкновению, оглянулся и ушел в тень и, убедившись, что, кроме Банги, лишних на балконе нет, тихо сказал:

— Прошу отдать меня под суд, прокуратор. Вы оказались правы. Я не сумел уберечь Иуду из Кириафа, его зарезали. Прошу суд и отставку.

Афранию показалось, что на него глядят четыре глаза — собачьи и волчьи.

Афраний вынул из-под хламиды заскорузлый от крови кошель, запечатанный двумя печатями.

— Вот этот мешок подбросили убийцы в дом первосвященника. Кровь на этом мешке — кровь Иуды из Кириафа.

— Сколько там, интересно? — спросил Пилат, наклоняясь к мешку.

— Тридцать тетрадрахм.

Прокуратор усмехнулся и сказал:

— Мало.

Афраний молчал.

— Где убитый?

— Этого я не знаю, — со спокойным достоинством ответил человек, никогда не расстававшийся со своим капюшоном, — сегодня утром начнем розыск.

Прокуратор вздрогнул, оставил ремень сандалии, который никак не застегивался.

— Но вы наверно знаете, что он убит?

На это прокуратор получил сухой ответ:

— Я, прокуратор, пятнадцать лет на работе в Иудее. Я начал службу при Валерии Грате. Мне не обязательно видеть труп для того, чтобы сказать, что человек убит, и вот я вам докладываю, что тот, кого именовали Иуда из города Кириафа, несколько часов тому назад зарезан.

— Простите меня, Афраний, — ответил Пилат, — я еще не проснулся как следует, отчего и сказал это. Я сплю плохо, — прокуратор усмехнулся, — и все время вижу во сне лунный луч. Так смешно, вообразите. Будто бы я гуляю по этому лучу. Итак, я хотел бы знать ваши предположения по этому делу. Где вы собираетесь его искать? Садитесь, начальник тайной службы.

Афраний поклонился, пододвинул кресло поближе к кровати и сел, брякнув мечом.

— Я собираюсь его искать недалеко от масличного жома в Гефсиманском саду.

— Так, так. А почему именно там?

— Игемон, по моим соображениям, Иуда убит не в самом Ершалаиме и не где-нибудь далеко от него. Он убит под Ершалаимом.

— Считаю вас одним из выдающихся знатоков своего дела. Я не знаю, впрочем, как обстоит дело в Риме, но в колониях равного вам нет. Объясните, почему?

— Ни в коем случае не допускаю мысли, — говорил негромко Афраний, — о том, чтобы Иуда дался в руки каким-нибудь подозрительным людям в черте города. На улице не зарежешь тайно. Значит, его должны были заманить куда-нибудь в подвал. Но служба уже искала его в Нижнем Городе и, несомненно, нашла бы. Но его нет в городе, за это вам ручаюсь. Если бы его убили вдалеке от города, этот пакет с деньгами не мог бы быть подброшен так скоро. Он убит вблизи города. Его сумели выманить за город.

— Не постигаю, каким образом это можно было сделать.

— Да, прокуратор, это самый трудный вопрос во всем деле, и я даже не знаю, удастся ли мне его разрешить.

— Действительно, загадочно! В праздничный вечер верующий уходит неизвестно зачем за город, покинув пасхальную трапезу, и там погибает. Кто и чем мог его выманить? Не сделала ли это женщина? — вдруг вдохновенно спросил прокуратор.

Афраний отвечал спокойно и веско:

— Ни в коем случае, прокуратор. Эта возможность совершенно исключена. Надлежит рассуждать логически. Кто был заинтересован в гибели Иуды? Какие-то бродячие фантазеры, какой-то кружок, в котором прежде всего не было никаких женщин. Чтобы жениться, прокуратор, требуются деньги, чтобы произвести на свет человека, нужны они же, но чтобы зарезать человека при помощи женщины, нужны очень большие деньги, и ни у каких бродяг их нету. Женщины не было в этом деле, прокуратор. Более того, скажу, такое толкование убийства может лишь сбивать со следу, мешать следствию и путать меня.

— Я вижу, что вы совершенно правы, Афраний, — говорил Пилат, — и я лишь позволил высказать свое предположение.

— Оно, увы, ошибочно, прокуратор.

— Но что же, что же тогда? — воскликнул прокуратор, с жадным любопытством всматриваясь в лицо Афрания.

— Я полагаю, что это все те же деньги.

— Замечательная мысль! Но кто и за что мог предложить ему деньги ночью за городом?

— О нет, прокуратор, не так. У меня есть единственное предположение, и если оно неверно, то других объяснений я, пожалуй, не найду. — Афраний наклонился поближе к прокуратору и шепотом договорил: — Иуда хотел спрятать свои деньги в укромном, одному ему известном месте.

— Очень тонкое объяснение. Так, по-видимому, дело и обстояло. Теперь я вас понимаю: его выманили не люди, а его собственная мысль. Да, да, это так.

— Так. Иуда был недоверчив. Он прятал деньги от людей.

— Да, вы сказали, в Гефсимании. А почему именно там вы намерены искать его — этого я, признаюсь, не пойму.

— О, прокуратор, это проще всего. Никто не будет прятать деньги на дорогах, в открытых и пустых местах. Иуда не был ни на дороге в Хеврон, ни на дороге в Вифанию. Он должен был быть в защищенном, укромном месте с деревьями. Это так просто. А таких других мест, кроме Гефсимании, под Ершалаимом нету. Далеко он уйти не мог.

— Вы совершенно убедили меня. Итак, что же делать теперь?

— Я немедленно начну искать убийц, которые выследили Иуду за городом, а сам тем временем, как я уж докладывал вам, пойду под суд.

— За что?

— Моя охрана упустила его вечером на базаре после того, как он покинул дворец Каифы. Как это произошло, не постигаю. Этого еще не было в моей жизни. Он был взят в наблюдение тотчас же после нашего разговора. Но в районе базара он переложился куда-то, сделал такую странную петлю, что бесследно ушел.

— Так. Объявляю вам, что я не считаю нужным отдавать вас под суд. Вы сделали все, что могли, и никто в мире, — тут прокуратор улыбнулся, — не сумел бы сделать больше вашего! Взыщите с сыщиков, потерявших Иуду. Но и тут, предупреждаю вас, я не хотел бы, чтобы взыскание было хоть сколько-нибудь строгим. В конце концов, мы сделали все для того, чтобы позаботиться об этом негодяе! Да, я забыл спросить, — прокуратор потер лоб, — как же они ухитрились подбросить деньги Каифе?

— Видите ли, прокуратор... Это не особенно сложно. Мстители прошли в тылу дворца Каифы, там, где переулок господствует над задним двором. Они перебросили пакет через забор.

— С запиской?

— Да, точно так, как вы и предполагали, прокуратор. Да, впрочем, — тут Афраний сорвал печать с пакета и показал его внутренность Пилату.

— Помилуйте, что вы делаете, Афраний, ведь печати-то, наверное, храмовые!

— Прокуратору не стоит беспокоить себя этим вопросом, — ответил Афраний, закрывая пакет.

— Неужели все печати есть у вас? — рассмеявшись, спросил Пилат.

— Иначе быть не может, прокуратор, — без всякого смеха, очень сурово ответил Афраний.

— Воображаю, что было у Каифы!

— Да, прокуратор, это вызвало очень большое волнение. Меня они приглашали немедленно.

Даже в полутьме было видно, как сверкают глаза Пилата.

— Это интересно, интересно...

— Осмеливаюсь возразить, прокуратор, это не было интересно. Скучнейшее и утомительнейшее дело. На мой вопрос, не выплачивались ли кому деньги во дворце Каифы, мне сказали категорически, что этого не было.

— Ах так? Ну, что же, не выплачивались, стало быть, не выплачивались. Тем труднее будет найти убийц.

— Совершенно верно, прокуратор.

— Да, Афраний, вот что внезапно мне пришло в голову: не покончил ли он сам с собой?

— О нет, прокуратор, — даже откинувшись от удивления в кресле, ответил Афраний, — простите меня, но это совершенно невероятно!

— Ах, в этом городе все вероятно! Я готов спорить, что через самое короткое время слухи об этом поползут по всему городу.

Тут Афраний метнул в прокуратора свой взгляд, подумал и ответил:

— Это может быть, прокуратор.

Прокуратор, видимо, все не мог расстаться с этим вопросом об убийстве человека из Кириафа, хотя и так уж все было ясно, и сказал даже с некоторой мечтательностью:

— А я желал бы видеть, как они убивали его.

— Убит он с чрезвычайным искусством, прокуратор, — ответил Афраний, с некоторой иронией поглядывая на прокуратора.

— Откуда же вы это-то знаете?

— Благоволите обратить внимание на мешок, прокуратор, — ответил Афраний, — я вам ручаюсь за то, что кровь Иуды хлынула волной. Мне приходилось видеть убитых, прокуратор, на своем веку!

— Так что он, конечно, не встанет?

— Нет, прокуратор, он встанет, — ответил, улыбаясь философски, Афраний, — когда труба

Мессии, которого здесь ожидают, прозвучит над ним. Но ранее он не встанет!

— Довольно, Афраний! Этот вопрос ясен. Перейдем к погребению.

— Казненные погребены, прокуратор.

— О Афраний, отдать вас под суд было бы преступлением. Вы достойны наивысшей награды. Как было?

Афраний начал рассказывать и рассказал, что в то время, как он сам занимался делом Иуды, команда тайной стражи, руководимая его помощником, достигла холма, когда наступил вечер. Одного тела на верхушке она не обнаружила. Пилат вздрогнул, сказал хрипло:

— Ах, как же я этого не предвидел!

— Не стоит беспокоиться, прокуратор, — сказал Афраний и продолжал повествовать: — Тела Дисмаса и Гестаса с выклеванными хищными птицами глазами подняли и тотчас же бросились на поиски третьего тела. Его обнаружили в очень скором времени. Некий человек...

— Левий Матвей, — не вопросительно, а скорее утвердительно сказал Пилат.

— Да, прокуратор...

Левий Матвей прятался в пещере на северном склоне Лысого Черепа, дожидаясь тьмы. Голое тело Иешуа Га-Ноцри было с ним. Когда стража вошла в пещеру с факелом, Левий впал в отчаяние и злобу. Он кричал о том, что не совершил никакого преступления и что всякий человек, согласно закону, имеет право похоронить казненного преступника, если пожелает. Левий Матвей говорил, что не хочет расстаться с этим телом. Он был возбужден, выкрикивал что-то бессвязное, то просил, то угрожал и проклинал...

— Его пришлось схватить? — мрачно спросил Пилат.

— Нет, прокуратор, нет, — очень успокоительно ответил Афраний, — дерзкого безумца удалось успокоить, объяснив, что тело будет погребено.

Левий, осмыслив сказанное, утих, но заявил, что он никуда не уйдет и желает участвовать в погребении. Он сказал, что он не уйдет, даже если его начнут убивать, и даже предлагал для этой цели хлебный нож, который был с ним.

— Его прогнали? — сдавленным голосом спросил Пилат.

— Нет, прокуратор, нет. Мой помощник разрешил ему участвовать в погребении.

— Кто из ваших помощников руководил этим? — спросил Пилат.

— Толмай, — ответил Афраний и прибавил в тревоге: — Может быть, он допустил ошибку?

— Продолжайте, — ответил Пилат, — ошибки не было. Я вообще начинаю немного теряться, Афраний, я, по-видимому, имею дело с человеком, который никогда не делает ошибок. Этот человек — вы.

Левия Матвея взяли в повозку вместе с телами казненных и часа через два достигли пустынного ущелья к северу от Ершалаима. Там команда, работая посменно, в течение часа выкопала глубокую яму и в ней похоронила всех трех казненных.

— Обнаженными?

— Нет, прокуратор, — команда взяла с собой для этой цели хитоны. На пальцы погребаемым были надеты кольца. Иешуа с одной нарезкой, Дисмасу с двумя и Гестасу с тремя. Яма зарыта, завалена камнями. Опознавательный знак Толмаю известен.

— Ах, если б я мог предвидеть! — морщась, заговорил Пилат. — Ведь мне нужно было бы повидать этого Левия Матвея...

— Он здесь, прокуратор!

Пилат, широко раскрыв глаза, глядел некоторое время на Афрания, а потом сказал так:

— Благодарю вас за все, что сделано по этому делу. Прошу вас завтра прислать мне Толмая, объявить ему заранее, что я доволен им, а вас, Афраний, — тут прокуратор вынул из кармана пояса, лежащего на столе, перстень и подал его начальнику тайной службы, — прошу принять это на память.

Афраний поклонился, молвил:

— Большая честь, прокуратор.

— Команде, производившей погребение, прошу выдать награды. Сыщикам, упустившим Иуду, выговор. А Левия Матвея сейчас ко мне. Мне нужны подробности по делу Иешуа.

— Слушаю, прокуратор, — отозвался Афраний и стал отступать и кланяться, а прокуратор хлопнул в ладоши и закричал:

— Ко мне, сюда! Светильник в колоннаду!

Афраний уже уходил в сад, а за спиною Пилата в руках слуг уже мелькали огни. Три светильника на столе оказались перед прокуратором, и лунная ночь тотчас отступила в сад, как будто бы Афраний увел ее с собою. Вместо Афрания на балкон вступил неизвестный маленький и тощий человек рядом с гигантом кентурионом. Этот второй, поймав взгляд прокуратора, тотчас отступил в сад и скрылся.

Прокуратор изучал пришедшего человека жадными и немного испуганными глазами. Так смотрят на того, о ком слышали много, о ком и сами думали и кто, наконец, появился.

Пришедший человек, лет под сорок, был черен, оборван, покрыт засохшей грязью, смотрел по-волчьи, исподлобья. Словом, он был очень неприглядед и скорее всего походил на городского нищего, каких много толчется на террасах храма или на базарах шумного и грязного Нижнего Города.

Молчание продолжалось долго, и нарушено оно было странным поведением приведенного к Пилату. Он изменился в лице, шатнулся и, если бы не ухватился грязной рукой за край стола, упал бы.

— Что с тобой? — спросил его Пилат.

— Ничего, — ответил Левий Матвей и сделал такое движение, как будто что-то проглотил. Тощая, голая, грязная шея его взбухла и опять опала.

— Что с тобою, отвечай, — повторил Пилат.

— Я устал, — ответил Левий и мрачно поглядел в пол.

— Сядь, — молвил Пилат и указал на кресло.

Левий недоверчиво поглядел на прокуратора, двинулся к креслу, испуганно покосился на золотые ручки и сел не в кресло, а рядом с ним, на пол.

— Объясни, почему не сел в кресло? — спросил Пилат.

— Я грязный, я его запачкаю, — сказал Левий, глядя в землю.

— Сейчас тебе дадут поесть.

— Я не хочу есть, — ответил Левий.

— Зачем же лгать? — спросил тихо Пилат. — Ты ведь не ел целый день, а может быть, и больше. Ну, хорошо, не ешь. Я призвал тебя, чтобы ты показал мне нож, который был у тебя.

— Солдаты отняли его у меня, когда вводили сюда, — ответил Левий и добавил мрачно: — Вы мне его верните, мне его надо отдать хозяину, я его украл.

— Зачем?

— Чтобы веревки перерезать, — ответил Левий.

— Марк! — крикнул прокуратор, и кентурион вступил под колонны. — Нож его мне дайте.

Кентурион вынул из одного из двух чехлов на поясе грязный хлебный нож и подал его прокуратору, а сам удалился.

— А у кого взял нож?

— В хлебной лавке у Хевронских ворот, как войдешь в город, сейчас же налево.

Пилат поглядел на широкое лезвие, попробовал пальцем, остер ли нож, зачем-то, и сказал:

— Насчет ножа не беспокойся, нож вернут в лавку. А теперь мне нужно второе: покажи хартию, которую ты носишь с собой и где записаны слова Иешуа.

Левий с ненавистью посмотрел на Пилата и улыбнулся столь недоброю улыбкой, что лицо его обезобразилось совершенно.

— Все хотите отнять? И последнее, что имею? — спросил он.

— Я не сказал тебе — отдай, — ответил Пилат, — я сказал — покажи.

Левий порылся за пазухой и вынул свиток пергамента. Пилат взял его, развернул, расстелил между огнями и, щурясь, стал изучать малоразборчивые чернильные знаки. Трудно было понять эти корявые строчки, и Пилат морщился и склонялся к самому пергаменту, водил пальцем по строчкам. Ему удалось все-таки разобрать, что записанное представляет собой несвязную цепь каких-то изречений, каких-то дат, хозяйственных заметок и поэтических отрывков. Кое-что Пилат прочел: «Смерти нет... Вчера мы ели сладкие весенние баккуроты...»

Гримасничая от напряжения, Пилат щурился, читал: «Мы увидим чистую реку воды жизни... Человечество будет смотреть на солнце сквозь прозрачный кристалл...»

Тут Пилат вздрогнул. В последних строчках пергамента он разобрал слова: «...большего порока... трусость».

Пилат свернул пергамент и резким движением подал его Левию.

— Возьми, — сказал он и, помолчав, прибавил: — Ты, как я вижу, книжный человек, и незачем тебе, одинокому, ходить в нищей одежде без пристанища. У меня в Кесарии есть большая библиотека, я очень богат и хочу взять тебя на службу. Ты будешь разбирать и хранить папирусы, будешь сыт и одет.

Левий встал и ответил:

— Нет, я не хочу.

— Почему? — темнея лицом, спросил прокуратор. — Я тебе неприятен, ты меня боишься?

Та же плохая улыбка исказила лицо Левия, и он сказал:

— Нет, потому что ты будешь меня бояться. Тебе не очень-то легко будет смотреть в лицо мне после того, как ты его убил.

— Молчи, — ответил Пилат, — возьми денег.

Левий отрицательно покачал головой, а прокуратор продолжал:

— Ты, я знаю, считаешь себя учеником Иешуа, но я тебе скажу, что ты не усвоил ничего из того, чему он тебя учил. Ибо, если б это было так, ты обязательно взял бы у меня что-нибудь. Имей в виду, что он перед смертью сказал, что он никого не винит. — Пилат значительно поднял палец, лицо Пилата дергалось. — И сам он непременно взял бы что-нибудь. Ты жесток, а тот жестоким не был. Куда ты пойдешь?

Левий вдруг приблизился к столу, уперся в него обеими руками и, глядя горящими глазами на прокуратора, зашептал ему:

— Ты, игемон, знай, что я в Ершалаиме зарежу одного человека. Мне хочется тебе это сказать, чтобы ты знал, что кровь еще будет.

— Я тоже знаю, что она еще будет, — ответил Пилат, — своими словами ты меня не удивил. Ты, конечно, хочешь зарезать меня?

— Тебя мне зарезать не удастся, — ответил Левий, оскалившись и улыбаясь, — я не такой глупый человек, чтобы на это рассчитывать, но я зарежу Иуду из Кириафа, я этому посвящу остаток жизни.

Тут наслаждение выразилось в глазах прокуратора, и он, поманив к себе пальцем поближе Левия Матвея, сказал:

— Это тебе сделать не удастся, ты себя не беспокой. Иуду этой ночью уже зарезали.

Левий отпрыгнул от стола, дико озираясь, и выкрикнул:

— Кто это сделал?

— Не будь ревнив, — скалясь, ответил Пилат и потер руки, — я боюсь, что были поклонники у него и кроме тебя.

— Кто это сделал? — шепотом повторил Левий.

Пилат ответил ему:

— Это сделал я.

Левий открыл рот, дико поглядел на прокуратора, а тот сказал:

— Этого, конечно, маловато, сделанного, но все-таки это сделал я. — И прибавил: — Ну, а теперь возьмешь что-нибудь?

Левий подумал, стал смягчаться и, наконец, сказал:

— Вели мне дать кусочек чистого пергамента.

Прошел час. Левия не было во дворце. Теперь тишину рассвета нарушал только тихий шум шагов часовых в саду. Луна быстро выцветала, на другом краю неба было видно беловатое пятнышко утренней звезды. Светильники давным-давно погасли. На ложе лежал прокуратор. Подложив руку под щеку, он спал и дышал беззвучно. Рядом с ним спал Банга.

Так встретил рассвет пятнадцатого нисана пятый прокуратор Иудеи Понтий Пилат.

Глава 27

КОНЕЦ КВАРТИРЫ № 50

Когда Маргарита дошла до последних слов главы «...так встретил рассвет пятнадцатого нисана пятый прокуратор Иудеи Понтий Пилат», — наступило утро.

Слышно было, как во дворике в ветвях ветлы и липы вели веселый, возбужденный утренний разговор воробьи.

Маргарита поднялась с кресла, потянулась и только теперь ощутила, как изломано ее тело и как хочет она спать. Интересно отметить, что душа Маргариты находилась в полном порядке. Мысли ее не были в разброде, ее совершенно не потрясло то, что она провела ночь сверхъестественно. Ее не волновали воспоминания о том, что она была на балу у сатаны, что каким-то чудом мастер был возвращен к ней, что из пепла возник роман, что опять все оказалось на своем месте в подвале в переулке, откуда был изгнан ябедник Алоизий Могарыч. Словом, знакомство с Воландом не принесло ей никакого психического ущерба. Все было так, как будто так и должно быть. Она пошла в соседнюю комнату, убедилась в том, что мастер спит крепким и спокойным сном, погасила ненужную настольную лампу и сама протянулась под противоположной стеной на диванчике, покрытом старой разорванной простыней. Через минуту она спала, и никаких снов в то утро она не видела. Молчали комнаты и в подвале, молчал весь маленький домишко застройщика, и тихо было в глухом переулке.

Но в это время, то есть на рассвете субботы, не спал целый этаж в одном из московских учреждений, и окна в нем, выходящие на залитую асфальтом большую площадь, которую специальные машины, медленно разъезжая с гудением, чистили щетками, светились полным светом, прорезавшим свет восходящего солнца.

Весь этаж был занят следствием по делу Воланда, и лампы всю ночь горели в десяти кабинетах.

Собственно говоря, дело стало ясно уже со вчерашнего дня, пятницы, когда пришлось закрыть Варьете вследствие исчезновения его администрации и всяких безобразий, происшедших накануне во время знаменитого сеанса черной магии. Но дело в том, что все время и непрерывно поступал в бессонный этаж все новый и новый материал.

Теперь следствию по этому странному делу, отдающему совершенно явственной чертовщиной, да еще с примесью каких-то гипнотических фокусов и совершенно отчетливой уголовщины, надлежало все разносторонние и путаные события, происшедшие в разных местах Москвы, слепить в единый ком.

Первый, кому пришлось побывать в светящемся электричеством бессонном этаже, был Аркадий Аполлонович Семплеяров, председатель Акустической комиссии.

После обеда в пятницу в квартире его, помещающейся в доме у Каменного моста, раздался звонок, и мужской голос попросил к телефону Аркадия Аполлоновича. Подошедшая к аппарату супруга Аркадия Аполлоновича ответила мрачно, что Аркадий Аполлонович нездоров, лег почивать и подойти к аппарату не может. Однако Аркадию Аполлоновичу подойти к аппарату все-таки пришлось. На вопрос о том, откуда спрашивают Аркадия Аполлоновича, голос в телефоне очень коротко ответил откуда.

— Сию секунду... сейчас... сию минуту... — пролепетала обычно очень надменная супруга председателя Акустической комиссии и как стрела полетела в спальню подымать Аркадия Аполлоновича с ложа, на котором тот лежал, испытывая адские терзания при воспоминании о вчерашнем сеансе и ночном скандале, сопровождавшем изгнание из квартиры саратовской его племянницы.

Правда, не через секунду, но даже и не через минуту, а через четверть минуты Аркадий Аполлонович в одной туфле на левой ноге, в одном белье, уже был у аппарата, лепеча в него:

— Да, это я... Слушаю, слушаю...

Супруга его, на эти мгновения забывшая все омерзительные преступления против верности, в которых несчастный Аркадий Аполлонович был уличен, с испуганным лицом высовывалась в дверь коридора, тыкала туфлей в воздух и шептала:

— Туфлю надень, туфлю... Ноги простудишь, — на что Аркадий Аполлонович, отмахиваясь от жены босой ногой и делая ей зверские глаза, бормотал в телефон:

— Да, да, да, как же, я понимаю... Сейчас выезжаю.

Весь вечер Аркадий Аполлонович провел в том самом этаже, где велось следствие. Разговор был тягостный, неприятнейший был разговор, ибо пришлось с совершеннейшей откровенностью рассказывать не только об этом паскудном сеансе и драке в ложе, но попутно, что было действительно необходимо, и про Милицу Андреевну Покобатько с Елоховской улицы, и про саратовскую племянницу, и про многое еще, о чем рассказы приносили Аркадию Аполлоновичу невыразимые муки.

Само собой разумеется, что показания Аркадия Аполлоновича, интеллигентного и культурного человека, бывшего свидетелем безобразного сеанса, свидетеля толкового и квалифицированного, который прекрасно описал и самого таинственного мага в маске, и двух его негодяев-помощников, который прекрасно запомнил, что фамилия мага именно Воланд, — значительно продвинули следствие вперед. Сопоставление же показаний Аркадия Аполлоновича с показаниями других, в числе которых были некоторые дамы, пострадавшие после сеанса (та, в фиолетовом белье, поразившая Римского, и, увы, многие другие), и курьер Карпов, который был посылаем в квартиру № 50 на Садовую улицу, — собственно, сразу установило то место, где надлежит искать виновника всех этих приключений.

В квартире № 50 побывали, и не раз, и не только осматривали ее чрезвычайно тщательно, но и выстукивали стены в ней, осматривали каминные дымоходы, искали тайники. Однако все эти мероприятия никакого результата не дали, и ни в один из приездов в квартиру в ней никого обнаружить не удалось, хотя и совершенно понятно было, что в квартире кто-то есть, несмотря на то, что все лица, которым так или иначе надлежало ведать вопросами о прибывающих в Москву иностранных артистах, решительно и категорически утверждали, что никакого черного мага Воланда в Москве нет и быть не может.

Решительно нигде он не зарегистрировался при приезде, никому не предъявлял своего паспорта или иных каких-либо бумаг, контрактов и договоров, и никто о нем ничего не слыхал! Заведующий программным отделением зрелищной комиссии Китайцев клялся и божился, что никакой программы представления никакого Воланда пропавший Степа Лиходеев ему на утверждение не присылал и ничего о приезде такого Воланда Китайцеву не телефонировал. Так что ему, Китайцеву, совершенно непонятно и неизвестно, каким образом в Варьетс

Степа мог допустить подобный сеанс. Когда же говорили, что Аркадий Аполлонович своими глазами видел этого мага на сеансе, Китайцев только разводил руками и поднимал глаза к небу. И уж по глазам Китайцева можно было видеть и смело сказать, что он чист, как хрусталь.

Тот самый Прохор Петрович, председатель главной Зрелищной комиссии...

Кстати: он вернулся в свой костюм немедленно после того, как милиция вошла в его кабинет, к исступленной радости Анны Ричардовны и к великому недоумению зря потревоженной милиции. Еще кстати: вернувшись на свое место, в свой серый полосатый костюм, Прохор Петрович совершенно одобрил все резолюции, которые костюм наложил во время его кратковременного отсутствия.

...так вот, тот самый Прохор Петрович решительнейшим образом ничего не знал ни о каком Воланде.

Выходило что-то, воля ваша, несусветимое: тысячи зрителей, весь состав Варьете, наконец, Семплеяров Аркадий Аполлонович, наиобразованнейший человек, видели этого мага, равно как и треклятых его ассистентов, а между тем нигде его найти никакой возможности нету. Что же, позвольте вас спросить: он провалился, что ли, сквозь землю тотчас после своего отвратительного сеанса или же, как утверждают некоторые, вовсе не приезжал в Москву? Но если допустить первое, то несомненно, что, проваливаясь, он прихватил с собою всю головку администрации Варьете, а если второе, то не выходит ли, что сама администрация злосчастного театра, учинив предварительно какую-то пакость (вспомните только разбитое окно в кабинете и поведение Тузабубен!), бесследно скрылась из Москвы.

Надо отдать справедливость тому, кто возглавлял следствие. Пропавшего Римского разыскали с изумляющей быстротой. Стоило только сопоставить поведение Тузабубен у таксомоторной стоянки возле кинематографа с некоторыми датами времени, вроде того, когда кончился сеанс и когда именно мог исчезнуть Римский, чтобы немедленно дать телеграмму в Ленинград. Через час пришел ответ (к вечеру пятницы), что Римский обнаружен в номере четыреста двенадцатом гостиницы «Астория», в четвертом этаже, рядом с номером, где останавливался заведующий репертуаром одного из московских театров, гастролировавших в то время в Ленинграде, в том самом номере, где, как известно, серо-голубая мебель с золотом и прекрасное ванное отделение.

Обнаруженный прячущимся в платяном шкафу четыреста двенадцатого номера «Астории» Римский был немедленно арестован и допрошен в Ленинграде же. После чего в Москву пришла телеграмма, извещающая о том, что финдиректор Варьете оказался в состоянии невменяемости, что на вопросы он путных ответов не дает или не желает давать и просит только об одном, чтобы его спрятали в бронированную камеру и приставили к нему вооруженную охрану. Из Москвы телеграммой было приказано Римского под охраной доставить в Москву, вследствие чего Римский в пятницу вечером и выехал под такой охраной с вечерним поездом.

К вечеру же пятницы нашли и след Лиходеева. Во все города были разосланы телеграммы с запросами о Лиходееве, и из Ялты был получен ответ, что Лиходеев был в Ялте, но вылетел на аэроплане в Москву.

Единственно, чей след не удалось поймать, это след Варенухи. Известный всей решительно Москве знаменитый театральный администратор канул как в воду.

Тем временем пришлось возиться с происшествиями и в других местах Москвы, вне театра Варьете. Пришлось разъяснять необыкновенный случай с поющими «Славное море» служащими (кстати, профессору Стравинскому удалось их привести в порядок в течение двух часов времени путем каких-то впрыскиваний под кожу), с лицами, предъявлявшими другим лицам или учреждениям под видом денег черт знает что, а также с лицами, пострадавшими от таких предъявлений.

Как само собой понятно, самым неприятным, самым скандальным и неразрешимым из всех этих случаев был случай похищения головы покойного литератора Берлиоза прямо из гроба в грибоедовском зале, произведенного среди бела дня.

Двенадцать человек осуществляли следствие, собирая, как на спицу, окаянные петли этого сложного дела, разбросавшиеся по всей Москве.

Один из следователей прибыл в клинику профессора Стравинского и первым долгом попросил предъявить ему список тех лиц, которые поступили в клинику в течение последних трех дней. Таким образом, были обнаружены Никанор Иванович Босой и несчастный конферансье, которому отрывали голову. Ими, впрочем, занимались мало. Теперь уж легко было установить, что эти двое стали жертвами одной и той же шайки, возглавляемой этим таинственным магом. Но вот Иван Николаевич Бездомный следователя заинтересовал чрезвычайно.

Дверь Иванушкиной комнаты № 117-й отворилась под вечер пятницы, и в комнату вошел молодой, круглолицый, спокойный и мягкий в обращении человек, совсем непохожий на следователя, и тем не менее один из лучших следователей Москвы. Он увидел лежащего на кровати, побледневшего и осунувшегося молодого человека, с глазами, в которых читалось отсутствие интереса к происходящему вокруг, с глазами, то обращающимися куда-то вдаль, поверх окружающего, то внутрь самого молодого человека.

Следователь ласково представился и сказал, что зашел к Ивану Николаевичу потолковать о позавчерашних происшествиях на Патриарших прудах.

О, как торжествовал бы Иван, если бы следователь явился к нему пораньше, хотя бы, скажем, в ночь на четверг, когда Иван буйно и страстно добивался того, чтобы выслушали его рассказ о Патриарших прудах. Теперь сбылось его мечтание помочь поймать консультанта, ему не нужно было ни за кем уже бегать, к нему самому пришли именно затем, чтобы выслушать его повесть о том, что произошло в среду вечером.

Но, увы, Иванушка совершенно изменился за то время, что прошло с момента гибели Берлиоза. Он был готов охотно и вежливо отвечать на все вопросы следователя, но равнодушие чувствовалось и во взгляде Ивана, и в его интонациях. Поэта больше не трогала судьба Берлиоза.

Перед приходом следователя Иванушка дремал лежа, и перед ним проходили некоторые видения. Так, он видел город странный, непонятный, несуществующий, с глыбами мрамора, источенными колоннадами, со сверкающими на солнце крышами, с черной мрачной и безжалостной башней Антония, с дворцом на западном холме, погруженным до крыш почти в тропическую зелень сада, с бронзовыми, горящими в закате статуями над этой зеленью, он видел идущие под стенами древнего города римские, закованные в броню, кентурии.

В дремоте перед Иваном являлся неподвижный в кресле человек, бритый, с издерганным желтым лицом, человек в белой мантии с красной подбивкой, ненавистно глядящий в пышный и чужой сад. Видел Иван и безлесый желтый холм с опустевшими столбами и перекладинами.

А происшедшее на Патриарших прудах поэта Ивана Бездомного более не интересовало.

— Скажите, Иван Николаевич, а вы-то сами как далеко были от турникета, когда Берлиоз свалился под трамвай?

Чуть заметная равнодушная усмешка почему-то тронула губы Ивана, и он ответил:

— Я был далеко.

— А этот клетчатый был возле самого турникета?

— Нет, он сидел на скамеечке невдалеке.

— Вы хорошо помните, что он не подходил к турникету в тот момент, когда Берлиоз упал?

— Помню. Не подходил. Он развалившись сидел.

Эти вопросы были последними вопросами следователя. После них он встал, протянул руку Иванушке, пожелал скорее поправиться и выразил надежду, что вскорости вновь будет читать его стихи.

— Нет, — тихо ответил Иван, — я больше стихов писать не буду.

Следователь вежливо усмехнулся, позволил себе выразить уверенность в том, что поэт сейчас в состоянии некоторой депрессии, но что скоро это пройдет.

— Нет, — отозвался Иван, глядя не на следователя, а вдаль, на гаснущий небосклон, — это у меня никогда не пройдет. Стихи, которые я писал, — плохие стихи, и я теперь это понял.

Следователь ушел от Иванушки, получив весьма важный материал. Идя по нитке событий с конца к началу, наконец удалось добраться до того истока, от которого пошли все события. Следователь не сомневался в том, что эти события начались с убийства на Патриарших. Конечно, ни Иванушка, ни этот клетчатый не толкали под трамвай несчастного председателя МАССОЛИТа, физически, так сказать, его падению под колеса не способствовал никто. Но следователь был уверен в том, что Берлиоз бросился под трамвай (или свалился под него), будучи загипнотизированным.

Да, материалу было уже много, и было известно уже, кого и где ловить. Да дело-то в том, что поймать-то никаким образом нельзя было. В трижды проклятой квартире № 50, несомненно, надо повторить, кто-то был. По временам эта квартира отвечала то трескучим, то гнусавым голосом на телефонные звонки, иногда в квартире открывали окно, более того, из нее слышались звуки патефона. А между тем всякий раз, как в нее направлялись, решительно никого в ней не оказывалось. А были там уже не раз, и в разное время суток. И мало этого, по квартире проходили с сетью, проверяя все углы. Квартира была давно уже под подозрением. Охраняли не только тот путь, что вел во двор через подворотню, но и черный ход; мало этого, на крыше у дымовых труб была поставлена охрана. Да, квартира № 50 пошаливала, а поделать с этим ничего нельзя было.

Так дело тянулось до полуночи с пятницы на субботу, когда барон Майгель, одетый в вечернее платье и лакированные туфли, торжественно проследовал в квартиру № 50 в качестве гостя. Слышно было, как барона впустили в квартиру. Ровно через десять минут после этого, без всяких звонков, квартиру посетили, но не только хозяев в ней не нашли, а, что было уж совсем диковинно, не обнаружили в ней и признаков барона Майгеля.

Так вот, как и было сказано, дело тянулось таким образом до субботнего рассвета. Тут прибавились новые и очень интересные данные. На московском аэродроме совершил посадку шестиместный пассажирский самолет, прилетевший из Крыма. Среди других пассажиров из него высадился один странный пассажир. Это был молодой гражданин, дико заросший щетиною, дня три не мывшийся, с воспаленными и испуганными глазами, без багажа и одетый несколько причудливо. Гражданин был в папахе, в бурке поверх ночной сорочки и синих ночных кожаных новеньких, только что купленных туфлях. Лишь только он отделился от лесенки, по которой спускались из кабины самолета, к нему подошли. Этого гражданина уже ждали, и через некоторое время незабвенный директор Варьете, Степан Богданович Лиходеев, предстал перед следствием. Он подсыпал новых данных. Теперь стало ясно, что Воланд проник в Варьете под видом артиста, загипнотизировав Степу Лиходеева, а затем ухитрился выбросить этого же Степу вон из Москвы за бог знает какое количество километров. Материалу, таким образом, прибавилось, но легче от этого не стало, а, пожалуй, стало даже чуть-чуть потяжелее, ибо очевидным становилось, что овладеть такою личностью, которая проделывает штуки вроде той, жертвой которой стал Степан Богданович, будет не так-то легко. Между прочим, Лиходеев, по собственной его просьбе, был заключен в надежную камеру, и перед следствием предстал Варенуха, только что арестованный на своей квартире, в которую он вернулся после безвестного отсутствия в течение почти двух суток.

Несмотря на данное Азазелло обещание больше не лгать, администратор начал именно со лжи.

Хотя, впрочем, за это очень строго его судить нельзя. Ведь Азазелло запретил ему лгать и хамить по телефону, а в данном случае администратор разговаривал без содействия этого аппарата. Блуждая глазами, Иван Савельевич заявлял, что днем в четверг он у себя в кабинете в Варьете в одиночку напился пьяным, после чего куда-то пошел, а куда — не помнит, где-то еще пил старку, а где — не помнит, где-то валялся под забором, а где — не помнит опять-таки. Лишь после того, как администратору сказали, что он своим поведением, глупым и безрассудным, мешает следствию по важному делу и за это, конечно, будет отвечать, Варенуха разрыдался и зашептал дрожащим голосом и озираясь, что он врет исключительно из страха, опасаясь мести воландовской шайки, в руках которой он уже побывал, и что он просит, молит, жаждет быть запертым в бронированную камеру.

— Тьфу ты черт! Вот далась им эта бронированная камера, — проворчал один из ведущих следствие.

— Их сильно напугали эти негодяи, — сказал тот следователь, что побывал у Иванушки.

Варенуху успокоили, как умели, сказали, что охранят его и без всякой камеры, и тут же выяснилось, что никакой старки он под забором не пил, а что били его двое, один клыкастый и рыжий, а другой толстяк...

— Ах, похожий на кота?

— Да, да, да, — шептал, замирая от страху и ежесекундно оглядываясь, администратор и выкладывал дальнейшие подробности того, как он просуществовал около двух дней в квартире № 50 в качестве вампира-наводчика, едва не ставшего причиною гибели финдиректора Римского...

В это время вводили Римского, привезенного в ленинградском поезде. Однако этот трясущийся от страху, психически расстроенный седой старик, в котором очень трудно было узнать прежнего финдиректора, ни за что не хотел говорить правду и оказался в этом смысле очень упорен. Римский утверждал, что никакой Геллы в окне у себя в кабинете ночью он не видел, равно как и

Варенухи, а просто ему сделалось дурно и в беспамятстве он уехал в Ленинград. Нечего и говорить, что свои показания больной финдиректор закончил просьбой о заключении его в бронированную камеру.

Аннушка была арестована в то время, когда производила попытку вручить кассирше в универмаге на Арбате десятидолларовую бумажку. Рассказ Аннушки о вылетающих из окна дома на Садовой людях и о подковке, которую Аннушка, по ее словам, подняла для того, чтобы предъявить в милицию, был выслушан внимательно.

— Подковка действительно была золотая с бриллиантами? — спрашивали Аннушку.

— Мне ли бриллиантов не знать, — отвечала Аннушка.

— Но дал-то он вам червонцы, как вы говорите?

— Мне ли червонцев не знать, — отвечала Аннушка.

— Ну а когда же они в доллары-то превратились?

— Ничего не знаю, какие такие доллары, и не видела я никаких долларов, — визгливо отвечала Аннушка, — мы в своем праве! Нам дали награду, мы на нее ситец покупаём... — и тут понесла околесину о том, что она не отвечает за домоуправление, которое завело в пятом этаже нечистую силу, от которой житья нету.

Тут следователь замахал на Аннушку пером, потому что она порядком всем надоела, и написал ей пропуск вон на зеленой бумажке, после чего, к общему удовольствию, Аннушка исчезла из здания.

Потом вереницей пошел целый ряд людей, и в числе их — Николай Иванович, только что арестованный исключительно по глупости своей ревнивой супруги, давшей знать в милицию под утро о том, что ее муж пропал. Николай Иванович не очень удивил следствие, выложив на стол шутовское удостоверение о том, что он провел время на балу у сатаны. В своих рассказах, как он возил по воздуху на себе голую домработницу Маргариты Николаевны куда-то ко всем чертям на реку купаться и о предшествующем этому появлении в окне обнаженной Маргариты Николаевны, Николай Иванович несколько отступил от истины. Так, например, он не счел нужным упомянуть о том, что он явился в спальню с выброшенной сорочкой в руках и что называл Наташу Венерой. По его словам выходило, что Наташа вылетела из окна, оседлала его и повлекла вон из Москвы...

— Повинуясь насилию, вынужден был подчиниться, — рассказывал Николай Иванович и закончил свои россказни просьбой ни словом не сообщать об этом его супруге. Что и было ему обещано.

Показание Николая Ивановича дало возможность установить, что Маргарита Николаевна, а равно также и ее домработница Наташа исчезли без всякого следа. Были приняты меры к тому, чтобы их разыскать.

Так не прекращающимся ни на секунду следствием и ознаменовалось утро субботнего дня. В городе в это время возникали и расплывались совершенно невозможные слухи, в которых крошечная доля правды была изукрашена пышнейшим враньем. Говорили о том, что был сеанс в Варьете, после коего все две тысячи зрителей выскочили на улицу в чем мать родила, что накрыли типографию фальшивых бумажек волшебного типа на Садовой улице, что какая-то шайка украла пятерых заведующих в секторе развлечений, но что милиция их сейчас же всех нашла, и многое еще, чего даже повторять не хочется.

Между тем время приближалось к обеду, и тогда там, где вертелось следствие, раздался телефонный звонок. С Садовой сообщали, что проклятая квартира опять подала признаки жизни в ней. Было сказано, что в ней открывали окна изнутри, что доносились из нее звуки пианино и пения и что в окне видели сидящего на подоконнике и греющегося на солнце черного кота.

Около четырех часов жаркого дня большая компания мужчин, одетых в штатское, высадилась из трех машин, несколько не доезжая до дома № 302-бис по Садовой улице. Тут приехавшая большая группа разделилась на две маленьких, причем одна прошла через подворотню дома и двор прямо в шестое парадное, а другая открыла обычно заколоченную маленькую дверку, ведущую на черный ход, и обе стали подниматься по разным лестницам к квартире № 50.

В это время Коровьев и Азазелло, причем Коровьев в обычном своем наряде, а вовсе не во фрачном праздничном, сидели в столовой квартиры, доканчивая завтрак. Воланд, по своему обыкновению, находился в спальне, а где был кот — неизвестно. Но судя по грохоту кастрюль, доносившемуся из кухни, можно было допустить, что Бегемот находится именно там, валяя дурака, по своему обыкновению.

— А что это за шаги такие на лестнице? — спросил Коровьев, поигрывая ложечкой в чашке с черным кофе.

— А это нас арестовывать идут, — ответил Азазелло и выпил стопочку коньяку.

— А-а, ну-ну, — ответил на это Коровьев.

Подымающиеся по парадной лестнице тем временем уже были на площадке третьего этажа. Там двое каких-то водопроводчиков возились с гармоникой парового отопления. Шедшие обменялись с водопроводчиками выразительным взглядом.

— Все дома, — шепнул один из водопроводчиков, постукивая молотком по трубе.

Тогда шедший впереди откровенно вынул из-под пальто черный маузер, а другой, рядом с ним, — отмычки. Вообще, шедшие в квартиру № 50 были снаряжены как следует. У двух из них в карманах были тонкие, легко разворачивающиеся шелковые сети. Еще у одного — аркан, еще у одного — марлевые маски и ампулы с хлороформом.

В одну секунду была открыта парадная дверь в квартиру № 50, и все шедшие оказались в передней, а хлопнувшая в это время в кухне дверь показала, что вторая группа с черного хода подошла также своевременно.

На этот раз, если и не полная, то все же какая-то удача была налицо. По всем комнатам мгновенно рассыпались люди и нигде никого не нашли, но зато в столовой обнаружили остатки только что, по-видимому, покинутого завтрака, а в гостиной на каминной полке, рядом с хрустальным кувшином, сидел громадный черный кот. Он держал в своих лапах примус.

В полном молчании вошедшие в гостиную созерцали этого кота в течение довольно долгого времени.

— М-да... действительно здорово, — шепнул один из пришедших.

— Не шалю, никого не трогаю, починяю примус, — недружелюбно насупившись, проговорил кот, — и еще считаю своим долгом предупредить, что кот древнее и неприкосновенное животное.

— Исключительно чистая работа, — шепнул один из вошедших, а другой сказал громко и отчетливо:

— Ну-с, неприкосновенный чревовещательский кот, пожалуйте сюда.

Развернулась и взвилась шелковая сеть, но бросавший ее, к полному удивлению всех, промахнулся и захватил ею только кувшин, который со звоном тут же и разбился.

— Ремиз, — заорал кот, — ура! — И тут он, отставив в сторону примус, выхватил из-за спины браунинг. Он мигом навел его на ближайшего к нему стоящего, но у того раньше, чем кот успел выстрелить, в руке полыхнуло огнем, и вместе с выстрелом из маузера кот шлепнулся вниз головой с каминной полки на пол, уронив браунинг и бросив примус.

— Все кончено, — слабым голосом сказал кот и томно раскинулся в кровавой луже, — отойдите от меня на секунду, дайте мне попрощаться с землей. О мой друг Азазелло! — простонал кот, истекая кровью. — Где ты? — Кот завел угасающие глаза по направлению к двери в столовую. — Ты не пришел ко мне на помощь в момент неравного боя. Ты покинул бедного Бегемота, променяв его на стакан — правда, очень хорошего — коньяку! Ну что же, пусть моя смерть ляжет на твою совесть, а я завещаю тебе мой браунинг...

— Сеть, сеть, сеть, — беспокойно зашептали вокруг кота. Но сеть, черт знает почему, зацепилась у кого-то в кармане и не полезла наружу.

— Единственно, что может спасти смертельно раненного кота, — проговорил кот, — это глоток бензина... — И, воспользовавшись замешательством, он приложился к круглому отверстию в примусе и напился бензину. Тотчас кровь из-под левой лапы перестала струиться. Кот вскочил живой и бодрый, ухватив примус под мышку, сиганул с ним обратно на камин, а оттуда, раздирая обои, полез по стене и через секунды две оказался высоко над вошедшими, сидящим на металлическом карнизе.

Вмиг руки вцепились в гардину и сорвали ее вместе с карнизом, отчего солнце хлынуло в затененную комнату. Но ни жульнически выздоровевший кот, ни примус не упали вниз. Кот, не расставаясь с примусом, ухитрился махнуть по воздуху и вскочить на люстру, висящую в центре комнаты.

— Стремянку! — крикнули снизу.

— Вызываю на дуэль! — проорал кот, пролетая над головами на качающейся люстре, и тут опять в лапах у него оказался браунинг, а примус он пристроил между ветвями люстры. Кот прицелился и, летая, как маятник, над головами пришедших, открыл по ним стрельбу. Грохот потряс квартиру. На пол посыпались хрустальные осколки из люстры, треснуло звездами зеркало на камине, полетела штукатурная пыль, запрыгали по полу отработанные гильзы, полопались стекла в окнах, из простреленного примуса начало брызгать бензином. Теперь уж не могло идти речи о том, чтобы взять кота живым, и пришедшие метко и бешено стреляли ему в ответ из маузеров в голову, в живот, в грудь и в спину. Стрельба вызвала панику на асфальте во дворе.

Но длилась эта стрельба очень недолго и сама собою стала затихать. Дело в том, что ни коту, ни пришедшим она не причинила никакого вреда. Никто не оказался не только убит, но даже ранен; все, в том числе и кот, остались совершенно невредимыми. Кто-то из пришедших, чтобы это окончательно проверить, выпустил штук пять в голову окаянному животному, и кот бойко ответил целой обоймой. И то же самое — никакого впечатления ни на кого это не произвело. Кот покачивался в люстре, размахи которой все уменьшались, дуя зачем-то в дуло браунинга и плюя себе на лапу. У стоящих внизу в молчании на лицах появилось выражение полного недоумения. Это был единственный, или один из единственных, случай, когда стрельба оказывалась совершенно недействительной. Можно было, конечно, допустить, что браунинг кота — какой-нибудь игрушечный, но о маузерах пришедших этого уж никак нельзя было сказать. Первая же рана кота, в чем уж, ясно, не было ни малейшего сомнения, была не чем иным, как фокусом и свинским притворством, равно как и питье бензина.

Сделали еще одну попытку добыть кота. Был брошен аркан, он зацепился за одну из свечей, люстра сорвалась. Удар ее потряс, казалось, весь корпус дома, но толку от этого не получилось. Присутствующих окатило осколками, а кот перелетел по воздуху и уселся высоко под потолком на верхней части золоченой рамы каминного зеркала. Он никуда не собирался удирать и даже, наоборот, сидя в сравнительной безопасности, завел еще одну речь.

— Я совершенно не понимаю, — говорил он сверху, — причин такого резкого обращения со мной...

И тут эту речь в самом начале перебил неизвестно откуда послышавшийся тяжелый низкий голос:

— Что происходит в квартире? Мне мешают заниматься.

Другой, неприятный и гнусавый, голос отозвался:

— Ну конечно, Бегемот, черт его возьми!

Третий, дребезжащий, голос сказал:

— Мессир! Суббота. Солнце склоняется. Нам пора.

— Извините, не могу больше беседовать, — сказал кот с зеркала, — нам пора. — Он швырнул свой браунинг и выбил оба стекла в окне. Затем он плеснул вниз бензином, и этот бензин сам собою вспыхнул, выбросив волну пламени до самого потолка.

Загорелось как-то необыкновенно быстро и сильно, как не бывает даже при бензине. Сейчас же задымились обои, загорелась сорванная гардина на полу и начали тлеть рамы в разбитых окнах. Кот спружинился, мяукнул, перемахнул с зеркала на подоконник и скрылся за ним вместе со своим примусом. Снаружи раздались выстрелы. Человек, сидящий на железной противопожарной лестнице на уровне ювелиршиных окон, обстрелял кота, когда тот перелетал с подоконника на подоконник, направляясь к угловой водосточной трубе дома, построенного, как было сказано, покоем. По этой трубе кот взобрался на крышу. Там его, к сожалению, также безрезультатно обстреляла охрана, стерегущая дымовые трубы, и кот смылся в заходящем солнце, заливавшем город.

В квартире в это время вспыхнул паркет под ногами пришедших, и в огне, на том месте, где валялся с притворной раной кот, показался, все более густея, труп бывшего барона Майгеля с задранным кверху подбородком, со стеклянными глазами. Вытащить его уже не было возможности.

Прыгая по горящим шашкам паркета, хлопая ладонями по дымящимся плечам и груди, бывшие в гостиной отступали в кабинет и переднюю. Те, что были в столовой и спальне, выбежали через коридор. Прибежали и те, что были в кухне, бросились в переднюю. Гостиная уже была полна огнем и дымом. Кто-то на ходу успел набрать телефонный номер пожарной части, коротко крикнуть в трубку:

— Садовая, триста два-бис!

Больше задерживаться было нельзя. Пламя выхлестнуло в переднюю. Дышать стало трудно.

Лишь только из разбитых окон заколдованной квартиры выбило первые струйки дыма, во дворе послышались отчаянные человеческие крики:

— Пожар, пожар, горим!

В разных квартирах дома люди стали кричать в телефоны:

— Садовая! Садовая, триста два-бис!

В то время как на Садовой послышались пугающие сердце колокольные удары на быстро несущихся со всех частей города красных длинных машинах, мечущиеся во дворе люди видели, как вместе с дымом из окна пятого этажа вылетели три темных, как показалось, мужских силуэта и один силуэт обнаженной женщины.

Глава 28

ПОСЛЕДНИЕ ПОХОЖДЕНИЯ КОРОВЬЕВА И БЕГЕМОТА

Были ли эти силуэты или они только померещились пораженным страхом жильцам злосчастного дома на Садовой, конечно, с точностью сказать нельзя. Если они были, куда они непосредственно отправились, также не знает никто. Где они разделились, мы также не можем сказать, но мы знаем, что примерно через четверть часа после начала пожара на Садовой, у зеркальных дверей Торгсина на Смоленском рынке появился длинный гражданин в клетчатом костюме и с ним черный крупный кот.

Ловко извиваясь среди прохожих, гражданин открыл наружную дверь магазина. Но тут маленький, костлявый и крайне недоброжелательный швейцар преградил ему путь и раздраженно сказал:

— С котами нельзя.

— Я извиняюсь, — задребезжал длинный и приложил узловатую руку к уху, как тугоухий, — с котами, вы говорите? А где же вы видите кота?

Швейцар выпучил глаза, и было отчего: никакого кота у ног гражданина уже не оказалось, а из-за плеча его вместо этого уже высовывался и порывался в магазин толстяк в рваной кепке, действительно, немного смахивающий рожей на кота. В руках у толстяка имелся примус.

Эта парочка посетителей почему-то не понравилась швейцару-мизантропу.

— У нас только на валюту, — прохрипел он, раздраженно глядя из-под лохматых, как бы молью изъеденных сивых бровей.

— Дорогой мой, — задребезжал длинный, сверкая глазом из разбитого пенсне, — а откуда ж вам известно, что ее у меня нет? Вы судите по костюму? Никогда не делайте этого, драгоценнейший страж! Вы можете ошибиться, и притом весьма крупно. Перечтите еще раз хотя бы историю знаменитого калифа Гарун-аль-Рашида. Но в данном случае, откидывая эту историю временно в сторону, я хочу сказать вам, что я нажалуюсь на вас заведующему и порасскажу ему о вас таких вещей, что не пришлось бы вам покинуть ваш пост между сверкающими зеркальными дверями.

— У меня, может быть, полный примус валюты, — запальчиво встрял в разговор и котообразный толстяк, так и прущий в магазин. Сзади уже напирала и сердилась публика. С ненавистью и сомнением глядя на диковинную парочку, швейцар посторонился, и наши знакомые, Коровьев и Бегемот, очутились в магазине.

Здесь они первым долгом осмотрелись, и затем звонким голосом, слышным решительно во всех углах, Коровьев объявил:

— Прекрасный магазин! Очень, очень хороший магазин.

Публика от прилавков обернулась и почему-то с изумлением поглядела на говорившего, хотя хвалить магазин у того были все основания.

Сотни штук ситцу богатейших расцветок виднелись в полочных клетках. За ними громоздились миткали и шифоны и сукна фрачные. В перспективу уходили целые штабеля коробок с обувью, и несколько гражданок сидели на низеньких стульчиках, имея правую ногу в старой, потрепанной туфле, а левую — в новой сверкающей лодочке, которой они и топали озабоченно в коврик. Где-то в глубине за углом пели и играли патефоны.

Но, минуя все эти прелести, Коровьев и Бегемот направились прямо к стыку гастрономического и кондитерского отделений. Здесь было очень просторно, гражданки в платочках и беретиках не напирали на прилавки, как в ситцевом отделении.

Низенький, совершенно квадратный человек, бритый до синевы, в роговых очках, в новешенькой шляпе, не измятой и без подтеков на ленте, в сиреневом пальто и лайковых рыжих перчатках, стоял у прилавка и что-то повелительно мычал. Продавец в чистом белом халате и синей шапочке обслуживал сиреневого клиента. Острейшим ножом, очень похожим на нож, украденный Левием Матвеем, он снимал с жирной плачущей розовой лососины ее похожую на змеиную с серебристым отливом шкуру.

— И это отделение великолепно, — торжественно признал Коровьев, — и иностранец симпатичный, — он благожелательно указал пальцем на сиреневую спину.

— Нет, Фагот, нет, — задумчиво ответил Бегемот, — ты, дружочек, ошибаешься. В лице сиреневого джентльмена чего-то не хватает, по-моему.

Сиреневая спина вздрогнула, но, вероятно, случайно, ибо не мог же иностранец понять то, что говорили по-русски Коровьев и его спутник.

— Кароши? — строго спрашивал сиреневый покупатель.

— Мировая, — отвечал продавец, кокетливо ковыряя острием ножа под шкурой.

— Кароши люблю, плохой — нет, — сурово говорил иностранец.

— Как же! — восторженно отвечал продавец.

Тут наши знакомые отошли от иностранца с его лососиной к краю кондитерского прилавка.

— Жарко сегодня, — обратился Коровьев к молоденькой, краснощекой продавщице и не получил от нее никакого ответа на это. — Почем мандарины? — осведомился тогда у нее Коровьев.

— Тридцать копеек кило, — ответила продавщица.

— Все кусается, — вздохнув, заметил Коровьев, — эх, эх. — Он немного еще подумал и пригласил своего спутника: — Кушай, Бегемот.

Толстяк взял свой примус под мышку, овладел верхним мандарином в пирамиде и, тут же со шкурой сожравши его, принялся за второй.

Продавщицу обуял смертельный ужас.

— Вы с ума сошли! — вскричала она, теряя свой румянец. — Чек подавайте! Чек! — и она уронила конфетные щипцы.

— Душенька, милочка, красавица, — засипел Коровьев, переваливаясь через прилавок и подмигивая продавщице, — не при валюте мы сегодня... ну что ты поделаешь! Но, клянусь вам, в следующий же раз, и уж никак не позже понедельника, отдадим все чистоганом. Мы здесь недалеко, на Садовой, где пожар.

Бегемот, проглотив третий мандарин, сунул лапу в хитрое сооружение из шоколадных плиток, выдернул одну нижнюю, отчего, конечно, все рухнуло, и проглотил ее вместе с золотой оберткой.

Продавцы за рыбным прилавком как окаменели со своими ножами в руках, сиреневый иностранец повернулся к грабителям, и тут же обнаружилось, что Бегемот не прав: у сиреневого не не хватало чего-то в лице, а, наоборот, скорее было лишнее — висящие щеки и бегающие глаза.

Совершенно пожелтев, продавщица тоскливо прокричала на весь магазин:

— Палосич! Палосич!

Публика из ситцевого отделения повалила на этот крик, а Бегемот отошел от кондитерских соблазнов и запустил лапу в бочку с надписью «Сельдь керченская отборная», вытащил парочку селедок и проглотил их, выплюнув хвосты.

— Палосич! — повторился отчаянный крик за прилавком кондитерского, а за рыбным прилавком каркнул продавец в эспаньолке:

— Ты что же это делаешь, гад?!

Павел Иосифович уже спешил к месту действия. Это был представительный мужчина в белом чистом халате, как хирург, и с карандашом, торчащим из кармана. Павел Иосифович, видимо, был опытным человеком. Увидев во рту у Бегемота хвост третьей селедки, он вмиг оценил положение, все решительно понял и, не вступая ни в какие пререкания с нахалами, махнул вдаль рукой, скомандовав:

— Свисти!

На угол Смоленского из зеркальных дверей вылетел швейцар и залился зловещим свистом. Публика стала окружать негодяев, и тогда в дело вступил Коровьев.

— Граждане! — вибрирующим тонким голосом прокричал он. — Что же это делается? Ась? Позвольте вас об этом спросить! Бедный человек, — Коровьев подпустил дрожи в свой голос и указал на Бегемота, немедленно скроившего плаксивую физиономию, — бедный человек целый день починяет примуса; он проголодался... а откуда же ему взять валюту?

Павел Иосифович, обычно сдержанный и спокойный, крикнул на это сурово:

— Ты это брось! — и махнул вдаль уже нетерпеливо. Тогда трели у дверей загремели повеселее.

Но Коровьев, не смущаясь выступлением Павла Иосифовича, продолжал:

— Откуда? — задаю я всем вопрос! Он истомлен голодом и жаждой! Ему жарко. Ну, взял на пробу горемыка мандарин. И вся-то цена этому мандарину три копейки. И вот они уже свистят, как соловьи весной в лесу, тревожат милицию, отрывают ее от дела. А ему можно? А? — и тут Коровьев указал на сиреневого толстяка, отчего у того на лице выразилась сильнейшая тревога. —

Кто он такой? А? Откуда он приехал? Зачем? Скучали мы, что ли, без него? Приглашали мы его, что ли? Конечно, — саркастически кривя рот, во весь голос орал бывший регент, — он, видите ли, в парадном сиреневом костюме, от лососины весь распух, он весь набит валютой, а нашему-то, нашему-то?! Горько мне! Горько! Горько! — завыл Коровьев, как шафер на старинной свадьбе.

Вся эта глупейшая, бестактная и, вероятно, политически вредная вещь заставила гневно содрогаться Павла Иосифовича, но, как это ни странно, по глазам столпившейся публики видно было, что в очень многих людях она вызвала сочувствие! А когда Бегемот, приложив грязный продранный рукав к глазу, воскликнул трагически:

— Спасибо, верный друг, заступился за пострадавшего! — произошло чудо. Приличнейший тихий старичок, одетый бедно, но чистенько, старичок, покупавший три миндальных пирожных в кондитерском отделении, вдруг преобразился. Глаза его сверкнули боевым огнем, он побагровел, швырнул кулечек с пирожными на пол и крикнул:

— Правда! — детским тонким голосом. Затем он выхватил поднос, сбросив с него остатки погубленной Бегемотом шоколадной эйфелевой башни, взмахнул им, левой рукой сорвал с иностранца шляпу, а правой с размаху ударил подносом плашмя иностранца по плешивой голове. Прокатился такой звук, какой бывает, когда с грузовика сбрасывают на землю листовое железо. Толстяк, белея, повалился навзничь и сел в кадку с керченской сельдью, выбив из нее фонтан селедочного рассола. Тут же стряслось и второе чудо. Сиреневый, провалившись в кадку, на чистом русском языке, без признаков какого-либо акцента, вскричал:

— Убивают! Милицию! Меня бандиты убивают! — очевидно, вследствие потрясения, внезапно овладев до тех пор неизвестным ему языком.

Тогда прекратился свист швейцара, и в толпах взволнованных покупателей замелькали, приближаясь, два милицейских шлема. Но коварный Бегемот, как из шайки в бане окатывают лавку, окатил из примуса кондитерский прилавок бензином, и он вспыхнул сам собой. Пламя ударило кверху и побежало вдоль прилавка, пожирая красивые бумажные ленты на корзинах с фруктами. Продавщицы с визгом кинулись бежать из-за прилавка, и лишь только они выскочили из-за него, вспыхнули полотняные шторы на окнах и на полу загорелся бензин. Публика, сразу подняв отчаянный крик, шарахнулась из кондитерского назад, смяв более ненужного Павла Иосифовича, а из-за рыбного гуськом со своими отточенными ножами рысью побежали к дверям черного хода продавцы. Сиреневый гражданин, выбравшись из кадки, весь в селедочной жиже, перевалился через семгу на прилавке и последовал за ними. Зазвенели и посыпались стекла в выходных зеркальных дверях, выдавленные спасающимися людьми, и оба негодяя — и Коровьев, и обжора Бегемот — куда-то девались, а куда — нельзя было понять. Потом уж очевидцы, присутствующие при начале пожара в Торгсине на Смоленском, рассказывали, что будто бы оба хулигана взлетели вверх под потолок и там будто бы лопнули оба, как воздушные детские шары. Это, конечно, сомнительно, чтобы дело было именно так, но чего не знаем, того не знаем.

Но знаем, что ровно через минуту после происшествия на Смоленском и Бегемот и Коровьев уже оказались на тротуаре бульвара, как раз у дома грибоедовской тетки. Коровьев остановился у решетки и заговорил:

— Ба! Да ведь это писательский дом. Знаешь, Бегемот, я очень много хорошего и лестного слышал про этот дом. Обрати внимание, мой друг, на этот дом! Приятно думать о том, что под этой крышей скрывается и вызревает целая бездна талантов.

— Как ананасы в оранжереях, — сказал Бегемот и, чтобы получше полюбоваться на кремовый дом с колоннами, влез на бетонное основание чугунной решетки.

— Совершенно верно, — согласился со своим неразлучным спутником Коровьев, — и сладкая жуть подкатывает к сердцу, когда думаешь о том, что в этом доме сейчас поспевает будущий автор «Дон Кихота», или «Фауста», или, черт меня побери, «Мертвых душ»! А?

— Страшно подумать, — подтвердил Бегемот.

— Да, — продолжал Коровьев, — удивительных вещей можно ожидать в парниках этого дома, объединившего под своей кровлей несколько тысяч подвижников, решивших отдать беззаветно свою жизнь на служение Мельпомене, Полигимнии и Талии. Ты представляешь себе, какой поднимется шум, когда кто-нибудь из них для начала преподнесет читающей публике «Ревизора» или, на самый худой конец, «Евгения Онегина»!

— И очень просто, — опять-таки подтвердил Бегемот.

— Да, — продолжал Коровьев и озабоченно поднял палец, — но! Но, говорю я и повторяю это — но! Если на эти нежные тепличные растения не нападет какой-нибудь микроорганизм, не подточит их в корне, если они не загниют! А это бывает с ананасами! Ой-ой-ой, как бывает!

— Кстати, — осведомился Бегемот, просовывая свою круглую голову через дыру в решетке, — что это они делают на веранде?

— Обедают, — объяснил Коровьев, — добавлю к этому, дорогой мой, что здесь очень недурной и недорогой ресторан. А я, между тем, как и всякий турист перед дальнейшим путешествием, испытываю желание закусить и выпить большую ледяную кружку пива.

— И я тоже, — ответил Бегемот, и оба негодяя зашагали по асфальтовой дорожке под липами прямо к веранде не чуявшего беды ресторана.

Бледная и скучающая гражданка в белых носочках и беленьком же беретике с хвостиком сидела на венском стуле у входа на веранду с угла, там, где в зелени трельяжа было устроено входное отверстие. Перед нею на простом кухонном столе лежала толстая конторского типа книга, в которую гражданка, неизвестно для каких причин, записывала входящих в ресторан. Этой именно гражданкой и были остановлены Коровьев и Бегемот.

— Ваши удостоверения? — она с удивлением глядела на пенсне Коровьева, а также и на примус Бегемота, и на разорванный Бегемотов локоть.

— Приношу вам тысячу извинений, какие удостоверения? — спросил Коровьев, удивляясь.

— Вы — писатели? — в свою очередь спросила гражданка.

— Безусловно, — с достоинством ответил Коровьев.

— Ваши удостоверения? — повторила гражданка.

— Прелесть моя... — начал нежно Коровьев.

— Я не прелесть, — перебила его гражданка.

— О, как это жалко, — разочарованно сказал Коровьев и продолжал: — Ну, что ж, если вам не угодно быть прелестью, что было бы весьма приятно, можете не быть ею. Так вот, чтобы убедиться в том, что Достоевский — писатель, неужели же нужно спрашивать у него удостоверение? Да возьмите вы любых пять страниц из любого его романа, и без всякого удостоверения вы убедитесь, что имеете дело с писателем. Да я полагаю, что у него и удостоверения-то никакого не было! Как ты думаешь? — обратился Коровьев к Бегемоту.

— Пари держу, что не было, — ответил тот, ставя примус на стол рядом с книгой и вытирая пот рукою на закопченном лбу.

— Вы — не Достоевский, — сказала гражданка, сбиваемая с толку Коровьевым.

— Ну, почем знать, почем знать, — ответил тот.

— Достоевский умер, — сказала гражданка, но как-то не очень уверенно.

— Протестую! — горячо воскликнул Бегемот. — Достоевский бессмертен!

— Ваши удостоверения, граждане, — сказала гражданка.

— Помилуйте, это, в конце концов, смешно, — не сдавался Коровьев, — вовсе не удостоверением определяется писатель, а тем, что он пишет! Почем вы знаете, какие замыслы роятся в моей голове? Или в этой голове? — и он указал на голову Бегемота, с которой тот тотчас снял кепку как бы для того, чтобы гражданка могла получше осмотреть ее.

— Пропустите, граждане, — уже нервничая, сказала она.

Коровьев и Бегемот посторонились и пропустили какого-то писателя в сером костюме, в летней без галстуха белой рубашке, воротник которой широко лежал на воротнике пиджака, и с газетой под мышкой.

Писатель приветливо кивнул гражданке, на ходу поставил в подставленной ему книге какую-то закорючку и проследовал на веранду.

— Увы, не нам, не нам, — грустно заговорил Коровьев, — а ему достанется эта ледяная кружка пива, о которой мы, бедные скитальцы, так мечтали с тобой, положение наше печально и затруднительно, и я не знаю, как быть.

Бегемот только горько развел руками и надел кепку на круглую голову, поросшую густым волосом, очень похожим на кошачью шерсть. И в этот момент негромкий, но властный голос прозвучал над головой гражданки:

— Пропустите, Софья Павловна.

Гражданка с книгой изумилась; в зелени трельяжа возникла белая фрачная грудь и клинообразная борода флибустьера. Он приветливо глядел на двух сомнительных оборванцев и, даже более того, делал им пригласительные жесты. Авторитет Арчибальда Арчибальдовича был вещью, серьезно ощутимой в ресторане, которым он заведовал, и Софья Павловна покорно спросила у Коровьева:

— Как ваша фамилия?

— Панаев, — вежливо ответил тот. Гражданка записала эту фамилию и подняла вопросительный взор на Бегемота.

— Скабичевский, — пропищал тот, почему-то указывая на свой примус. Софья Павловна записала и это и пододвинула книгу посетителям, чтобы они расписались в ней. Коровьев против фамилии «Панаев» написал «Скабичевский», а Бегемот против «Скабичевский» написал «Панаев».

Арчибальд Арчибальдович, совершенно поражая Софью Павловну, обольстительно улыбаясь, повел гостей к лучшему столику, в противоположном конце веранды, туда, где лежала самая густая тень, к столику, возле которого весело играло солнце в одном из прорезов трельяжной зелени. Софья же Павловна, моргая от изумления, долго изучала странные записи, сделанные неожиданными посетителями в книге.

Официантов Арчибальд Арчибальдович удивил не менее, чем Софью Павловну. Он лично отодвинул стул от столика, приглашая Коровьева сесть, мигнул одному, что-то шепнул другому, и два официанта засуетились возле новых гостей, из которых один свой примус поставил рядом со своим порыжевшим ботинком на пол. Немедленно исчезла со столика старая скатерть в желтых пятнах, в воздухе, хрустя крахмалом, взметнулась белейшая, как бедуинский бурнус, другая, а Арчибальд Арчибальдович уже шептал тихо, но очень выразительно, склоняясь к самому уху Коровьева:

— Чем буду потчевать? Балычок имею особенный... у архитекторского съезда оторвал...

— Вы... э... дайте нам вообще закусочку... э... — промычал Коровьев, раскидываясь на стуле.

— Понимаю, — закрывая глаза, многозначительно ответил Арчибальд Арчибальдович.

Увидев, как обращается с весьма сомнительными посетителями шеф ресторана, официанты оставили всякие сомнения и принялись за дело серьезно. Один уже подносил спичку Бегемоту, вынувшему из кармана окурок и всунувшему его в рот, другой подлетел, звеня зеленым стеклом и выставляя у приборов рюмки, лафитники и тонкостенные бокалы, из которых так хорошо пьется нарзан под тентом... нет, забегая вперед, скажем... пился нарзан под тентом незабвенной грибоедовской веранды.

— Филейчиком из рябчика могу угостить, — музыкально мурлыкал Арчибальд Арчибальдович. Гость в треснувшем пенсне полностью одобрял предложения командира брига и благосклонно глядел на него сквозь бесполезное стеклышко.

Обедающий за соседним столиком беллетрист Петраков-Суховей с супругой, доедающей свиной эскалоп, со свойственной всем писателям наблюдательностью заметил ухаживания Арчибальда Арчибальдовича и очень и очень удивлялся. А супруга его, очень почтенная дама, просто даже приревновала пирата к Коровьеву и даже ложечкой постучала... — и что ж это, дескать, нас задерживают... пора и мороженое подавать! В чем дело?

Однако, послав Петраковой обольстительную улыбку, Арчибальд Арчибальдович направил к ней официанта, а сам не покинул своих дорогих гостей. Ах, умен был Арчибальд Арчибальдович! А уж наблюдателен, пожалуй, не менее, чем и сами писатели. Арчибальд Арчибальдович знал и о сеансе в Варьете, и о многих других происшествиях этих дней, слышал, но, в противоположность другим, мимо ушей не пропустил ни слова «клетчатый», ни слова «кот». Арчибальд Арчибальдович сразу догадался, кто его посетители. А догадавшись, натурально, ссориться с ними не стал. А вот Софья Петровна хороша! Ведь это надо же выдумать — преграждать этим двум путь на веранду! А впрочем, что с нее спрашивать.

Надменно тыча ложечкой в раскисающее сливочное мороженое, Петракова недовольными глазами глядела, как столик перед двумя одетыми какими-то шутами гороховыми как бы по волшебству обрастает яствами. До блеска вымытые салатные листья уже торчали из вазы со свежей икрой... миг, и появилось на специально пододвинутом отдельном столике запотевшее серебряное ведерко...

Лишь убедившись в том, что все сделано по чести, лишь тогда, когда в руках официантов прилетела закрытая сковорода, в которой что-то ворчало, Арчибальд

Арчибальдович позволил себе покинуть двух загадочных посетителей, да и то предварительно шепнув им:

— Извините! На минутку! Лично пригляжу за филейчиками.

Он отлетел от столика и скрылся во внутреннем ходе ресторана. Если бы какой-нибудь наблюдатель мог проследить дальнейшие действия Арчибальда Арчибальдовича, они, несомненно, показались бы ему несколько загадочными.

Шеф отправился вовсе не в кухню наблюдать за филейчиками, а в кладовую ресторана. Он открыл ее своим ключом, закрылся в ней, вынув из ларя со льдом осторожно, чтобы не запачкать манжет, два увесистых балыка, запаковал их в газетную бумагу, аккуратно перевязал веревочкой и отложил в сторону. Затем в соседней комнате проверил, на месте ли его летнее пальто на шелковой подкладке и шляпа, и лишь после этого проследовал в кухню, где повар старательно разделывал обещанные гостям пиратом филейчики.

Нужно сказать, что странного или загадочного во всех действиях Арчибальда Арчибальдовича вовсе не было и странными такие действия мог бы счесть лишь наблюдатель поверхностный. Поступки Арчибальда Арчибальдовича совершенно логически вытекали из всего предыдущего. Знание последних событий, а главным образом — феноменальное чутье Арчибальда Арчибальдовича подсказывали шефу грибоедовского ресторана, что обед его двух посетителей будет хотя и обилен и роскошен, но крайне непродолжителен. И чутье, никогда не обманывающее бывшего флибустьера, не подвело его и на сей раз.

В то время как Коровьев и Бегемот чокались второй рюмкой прекрасной холодной московской двойной очистки водки, появился на веранде потный и взволнованный хроникер Боба Кандалупский, известный в Москве своим поразительным всеведением, и сейчас же подсел к Петраковым. Положив свой разбухший портфель на столик, Боба немедленно всунул свои губы в ухо

Петракову и зашептал в него какие-то очень соблазнительные вещи. Мадам Петракова, изнывая от любопытства, и свое ухо подставила к пухлым маленьким губам Бобы. А тот, изредка воровски оглядываясь, все шептал и шептал, и можно было расслышать отдельные слова, вроде таких:

— Клянусь вам честью! На Садовой, на Садовой, — Боба еще больше снизил голос, — не берут пули! Пули... пули... бензин... пожар... пули...

— Вот этих бы врунов, которые распространяют гадкие слухи, — в негодовании несколько громче, чем хотел бы Боба, загудела контральтовым голосом мадам Петракова, — вот их бы следовало разъяснить! Ну, ничего, так и будет, их приведут в порядок! Какие вредные враки!

— Какие же враки, Антонида Порфирьевна! — воскликнул огорченный неверием супруги писателя Боба и опять засвистел: — Говорю вам, пули не берут... А теперь пожар... Они по воздуху... по воздуху, — Боба шипел, не подозревая того, что те, о ком он рассказывает, сидят рядом с ним, наслаждаясь его свистом.

Впрочем, это наслаждение скоро прекратилось. Из внутреннего хода ресторана на веранду стремительно вышли трое мужчин с туго перетянутыми ремнями талиями, в крагах и с револьверами в руках. Передний крикнул звонко и страшно:

— Ни с места! — И тотчас все трое открыли стрельбу на веранде, целясь в голову Коровьеву и Бегемоту. Оба обстреливаемые сейчас же растаяли в воздухе, а из примуса ударил столб огня прямо в тент. Как бы зияющая пасть с черными краями появилась в тенте и стала расползаться во все стороны. Огонь, проскочив сквозь нее, поднялся до самой крыши грибоедовского дома. Лежащие на окне второго этажа папки с бумагами в комнате редакции вдруг вспыхнули, а за ними схватило штору, и тут огонь, гудя, как будто кто-то его раздувал, столбами пошел внутрь теткиного дома.

Через несколько секунд по асфальтовым дорожкам, ведущим к чугунной решетке бульвара, откуда в среду вечером пришел не понятый никем первый вестник несчастья Иванушка, теперь бежали недообедавшие писатели, официанты, Софья Павловна, Боба, Петракова, Петраков.

Заблаговременно вышедший через боковой ход, никуда не убегая и никуда не спеша, как капитан, который обязан покинуть горящий бриг последним, стоял спокойный Арчибальд Арчибальдович в летнем пальто на шелковой подкладке, с двумя балыковыми бревнами под мышкой.

Глава 29

СУДЬБА МАСТЕРА И МАРГАРИТЫ ОПРЕДЕЛЕНА

На закате солнца высоко над городом на каменной террасе одного из самых красивых зданий в Москве, здания, построенного около полутораста лет назад, находились двое: Воланд и Азазелло. Они не были видны снизу, с улицы, так как их закрывала от ненужных взоров балюстрада с гипсовыми вазами и гипсовыми цветами. Но им город был виден почти до самых краев.

Воланд сидел на складном табурете, одетый в черную свою сутану. Его длинная и широкая шпага была воткнута между двумя рассекшимися плитами террасы вертикально, так что получились солнечные часы. Тень шпаги медленно и неуклонно удлинялась, подползая к черным туфлям на ногах сатаны. Положив острый подбородок на кулак, скорчившись на табурете и поджав одну ногу под себя, Воланд не отрываясь смотрел на необъятное сборище дворцов, гигантских домов и маленьких, обреченных на слом лачуг.

Азазелло, расставшись со своим современным нарядом, то есть пиджаком, котелком, лакированными туфлями, одетый, как и Воланд, в черное, неподвижно стоял невдалеке от своего повелителя, так же как и он не спуская глаз с города.

Воланд заговорил:

— Какой интересный город, не правда ли?

Азазелло шевельнулся и ответил почтительно:

— Мессир, мне больше нравится Рим!

— Да, это дело вкуса, — ответил Воланд.

Через некоторое время опять раздался его голос:

— А отчего этот дым там, на бульваре?

— Это горит Грибоедов, — ответил Азазелло.

— Надо полагать, что это неразлучная парочка, Коровьев и Бегемот, побывала там?

— В этом нет никакого сомнения, мессир.

Опять наступило молчание, и оба находящиеся на террасе глядели, как в окнах, повернутых на запад, в верхних этажах громад зажигалось изломанное ослепительное солнце. Глаз Воланда горел так же, как одно из таких окон, хотя Воланд был спиною к закату.

Но тут что-то заставило Воланда отвернуться от города и обратить свое внимание на круглую башню, которая была у него за спиной на крыше. Из стены ее вышел оборванный, выпачканный в глине мрачный человек в хитоне, в самодельных сандалиях, чернобородый.

— Ба! — воскликнул Воланд, с насмешкой глядя на вошедшего. — Менее всего можно было ожидать тебя здесь! Ты с чем пожаловал, незваный, но предвиденный гость?

— Я к тебе, дух зла и повелитель теней, — ответил вошедший, исподлобья недружелюбно глядя на Воланда.

— Если ты ко мне, то почему же ты не поздоровался со мной, бывший сборщик податей? — заговорил Воланд сурово.

— Потому что я не хочу, чтобы ты здравствовал, — ответил дерзко вошедший.

— Но тебе придется примириться с этим, — возразил Воланд, и усмешка искривила его рот, — не успел ты появиться на крыше, как уже сразу отвесил нелепость, и я тебе скажу, в чем она — в твоих интонациях. Ты произнес свои слова так, как будто ты не признаешь теней, а также и зла. Не будешь ли ты так добр подумать над вопросом: что бы делало твое добро, если бы не существовало зла, и как бы выглядела земля, если бы с нее исчезли тени? Ведь тени получаются от предметов и людей. Вот тень от моей шпаги. Но бывают тени от деревьев и от живых существ. Не хочешь ли ты ободрать весь земной шар, снеся с него прочь все деревья и все живое из-за твоей фантазии наслаждаться голым светом? Ты глуп.

— Я не буду с тобой спорить, старый софист, — ответил Левий Матвей.

— Ты не можешь со мной спорить по той причине, о которой я уже упомянул, — ты глуп, — ответил Воланд и спросил: — Ну, говори кратко, не утомляя меня, зачем появился?

— Он прислал меня.

— Что же он велел передать тебе, раб?

— Я не раб, — все более озлобляясь, ответил Левий Матвей, — я его ученик.

— Мы говорим с тобой на разных языках, как всегда, — отозвался Воланд, — но вещи, о которых мы говорим, от этого не меняются. Итак?..

— Он прочитал сочинение мастера, — заговорил Левий Матвей, — и просит тебя, чтобы ты взял с собою мастера и наградил его покоем. Неужели это трудно тебе сделать, дух зла?

— Мне ничего не трудно сделать, — ответил Воланд, — и тебе это хорошо известно. — Он помолчал и добавил: — А что же вы не берете его к себе, в свет?

— Он не заслужил света, он заслужил покой, — печальным голосом проговорил Левий.

— Передай, что будет сделано, — ответил Воланд и прибавил, причем глаз его вспыхнул: — И покинь меня немедленно.

— Он просит, чтобы ту, которая любила и страдала из-за него, вы взяли бы тоже, — в первый раз моляще обратился Левий к Воланду.

— Без тебя бы мы никак не догадались об этом. Уходи.

Левий Матвей после этого исчез, а Воланд подозвал к себе Азазелло и приказал ему:

— Лети к ним и все устрой.

Азазелло покинул террасу, и Воланд остался один. Но одиночество его не было продолжительным. Послышался на плитах террасы стук шагов и оживленные голоса, и перед Воландом предстали Коровьев и Бегемот. Но теперь примуса при толстяке не было, а нагружен он был другими предметами. Так, под мышкой у него находился небольшой ландшафтик в золотой раме, через руку был перекинут поварской, наполовину обгоревший халат, а в другой руке он держал цельную семгу в шкуре и с хвостом. От Коровьева и Бегемота несло гарью, рожа Бегемота была в саже, а кепка наполовину обгорела.

— Салют, мессир, — прокричала неугомонная парочка, и Бегемот замахал семгой.

— Очень хороши, — сказал Воланд.

— Мессир, вообразите, — закричал возбужденно и радостно Бегемот, — меня за мародера приняли!

— Судя по принесенным тобою предметам, — ответил Воланд, поглядывая на ландшафтик, — ты и есть мародер.

— Верите ли, мессир... — задушевным голосом начал Бегемот.

— Нет, не верю, — коротко ответил Воланд.

— Мессир, клянусь, я делал героические попытки спасти все, что было можно, и вот все, что удалось отстоять.

— Ты лучше скажи, отчего Грибоедов загорелся? — спросил Воланд.

Оба, и Коровьев и Бегемот, развели руками, подняли глаза к небу, а Бегемот вскричал:

— Не постигаю! Сидели мирно, совершенно тихо, закусывали...

— И вдруг — трах, трах! — подхватил Коровьев, — выстрелы! Обезумев от страха, мы с Бегемотом кинулись бежать на бульвар, преследователи за нами, мы кинулись к Тимирязеву!

— Но чувство долга, — вступил Бегемот, — побороло наш постыдный страх, и мы вернулись!

— Ах, вы вернулись? — сказал Воланд. — Ну, конечно, тогда здание сгорело дотла.

— Дотла! — горестно подтвердил Коровьев. — То есть буквально, мессир, дотла, как вы изволили метко выразиться. Одни головешки!

— Я устремился, — рассказывал Бегемот, — в зал заседаний, — это который с колоннами, мессир, — рассчитывая вытащить что-нибудь ценное. Ах, мессир, моя жена, если б только она у меня была, двадцать раз рисковала остаться вдовой! Но по счастью, мессир, я не женат, и скажу вам прямо — счастлив, что не женат. Ах, мессир, можно ли променять холостую свободу на тягостное ярмо!

— Опять началась какая-то чушь, — заметил Воланд.

— Слушаю и продолжаю, — ответил кот, — да-с, вот ландшафтик. Более ничего невозможно было унести из зала, пламя ударило мне в лицо. Я побежал в кладовку, спас семгу. Я побежал в кухню, спас халат. Я считаю, мессир, что я сделал все, что мог, и не понимаю, чем объясняется скептическое выражение на вашем лице.

— А что делал Коровьев в то время, когда ты мародерствовал? — спросил Воланд.

— Я помогал пожарным, мессир, — ответил Коровьев, указывая на разорванные брюки.

— Ах, если так, то, конечно, придется строить новое здание.

— Оно будет построено, мессир, — отозвался Коровьев, — смею уверить вас в этом.

— Ну, что ж, остается пожелать, чтобы оно было лучше прежнего, — заметил Воланд.

— Так и будет, мессир, — сказал Коровьев.

— Уж вы мне верьте, — добавил кот, — я форменный пророк.

— Во всяком случае, мы явились, мессир, — докладывал Коровьев, — и ждем ваших распоряжений.

Воланд поднялся со своего табурета, подошел к балюстраде и долго молча, один, повернувшись спиной к своей свите, глядел вдаль. Потом он отошел от края, опять опустился на свой табурет и сказал:

— Распоряжений никаких не будет — вы исполнили все, что могли, и более в ваших услугах я пока не нуждаюсь. Можете отдыхать. Сейчас придет гроза, последняя гроза, она довершит все, что нужно довершить, и мы тронемся в путь.

— Очень хорошо, мессир, — ответили оба гаера и скрылись где-то за круглой центральной башней, расположенной в середине террасы.

Гроза, о которой говорил Воланд, уже скоплялась на горизонте. Черная туча поднялась на западе и до половины отрезала солнце. Потом она накрыла его целиком. На террасе посвежело. Еще через некоторое время стало темно.

Эта тьма, пришедшая с запада, накрыла громадный город. Исчезли мосты, дворцы. Все пропало, как будто этого никогда не было на свете. Через все небо пробежала одна огненная нитка. Потом город потряс удар. Он повторился, и началась гроза. Воланд перестал быть видим в ее мгле.

Глава 30

ПОРА! ПОРА!

— Ты знаешь, — говорила Маргарита, — как раз, когда ты заснул вчера ночью, я читала про тьму, которая пришла со Средиземного моря... и эти идолы, ах, золотые идолы. Они почему-то мне все время не дают покоя. Мне кажется, что и сейчас будет дождь. Ты чувствуешь, как свежеет?

— Все это хорошо и мило, — отвечал мастер, куря и разбивая рукой дым, — и эти идолы, бог с ними... но что дальше получится, уж решительно непонятно!

Разговор этот шел на закате солнца, как раз тогда, когда к Воланду явился Левий Матвей на террасе. Окошко подвала было открыто, и если бы кто-нибудь заглянул в него, он удивился бы тому, насколько странно выглядят разговаривающие. На Маргарите прямо на голое тело был накинут черный плащ, а мастер был в своем больничном белье. Происходило это оттого, что Маргарите решительно нечего было надеть, так как все ее вещи остались в особняке, и хоть этот особняк был очень недалеко, конечно, нечего было и толковать о том, чтобы пойти туда и взять там свои вещи. А мастер, у которого все костюмы нашли в шкафу, как будто мастер никуда и не уезжал, просто не желал одеваться, развивая перед Маргаритой ту мысль, что вот-вот начнется какая-то совершеннейшая чепуха. Правда, он был выбрит впервые, считая с той осенней ночи (в клинике бородку ему подстригали машинкой).

Комната также имела странный вид, и что-нибудь понять в хаосе ее было очень трудно. На ковре лежали рукописи, они же были и на диване. Валялась какая-то книжка горбом в кресле. А на круглом столе был накрыт обед, и среди закусок стояло несколько бутылок. Откуда взялись все эти яства и напитки, было неизвестно и Маргарите и мастеру. Проснувшись, они все это застали уже на столе.

Проспав до субботнего заката, и мастер, и его подруга чувствовали себя совершенно окрепшими, и только одно давало знать о вчерашних приключениях. У обоих немного ныл левый висок. Со стороны же психики изменения в обоих произошли очень большие, как убедился бы всякий, кто мог бы подслушать разговор в подвальной квартире. Но подслушивать было решительно некому. Дворик-то этот тем был и хорош, что всегда был пуст. С каждым днем все сильнее зеленеющие липы и ветла за окном источали весенний запах, и начинающийся ветерок заносил его в подвал.

— Фу ты черт! — неожиданно воскликнул мастер. — Ведь это, подумать только, — он затушил окурок в пепельнице и сжал голову руками, — нет, послушай, ты же умный человек и сумасшедшей никогда не была. Ты серьезно уверена в том, что мы вчера были у сатаны?

— Совершенно серьезно, — ответила Маргарита.

— Конечно, конечно, — иронически сказал мастер, — теперь, стало быть, налицо вместо одного сумасшедшего двое! И муж и жена. — Он воздел руки к небу и закончил: — Нет, это черт знает что такое, черт, черт, черт!

Вместо ответа Маргарита обрушилась на диван, захохотала, заболтала босыми ногами и потом уж вскричала:

— Ой, не могу! Ой, не могу! Ты посмотри только, на что ты похож!

Отхохотавшись, пока мастер стыдливо поддергивал больничные кальсоны, Маргарита стала серьезной.

— Ты сейчас невольно сказал правду, — заговорила она, — черт знает что такое, и черт, поверь мне, все устроит! — Глаза ее вдруг загорелись, она вскочила, затанцевала на месте и стала вскрикивать: — Как я счастлива, как я счастлива, как я счастлива, что вступила с ним в сделку! О, дьявол, дьявол! Придется вам, мой милый, жить с ведьмой. — После этого она кинулась к мастеру, обхватила его шею и стала его целовать в губы, в нос, в щеки. Вихры неприглаженных черных волос прыгали на мастере, и щеки и лоб его разгорались под поцелуями.

— А ты действительно стала похожа на ведьму.

— А я этого и не отрицаю, — ответила Маргарита, — я ведьма и очень этим довольна!

— Ну, хорошо, — говорил мастер, — ведьма так ведьма. Очень славно и роскошно! Меня, стало быть, похитили из лечебницы... Тоже очень мило! Вернули сюда, допустим и это... Предположим даже, что нас не хватятся... Но скажи ты мне ради всего святого, чем и как мы будем жить? Говоря это, я забочусь о тебе, поверь мне!

В этот момент в оконце показались тупоносые ботинки и нижняя часть брюк в жилочку. Затем эти брюки согнулись в колене, и дневной свет заслонил чей-то увесистый зад.

— Алоизий, ты дома? — спросил голос где-то вверху над брюками, за окном.

— Вот, начинается, — сказал мастер.

— Алоизий? — спросила Маргарита, подходя ближе к окну. — Его арестовали вчера. А кто его спрашивает? Как ваша фамилия?

В то же мгновение колени и зад пропали, и слышно было, как стукнула калитка, после чего все пришло в норму. Маргарита повалилась на диван и захохотала так, что слезы покатились у нее из глаз. Но когда она утихла, лицо ее сильнейшим образом изменилось, она заговорила серьезно и, говоря, сползла с дивана, подползла к коленям мастера и, глядя ему в глаза, стала гладить голову.

— Как ты страдал, как ты страдал, мой бедный! Об этом знаю только я одна. Смотри, у тебя седые нитки в голове и вечная складка у губ. Мой единственный, мой милый, не думай ни о чем. Тебе слишком много пришлось думать, и теперь буду думать я за тебя! И я ручаюсь тебе, ручаюсь, что все будет ослепительно хорошо.

— Я ничего и не боюсь, Марго, — вдруг ответил ей мастер и поднял голову и показался ей таким, каким был, когда сочинял то, чего никогда не видал, но о чем наверно знал, что оно было, — и не боюсь, потому что я все уже испытал. Меня слишком пугали и ничем более напугать не могут. Но мне жалко тебя, Марго, вот в чем фокус, вот почему я и твержу об одном и том же. Опомнись! Зачем тебе ломать свою жизнь с больным и нищим? Вернись к себе! Жалею тебя, потому это и говорю.

— Ах, ты, ты, — качая растрепанной головой, шептала Маргарита, — ах, ты, маловерный, несчастный человек. Я из-за тебя всю ночь вчера тряслась нагая, я потеряла свою природу и заменила ее новой, несколько месяцев я сидела в темной каморке и думала только про одно — про грозу над Ершалаимом, я выплакала все глаза, а теперь, когда обрушилось счастье, ты меня гонишь? Ну что ж, я уйду, я уйду, но знай, что ты жестокий человек! Они опустошили тебе душу!

Горькая нежность поднялась к сердцу мастера, и, неизвестно почему, он заплакал, уткнувшись в волосы Маргариты. Та, плача, шептала ему, и пальцы ее прыгали на висках мастера.

— Да, нити, нити... на моих глазах покрывается снегом голова... ах, моя, моя много страдавшая голова! Смотри, какие у тебя глаза! В них пустыня... А плечи, плечи с бременем... Искалечили, искалечили... — Речь Маргариты становилась бессвязной, Маргарита содрогалась от плача.

Тогда мастер вытер глаза, поднял с колен Маргариту, встал и сам и твердо сказал:

— Довольно! Ты меня пристыдила. Я никогда больше не допущу малодушия и не вернусь к этому вопросу, будь покойна. Я знаю, что мы оба жертвы своей душевной болезни, которую, быть может, я передал тебе... Ну что же, вместе и понесем ее.

Маргарита приблизила губы к уху мастера и прошептала:

— Клянусь тебе твоею жизнью, клянусь угаданным тобою сыном звездочета, все будет хорошо.

— Ну и ладно, ладно, — отозвался мастер и, засмеявшись, добавил: — Конечно, когда люди совершенно ограблены, как мы с тобой, они ищут спасения у потусторонней силы! Ну, что ж, согласен искать там.

— Ну вот, ну вот, теперь ты прежний, ты смеешься, — отвечала Маргарита, — и ну тебя к черту с твоими учеными словами. Потустороннее или не потустороннее — не все ли это равно? Я хочу есть. — И она потащила за руку мастера к столу.

— Я не уверен, что эта еда не провалится сейчас сквозь землю или не улетит в окно, — говорил тот, совершенно успокоившись.

— Она не улетит!

И в этот самый момент в оконце послышался носовой голос:

— Мир вам.

Мастер вздрогнул, а привыкшая уже к необыкновенному Маргарита вскочила:

— Да это Азазелло! Ах, как это мило, как это хорошо! — и, шепнув мастеру: — Вот видишь, видишь, нас не оставляют! — бросилась открывать.

— Ты хоть запахнись, — крикнул ей вслед мастер.

— Плевала я на это, — ответила Маргарита уже из коридорчика.

И вот уж Азазелло раскланивался, здоровался с мастером, сверкал ему своим кривым глазом, а Маргарита восклицала:

— Ах, как я рада! Я никогда не была так рада в жизни! Но простите, Азазелло, что я голая!

Азазелло просил не беспокоиться, уверял, что он видел не только голых женщин, но даже женщин с начисто содранной кожей, охотно подсел к столу, предварительно поставив в угол у печки какой-то сверток в темной парче.

Маргарита налила Азазелло коньяку, и он охотно выпил его. Мастер, не спуская с него глаз, изредка под столом тихонько щипал себе кисть левой руки. Но щипки эти не помогали. Азазелло не растворился в воздухе, да, сказать по правде, в этом не было никакой надобности. Ничего страшного в рыжеватом маленького роста человеке не было, разве что вот глаз с бельмом, но ведь это бывает и без всякого колдовства, разве что одежда не совсем обыкновенная — какая-то ряса или плащ, — опять-таки, если строго вдуматься, и это попадается. Коньяк он тоже ловко пил, как и все добрые люди, целыми стопками и не закусывая. От этого самого коньяку у мастера зашумело в голове, и он стал думать:

«Нет, Маргарита права! Конечно, передо мною сидит посланник дьявола. Ведь я же сам не далее как ночью позавчера доказывал Ивану о том, что тот встретил на Патриарших именно сатану, а теперь почему-то испугался этой мысли и начал что-то болтать о гипнотизерах и галлюцинациях. Какие тут к черту гипнотизеры!»

Он стал присматриваться к Азазелло и убедился в том, что в глазах у того виднеется что-то принужденное, какая-то мысль, которую тот до поры до времени не выкладывает. «Он не просто с визитом, а появился он с каким-то поручением», — думал мастер.

Наблюдательность его ему не изменила.

Выпив третью стопку коньяку, который на Азазелло не производил никакого действия, визитер заговорил так:

— А уютный подвальчик, черт меня возьми! Один только вопрос возникает, чего в нем делать, в этом подвальчике?

— Про то же самое я и говорю, — засмеявшись, ответил мастер.

— Зачем вы меня тревожите, Азазелло? — спросила Маргарита. — Как-нибудь!

— Что вы, что вы, — вскричал Азазелло, — я и в мыслях не имел вас тревожить. Я и сам говорю — как-нибудь. Да! Чуть было не забыл, мессир передавал вам привет, а также велел сказать, что приглашает вас сделать с ним небольшую прогулку, если, конечно, вы пожелаете. Так что ж вы на это скажете?

Маргарита под столом толкнула ногою мастера.

— С большим удовольствием, — ответил мастер, изучая Азазелло, а тот продолжал:

— Мы надеемся, что и Маргарита Николаевна не откажется от этого?

— Я-то уж наверное не откажусь, — сказала Маргарита, и опять нога проехалась по ноге мастера.

— Чудеснейшая вещь! — воскликнул Азазелло. — Вот это я люблю! Раз-два и готово! Не то что тогда в Александровском саду.

— Ах, не напоминайте мне, Азазелло! Я была глупа тогда. Да, впрочем, меня и нельзя строго винить за это — ведь не каждый день встречаешься с нечистой силой!

— Еще бы, — подтверждал Азазелло, — если б каждый день, это было бы приятно!

— Мне и самой нравится быстрота, — говорила Маргарита возбужденно, — нравится быстрота и нагота. Как из маузера — раз! Ах, как он стреляет, — вскричала Маргарита, обращаясь к мастеру, — семерка под подушкой, и любое очко! — Маргарита начинала пьянеть, отчего глаза у нее разгорелись.

— И опять-таки забыл, — прокричал Азазелло, хлопнув себя по лбу, — совсем замотался. Ведь мессир прислал вам подарок, — тут он отнесся именно к мастеру, — бутылку вина. Прошу заметить, это то самое вино, которое пил прокуратор Иудеи. Фалернское вино.

Вполне естественно, что такая редкость вызвала большое внимание и Маргариты, и мастера. Азазелло извлек из куска темной гробовой парчи совершенно заплесневевший кувшин. Вино нюхали, налили в стаканы, глядели сквозь него на исчезающий перед грозою свет в окне. Видели, как все окрашивается в цвет крови.

— Здоровье Воланда! — воскликнула Маргарита, поднимая свой стакан.

Все трое приложились к стаканам и сделали по большому глотку. Тотчас предгрозовой свет начал гаснуть в глазах у мастера, дыхание его перехватило, он почувствовал, что настает конец. Он еще видел, как смертельно побледневшая Маргарита, беспомощно простирая к нему руки, роняет голову на стол, а потом сползает на пол.

— Отравитель, — успел еще крикнуть мастер. Он хотел схватить нож со стола, чтобы ударить Азазелло им, но рука его беспомощно соскользнула со скатерти, все окружавшее мастера в подвале окрасилось в черный цвет, а потом и вовсе пропало. Он упал навзничь и, падая, рассек себе кожу на виске об угол доски бюро.

Когда отравленные затихли, Азазелло начал действовать. Первым долгом он бросился в окно и через несколько мгновений был в особняке, в котором жила Маргарита Николаевна. Всегда точный и аккуратный Азазелло хотел проверить, все ли исполнено, как нужно. И все оказалось в полном порядке. Азазелло видел, как мрачная, дожидающаяся возвращения мужа женщина вышла из своей спальни, внезапно побледнела, схватилась за сердце и, крикнув беспомощно:

— Наташа! Кто-нибудь... ко мне! — упала на пол в гостиной, не дойдя до кабинета.

— Все в порядке, — сказал Азазелло. Через мгновение он был подле поверженных любовников. Маргарита лежала, уткнувшись лицом в коврик. Своими железными руками Азазелло повернул ее, как куклу, лицом к себе и вгляделся в нее. На его глазах лицо отравленной менялось. Даже в наступавших грозовых сумерках видно было, как исчезало ее временное ведьмино косоглазие и жестокость и буйность черт. Лицо покойной посветлело и, наконец, смягчилось, и оскал ее стал не хищным, а просто женственным страдальческим оскалом. Тогда Азазелло разжал ее белые зубы и влил в рот несколько капель того самого вина, которым ее и отравил. Маргарита вздохнула, стала подниматься без помощи Азазелло, села и слабо спросила:

— За что, Азазелло, за что? Что вы сделали со мною?

Она увидела лежащего мастера, содрогнулась и прошептала:

— Этого я не ожидала... убийца!

— Да нет же, нет, — ответил Азазелло, — сейчас он встанет. Ах, зачем вы так нервны!

Маргарита поверила ему сразу, настолько убедителен был голос рыжего демона. Маргарита вскочила, сильная и живая, и помогла напоить лежащего вином. Открыв глаза, тот глянул мрачно и с ненавистью повторил свое последнее слово:

— Отравитель...

— Ах! Оскорбление является обычной наградой за хорошую работу, — ответил Азазелло, — неужели вы слепы? Но прозрейте же скорей.

Тут мастер поднялся, огляделся взором живым и светлым и спросил:

— Что же означает это новое?

— Оно означает, — ответил Азазелло, — что вам пора. Уже гремит гроза, вы слышите? Темнеет. Кони роют землю, содрогается маленький сад. Прощайтесь с подвалом, прощайтесь скорее.

— А, понимаю, — сказал мастер, озираясь, — вы нас убили, мы мертвы. Ах, как это умно! Как это вовремя! Теперь я понял все.

— Ах, помилуйте, — ответил Азазелло, — вас ли я слышу? Ведь ваша подруга называет вас мастером, ведь вы мыслите, как же вы можете быть мертвы? Разве для того, чтобы считать себя живым, нужно непременно сидеть в подвале, имея на себе рубашку и больничные кальсоны? Это смешно!

— Я понял все, что вы говорили, — вскричал мастер, — не продолжайте! Вы тысячу раз правы.

— Великий Воланд! — стала вторить ему Маргарита. — Великий Воланд! Он выдумал гораздо лучше, чем я. Но только роман, роман, — кричала она мастеру, — роман возьми с собою, куда бы ты ни летел.

— Не надо, — ответил мастер, — я помню его наизусть.

— Но ты ни слова... ни слова из него не забудешь? — спрашивала Маргарита, прижимаясь к любовнику и вытирая кровь на его рассеченном виске.

— Не беспокойся! Я теперь ничего и никогда не забуду, — ответил тот.

— Тогда огонь! — вскричал Азазелло. — Огонь, с которого все началось и которым мы все заканчиваем.

— Огонь! — страшно прокричала Маргарита. Оконце в подвале хлопнуло, ветром сбило штору на сторону. В небе прогремело весело и коротко. Азазелло сунул руку с когтями в печку, вытащил дымящуюся головню и поджег скатерть на столе. Потом поджег пачку старых газет на диване, а за нею рукопись и занавеску на окне. Мастер, уже опьяненный будущей скачкой, выбросил с полки какую-то книгу на стол, вспушил ее листы в горящей скатерти, и книга вспыхнула веселым огнем.

— Гори, гори, прежняя жизнь!

— Гори, страдание! — кричала Маргарита.

Комната уже колыхалась в багровых столбах, и вместе с дымом выбежали через двери трое, поднялись по каменной лестнице вверх и оказались во дворике. Первое, что они увидели там, это сидящую на земле кухарку застройщика; возле нее валялся рассыпавшийся картофель и несколько пучков луку. Состояние кухарки было понятно. Трое черных коней храпели у сарая, вздрагивали, взрывали фонтанами землю. Маргарита вскочила первая, за нею Азазелло, последним мастер. Кухарка, простонав, хотела поднять руку для крестного знамения, но Азазелло грозно закричал с седла:

— Отрежу руку! — Он свистнул, и кони, ломая ветви лип, взвились и вонзились в низкую черную тучу. Тотчас из окошечка повалил дым. Снизу донесся слабый, жалкий крик кухарки:

— Горим!..

Кони уже неслись над крышами Москвы.

— Я хочу попрощаться с городом, — прокричал мастер Азазелло, который скакал впереди. Гром съел окончание фразы мастера. Азазелло кивнул головою и пустил своего коня галопом. Навстречу летящим стремительно летела туча, но еще не брызгала дождем. Они летели над бульваром, видели, как фигурки людей разбегаются, прячась от дождя. Падали первые капли. Они пролетели над дымом — всем, что осталось от Грибоедова. Они пролетели над городом, который уже заливала темнота. Над ними вспыхивали молнии. Потом крыши сменились зеленью. Тогда только хлынул дождь и превратил летящих в три огромных пузыря в воде.

Маргарите уже было знакомо ощущение полета, а мастеру — нет, и он подивился тому, как быстро они оказались у цели, у того, с кем он хотел попрощаться, потому что больше ему не с кем было прощаться. Он узнал сразу в пелене дождя здание клиники Стравинского, реку и очень хорошо изученный им бор на другом берегу. Они снизились в роще на поляне, недалеко от клиники.

— Я подожду вас здесь, — прокричал Азазелло, сложив руки щитком, то освещаясь молниями, то пропадая в серой пелене, — прощайтесь, но скорее.

Мастер и Маргарита соскочили с седел и полетели, мелькая, как водяные тени, через клинический сад. Еще через мгновение мастер привычной рукой отодвинул балконную решетку в комнате № 117-й. Маргарита следовала за ним. Они вошли к Иванушке, невидимые и незамеченные, во время грохота и воя грозы. Мастер остановился возле кровати.

Иванушка лежал неподвижно, как и тогда, когда в первый раз наблюдал грозу в доме своего отдохновения. Но он не плакал, как в тот раз. Когда он всмотрелся как следует в темный силуэт, ворвавшийся к нему с балкона, он приподнялся, протянул руки и сказал радостно:

— А, это вы! А я все жду, жду вас. Вот и вы, мой сосед.

На это мастер ответил:

— Я здесь! Но вашим соседом я, к сожалению, больше быть не могу. Я улетаю навсегда и пришел к вам лишь с тем, чтобы попрощаться.

— Я это знал, я догадался, — тихо ответил Иван и спросил: — Вы встретили его?

— Да, — сказал мастер, — я пришел попрощаться с вами, потому что вы были единственным человеком, с которым я говорил в последнее время.

Иванушка посветлел и сказал:

— Это хорошо, что вы сюда залетели. Я ведь слово свое сдержу, стишков больше писать не буду. Меня другое теперь интересует, — Иванушка улыбнулся и безумными глазами поглядел куда-то мимо мастера, — я другое хочу написать. Я тут пока лежал, знаете ли, очень многое понял.

Мастер взволновался от этих слов и заговорил, присаживаясь на край Иванушкиной постели:

— А вот это хорошо, это хорошо. Вы о нем продолжение напишите!

Иванушкины глаза вспыхнули.

— А вы сами не будете разве? — Тут он поник головой и задумчиво добавил: — Ах да... что же это я спрашиваю, — Иванушка покосился в пол, посмотрел испуганно.

— Да, — сказал мастер, и голос его показался Иванушке незнакомым и глухим, — я уже больше не буду писать о нем. Я буду занят другим.

Шум грозы прорезал дальний свист.

— Вы слышите? — спросил мастер.

— Шумит гроза...

— Нет, это меня зовут, мне пора, — пояснил мастер и поднялся с постели.

— Постойте! Еще одно слово, — попросил Иван, — а вы ее нашли? Она вам осталась верна?

— Вот она, — ответил мастер и указал на стену.

От белой стены отделилась темная Маргарита и подошла к постели. Она смотрела на лежащего юношу, и в глазах ее читалась скорбь.

— Бедный, бедный, — беззвучно зашептала Маргарита и наклонилась к постели.

— Какая красивая, — без зависти, но с грустью и с каким-то тихим умилением проговорил Иван, — вишь ты, как у вас все хорошо вышло. А вот у меня не так. — Тут он подумал и задумчиво прибавил: — А впрочем, может быть, и так...

— Так, так, — прошептала Маргарита и совсем склонилась к лежащему, — вот я вас поцелую в лоб, и все у вас будет так, как надо... в этом вы уж мне поверьте, я все уже видела, все знаю.

Лежащий юноша охватил ее шею руками, и она поцеловала его.

— Прощай, ученик, — чуть слышно сказал мастер и стал таять в воздухе. Он исчез, с ним вместе исчезла и Маргарита. Балконная решетка закрылась.

Иванушка впал в беспокойство. Он сел на постели, оглянулся тревожно, даже простонал, заговорил сам с собой, поднялся. Гроза бушевала все сильнее и, видимо, растревожила его душу. Волновало его также то, что за дверью он своим, уже привыкшим к постоянной тишине, слухом уловил беспокойные шаги, глухие голоса за дверью. Он позвал, нервничая уже и вздрагивая:

— Прасковья Федоровна!

Прасковья Федоровна уже входила в комнату, вопросительно и тревожно глядя на Иванушку.

— Что? Что такое? — спрашивала она. — Гроза волнует? Ну, ничего, ничего... Сейчас вам поможем. Сейчас я доктора позову.

— Нет, Прасковья Федоровна, не надо доктора звать, — сказал Иванушка, беспокойно глядя не на Прасковью Федоровну, а в стену, — со мною ничего особенного такого нет. Я уж разбираюсь теперь, вы не бойтесь. А вы мне лучше скажите, — задушевно попросил Иван, — а что рядом, в сто восемнадцатой комнате сейчас случилось?

— В восемнадцатой? — переспросила Прасковья Федоровна, и глаза ее забегали. — А ничего там не случилось. — Но голос ее был фальшив, Иванушка тотчас это заметил и сказал:

— Э, Прасковья Федоровна! Вы такой человек правдивый... Вы думаете, я бушевать стану? Нет, Прасковья Федоровна, этого не будет. А вы лучше прямо говорите. Я ведь через стену все чувствую.

— Скончался сосед ваш сейчас, — прошептала Прасковья Федоровна, не будучи в силах преодолеть свою правдивость и доброту, и испуганно поглядела на Иванушку, вся одевшись светом молнии. Но с Иванушкой ничего не произошло страшного. Он только многозначительно поднял палец и сказал:

— Я так и знал! Я уверяю вас, Прасковья Федоровна, что сейчас в городе еще скончался один человек. Я даже знаю кто, — тут Иванушка таинственно улыбнулся, — это женщина.

Глава 31

НА ВОРОБЬЕВЫХ ГОРАХ

Грозу унесло без следа, и аркой, перекинувшись через всю Москву, стояла в небе разноцветная радуга, пила воду из Москвы-реки. На высоте, на холме, между двумя рощами виднелись три темных силуэта. Воланд, Коровьев и Бегемот сидели на черных конях в седлах, глядя на раскинувшийся за рекою город с ломаным солнцем, сверкающим в тысячах окон, обращенных на запад, на пряничные башни Девичьего монастыря.

В воздухе зашумело, и Азазелло, у которого в черном хвосте его плаща летели мастер и Маргарита, опустился вместе с ними возле группы дожидающихся.

— Пришлось вас побеспокоить, Маргарита Николаевна и мастер, — заговорил Воланд после некоторого молчания, — но вы не будьте на меня в претензии. Не думаю, чтоб вы об этом пожалели. Ну, что же, — обратился он к одному мастеру, — попрощайтесь с городом. Нам пора, — Воланд указал рукою в черной перчатке с раструбом туда, где бесчисленные солнца плавили стекло за рекою, где над этими солнцами стоял туман, дым, пар раскаленного за день города.

Мастер выбросился из седла, покинул сидящих и побежал к обрыву холма. Черный плащ тащился за ним по земле. Мастер стал смотреть на город. В первые мгновения к сердцу подкралась щемящая грусть, но очень быстро она сменилась сладковатой тревогой, бродячим цыганским волнением.

— Навсегда! Это надо осмыслить, — прошептал мастер и лизнул сухие, растрескавшиеся губы. Он стал прислушиваться и точно отмечать все, что происходит в его душе. Его волнение перешло, как ему показалось, в чувство глубокой и кровной обиды. Но та была нестойкой, пропала и почему-то сменилась горделивым равнодушием, а оно — предчувствием постоянного покоя.

Группа всадников дожидалась мастера молча. Группа всадников смотрела, как черная длинная фигура на краю обрыва жестикулирует, то поднимает голову, как бы стараясь перебросить взгляд через весь город, заглянуть за его края, то вешает голову, как будто изучая истоптанную чахлую траву под ногами.

Прервал молчание соскучившийся Бегемот.

— Разрешите мне, мэтр, — заговорил он, — свистнуть перед скачкой на прощание.

— Ты можешь испугать даму, — ответил Воланд, — и, кроме того, не забудь, что все твои сегодняшние безобразия уже закончились.

— Ах нет, нет, мессир, — отозвалась Маргарита, сидящая в седле, как амазонка, подбоченившись и свесив до земли острый шлейф, — разрешите ему, пусть он свистнет. Меня охватила грусть перед дальней дорогой. Не правда ли, мессир, она вполне естественна, даже тогда, когда человек знает, что в конце этой дороги ждет счастье? Пусть посмешит он нас, а то я боюсь, что это кончится слезами, и все будет испорчено перед дорогой!

Воланд кивнул Бегемоту, тот очень оживился, соскочил с седла наземь, вложил пальцы в рот, надул щеки и свистнул. У Маргариты зазвенело в ушах. Конь ее взбросился на дыбы, в роще посыпались сухие сучья с деревьев, взлетела целая стая ворон и воробьев, столб пыли понесло к реке, и видно было, как в речном трамвае, проходившем мимо пристани, снесло у пассажиров несколько кепок в воду. Мастер вздрогнул от свиста, но не обернулся, а стал жестикулировать еще беспокойнее, поднимая руку к небу, как бы грозя городу. Бегемот горделиво огляделся.

— Свистнуто, не спорю, — снисходительно заметил Коровьев, — действительно свистнуто, но, если говорить беспристрастно, свистнуто очень средне!

— Я ведь не регент, — с достоинством и надувшись ответил Бегемот и неожиданно подмигнул Маргарите.

— А дай-кось я попробую по старой памяти, — сказал Коровьев, потер руки, подул на пальцы.

— Но ты смотри, смотри, — послышался суровый голос Воланда с коня, — без членовредительских штук!

— Мессир, поверьте, — отозвался Коровьев и приложил руку к сердцу, — пошутить, исключительно пошутить... — Тут он вдруг вытянулся вверх, как будто был резиновый, из пальцев правой руки устроил какую-то хитрую фигуру, завился, как винт, и затем, внезапно раскрутившись, свистнул.

Этого свиста Маргарита не услыхала, но она его увидела в то время, как ее вместе с горячим конем бросило саженей на десять в сторону. Рядом с нею с корнем вырвало дубовое дерево, и земля покрылась трещинами до самой реки. Огромный пласт берега, вместе с пристанью и рестораном, высадило в реку. Вода в ней вскипела, взметнулась, и на противоположный берег, зеленый и низменный, выплеснуло целый речной трамвай с совершенно невредимыми пассажирами. К ногам храпящего коня Маргариты швырнуло убитую свистом Фагота галку. Мастера вспугнул этот свист. Он ухватился за голову и побежал обратно к группе дожидавшихся его спутников.

— Ну что же, — обратился к нему Воланд с высоты своего коня, — все счета оплачены? Прощание совершилось?

— Да, совершилось, — ответил мастер и, успокоившись, поглядел в лицо Воланду прямо и смело.

И тогда над горами прокатился, как трубный голос, страшный голос Воланда:

— Пора!! — и резкий свист и хохот Бегемота.

Кони рванулись, и всадники поднялись вверх и поскакали. Маргарита чувствовала, как ее бешеный конь грызет и тянет мундштук. Плащ Воланда вздуло над головами всей кавалькады, этим плащом начало закрывать вечереющий небосвод. Когда на мгновение черный покров отнесло в сторону, Маргарита на скаку обернулась и увидела, что сзади нет не только разноцветных башен с разворачивающимся над ними аэропланом, но нет уже давно и самого города, который ушел в землю и оставил по себе только туман.

Глава 32

ПРОЩЕНИЕ И ВЕЧНЫЙ ПРИЮТ

Боги, боги мои! Как грустна вечерняя земля! Как таинственны туманы над болотами. Кто блуждал в этих туманах, кто много страдал перед смертью, кто летел над этой землей, неся на себе непосильный груз, тот это знает. Это знает уставший. И он без сожаления покидает туманы земли, ее болотца и реки, он отдается с легким сердцем в руки смерти, зная, что только она одна [успокоит его].

Волшебные черные кони и те утомились и несли своих всадников медленно, и неизбежная ночь стала их догонять. Чуя ее за своей спиной, притих даже неугомонный Бегемот и, вцепившись в седло когтями, летел молчаливый и серьезный, распушив свой хвост.

Ночь начала закрывать черным платком леса и луга, ночь зажигала печальные огонечки где-то далеко внизу, теперь уже неинтересные и ненужные ни Маргарите, ни мастеру, чужие огоньки. Ночь обгоняла кавалькаду, сеялась на нее сверху и выбрасывала то там, то тут в загрустившем небе белые пятнышки звезд.

Ночь густела, летела рядом, хватала скачущих за плащи и, содрав их с плеч, разоблачала обманы. И когда Маргарита, обдуваемая прохладным ветром, открывала глаза, она видела, как меняется облик всех летящих к своей цели. Когда же навстречу им из-за края леса начала выходить багровая и полная луна, все обманы исчезли, свалились в болото, утонула в туманах колдовская нестойкая одежда.

Вряд ли теперь узнали бы Коровьева-Фагота, самозваного переводчика при таинственном и не нуждающемся ни в каких переводчиках консультанте, в том, кто теперь летел непосредственно рядом с Воландом по правую руку подруги мастера. На место того, кто в драной цирковой одежде покинул Воробьевы горы под именем Коровьева-Фагота, теперь скакал, тихо звеня золотою цепью повода, темно-фиолетовый рыцарь с мрачнейшим и никогда не улыбающимся лицом. Он уперся подбородком в грудь, он не глядел на луну, он не интересовался землею под собою, он думал о чем-то своем, летя рядом с Воландом.

— Почему он так изменился? — спросила тихо Маргарита под свист ветра у Воланда.

— Рыцарь этот когда-то неудачно пошутил, — ответил Воланд, поворачивая к Маргарите свое лицо с тихо горящим глазом, — его каламбур, который он сочинил, разговаривая о свете и тьме, был не совсем хорош. И рыцарю пришлось после этого прошутить немного больше и дольше, нежели он предполагал. Но сегодня такая ночь, когда сводятся счеты. Рыцарь свой счет оплатил и закрыл!

Ночь оторвала и пушистый хвост у Бегемота, содрала с него шерсть и расшвыряла ее клочья по болотам. Тот, кто был котом, потешавшим князя тьмы, теперь оказался худеньким юношей, демоном-пажом, лучшим шутом, какой существовал когда-либо в мире.

Теперь притих и он и летел беззвучно, подставив свое молодое лицо под свет, льющийся от луны.

Сбоку всех летел, блистая сталью доспехов, Азазелло. Луна изменила и его лицо. Исчез бесследно нелепый безобразный клык, и кривоглазие оказалось фальшивым. Оба глаза Азазелло были одинаковые, пустые и черные, а лицо белое и холодное. Теперь Азазелло летел в своем настоящем виде, как демон безводной пустыни, демон-убийца.

Себя Маргарита видеть не могла, но она хорошо видела, как изменился мастер. Волосы его белели теперь при луне и сзади собрались в косу, и она летела по ветру. Когда ветер отдувал плащ от ног мастера, Маргарита видела на ботфортах его то потухающие, то загорающиеся звездочки шпор. Подобно юноше-демону, мастер летел, не сводя глаз с луны, но улыбался ей, как будто знакомой хорошо и любимой, и что-то, по приобретенной в комнате № 118-й привычке, сам себе бормотал.

И, наконец, Воланд летел тоже в своем настоящем обличье. Маргарита не могла бы сказать, из чего сделан повод его коня, и думала, что возможно, что это лунные цепочки и самый конь — только глыба мрака, и грива этого коня — туча, а шпоры всадника — белые пятна звезд.

Так летели в молчании долго, пока и сама местность внизу не стала меняться. Печальные леса утонули в земном мраке и увлекли за собою и тусклые лезвия рек. Внизу появились и стали отблескивать валуны, а между ними зачернели провалы, в которые не проникал луч луны.

Воланд осадил своего коня на каменистой безрадостной плоской вершине, и тогда всадники двинулись шагом, слушая, как кони их подковами давят кремни и камни. Луна заливала площадку зелено и ярко, и Маргарита скоро разглядела в пустынной местности кресло и в нем белую фигуру сидящего человека. Возможно, что этот сидящий был глух или слишком погружен в размышление. Он не слыхал, как содрогалась каменистая земля под тяжестью коней, и всадники, не тревожа его, приблизились к нему.

Луна хорошо помогала Маргарите, светила лучше, чем самый лучший электрический фонарь, и Маргарита видела, что сидящий, глаза которого казались слепыми, коротко потирает свои руки и эти самые незрячие глаза вперяет в диск луны. Теперь уж Маргарита видела, что рядом с тяжелым каменным креслом, на котором блестят от луны какие-то искры, лежит темная, громадная остроухая собака и так же, как ее хозяин, беспокойно глядит на луну.

У ног сидящего валяются черепки разбитого кувшина и простирается невысыхающая черно-красная лужа.

Всадники остановили своих коней.

— Ваш роман прочитали, — заговорил Воланд, поворачиваясь к мастеру, — и сказали только одно, что он, к сожалению, не окончен. Так вот, мне хотелось показать вам вашего героя. Около двух тысяч лет сидит он на этой площадке и спит, но когда приходит полная луна, как видите, его терзает бессонница. Она мучает не только его, но его верного сторожа, собаку. Если верно, что трусость — самый тяжкий порок, то, пожалуй, собака в нем не виновата. Единственно, чего боялся храбрый пес, это грозы. Ну, что ж, тот, кто любит, должен разделять участь того, кого он любит.

— Что он говорит? — спросила Маргарита, и совершенно спокойное ее лицо подернулось дымкой сострадания.

— Он говорит, — раздался голос Воланда, — одно и то же, он говорит, что и при луне ему нет покоя и что у него плохая должность. Так говорит он всегда, когда не спит, а когда спит, то видит одно и то же — лунную дорогу, и хочет пойти по ней и разговаривать с арестантом Га-Ноцри, потому что, как он утверждает, он чего-то не договорил тогда, давно, четырнадцатого числа весеннего месяца нисана. Но, увы, на эту дорогу ему выйти почему-то не удается, и к нему никто не приходит. Тогда, что же поделаешь, приходится разговаривать ему с самим собою. Впрочем, нужно же какое-нибудь разнообразие, и к своей речи о луне он нередко прибавляет, что более всего в мире ненавидит свое бессмертие и неслыханную славу. Он утверждает, что он охотно бы поменялся своею участью с оборванным бродягой Левием Матвеем.

— Двенадцать тысяч лун за одну луну когда-то, не слишком ли это много? — спросила Маргарита.

— Повторяется история с Фридой, — сказал Воланд, — но, Маргарита, здесь не тревожьте себя. Все будет правильно, на этом построен мир.

— Отпустите его, — вдруг пронзительно крикнула Маргарита так, как когда-то кричала, когда была ведьмой, и от этого крика сорвался камень в горах и полетел по уступам в бездну, оглашая горы грохотом. Но Маргарита не могла сказать, был ли это грохот падения или грохот сатанинского смеха. Как бы то ни было, Воланд смеялся, поглядывая на Маргариту, и говорил:

— Не надо кричать в горах, он все равно привык к обвалам, и это его не встревожит. Вам не надо просить за него, Маргарита, потому что за него уже попросил тот, с кем он так стремится разговаривать. — Тут Воланд опять повернулся к мастеру и сказал: — Ну что же, теперь ваш роман вы можете кончить одною фразой!

Мастер как будто бы этого ждал уже, пока стоял неподвижно и смотрел на сидящего прокуратора. Он сложил руки рупором и крикнул так, что эхо запрыгало по безлюдным и безлесым горам:

— Свободен! Свободен! Он ждет тебя!

Горы превратили голос мастера в гром, и этот же гром их разрушил. Проклятые скалистые стены упали. Осталась только площадка с каменным креслом. Над черной бездной, в которую ушли стены, загорелся необъятный город с царствующими над ним сверкающими идолами над пышно разросшимся за много тысяч этих лун садом. Прямо к этому саду протянулась долгожданная прокуратором лунная дорога, и первым по ней кинулся бежать остроухий пес. Человек в белом плаще с кровавым подбоем поднялся с кресла и что-то прокричал хриплым, сорванным голосом. Нельзя было разобрать, плачет ли он или смеется и что он кричит. Видно было только, что вслед за своим верным стражем по лунной дороге стремительно побежал и он.

— Мне туда, за ним? — спросил беспокойно мастер, тронув поводья.

— Нет, — ответил Воланд, — зачем же гнаться по следам того, что уже окончено?

— Так, значит, туда? — спросил мастер, повернулся и указал назад, туда, где соткался в тылу недавно покинутый город с монастырскими пряничными башнями, с разбитым вдребезги солнцем в стекле.

— Тоже нет, — ответил Воланд, и голос его сгустился и потек над скалами, — романтический мастер! Тот, кого так жаждет видеть выдуманный вами герой, которого вы сами только что отпустили, прочел ваш роман. — Тут Воланд повернулся к Маргарите: — Маргарита Николаевна! Нельзя не поверить в то, что вы старались выдумать для мастера наилучшее будущее, но, право, то, что я предлагаю вам, и то, о чем просил Иешуа за вас же, за вас, — еще лучше. Оставьте их вдвоем, — говорил Воланд, склоняясь со своего седла к седлу мастера и указывая вслед ушедшему прокуратору, — не будем им мешать. И может быть, до чего-нибудь они договорятся, — тут Воланд махнул рукой в сторону Ершалаима, и он погас.

— И там тоже, — Воланд указал в тыл, — что делать вам в подвальчике? — Тут потухло сломанное солнце в стекле. — Зачем? — продолжал Воланд убедительно и мягко. — О, трижды романтический мастер, неужто вы не хотите днем гулять со своею подругой под вишнями, которые начинают зацветать, а вечером слушать музыку Шуберта? Неужели ж вам не будет приятно писать при свечах гусиным пером? Неужели вы не хотите, подобно Фаусту, сидеть над ретортой в надежде, что вам удастся вылепить нового гомункула? Туда, туда. Там ждет уже вас дом и старый слуга, свечи уже горят, а скоро они потухнут, потому что вы немедленно встретите рассвет. По этой дороге, мастер, по этой. Прощайте! Мне пора.

— Прощайте! — одним криком ответили Воланду Маргарита и мастер. Тогда черный Воланд, не разбирая никакой дороги, кинулся в провал, и вслед за ним, шумя, обрушилась его свита. Ни скал, ни площадки, ни лунной дороги, ни Ершалаима не стало вокруг. Пропали и черные кони. Мастер и Маргарита увидели обещанный рассвет. Он начинался тут же, непосредственно после луны. Мастер шел со своею подругой в блеске первых утренних лучей через каменистый мшистый мостик. Он пересек его. Ручей остался позади верных любовников, и они шли по песчаной дороге.

— Слушай беззвучие, — говорила Маргарита мастеру, и песок шуршал под ее босыми ногами, — слушай и наслаждайся тем, чего тебе не давали в жизни, — тишиной. Смотри, вон впереди твой вечный дом, который тебе дали в награду. Я уже вижу венецианское окно и вьющийся виноград, он подымается к самой крыше. Вот твой дом, вот твой вечный дом. Я знаю, что вечером к тебе придут те, кого ты любишь, кем ты интересуешься и кто тебя не встревожит. Они будут тебе играть, они будут петь тебе, ты увидишь, какой свет в комнате, когда горят свечи. Ты будешь засыпать, надевши свой засаленный и вечный колпак, ты будешь засыпать с улыбкой на губах. Сон укрепит тебя, ты станешь рассуждать мудро. А прогнать меня ты уже не сумеешь. Беречь твой сон буду я.

Так говорила Маргарита, идя с мастером по направлению к вечному их дому, и мастеру казалось, что слова Маргариты струятся так же, как струился и шептал оставленный позади ручей, и память мастера, беспокойная, исколотая иглами память стала потухать. Кто-то отпускал на свободу мастера, как сам он только что отпустил им созданного героя. Этот герой ушел в бездну, ушел безвозвратно, прощенный в ночь на воскресенье сын короля-звездочета, жестокий пятый прокуратор Иудеи всадник Понтий Пилат.

Эпилог

Но все-таки, что же было дальше-то в Москве после того, как в субботний вечер на закате Воланд покинул столицу, исчезнув вместе со своей свитой с Воробьевых гор?

О том, что в течение долгого времени по всей столице шел тяжелый гул самых невероятных слухов, очень быстро перекинувшихся и в отдаленные и глухие места провинции, и говорить не приходится, и слухи эти даже тошно повторять.

Пишущий эти правдивые строки сам лично, направляясь в Феодосию, слышал в поезде рассказ о том, как в Москве две тысячи человек вышли из театра нагишом в буквальном смысле слова и в таком виде разъехались по домам в таксомоторах.

Шепот «Нечистая сила...» слышался в очередях, стоявших у молочных, в трамваях, в магазинах, в квартирах, в кухнях, в поездах, и дачных и дальнего следования, на станциях и полустанках, на дачах и на пляжах.

Наиболее развитые и культурные люди в этих рассказах о нечистой силе, навестившей столицу, разумеется, никакого участия не принимали и даже смеялись над ними и пытались рассказчиков образумить. Но факт все-таки, как говорится, остается фактом, и отмахнуться от него без объяснений никак нельзя: кто-то побывал в столице. Уж одни угольки, оставшиеся от Грибоедова, да и многое другое слишком красноречиво это подтверждали.

Культурные люди стали на точку зрения следствия: работала шайка гипнотизеров и чревовещателей, великолепно владеющая своим искусством.

Меры к ее поимке, как в Москве, так за пределами ее далеко, были, конечно, приняты немедленные и энергичные, но, к великому сожалению, результатов не дали. Именующий себя Воландом со всеми своими присными исчез и ни в Москву более не возвращался и нигде вообще не появился и ничем себя не проявил. Совершенно естественно, что возникло предположение о том, что он бежал за границу, но и там нигде он не обозначился.

Следствие по его делу продолжалось долго. Ведь как-никак, а дело это было чудовищно! Не говоря уже о четырех сожженных домах и о сотнях сведенных с ума людей, были и убитые. О двух это можно сказать точно: о Берлиозе и об этом злосчастном служащем в Бюро по ознакомлению иностранцев с достопримечательностями Москвы, бывшем бароне Майгеле. Ведь они-то были убиты. Обгоревшие кости второго были обнаружены в квартире № 50 по Садовой улице, после того как потушили пожар. Да, были жертвы, и эти жертвы требовали следствия.

Но были и еще жертвы, и уже после того, как Воланд покинул столицу, и этими жертвами стали, как это ни грустно, черные коты.

Штук сто примерно этих мирных, преданных человеку и полезных ему животных были застрелены или истреблены иными способами в разных местах страны. Десятка полтора котов, иногда в сильно изуродованном виде, были доставлены в отделения милиции в разных городах. Например, в Армавире один из ни в чем не повинных зверей был приведен каким-то гражданином в милицию со связанными передними лапами.

Подкараулил этого кота гражданин в тот момент, когда животное с вороватым видом (что же поделаешь, что у котов такой вид? Это не оттого, что они порочны, а оттого, что они боятся, чтобы кто-либо из существ более сильных, чем они, — собаки или люди, — не причинили им какой-нибудь вред или обиду. И то и другое очень нетрудно, но чести в этом, уверяю, нет никакой. Да, нет никакой!), да, так, с вороватым видом кот собирался устремиться зачем-то в лопухи.

Навалившись на кота и срывая с шеи галстух, чтобы вязать его, гражданин ядовито и угрожающе бормотал:

— Ага! Стало быть, теперь к нам, в Армавир, пожаловали, господин гипнотизер? Ну, здесь вас не испугались. Да вы не притворяйтесь немым. Нам уже понятно, что вы за гусь!

Вел кота в милицию гражданин, таща бедного зверя за передние лапы, скрученные зеленым галстухом, и добиваясь легкими пинками, чтобы кот непременно шел на задних лапах.

— Вы, — кричал гражданин, сопровождаемый свистящими мальчишками, — бросьте, бросьте дурака валять! Не выйдет это! Извольте идти, как все ходят!

Черный кот только заводил мученические глаза. Лишенный природой дара слова, он ни в чем не мог оправдаться. Спасением своим бедный зверь обязан в первую очередь — милиции, а кроме того, своей хозяйке, почтенной старушке-вдове. Лишь только кот был доставлен в отделение, там убедились, что от гражданина сильнейшим образом пахнет спиртом, вследствие чего в показаниях его тотчас же усомнились. А тем временем старушка, узнавшая от соседей, что ее кота замели, кинулась бежать в отделение и поспела вовремя. Она дала самые лестные рекомендации коту, объяснила, что знает его пять лет с тех пор, как он был котенком, ручается за него, как за самое себя, доказала, что он ни в чем плохом не замечен и никогда не ездил в Москву. Как он родился в Армавире, так в нем и вырос и учился ловить мышей.

Кот был развязан и возвращен владелице, хлебнув, правда, горя, узнав на практике, что такое ошибка и клевета.

Кроме котов, некоторые незначительные неприятности постигли кое-кого из людей. Произошло несколько арестов. В числе других задержанными на короткое время оказались: в Ленинграде — граждане Вольман и Вольпер, в Саратове, Киеве и Харькове — трое Володиных, в Казани — Волох, а в Пензе, и уж совершенно неизвестно почему, — кандидат химических наук Ветчинкевич. Правда, тот был огромного роста, очень смуглый брюнет.

Попались в разных местах, кроме того, девять Коровиных, четыре Коровкина и двое Караваевых.

Некоего гражданина сняли с севастопольского поезда связанным на станции Белгород. Гражданин этот вздумал развлечь едущих с ним пассажиров карточными фокусами.

В Ярославле, как раз в обеденную пору, в ресторан явился гражданин с примусом в руках, который он только что взял из починки. Двое швейцаров, лишь только увидели его, бросили свои посты в раздевалке и бежали, а за ними бежали из ресторана все посетители и служащие. При этом у кассирши непонятным образом пропала вся выручка.

Было еще многое, всего не вспомнишь. Было большое брожение умов.

Еще и еще раз нужно отдать справедливость следствию. Все было сделано не только для того, чтобы поймать преступников, но и для того, чтобы объяснить все то, что они натворили. И все это было объяснено, и объяснения эти нельзя не признать и толковыми и неопровержимыми.

Представители следствия и опытные психиатры установили, что члены преступной шайки или, может быть, один из них (преимущественно подозрение в этом падало на Коровьева) являлись невиданной силы гипнотизерами, могущими показывать себя не в том месте, где они на самом деле находились, а на позициях мнимых, смещенных. Помимо этого, они свободно внушали столкнувшимся с ними, что некоторые вещи или люди находятся там, где на самом деле их не было, и, наоборот, удаляли из поля зрения те вещи или людей, которые действительно в этом поле зрения имелись.

В свете таких объяснений решительно все понятно, и даже наиболее волновавшая граждан, ничем, казалось бы, не объяснимая неуязвимость кота, обстрелянного в квартире № 50, при попытках взять его под стражу.

Никакого кота на люстре, натурально, не было, никто и не думал отстреливаться, стреляли по пустому месту, в то время как Коровьев, внушавший, что кот безобразничает на люстре, мог свободно находиться за спиной стрелявших, кривляясь и наслаждаясь своею громадной, но преступно использованной способностью внушать. Он же, конечно, и поджег квартиру, разлив бензин.

Ни в какую Ялту, конечно, Степа Лиходеев не улетал (такая штука не под силу даже Коровьеву) и телеграмм оттуда не посылал. После того как он упал в обморок в ювелиршиной квартире, испуганный фокусом Коровьева, показавшего ему кота с маринованным грибом на вилке, он пролежал в ней до тех пор, пока Коровьев, издеваясь над ним, не напялил на него войлочную шляпу и не отправил его на московский аэродром, внушив предварительно встречавшим Степу представителям угрозыска, что Степа вылезет из аэроплана, прилетевшего из Севастополя.

Правда, угрозыск Ялты утверждал, что он принимал босого Степу и телеграммы насчет Степы в Москву слал, но ни одной копии этих телеграмм в делах никак не обнаружилось, из чего был сделан печальный, но совершенно несокрушимый вывод, что гипнотизерская банда обладает способностью гипнотизировать на громадном расстоянии, и притом не только отдельных лиц, но и целые группы их. При этих условиях преступники могли свести с ума людей с самой стойкой психической организацией.

Что там говорить о таких пустяках, как колода карт в чужом кармане в партере, или исчезнувшие дамские платья, или мяукающий берет и прочее в этом же роде! Такие штуки может отколоть любой профессионал-гипнотизер средней силы на любой сцене, в том числе и нехитрый фокус с отрыванием головы у конферансье. Говорящий кот — тоже сущий вздор. Для того чтобы предъявить людям такого кота, достаточно владеть первыми основами чревовещания, а вряд ли кто-нибудь усомнится в том, что искусство Коровьева шло значительно дальше этих основ.

Да, дело тут вовсе не в колодах, фальшивых письмах в портфеле Никанора Ивановича. Это все пустяки. Это он, Коровьев, погнал под трамвай Берлиоза на верную смерть. Это он свел с ума бедного поэта Ивана Бездомного, он заставлял его грезить и видеть в мучительных снах древний Ершалаим и сожженную солнцем безводную Лысую Гору с тремя повешенными на столбах. Это он и его шайка заставили исчезнуть из Москвы Маргариту Николаевну и ее домработницу Наташу. Кстати, этим делом следствие занималось особенно внимательно. Требовалось выяснить, были ли похищены эти женщины шайкой убийц и поджигателей или же бежали вместе с преступной компанией добровольно? Основываясь на нелепых и путаных показаниях Николая Ивановича и приняв во внимание странную и безумную записку Маргариты Николаевны, оставленную мужу, записку, в которой она пишет, что уходит в ведьмы, учтя то обстоятельство, что Наташа исчезла, оставив все свои носильные вещи на месте, — следствие пришло к заключению, что и хозяйка и домработница были загипнотизированы, подобно многим другим, и в таком виде похищены бандой. Возникла и, вероятно, совершенно правильная мысль, что преступников привлекла красота обеих женщин.

Но вот что осталось совершенно неясным для следствия — это побуждение, заставившее шайку похитить душевнобольного, именующего себя мастером, из психиатрической клиники. Этого установить не удалось, как не удалось добыть и фамилию похищенного больного. Так и сгинул он навсегда под мертвой кличкой: «Номер сто восемнадцатый из первого корпуса».

Итак, почти все объяснилось, и кончилось следствие, как вообще все кончается.

Прошло несколько лет, и граждане стали забывать и Воланда, и Коровьева, и прочих. Произошли многие изменения в жизни тех, кто пострадал от Воланда и его присных, и как бы ни были мелки и незначительны эти изменения, все же следует их отметить.

Жорж, например, Бенгальский, проведя в лечебнице три месяца, поправился и вышел, но службу в Варьете вынужден был покинуть, и в самое горячее время, когда публика валом шла за билетами, — память о черной магии и ее разоблачениях оказалась очень живуча. Бросил Бенгальский Варьете, ибо понимал, что представать ежевечерне перед двумя тысячами человек, быть неизбежно узнаваемым и всеконечно подвергаться глумливым вопросам о том, как ему лучше — с головой или без головы? — слишком мучительно.

Да, кроме того, утратил конферансье значительную дозу своей веселости, которая столь необходима при его профессии. Осталась у него неприятная, тягостная привычка каждую весну в полнолуние впадать в тревожное состояние, внезапно хвататься за шею, испуганно оглядываться и плакать. Припадки эти проходили, но все же при наличности их прежним делом нельзя было заниматься, и конферансье ушел на покой и начал жить на свои сбережения, которых, по его скромному подсчету, должно было хватить ему на пятнадцать лет.

Он ушел и никогда больше не встречался с Варенухой, приобревшим всеобщую популярность и любовь за свою невероятную, даже среди театральных администраторов, отзывчивость и вежливость. Контрамарочники, например, его иначе не называли, как отец-благодетель. В какое бы время, кто бы ни позвонил в Варьете, всегда слышался в трубке мягкий, но грустный голос: «Я вас слушаю», — а на просьбу позвать к телефону Варенуху тот же голос поспешно отвечал: «Я к вашим услугам». Но зато и страдал же Иван Савельевич от своей вежливости!

Степе Лиходееву больше не приходится разговаривать по телефону в Варьете. Немедленно после выхода из клиники, в которой Степа провел восемь дней, его перебросили в Ростов, где он получил должность заведующего большим гастрономическим магазином. Ходят слухи, что он совершенно перестал пить портвейн и пьет только водку, настоянную на смородиновых почках, отчего очень поздоровел. Говорят, что стал молчалив и сторонится женщин.

Удаление Степана Богдановича из Варьете не доставило Римскому той радости, о которой он так жадно мечтал в продолжение нескольких лет. После клиники и Кисловодска старенький-престаренький, с трясущейся головой, финдиректор подал заявление об уходе из Варьете. Интересно то, что это заявление привезла в Варьете супруга Римского. Сам Григорий Данилович не нашел в себе силы даже днем побывать в том здании, где видел он залитое луной треснувшее стекло в окне и длинную руку, пробирающуюся к нижней задвижке.

Уволившись из Варьете, финдиректор поступил в театр детских кукол в Замоскворечье. В этом театре ему уже не пришлось сталкиваться по делам акустики с почтеннейшим Аркадием Аполлоновичем Семплеяровым. Того в два счета перебросили в Брянск и назначили заведующим грибнозаготовочным пунктом. Едят теперь москвичи соленые рыжики и маринованные белые и не нахвалятся ими и до чрезвычайности радуются этой переброске. Дело прошлое, и можно сказать, что не клеилось у Аркадия Аполлоновича дело с акустикой, и сколько ни старался он улучшить ее, она какая была, такая и осталась.

К числу лиц, порвавших с театром, помимо Аркадия Аполлоновича, надлежит отнести и Никанора Ивановича Босого, хоть тот и не был ничем связан с театрами, кроме любви к даровым билетам. Никанор Иванович не только не ходит ни в какой театр ни за деньги, ни даром, но даже меняется в лице при всяком театральном разговоре. В не меньшей, а в большей степени возненавидел он, помимо театра, поэта Пушкина и талантливого артиста Савву Потаповича Куролесова. Того — до такой степени, что в прошлом году, увидев в газете окаймленное черным объявление о том, что Савву Потаповича в самый расцвет его карьеры хватил удар, — Никанор Иванович побагровел до того, что сам чуть не отправился вслед за Саввой Потаповичем, и взревел: «Так ему и надо!» Более того, в тот же вечер Никанор Иванович, на которого смерть популярного артиста навеяла массу тягостных воспоминаний, один, в компании только с полной луной, освещающей Садовую, напился до ужаса. И с каждой рюмкой удлинялась перед ним проклятая цепь ненавистных фигур, и были в этой цепи и Дунчиль Сергей Герардович, и красотка Ида Геркулановна, и тот рыжий владелец бойцовых гусей, и откровенный Канавкин Николай.

Ну а с теми-то что же случилось? Помилуйте! Ровно ничего с ними не случилось, да и случиться не может, ибо никогда в действительности не было их, как не было и симпатичного артиста-конферансье, и самого театра, и старой сквалыги Пороховниковой тетки, гноящей валюту в погребе, и уж, конечно, золотых труб не было и наглых поваров. Все это только снилось Никанору Ивановичу под влиянием поганца Коровьева. Единственный живой, влетевший в этот сон, именно и был Савва Потапович — артист, и ввязался он в это только потому, что врезался в память Никанору Ивановичу благодаря своим частым выступлениям по радио. Он был, а остальных не было.

Так, может быть, не было и Алоизия Могарыча? О, нет! Этот не только был, но и сейчас существует, и именно в той должности, от которой отказался Римский, то есть в должности финдиректора Варьете.

Опомнившись, примерно через сутки после визита к Воланду, в поезде, где-то под Вяткой, Алоизий убедился в том, что, уехав в помрачении ума зачем-то из Москвы, он забыл надеть брюки, но зато непонятно для чего украл совсем ненужную ему домовую книгу застройщика. Уплатив колоссальные деньги проводнику, Алоизий приобрел у него старую и засаленную пару штанов и из Вятки повернул обратно. Но домика застройщика он, увы, уже не нашел. Ветхое барахло начисто слизнуло огнем. Но Алоизий был человеком чрезвычайно предприимчивым, через две недели он уже жил в прекрасной комнате в Брюсовском переулке, а через несколько месяцев уже сидел в кабинете Римского. И как раньше Римский страдал из-за Степы, так теперь Варенуха мучился из-за Алоизия. Мечтает теперь Иван Савельевич только об одном, чтобы этого Алоизия убрали из Варьете куда-нибудь с глаз долой, потому что, как шепчет иногда Варенуха в интимной компании, «такой сволочи, как этот Алоизий, он будто бы никогда не встречал в жизни и что будто бы от этого Алоизия он ждет всего, чего угодно».

Впрочем, может быть, администратор и пристрастен. Никаких темных дел за Алоизием не замечено, как и вообще никаких дел, если не считать, конечно, назначения на место буфетчика Сокова какого-то другого. Андрей же Фокич умер от рака печени в клинике Первого МГУ месяцев через девять после появления Воланда в Москве...

Да, прошло несколько лет, и затянулись правдиво описанные в этой книге происшествия и угасли в памяти. Но не у всех, но не у всех!

Каждый год, лишь только наступает весеннее праздничное полнолуние, под вечер появляется под липами на Патриарших прудах человек лет тридцати или тридцати с лишним. Рыжеватый, зеленоглазый, скромно одетый человек. Это — сотрудник Института истории и философии, профессор Иван Николаевич Понырев.

Придя под липы, он всегда садится на ту самую скамейку, на которой сидел в тот вечер, когда давно позабытый всеми Берлиоз в последний раз в своей жизни видел разваливающуюся на куски луну.

Теперь она, цельная, в начале вечера белая, а затем золотая, с темным коньком-драконом, плывет над бывшим поэтом, Иваном Николаевичем, и в то же время стоит на одном месте в своей высоте.

Ивану Николаевичу все известно, он все знает и понимает. Он знает, что в молодости стал жертвой преступных гипнотизеров, лечился после этого и вылечился. Но знает он также, что кое с чем он совладать не может. Не может он совладать с этим весенним полнолунием. Лишь только оно начинает приближаться, лишь только начинает разрастаться и наливаться золотом светило, которое когда-то висело выше двух пятисвечий, становится Иван Николаевич беспокоен, нервничает, теряет аппетит и сон, дожидается, пока созреет луна. И когда наступает полнолуние, ничто не удержит Ивана Николаевича дома. Под вечер он выходит и идет на Патриаршие пруды.

Сидя на скамейке, Иван Николаевич уже откровенно разговаривает сам с собой, курит, щурится то на луну, то на хорошо памятный ему турникет.

Час или два проводит так Иван Николаевич. Затем снимается с места и всегда по одному и тому же маршруту, через Спиридоновку, с пустыми незрячими глазами идет в арбатские переулки.

Он проходит мимо нефтелавки, поворачивает там, где висит покосившийся старый газовый фонарь, и подкрадывается к решетке, за которой он видит пышный, но еще не одетый сад, а в нем — окрашенный луною с того боку, где выступает фонарь с трехстворчатым окном, и темный с другого — готический особняк.

Профессор не знает, что влечет его к решетке и кто живет в этом особняке, но знает, что бороться ему с собою в полнолуние не приходится. Кроме того, он знает, что в саду за решеткой он неизбежно увидит одно и то же.

Он увидит сидящего на скамеечке пожилого и солидного человека с бородкой, в пенсне и с чуть-чуть поросячьими чертами лица. Иван Николаевич всегда застает этого обитателя особняка в одной и той же мечтательной позе, со взором, обращенным к луне. Ивану Николаевичу известно, что, полюбовавшись луной, сидящий непременно переведет глаза на окна фонаря и упрется в них, как бы ожидая, что сейчас они распахнутся и появится на подоконнике что-то необыкновенное.

Все дальнейшее Иван Николаевич знает наизусть. Тут надо непременно поглубже схорониться за решеткой, ибо вот сейчас сидящий начнет беспокойно вертеть головой, блуждающими глазами ловить что-то в воздухе, непременно восторженно улыбаться, а затем он вдруг всплеснет руками в какой-то сладостной тоске, а затем уж и просто и довольно громко будет бормотать:

— Венера! Венера!.. Эх я, дурак!..

— Боги, боги! — начнет шептать Иван Николаевич, прячась за решеткой и не сводя разгорающихся глаз с таинственного неизвестного. — Вот еще одна жертва луны... Да, это еще одна жертва, вроде меня.

А сидящий будет продолжать свои речи:

— Эх я, дурак! Зачем, зачем я не улетел с нею? Чего я испугался, старый осел! Бумажку выправил! Эх, терпи теперь, старый кретин!

Так будет продолжаться до тех пор, пока не стукнет в темной части особняка окно, не появится в нем что-то беловатое и не раздастся неприятный женский голос:

— Николай Иванович, где вы? Что это за фантазии? Малярию хотите подцепить? Идите чай пить!

Тут, конечно, сидящий очнется и ответит голосом лживым:

— Воздухом, воздухом хотел подышать, душенька моя! Воздух уж очень хорош!

И тут он поднимется со скамейки, украдкой погрозит кулаком закрывающемуся внизу окну и поплетется в дом.

— Лжет он, лжет! О, боги, как он лжет! — бормочет, уходя от решетки, Иван Николаевич. — Вовсе не воздух влечет его в сад, он что-то видит в это весеннее полнолуние на луне и в саду, в высоте. Ах, дорого бы я дал, чтобы проникнуть в его тайну, чтобы знать, какую такую Венеру он утратил и теперь бесплодно шарит руками в воздухе, ловит ее?

И возвращается домой профессор уже совсем больной. Его жена притворяется, что не замечает его состояния, и торопит его ложиться спать. Но сама она не ложится и сидит у лампы с книгой, смотрит горькими глазами на спящего. Она знает, что на рассвете Иван Николаевич проснется с мучительным криком, начнет плакать и метаться. Поэтому и лежит перед нею на скатерти под лампой заранее приготовленный шприц в спирту и ампула с жидкостью густого чайного цвета.

Бедная женщина, связанная с тяжко больным, теперь свободна и без опасений может заснуть. Иван Николаевич теперь будет спать до утра со счастливым лицом и видеть неизвестные ей, но какие-то возвышенные и счастливые сны.

Будит ученого и доводит его до жалкого крика в ночь полнолуния одно и то же. Он видит неестественного безносого палача, который, подпрыгнув и как-то ухнув голосом, колет копьем в сердце привязанного к столбу и потерявшего разум Гестаса. Но не столько страшен палач, сколько неестественное освещение во сне, происходящее от какой-то тучи, которая кипит и наваливается на землю, как это бывает только во время мировых катастроф.

После укола все меняется перед спящим. От постели к окну протягивается широкая лунная дорога, и на эту дорогу поднимается человек в белом плаще с кровавым подбоем и начинает идти к луне. Рядом с ним идет какой-то молодой человек в разорванном хитоне и с обезображенным лицом. Идущие о чем-то разговаривают с жаром, спорят, хотят о чем-то договориться.

— Боги, боги, — говорит, обращая надменное лицо к своему спутнику, тот человек в плаще, — какая пошлая казнь! Но ты мне, пожалуйста, скажи, — тут лицо из надменного превращается в умоляющее, — ведь ее не было! Молю тебя, скажи, не было?

— Ну конечно, не было, — отвечает хриплым голосом спутник, — это тебе померещилось.

— И ты можешь поклясться в этом? — заискивающе просит человек в плаще.

— Клянусь, — отвечает спутник, и глаза его почему-то улыбаются.

— Больше мне ничего не нужно! — сорванным голосом вскрикивает человек в плаще и поднимается все выше к луне, увлекая своего спутника. За ними идет спокойный и величественный гигантский остроухий пес.

Тогда лунный путь вскипает, из него начинает хлестать лунная река и разливается во все стороны. Луна властвует и играет, луна танцует и шалит. Тогда в потоке складывается непомерной красоты женщина и выводит к Ивану за руку пугливо озирающегося обросшего бородой человека. Иван Николаевич сразу узнает его. Это — тот номер сто восемнадцатый, его ночной гость. Иван Николаевич во сне протягивает к нему руки и жадно спрашивает:

— Так, стало быть, этим и кончилось?

— Этим и кончилось, мой ученик, — отвечает номер сто восемнадцатый, а женщина подходит к Ивану и говорит:

— Конечно, этим. Все кончилось и все кончается... И я вас поцелую в лоб, и все у вас будет так, как надо.

Она наклоняется к Ивану и целует его в лоб, и Иван тянется к ней и всматривается в ее глаза, но она отступает, отступает и уходит вместе со своим спутником к луне.

Тогда луна начинает неистовствовать, она обрушивает потоки света прямо на Ивана, она разбрызгивает свет во все стороны, в комнате начинается лунное наводнение, свет качается, поднимается выше, затопляет постель. Вот тогда и спит Иван Николаевич со счастливым лицом.

Наутро он просыпается молчаливым, но совершенно спокойным и здоровым. Его исколотая память затихает, и до следующего полнолуния профессора не потревожит никто. Ни безносый убийца Гестаса, ни жестокий пятый прокуратор Иудеи всадник Понтийский Пилат.

1929—1940

По вопросам оптовой покупки книг
издательства АСТ обращаться по адресу:
Звездный бульвар, дом 21, 7-й этаж
Тел. 615-43-38, 615-01-01, 615-55-13

Книги издательства АСТ можно заказать по адресу:
***107140, Москва, а/я 140*, АСТ – «Книги по почте»**

Литературно-художественное издание

Булгаков Михаил Афанасьевич
Мастер и Маргарита
Роман

Художественный редактор О.Н. Адаскина
Компьютерная верстка: А.В. Боголюбова
Технический редактор О.В. Панкрашина
Младший редактор Н.К. Белова

Общероссийский классификатор продукции
ОК-005-93, том 2; 953000 — книги, брошюры

Санитарно-эпидемиологическое заключение
№ 77.99.02.953.Д.001056.03.05 от 10.03.05 г.

ООО «Издательство АСТ»
667000, Республика Тыва, г. Кызыл, ул. Кочетова, д. 93
Наши электронные адреса: WWW.AST.RU E-mail: astpub@aha.ru

ООО Издательство «АСТ МОСКВА»
129085, г. Москва, Звездный б-р, д. 21, стр. 1

ООО «Транзиткнига»
143900, Московская область, г. Балашиха, шоссе Энтузиастов, д. 7/1

Отпечатано в полном соответствии с качеством
предоставленных диапозитивов
во ФГУП ИПК «Ульяновский Дом печати»
432980, г. Ульяновск, ул. Гончарова, 14